Was man von einigen Leuten nicht behaupten kann

LORRIE MOORE

Was man von einigen Leuten nicht behaupten kann

Storys

Aus dem Amerikanischen
von
Frank Heibert

BERLIN VERLAG

Die Originalausgabe erschien 1999 unter dem Titel
Birds of America bei Alfred A. Knopf Inc.

Umschlaggestaltung:
Nina Rothfos und Patrick Gabler, Hamburg
Gesetzt aus der Baskerville Book
durch die Offizin Götz Gorissen, Berlin
Druck & Bindung: GGP Media GmbH
Printed in Germany 2000
ISBN 3-8270-0338-5

Gedruckt auf chlor- und säurefreiem Papier

INHALT

Dieses Buch ist für meine Schwester und für meine Eltern
und für Benjamin

… es ist nichts Neues, dass wir in einer Welt leben,
Wo die Schönheit unerklärlich ist
Und plötzlich ruiniert
Und ihren eigenen Gesetzen folgt. Oft sind wir weit
Weg von zu Haus in einer dunklen Stadt, und unser Kummer
Lässt sich kaum in eine Sprache übersetzen,
Die auch andere verstehen.

Charlie Smith, »Was Vögel bedeuten«

Willig

»Wie soll ich mein Leben leben, ohne eine Tat
mit einer riesigen Schere zu begehen?«
Joyce Carol Oates, »Ein innerer Monolog«

In ihrem letzten Film hatte die Kamera auf der Hüfte verweilt, der nackten Hüfte, und obgleich es nicht ihre eigene Hüfte war, erwarb sie den Ruf, willig zu sein.

»Du hast den Körper dafür«, erklärten ihr die Studioleiter beim Mittagessen im Chasen's.

Sie wandte den Blick ab. »Habeas corpus«, sagte sie, nicht lächelnd.

»Wie bitte?« Eine Hüfte, die Latein kann. Gott.

»Nichts«, sagte sie. Sie lächelten sie an und ließen ein paar Namen fallen. Scorsese, Brando. Arbeit war reine Spielzeit für diese Leute, Spielzeit mit Gel im Haar. Manchmal fand sie es schade, dass es gar nicht ihre Hüfte gewesen war. Es hätte ihre Hüfte sein sollen. Ein mittelmäßiger Film, pornografieschwül: So, das wusste sie, wurde das Unerreichbare erotisiert. Das Frisierte und Falsche. Der Ersatz. Unwissentlich hatte sie mitgemacht. Eine Hüfte dazwischenkommen lassen. Eine falsche, unerreichbare, anonyme Hüfte. Sie selber war so wahrhaftig wie ein blödes Molkereiprodukt; so erreichbar wie ›Demnächst auf einen Kaffee!‹

Aber sie ging zügig auf die Vierzig zu.

Sie fing an, in Saftbars herumzusitzen. Ganze Nachmittage in Läden mit Namen wie *Manche mögen's saftig* oder *Orange Velvet.* Sie trank Saft und rauchte, draußen, ab und zu eine Zigarette. Man hatte sie ernst genommen – früher –, das wusste sie. Man hatte

Projekte diskutiert: Die Nina. Die Portia. Die Mutter Courage, mit Schminke. Jetzt zitterten ihre Hände zu sehr, selbst wenn sie nur Saft trank, *vor allem*, wenn sie nur Saft trank, und die Pall Mall zwischen ihren Fingern zuckte wie eine Kompassnadel. Sie bekam Drehbücher zugeschickt, in denen sie Sätze sagen sollte, die sie niemals sagen würde, und Kleider nicht tragen, die sie niemals nicht tragen würde. Sie bekam obszöne Anrufe und Postkarten mit »O yeah, baby«. Ihr Freund, ein Regisseur, dessen Spezialität allmählich teure Flops wurden, ihr Freund, der zwei Mal die Woche ihren *Fancy Sunburst*-Guppy finster musterte und ihm empfahl, sich endlich eine Arbeit zu suchen, ihr Freund wurde katholisch und ging zu seiner Frau zurück.

»Gerade jetzt, wo wir langsam aus dem ganzen Ach und Krach und Mach rauskommen«, sagte sie. Dann weinte sie.

»Ich weiß«, sagte er. »Ich weiß.«

Und so verließ sie Hollywood. Rief ihren Agenten an und entschuldigte sich. Ging heim nach Chicago, mietete wochenweise ein Zimmer im Days Inn, trank Sherry und wurde ein bisschen mollig. Sie ließ ihr Leben öde werden – öde, aber mit Schokotörtchen. Es gab Momente, die waren so tot, dass es knisterte, dann betrachtete sie ihr Leben und sagte: »Was?« Oder noch schlimmer, wenn sie sich unterbrochen und müde fühlte: »Wa-?« Es hatte die Gestalt eines furchtbaren Fehlers angenommen. Sie hatte nicht das richtige Werkzeug mitbekommen, um sich ein echtes Leben aufzubauen, beschloss sie, daran lag es. Ihr waren eine Dose Bratensoße und eine Haarbürste in die Hand gedrückt worden, und dann hieß es: »Nun mach mal.« Jahrelang hatte sie blinzelnd und verdattert dagestanden und an der Dose herumgebürstet.

Und doch, sie war ein kleiner Filmstar gewesen und einmal für einen größeren Filmpreis nominiert worden. Post bekam sie mehrfach nachgeschickt. Eine Mitteilung. Eine Rechnung. Eine Thanksgiving-Karte. Aber nie eine Party, ein Abendessen, eine Vernissage, ein Eistee. Es gab ein Problem mit den Leuten in Chicago, wie ihr wieder einfiel, sie waren nie zur gleichen Zeit einsam. Die Traurigkeit kam, lauernd und überdreht, wenn sie allein waren, und schleuderte sie in leere Gummizellenecken, zerzaust, ausgestöpselt und verlassen.

Sie guckte Kabelfernsehen und ließ den Pizzaboten häufig kommen. Ein Leben der Belanglosigkeit und radikalen Ruhe. Sie mietete ein Klavier und übte Tonleitern. Sie investierte an der Börse. Sie schrieb morgens ihre Träume auf, um herauszulesen, welche Aktien sie kaufen sollte. *Disney*, sagten ihre Träume einmal. *St. Jude's Medical.* Sie verdiente sich ein kleines Zubrot. Sie wurde verbissen. Die Worte *Cash cow* nisteten sich in ihrem Mundwinkel ein wie ein Klecks Wiedergekäutes. Sie versuchte originell zu sein – keine gute Idee bei Aktien – und musste erste Verluste hinnehmen. Wenn eine Aktie absackte, kaufte sie mehr davon, um beim Wiederaufstieg mit von der Partie zu sein. Sie kam durcheinander. Sie gewöhnte sich an, aus dem Fenster auf den Lake Michigan zu starren. Welliger Schiefer wie eine fahl gewordene Tafel.

»Sidra, was machst du bloß da?« kreischte ihr Freund Tommy telefonisch aus der Ferne. »Wo bist du? Du wohnst in einem Staat, der an North Dakota grenzt!« Er war ein Drehbuchautor aus Santa Monica, und einmal, vor langer Zeit und in Ecstasy-Depression, hatten sie zusammen geschlafen. Er war schwul, aber sie hatten es sehr gemocht miteinander.

»Vielleicht heirate ich«, sagte sie. Sie hatte nichts gegen Chicago. Sie sah es als Mischung aus London und Queens mit einem Hauch Cleveland.

»Also *bitte*«, kreischte er wieder. »Was tust du denn wirklich da?«

»Ich höre mir die Wellen an und Selbstachtungs-Kassetten«, sagte sie und blies in die Sprechmuschel hinein.

»Klingt, als wäre Staub auf der Nadel«, sagte er. »Vielleicht solltest du dir lieber die Kassette mit den zirpenden Grillen besorgen. Kennst du die Kassette mit den zirpenden Grillen schon?«

»Heute habe ich eine schlechte Dauerwelle gemacht bekommen«, sagte sie. »Als so ungefähr die Hälfte der Wickler drin war, hatte das Haus, in dem der Friseur sitzt, einen Stromausfall. Draußen waren Männer mit einem Bohrer und hatten ein Kabel getroffen.«

»Wie grauenvoll für dich«, sagte er. Sie konnte hören, wie er mit den Fingern trommelte. Er hatte sich zum Pseudo-Autor einer Pseudo-Essaysammlung namens *Die Meinung eines Einzelnen* gemausert, und in Momenten von Langeweile oder Inspiration zitierte er daraus. »Ich war mal in einer Rockband, die hieß Schlechte Welle«, sagte er stattdessen.

»Hör auf.« Sie lachte.

Seine Stimme wurde leise und besorgt. »Was machst du bloß da?« fragte er wieder.

Ihr Zimmer war ein Eckraum, Klavier erlaubt. Es hatte eine L-Form, wie ein Leben, das plötzlich abbiegt, um ganz anders zu werden. Ein Sofa und zwei Kommoden aus Ahornholz standen drin, und es war nie so ordentlich, wie sie gewollt hätte. Wenn die Putzfrauen durchkamen, hatte sie immer das BITTE NICHT STÖREN-Schild draußen hängen, und so gerieten die Dinge ein bisschen aus dem Lot. Zunselige Staubmäuse, so groß wie kleine Köpfe und mit langen Haaren drin, tanzten in den Ecken herum. Schmier verdunkelte die Fußleisten und bewölkte die Spiegel. Im Bad tropfte der Hahn, und sie, zu träge, jemanden zu rufen, band eine Schnur daran, was den Tropfen lautlos in den Abfluss beförderte, so dass er sie nicht mehr störte. Ihre einzige Zimmerpflanze, am Ostfenster, hing über dem Popcorntopf und war nur noch ein braunes, knuspertrockenes Gewirr. Auf dem Fensterbrett draußen grinste eine Kürbislaterne, die sie für Halloween ausgehöhlt hatte, die verrottet, zergangen und gefroren war und inzwischen aussah wie ein geplatzter Basketball – den sie etwa aus nostalgischen Gründen aufgehoben haben mochte, vom *Spiel der Spiele!* Der Mann vom Zimmerservice, der ihr jeden Morgen das Frühstück brachte – zwei pochierte Eier und eine Kanne Kaffee –, meldete sie beim stellvertretenden Geschäftsführer, und sie bekam eine schriftliche Ermahnung unter der Tür durchgeschoben.

Immer freitags besuchte sie ihre Eltern in Elmhurst. Ihrem Vater fiel es immer noch schwer, ihr in die Augen zu schauen. Er war jetzt siebzig. Vor zehn Jahren war er in ihren ersten Film gegangen und hatte gesehen, wie sie sich auszog und in einen Pool sprang. Der Film war für alle Altersstufen freigegeben – unter elterlicher Aufsicht –, aber er schaute sich nie wieder einen an. Ihre Mutter dagegen ging jedes Mal hin und suchte hinterher nach etwas Ermutigendem, das sie sagen könnte. Und sei es noch so klein. Sie weigerte sich zu lügen. »Es hat mir gefallen, wie du den Satz über das Fortgehen von zu Hause sagst, mit aufgerissenen Augen, und deine Hände spielen an den Knöpfen auf dem Kleid herum«, schrieb sie. »Dieses rote Kleid sah sehr vorteilhaft aus. Du solltest öfter leuchtende Farben tragen!«

»Mein Vater macht immer Nickerchen, wenn ich zu Besuch komme«, erzählte sie Tommy.

»Nickerchen?«

»Ich bin ihm peinlich. Er hält mich für eine verhurte Hippiebraut. Eine Hippiehure.«

»Das ist lächerlich. Wie ich schon in *Die Meinung eines Einzelnen* sagte, du bist der sexuell konservativste Mensch, den ich kenne.«

»Tja nun.«

Ihre Mutter begrüßte sie immer herzlich, mit wässrigen Augen. Zurzeit las sie dünne Taschenbücher von einem Mann namens Robert Valleys, der behauptete, nachdem er all das Leiden in der Welt gesehen habe – Krieg, Hunger, Gier –, sei er auf das Heilmittel gestoßen: Umarmen.

Umarmen, umarmen, umarmen, umarmen, umarmen.

Ihre Mutter glaubte daran. Sie drückte so lang und fest zu, dass Sidra, wie ein Kleinkind oder eine Geliebte, darin versank, wie sie sich anfühlte und roch – ihre süßliche, trockene Haut, der graue Pfirsichflaum in ihrem Nacken. »Ich bin so froh, dass du diesen Sündenpfuhl verlassen hast«, wisperte ihre Mutter.

Aber Sidra kriegte immer noch Anrufe aus dem Pfuhl.

Manchmal rief nachts der Regisseur aus einer Telefonzelle an und wünschte sich gleichermaßen Vergebung und Regie. »Ich denke an all das, was du vielleicht denkst, und sage mir: ›O Gott.‹ Ich meine, denkst du, was ich manchmal denke, dass du es denken könntest?«

»Natürlich«, sagte Sidra. »Natürlich denke ich das.«

»*Natürlich! Natürlich* ist ein Ausdruck, der in diesem Gespräch nichts zu suchen hat!«

Wenn Tommy anrief, verspürte sie oft eine so plötzliche Freude, dass sie selbst erstaunt war.

»Gott, bin ich froh, dass du es bist!«

»Du hast nicht das Recht, die amerikanische Filmindustrie auf diese Weise im Stich zu lassen!« sagte er dann liebevoll, und sie lachte laut, minutenlang, ununterbrochen. Sie pendelte sich allmählich auf zwei Tempi ein: Koma und Hysterie. Zwei Mahlzeiten: Frühstück und Popcorn. Zwei Freunde: Charlotte Peveril und Tommy. Sie hörte sein Bourbonglas klingeln. »Du bist viel zu begabt, um in einem Staat zu leben, der an North Dakota grenzt.«

»An Iowa.«

»Himmelherrgott, es ist ja noch schlimmer, als ich dachte. Bestimmt sagen sie das da. Ich wette, die sagen ›Himmelherrgott‹.«

»Ich wohne downtown. Hier sagen sie das gar nicht.«

»Ist da irgendwo Champaign-Urbana in der Nähe?«

»Nö.«

»Da war ich mal. Ich dachte, mit dem Namen muss es was Besonderes sein. Ich sagte immer vor mich hin: ›Champagner! Urbaaan! Champagner! Ur-baaan!‹« Er stöhnte. »Dann war es nur so ein Ding mitten in den Feldern. Ich bin zum Chinesen gegangen und hab alles mit Extra-Glutamat bestellt.«

»Ich bin in Chicago. So schlimm ist es nicht.«

»Nicht so schlimm. Da gibt es keine Filmleute. Sidra, was ist mit deinem Schauspieltalent?«

»Ich habe kein Schauspieltalent.«

»Hallo?«

»Du hast mich genau verstanden.«

»Ich weiß nicht. Einen Augenblick dachte ich, du hättest wieder diese Schwindelsache da, diese Gleichgewichtsstörung im Innenohr.«

»Talent. Ich habe kein *Talent.* Ich bin höchstens willig. Was für ein Talent?« Als Kind erzählte immer sie die versautesten Witze. Als Erwachsene konnte sie sich bis auf die Knochen entblößen und aus ihrem Innersten sprechen. Schlicht und klar. Sie ließ sich nie von irgendetwas bremsen. Warum ließ sie sich nie von irgendetwas bremsen? »Ich kann einen Pullover am Hals ausleiern, um eine Sommersprosse auf meiner Schulter vorzuführen. Jeder, der im Kindergarten nicht genug Aufmerksamkeit gekriegt hat, kann das. Talent ist was anderes.«

»Entschuldige mal, ja? Ich bin bloß ein Drehbuchautor. Aber irgendwer hat dir eingeredet, du hättest dich von einer ernst zu nehmenden Schauspielerin in eine alternde Blondine verwandelt. Das ist lächerlich. Du musst nur ein bisschen abwarten, bis besseres Wetter kommt. Und außerdem, von wegen willig. Ich finde, Willenskraft ist etwas sehr Tapferes und der wahre Kern von Talent.«

Sidra betrachtete ihre Hände, die schon rauh und wabengemustert waren, schlechtes Wetter, schlechte Seife, schlechtes Leben. Sie musste sich unbedingt die Kassette mit den zirpenden Grillen anhören. »Aber ich habe gar keine Willenskraft«, sagte sie. »Ich bin gerade mal willens.«

Abends ging sie jetzt öfter in Bluesbars. Manchmal rief sie Charlotte Peveril an, die einzige Freundin, die von der High School übriggeblieben war.

»Siddy, wie geht's dir?« In Chicago fand man Sidra einen hinterwäldlerischen Namen. In L.A. hatten ihn die Leute wunderschön gefunden und geglaubt, sie hätte ihn sich ausgedacht.

»Gut. Wollen wir uns besaufen und Musik hören?«

Manchmal ging sie einfach alleine los.

»Kenne ich Sie nicht aus einem Film?« fragte sie gelegentlich ein Mann in der Pause, lächelnd, lüstern zwinkernd.

»Vielleicht«, sagte sie dann, und er kriegte plötzlich Schiss und machte einen Rückzieher.

Eines Abends setzte sich ein gutaussehender Mann in einem Poncho, einem schäbigen Poncho – obwohl, gab es so was wie einen nicht-schäbigen Poncho überhaupt? fragte Charlotte –, mit einem zweiten Glas Bier neben sie. »Sie sehen aus, als ob Sie zum Film gehen sollten«, sagte er. Sidra nickte träge. »Aber ich gehe nie ins Kino. Wenn Sie beim Film wären, hätte ich Sie da jedenfalls nie zu Gesicht gekriegt.«

Sie ließ ihren Blick von seinem Poncho zu ihrem Sherry wandern, dann wieder zurück. Vielleicht hatte er ja einige Zeit in Mexiko oder Peru verbracht. »Was machen Sie?«

»Ich bin Automechaniker.« Er musterte sie genau. »Ich heiße Walter. Walt.« Er schob das zweite Bier auf sie zu. »Die Drinks hier sind ganz in Ordnung, Hauptsache, man lässt sie nichts mixen. Lassen Sie die bloß nichts mixen!«

Sie nahm das Glas und trank einen Schluck. Irgendetwas an ihm gefiel ihr: etwas Erdiges unter dem Aufgesetzten. In L.A. gab es unter dem Aufgesetzten entweder Nougat oder Styropor. Oder Glas. Sidras Mund hatte einen Sherryrand. Walts Lippen glänzten vom Bier. »Wie heißt der letzte Film, den Sie gesehen haben?« fragte sie ihn.

»Der letzte Film, den ich gesehen habe. Mal sehen.« Er dachte nach, aber sie merkte schon, dass das nicht seine Stärke war. Neugierig betrachtete sie den nach innen gekniffenen Mund, den schiefgehaltenen Kopf: endlich ein Kerl, der nicht ins Kino ging. Seine Augen rollten rückwärts, wie die Laufrollen an einem Bürostuhl, suchend. »Wissen Sie, was es war?«

»Nee. Was denn?« Langsam wurde sie betrunken.

»So ein Zeichentrickfilm.« Zeichentrick. Sie war erleichtert. Immerhin nicht einer von diesen furchtbaren Kunstfilmen mit Miss Dingsda in der Hauptrolle. »Ein Mann schläft und träumt von einem wunderschönen kleinen Land voll kleiner Menschen.« Walt lehnte sich zurück und sah sich im Raum um, als wäre das alles.

»Und?« Den Burschen würde sie zerren und schubsen müssen.

»Und?« wiederholte er. Er beugte sich wieder vor. »Und eines Tages begreifen die Menschen plötzlich, dass sie nur Geschöpfe im Traum dieses Mannes sind. Sie sind nur Traumgeschöpfe! Und wenn der Mann aufwacht, hören sie auf zu existieren!«

Jetzt wünschte sie, er würde nicht weitererzählen. Sie hatte es sich ein bisschen anders überlegt.

»Also setzen sie sich alle auf einer Stadtversammlung zusammen und hecken einen Plan aus«, fuhr er fort. Vielleicht spielte ja gleich die Band weiter. »Sie wollen in das Schlafzimmer des Mannes einbrechen und ihn in einen gepolsterten, isolierten Raum in der Stadt bringen – in der Stadt seines eigenen Traums –, und da werden sie ihn streng bewachen, damit er auf jeden Fall weiterschläft. Und genau das tun sie auch. Bis in alle Ewigkeit wird er fürsorglich, aber strengstens beaufsichtigt, damit er auch ja nicht aufwacht.« Er lächelte. »Ich hab vergessen, wie es hieß.«

»Und er wacht nie auf.«

»Genau.« Er grinste sie an. Sie mochte ihn. Sie merkte, dass er es merkte. Er trank einen Schluck von seinem Bier. Er schaute sich in der Bar um, dann wieder zu ihr. »Ist das hier ein großartiges Land, oder was?« sagte er.

Sie lächelte ihn an, sehnsüchtig. »Wo wohnst du«, fragte sie, »und wie komme ich da hin?«

»Ich habe einen Mann kennengelernt«, sagte sie Tommy am Telefon. »Er heißt Walter.«

»Eine zwanghafte Beziehung. Du stehst unter Stress – du hast ein Syndrom, das merke ich doch. Du wirst dieser Affäre Zwang antun. Was macht er?«

»Irgendwas mit Autos.« Sie stöhnte. »Ich will mit jemandem schlafen. Wenn ich mit jemandem schlafe, bin ich nicht so auf die Post fixiert.«

»Aber vielleicht solltest du einfach mal allein sein, eine Zeit lang nur auf dich gestellt.«

»Als wärst du je allein gewesen«, sagte Sidra. »Ich meine, bist du *jemals* allein gewesen?«

»Ich bin schon allein gewesen.«

»Ja, ja, und wie lange?«

»Stunden«, sagte Tommy. Er stöhnte. »Fühlte sich jedenfalls an wie Stunden.«

»So«, sagte sie. »Also halt mir keine Vorträge über meine inneren Kräfte.«

»Okay. Dann hab ich halt die Schürfrechte an meinem Körper schon vor Jahren verkauft, aber na und, *ich* hab wenigstens gutes Geld dafür gekriegt.«

»Ich hab auch Geld gekriegt«, sagte Sidra. »Ich hab auch welches.«

Walter schob sie gegen sein geparktes Auto. Sein Mund war etwas schief und hatte die Form eines Pantoffeltierchens, seine Lippen waren ringelwurmartig und dick, und er küsste sie harsch. Etwas in ihr war taub und in Warteposition. In ihrem Herzen mit seinem schwächer werdenden Griff entdeckte sie kleine, dunkle Krater der Zerstörung, und sie stürzte sich hinein und fiel. Sie ging mit ihm nach Hause, schlief mit ihm. Sie erzählte ihm, wer sie war. Ein kleiner Filmstar, einmal für einen größeren Filmpreis nominiert worden. Sie erzählte ihm, dass sie im Days Inn wohnte. Er war einmal dort gewesen, im Obergeschoss, auf einen Drink. Aber er schien ihren Namen nicht zu kennen.

»Hätte nie gedacht, dass ich mal mit einem Filmstar schlafen würde«, sagte er dann aber doch. »Das ist wohl der Traum jedes Mannes.« Er lachte – leichthin, nervös.

»Wach nur nicht auf«, sagte sie. Dann zog sie die Bettdecke bis ans Kinn.

»Oder träum etwas anderes«, fügte er tiefernst hinzu. »Ich meine, in dem Film, den ich gesehen habe, läuft alles prima, bis dem schlafenden Mann plötzlich einfällt, von was anderem zu träumen. Ich glaube nicht, dass er das willentlich tut; es passiert einfach.«

»Von dem Teil hast du mir gar nichts erzählt.«

»Stimmt«, sagte er. »Also, der Mann fängt an, von Flamingos zu träumen, und dann verwandeln sich die kleinen Menschen alle in Flamingos und fliegen weg.«

»Echt?« sagte Sidra.

»Ich glaube wenigstens, dass es Flamingos waren. Mit Vögeln kenne ich mich nicht so aus.«

»Ach *nein*?« Sie versuchte ihn ein bisschen aufzuziehen, aber es kam komisch rüber, wie eine Eidechse mit einem kleinen Hut auf.

»Um die Wahrheit zu sagen, ich glaube wirklich, ich hab noch nie irgendeinen Film mit dir gesehen.«

»Gut.« Sie ließ sich treiben, gleichgültig, nicht mehr interessiert.

Er klemmte seinen Arm hinter den Kopf, Handgelenk am Genick. Seine Brust hob und senkte sich. »Ich glaube aber, ich hab vielleicht schon mal von dir gehört.«

Django Reinhardt lief im Radio. Sie hörte genau zu. »Erstaunliche Geräusche hat dieser Mann mit seinen Händen gemacht«, murmelte Sidra.

Walter versuchte sie zu küssen, versuchte, ihre Aufmerksamkeit zurückzugewinnen. So sehr interessierte er sich nicht für Musik, obwohl er sich manchmal Mühe gab. »Erstaunliche Geräusche?« sagte er. »Etwa so?« Er legte seine Handflächen aneinander und machte kleine Plopp- und Sauggeräusche.

»Genau«, murmelte sie. Aber sie war woanders, ließ einen trockenen Wind über die Ebene ihres Ichs fegen, in den Schlaf hinein. »Genau so.«

Bald wurde ihm klar, dass sie ihn nicht achtete. Das hätte ein Käfer gespürt. Ein Türgriff hätte sich das zusammenreimen können. Sie nahm ihn nie richtig ernst. Sie redete etwa über Filme und Regisseure, dann sah sie ihn an und sagte: »Ach, egal.« Sie war ein Teil einer anderen Welt. Einer Welt, die ihr nicht mehr gefiel.

Und jetzt war sie woanders. In noch einer anderen Welt, die ihr nicht mehr gefiel.

Aber sie war willig. Willig, es zu probieren. Ab und zu konnte sie sich nicht zurückhalten und fragte ihn nach Kindern, wie es wäre, Kinder zu haben, aus Bekannten Verwandte zu machen. Was war sein Gefühl zu alledem? Sie fand, falls sie je ein Leben mit Kindern und Rasenmähern und Grasschnitt haben sollte, wäre es besser, es mit jemandem zu teilen, mit dem sie nicht bis zu seiner Erniedrigung oder Banalisierung darüber debattiert hatte. Mochte er große, gedüngte Rasenflächen? Und was hielt er von einem hübschen Steingarten? Welches Gefühl hegte er in seinem tiefsten Innern zu diesen sturmfesten Kombifenstern mit eingebautem Fliegengitter?

»Doch, die finde ich schon ganz gut«, sagte er, und sie nickte schlau und trank ein bisschen zu viel. Dann versuchte sie, nicht allzu angestrengt über ihr ganzes Leben nachzudenken. Sie versuchte, das Leben von einem Tag auf den andern zu leben, wie ein Trinker – trinken, nicht trinken, trinken. Vielleicht wären Drogen das Richtige.

»Ich habe immer gedacht, eines Tages kriege ich ein kleines Mädchen und nenne sie nach meiner Großmutter.« Sidra seufzte und äugte schmachtend in ihren Sherry.

»Wie hieß deine Großmutter denn?«

Sidra betrachtete seinen Pantoffeltierchen-Mund. »Oma. Sie hieß Oma.« Walter lachte, irgendwie hupend. »Oh, danke«, murmelte Sidra. »Danke für den Lacher.«

Walter hatte die »Auto-Woche« abonniert. Er blätterte sie im Bett durch. Auch Reparaturanleitungen für neue Autos las er gern, vor allem für Toyotas. Er wusste eine Menge über Lichtschalter, Wischerschalter, Schaltknüppel.

»Ihr seid so offensichtlich falsch füreinander«, sagte Charlotte bei Tapas in einer Tapas-Bar.

»Hey, bitte«, sagte Sidra. »So plump funktioniert mein Geschmack auch wieder nicht.« Die Sache mit Tapas-Bars war, dass man sich pausenlos Zeugs in den Mund stopfte. »Offensichtlich falsch ist erst der Anfang. Da fange ich *immer* an. Bei offensichtlich falsch.« Theoretisch mochte sie die Vorstellung von unpassenden Paaren, das Hadern und Verheddern wie in einer Shakespeare-Komödie.

»Ich sehe dich nicht mit so einem wie ihm. Er ist einfach nichts Besonderes.« Charlotte hatte ihn nur einmal gesehen. Aber sie hatte durch eine Freundin von ihm gehört. Er schlafe sich durch die Betten, hatte sie gesagt. »Immer in den Pudding rein«, so hatte sie es ausgedrückt, und ein paar langweilige Geschichten hingen auch noch dran. »Pass nur auf, dass er dich nicht demütigt. Verwechsle den Mangel an Stil nicht mit Naivität«, fügte sie hinzu.

»Ach, ich soll rumsitzen und auf jemand Besonderes warten, während alle anderen Mädchen in der Stadt sich ein Leben aufbauen?«

»Ich weiß nicht, Sidra.«

Aber es war doch wahr. Männer konnten zusammen sein, mit wem sie wollten. Aber Frauen mussten sich einen Besseren, Netteren, Reicheren suchen, und vor allem helle, helle, helle, sonst war es den Leuten peinlich. Sonst sah es nach was Sexuellem aus. »Ich bin ein sehr durchschnittlicher Mensch«, sagte sie verzweifelt und spürte irgendwie, dass Charlotte das längst wusste, längst das tiefe, dunkle, heftig offensichtliche Geheimnis dieser Tatsache kannte, und dass es Sidra ein bisschen lächerlich und ungehörig dastehen ließ – *minderwertig*, genau besehen. Charlotte musterte Sidras Augen, Scheinwerfer, die im Starren eines Rehs hängen blieben. Nicht Waffen bringen Menschen um, dachte Sidra flusig. Rehe bringen Menschen um.

»Vielleicht hat es damit zu tun, dass wir alle dich immer so beneidet haben«, sagte Charlotte etwas bitter. »Du warst so begabt. Du hast in jedem Stück die Hauptrolle gekriegt. Du warst für jeden der Traum seiner eigenen Wünsche.«

Sidra stocherte in dem Häppchen herum, das vor ihr lag, wie eine Landschaftsarchitektin. Sie war den Sehnsüchten der anderen nicht gerecht geworden. Sie hatte zu wenig aus ihrem Leben gemacht. Dessen Einsamkeit beschämte sie wie ein Verbrechen. »Neid«, sagte Sidra. »Nicht weit von Hass entfernt, oder.« Aber Charlotte sagte nichts. Wahrscheinlich hoffte sie, dass Sidra das Thema wechseln würde. Sidra stopfte sich den Mund voller Feta und Zwiebelchen und sah hoch. »Tja, was soll ich sagen, ich bin froh, wieder hier zu sein.« Ein Stück Feta fiel von ihren Lippen.

Charlotte betrachtete es und lächelte. »Ich verstehe dich«, sagte sie. Öffnete ihren Mund und ließ das ganze Essen darin auf den Tisch fallen.

Charlotte hatte diese witzige Seite. Das hatte Sidra ganz vergessen.

Walter hatte ein paar ihrer alten Filme in dem Videoshop gefunden. Sie hatte einen Schlüssel zu seiner Wohnung. Eines Abends kam sie vorbei und fand ihn im Tiefschlaf vor *Einsiedlerin sucht Mitbewohner*. Er handelte von einer Frau namens Rose, die selten ihre Wohnung verließ, weil sie dann Angst vor Menschen bekam. Sie erschienen ihr wie außerirdische Lebensformen – seelenlose, freudlose Wesen, die unzusammenhängend redeten. Bald litt Rose unter Realitätsverlust. Walter hatte bei der komischen Szene gestoppt, wo Rose in der geschlossenen Abteilung anruft, um sich abholen zu lassen, aber die weigern sich. Sidra legte sich neben ihn und versuchte auch einzuschlafen, fing stattdessen aber an zu weinen. Er regte sich. »Was ist los?« fragte er.

»Nichts. Du bist eingeschlafen. Während du mich angeschaut hast.«

»Ich war müde«, sagte er.

»Sieht ganz so aus.«

»Komm, ich küsse dich. Mal schauen, wo deine Schalter sind.« Er hatte die Augen geschlossen. Sie hätte irgendwer sein können.

»Hat dir der Anfang des Films gefallen?« Diese Bedürftigkeit kannte sie gar nicht von sich. Beängstigend. Da kräuselten sich ihr ja die Haare. Wann war sie je so bedürftig gewesen?

»War ganz okay«, sagte er.

»Was ist dieser Bursche eigentlich, ein Rennfahrer?« fragte Tommy.

»Nein, ein Automechaniker.«

»Iih! Lass ihn sofort fallen! Er ist das falsche Musikinstrument!«

»Das falsche *Musikinstrument*? Wo sind wir denn hier? Hast du das aus *Metaphern für die Mittelklasse*? Oder aus *Die Meinung eines Einzelnen*?« Jetzt war sie aber böse.

»Sidra. Du machst einen Fehler! Du solltest dir zur Abwechslung mal einen suchen, der wirklich Grips hat.«

»Grips hatte ich schon. Ich war schon mal mit einem zusammen, der zwei Doktortitel hatte. Wir haben die ganze Zeit im Bett gesessen, ja, und zwar kerzengerade, und haben seinen Lebenslauf Korrektur gelesen.« Sie stöhnte. »Jedes kleine bisschen, das er je vollbracht hatte, jedes kleine popelbisschen. Seine ganze ›Vita‹. Kannst du dir das vorstellen? Ich meine, kennst du denn 'ne Vita?«

Tommy stöhnte auch. Die Geschichte kannte er schon von Sidra. »Ja, ja«, sagte er. »Ich war auch in dem Film und fand Madonna ganz toll als Frau Perón.«

»Und im Übrigen«, sagte sie. »Wer sagt denn, dass er keinen Grips hat?«

Die japanischen Autos waren am interessantesten. Obwohl die Amerikaner langsam aufholten und seit neuestem auch ziemlich sexy waren. *Diese Japse!*

»Reden wir doch mal über meine Welt«, sagte sie.

»Welche Welt?«

»Na ja, irgendwas, das *mich* interessiert. Wo auch irgendwas für mich dabei rauskommt.«

»Okay.« Er drehte sich um und dimmte romantisch das Licht herunter. »Ich hab einen Börsentipp für dich.«

Sie war entgeistert, entmutigt, interessiert.

Er nannte ihr den Namen einer Firma, in die jemand von seiner Werkstatt investierte. AutVis.

»Was ist das?«

»Keine Ahnung. Aber ein Typ auf Arbeit hat gesagt, diese Woche kaufen. Die geben demnächst was bekannt. Wenn ich Geld hätte, würde ich kaufen.«

Sie kaufte, gleich am nächsten Morgen. Eintausend Anteile. Am Nachmittag war die Aktie bereits um 10 Prozent gefallen; am Morgen darauf um 50. Sie betrachtete den Streifen mit den Börsennotizen am unteren Rand des Nachrichtensenders im Fernsehen. Jetzt war sie die Hauptaktionärin geworden. Die Hauptaktionärin einer sterbenden Firma! Bald würden sie ganz ängstlich bei ihr anrufen und sich erkundigen, was mit dem Gabelstapler geschehen sollte.

»Du bist ein besserer Esser als ich«, sagte Walter zu ihr beim Abendessen im Palmer House.

Sie musterte ihn finster. »Was zum Teufel hast du dir dabei gedacht, mir diese Aktie zu empfehlen?« fragte sie. »Wie konntest du so ein unverantwortlicher Idiot sein?« Sie sah es vor sich, wie ihr Leben miteinander sein würde. Sie würde brüllen; dann würde er brüllen. Er würde eine Affäre haben; dann würde sie eine Affäre haben. Und dann wäre es mit ihnen aus und vorbei, und in diesem Vorbei würden sie leben.

»Ich hab den Namen verwechselt«, sagte er. »Tut mir Leid.«

»Du hast was?«

»Es war gar nicht AutVis. Es war AutDrive. Ich dachte die ganze Zeit, es wäre Vis gewesen, wegen Vision.«

»Vis wegen Vision«, wiederholte sie.

»Ich bin mit Namen nicht so gut«, gestand Walter. »Begriffe liegen mir mehr.«

»Begriffe«, wiederholte sie ebenso.

Ein Begriff von Wut. Ein Begriff von Rechnungen. Ein Begriff von flügellahmer Tölpelliebe.

Draußen kam ein feuchter Schwall vom See her. »Chicago«, sagte Walter. »Die Windige Stadt. Ist das hier die Windige Stadt, oder was?« Er schaute sie hoffnungsvoll an, und sie verachtete ihn umso mehr.

Sie schüttelte den Kopf. »Ich weiß gar nicht, warum wir überhaupt zusammen sind«, sagte sie. »Ich meine, warum sind wir eigentlich zusammen?«

Er sah sie harsch an. »Das kann ich nicht für dich beantworten«, brüllte er. Er trat zwei Schritte zurück, weg von ihr. »Das musst du dir schon selbst beantworten!« Er hielt ein Taxi an, stieg ein und fuhr weg.

Sie kehrte allein zum Days Inn zurück, zu Fuß. Sie übte Tonleitern ohne Ton, auf der Oberfläche der Klaviertasten, ihre dünngliedrigen Finger hoben sich stumm und fielen nieder wie die Mechanik einer Spieldose oder die Beine einer Spinne. Als sie müde wurde, schaltete sie den Fernseher ein, zappte durch die Kanäle und entdeckte einen alten Film, in dem sie mitgespielt hatte, einen Krimi mit Liebesgeschichte namens *Letzte Hand anlegen.* Für diese Art von Schauspielerei war sie kurze Zeit bekannt gewesen: eine zusammengestoppelte Vertrautheit mit dem Publikum, halb Zeichentrick, halb Offenbarung; eine Kreuzung aus scheu und lachhaft. Das war ihr damals piepegal gewesen, wie heute im Grunde, nur dass es damals ein Stil war, eine Daseinsform, keine Diagnose oder Demission.

Vielleicht sollte sie ein Baby bekommen.

Am Morgen besuchte sie ihre Eltern in Elmhurst. Sie hatten ihr Haus für den Winter in Plastik verpackt – Fenster und Türen –, so dass es aussah wie ein Avantgarde-Kunstwerk. »Spart Heizkosten«, sagten sie.

Sie hatten sich angewöhnt, über Sidra zu diskutieren, wenn sie dabei war. »Es war ein Film, Don. Es war ein Film über das Abenteuer. Nacktheit kann künstlerisch sein.«

»So hab ich es aber nicht gesehen! So hab ich es ganz und gar nicht gesehen!« schnaubte ihr Vater rotgesichtig und verließ das Zimmer. Zeit fürs Nickerchen.

»Wie geht es dir?« fragte ihre Mutter, es klang besorgt, war aber eigentlich die Eröffnung für etwas anderes. Sie hatte Tee gekocht.

»Mir geht's gut, wirklich«, sagte Sidra. Alles, was sie über sich äußerte, klang inzwischen nach einer Lüge. Wenn es ihr schlecht ging, klang es nach einer Lüge; wenn es ihr gut ging – auch eine Lüge.

Ihre Mutter fingerte mit einem Löffel herum. »Ich war neidisch auf dich.« Sie seufzte. »Ich war immer so neidisch auf dich! Auf meine eigene Tochter!« Sie sagte es kreischend, zuerst noch leise, aber dann kreischend. Es war genau wie in Sidras Kindheit: Kaum dachte sie, das Leben wäre wieder einfach geworden, gab ihr die Mutter eine neue Portion Welt zu ordnen.

»Ich muss gehen«, sagte Sidra. Sie war gerade erst angekommen, aber sie wollte wieder weg. Sie wollte ihre Eltern nicht mehr besuchen. Sie wollte sich ihr Leben nicht mehr anschauen.

Sie kehrte zum Days Inn zurück und rief Tommy an. Sie und Tommy verstanden sich. »Ich *schnall* dich«, sagte er immer. Seine Kindheit war voller Schwestern gewesen. Große Teile jener Zeit hatte er damit verbracht, Frauen in Badeanzügen zu zeichnen – Miss Kenia aus Nairobi! – und dann eine der Schwestern zu bitten, die Schönste auszusuchen. Wenn er mit ihrem Urteil nicht übereinstimmte, bat er eine andere Schwester.

Die Verbindung war schlecht, und plötzlich fühlte sie sich zu müde.

»Liebes, geht es dir gut?« sagte er schwach.

»Mir geht's gut.«

»Ich glaube, ich höre schwer«, sagte er.

»Ich glaube, ich spreche schwer«, sagte sie. »Ich ruf dich morgen an.«

Stattdessen rief sie Walter an. »Ich muss dich sehen«, sagte sie.

»Ach ja?« fragte er skeptisch und fügte dann hinzu, mit einer Naivität, die er gekonnt aus der Luft zu pflücken schien wie eine Fliege: »Ist das hier ein großartiges Land, oder was?«

Sie war dankbar, wieder bei ihm zu sein. »Wir wollen nie mehr auseinandergehen«, wisperte sie und rieb ihm den Bauch. Er hatte die körperlichen Neigungen eines Hundes: Er mochte Bauch, Ohren und aufgeregte Begrüßungen.

»Nichts dagegen«, sagte er.

»Wollen wir morgen irgendwo essen gehen, so richtig teuer? Ich lad dich ein.«

»Äh«, sagte Walter, »morgen geht nicht.«

»Ach.«

»Wie wär's mit Sonntag?«

»Was ist denn morgen?«

»Ich muss. Na ja, also zuallererst muss ich arbeiten, und dann bin ich müde.«

»Und zuallerzweit?«

»Ich treffe mich mit dieser Frau, die ich kenne.«

»Ach?«

»Keine große Sache. Es ist nichts. Kein Rendezvous oder so.«

»Wer ist sie?«

»Ich hab ihren Wagen repariert. Lose Halterungen des Auspuffsystems. Sie will sich mit mir treffen und die Sache weiter durchsprechen. Sie will mehr über Abgasreinigungskatalysatoren erfahren. Du weißt doch, Frauen befürchten immer, dass man sie über den Tisch zieht.«

»Echt?!«

»Ja, na ja, und deshalb wäre Sonntag besser.«

»Sieht sie gut aus?«

Walter verknüllte sein Gesicht und gab ein Geräusch gründlicher Begeisterungslosigkeit von sich. »Enh«, machte er, legte seine Hand waagerecht in die Luft und wackelte damit ein bisschen auf und ab.

Bevor er morgens ging, sagte sie: »Dass du mir aber nicht mit ihr schläfst.«

»Sidra«, sagte er, tadelte sie wegen ihres Mangels an Vertrauen oder wegen des Versuchs der Kontrolle – sie wusste nicht recht, welches von beiden.

An diesem Abend kam er nicht nach Hause. Sie ließ es klingeln und klingeln, dann trank sie ein Sixpack leer und schlief ein. Am Morgen rief sie wieder an. Schließlich, um elf Uhr, ging er ran.

Sie legte auf.

Um halb zwölf klingelte ihr Telefon. »Hi«, sagte er fröhlich. Er hatte gute Laune.

»Wo warst du die ganze Nacht?« fragte Sidra. Das war aus ihr geworden. Sie fühlte sich kleiner und plumper und schlecht frisiert.

Einige Zeit blieb es still. »Was meinst du?«, kam dann, vorsichtig.

»Du weißt, was ich meine.«

Weitere Stille. »Pass mal auf, ich hab dich heute morgen nicht angerufen, um Probleme zu wälzen.«

»Tja, dann«, sagte Sidra, »hast du ganz offensichtlich die falsche Nummer angerufen.« Und knallte auf.

Sie verbrachte den Tag zitternd und traurig. Sie fühlte sich wie eine Kreuzung aus Anna Karenina und Amy Liverhaus, die in der vierten Klasse immer in der Garderobe gestanden und geschrien hatte: »Ich fühle mich einfach nicht *wertgeschätzt.*« Sidra ging zu Marshall Field's und kaufte sich ein neues Make-up. »Sie sind aber eher Creme-Beige als Elfenbein«, sagte die junge Frau am Kosmetikstand.

Sidra klammerte sich an dem Elfenbein fest. »Das wollen mir immer alle erzählen«, sagte sie, »und es macht mich richtig böse.«

Spät am Abend rief sie ihn an, und er war da. »Wir müssen reden«, sagte sie.

»Ich will meinen Schlüssel wiederhaben«, sagte er.

»Schau mal. Kannst du nicht einfach rüberkommen, damit wir reden können?«

Er kam mit Blumen an – weißen Rosen und Iris. Sie wirkten verwelkt und ironisch; Sidra lehnte sie in einem Glas an die Wand, ohne Wasser.

»Okay, ich geb's zu«, sagte er. »Es war ein Rendezvous. Aber ich sage nicht, dass ich mit ihr geschlafen habe.«

Plötzlich spürte sie seine Promiskuität. Da war eine Hitze, eine Kreatur, ein Zwillingsbewohner in ihm. »Ich weiß doch schon, dass du mit ihr geschlafen hast.«

»Wie kannst du das wissen?«

»Komm auf den Boden! Was bin ich denn, ein Idiot?« Sie stierte ihn an und versuchte nicht zu weinen. Sie hatte ihn nicht genug geliebt, und er hatte es gemerkt. Sie hatte ihn eigentlich überhaupt nicht geliebt, nicht richtig.

Aber sie hatte ihn sehr gemocht!

Deshalb fand sie das Ganze immer noch unfair. Ein Knochen in ihr lag bloß, fahl schimmernd, und sie hielt ihn ans Licht und sprach aus ihrem Innersten. »Eins will ich noch wissen.« Sie hielt inne, nicht um der Wirkung willen, aber es wirkte trotzdem. »Hattet ihr Oralverkehr?«

Er sah verblüfft aus. »Was ist denn das für eine Frage? So eine Frage muss ich nicht beantworten.«

»*So eine Frage musst du nicht beantworten.* Du hast hier überhaupt keine Rechte!« brüllte sie los. Sie war ausgetrocknet. »Du bist derjenige, der das getan hat. Jetzt will ich die Wahrheit wissen. Ich will es bloß wissen. Ja oder nein!«

Er schmiss seine Handschuhe quer durchs Zimmer.

»Ja oder nein«, sagte sie.

Er warf sich auf das Sofa, boxte mit der Faust ins Kissen, legte sich einen Arm über die Augen.

»Ja oder nein«, wiederholte sie.

Er schnaufte tief in seinen Ärmel hinein.

»Ja oder nein.«

»Ja«, sagte er.

Sie setzte sich auf den Klavierhocker. Etwas Dunkles, Geronnenes durchlief sie, von den Füßen nach oben. Etwas Leichtes, Atmendes entfloh durch ihren Kopf, das Haus ihres Ichs plastikverpackt und zu einem Teerklecks niedergebrannt. Sie hörte ihn ächzen, und eine flüchtige Hoffnung, umstellt, aber noch lebendig auf dem Dach, flüsterte ihr ein, dass er sie vielleicht um Verzeihung anbetteln würde. Versprechen würde, ein neuer Mann zu werden. Vielleicht würde sie ihn attraktiv finden als neuen, bettelnden Mann. Obwohl er irgendwann auch wieder aufhören müsste mit dem Betteln. Er müsste einfach ganz normal sein. Und dann würde sie ihn wieder nicht mögen.

Er blieb auf dem Sofa, rührte sich nicht, um zu trösten oder getröstet zu werden, und ihre innere Dunkelheit reinigte sie, höhlte sie aus wie Säure oder Wind.

»Ich weiß nicht, was ich tun soll«, sagte sie, etwas Gebrechliches in ihrer Stimme. Sie fühlte sich um alle einfachen Dinge betrogen – die radikale Ruhe der Belanglosigkeit, des Alltags, des tri-tra-trauten Heims. »Ich will nicht nach L.A. zurück«, sagte sie. Sie begann über die Oberflächen der Klaviertasten zu streichen, drückte eine herunter und stellte fest, dass sie kaputt war – dumpf und tonlos, glänzend und höhnisch wie ein bloßliegender Knochen. Sie hasste, hasste ihr Leben. Vielleicht hatte sie es immer gehasst.

Er setzte sich auf und schaute aufgewühlt und verlogen drein – ein schlecht aufgesetztes Gesicht. Er sollte mal vor dem Spiegel üben, dachte sie. Er hatte keine Ahnung, wie man sich von einer Filmschauspielerin trennt. Das gehörte zu den Grundregeln der Jungs: Trenn dich nicht von einer Filmschauspielerin. Nicht in Chicago. Wenn *sie* sich von *ihm* trennte, würde er es besser erklären können, sich selbst, in Zukunft, und jedem, der fragte. Seine Stimme schaltete um auf einen Ton, der flehentlich klingen sollte. »Ich weiß«, sagte er dann schließlich, und es schwang Hoffnung mit, Versprechen, diese oder jene Mildtätigkeit. »Ich weiß, dass du das *vielleicht* nicht möchtest.«

»Zu deinem eigenen Besten«, sagte er noch. »Wärst vielleicht willens …«, sagte er noch. Aber sie verwandelte sich schon in etwas anderes, einen Vogel – einen Flamingo, einen Falken, einen Flamingo-Falken –, und flog auf und davon, auf die trübe Fensterscheibe zu, dann wieder zurück, kreisend, lauernd, blinzelnd.

Er fing plötzlich an zu weinen – zuerst laut, mit vielen Ohs darin, dann erschöpft, wie aus tiefem Schlaf, sein Gesicht begraben in dem Poncho, den er über die Sofalehne geworfen hatte, und sein Körper versank im Plüsch der Kissen – Geisel der angstvollen Figuren seines Traums.

»Was soll ich machen?« fragte er.

Aber inzwischen hatte sich sein Traum verändert, und sie war weg, durchs Fenster, weg, weg.

Was man von einigen Leuten nicht behaupten kann

So schlimm war nicht einmal die Angst vorm Tod, jedenfalls den Zeitschriften zufolge. Tod war Nummer vier. Nach Verstümmelung, drei, und Scheidung, zwei. Nummer eins, die wahre Angst, der der Tod nicht das Wasser reichen konnte, war öffentliches Sprechen. Abby Mallon wusste das nur zu gut. Deshalb hatte ihr die Stelle bei *Amerikanische Aufnahmeprüfungen fürs College* gleich gut gefallen: Sie bekam im Stillen mit Worten zu tun. Was sie zu sagen hatte, erledigte sie allein im Hinterzimmer, als wäre sie ein Kobold, der seine kleinen Schuhe zusammenschustert: Spinne verhält sich zu Netz wie Weber zu (Lücke). Das war von ihr. Darauf war sie stolz.

Doch dann bestellten der Supervisor und der Bezirksleiter von AAC sie eines Tages nach oben. Sie sei gut, sagten sie, vielleicht sei sie sogar zu gut geworden, zu kreativ, ließen sie durchblicken, und beförderten sie vom Texterschreibtisch in die High-School-Aulen Amerikas. Sie sollte reisen und Vorträge halten, den High-School-Kollegien erläutern, wie sie die Schüler auf die Aufnahmeprüfungen vorbereiten konnten, sich gesondert mit den Schülern der letzten beiden Jahrgänge vorm Abschluss treffen und ihre Fragen unerschütterlich, voller Autorität und Anmut beantworten. »Aber vorher gönnen Sie sich einen Urlaub«, sagten sie und überreichten ihr einen Scheck.

»Danke sehr«, sagte sie skeptisch. Ihr Leben hatte sie mit der Gabe des Alleinseins bedacht, dafür hatte sie ein Händchen, und nun würde ihr das beruflich gar nichts nützen. Sie musste wohl ein öffentlicher Mensch werden.

»Hoffentlich ein Mensch werden?« fragte ihre Mutter nach, die aus Pittsburgh anrief.

»Ein *öffentlicher* Mensch werden«, sagte Abby. »Mit Leuten umgehen.«

»Ach die«, sagte ihre Mutter und seufzte das Seufzen des Todes, obwohl sie stark wie ein Pferd war.

Von Abbys sämtlichen ausgefallenen Ideen zur Selbstfindung (das Inspirationsvideo, die Atemübungen, der Hypnosekurs) war der sagenumwobene Stein von Blarney in Irland, der jedem, der ihn küsste, ein hurenhaftes Tauschgeschäft von Redegewandtheit gegen Liebe anbot – O GIB UNS SCHNAUZE, stand auf den T-Shirts –, vielleicht die extremste. Vielleicht. Schließlich war da noch ihre Heirat mit Bob, ihrem langjährigen Freund, nachdem ihr Hund Randolph an Nierenversagen gestorben und ihr die Ehe mit Bob als einziger Weg erschienen war, um über den Verlust hinwegzukommen. Natürlich hatte sie die Idee der Ehe immer bewundert, das Bürgertümliche daran und das öffentliche Sprechen, die wiedererlangte Unschuld, und außerdem war Bob groß und tröstlich. Aber viel hatte er nicht zu sagen. Er war kein Mann des Wortes. Wut verlieh ihm Satzbau – aber das reichte einfach nicht! Bald hatte Abby sich angewöhnt, ihn wie eine Art Haustier zu halten, während sie in aller Stille nach Ablenkungen voller Tiefe und Folgenschwere Ausschau hielt. Nach Worten nämlich. Nach dem Umgang mit Worten. Sie gab sich große Mühe, sich mit einem Lyriker aus New York anzufreunden, einem laschen, hellhaarigen, veilchenblauäugigen Junggesellen. Sie und die meisten Arzt- und Kuratorengattinnen der Stadt. Er war ein Neuankömmling ohne Auto, der jeden Tag denselben gelbbraunen Blazer trug. »Wasser, überall Wasser, aber kein Tropfen zu trinken«, sagte der Junggesellenlyriker einmal, während er matt das weibliche Gezirpe auf seinem Anrufbeantworter abhörte. In seiner Wohnung waren keine Romane oder Bücherschränke zu finden. Es gab einen Sessel, dazu einen großen Fernseher, das Telefon mit Anrufbeantworter, ein Reimwörterbuch, dessen Ausleihfrist regelmäßig in der Bücherei verlängert wurde, und einen Couchtisch. Frauen versorgten ihn mit Essen, beruflichen Kontakten, Werbetextaufträgen und Bargeldsubventionen. Als Gegenleistung brachte er ihnen kleine buntgefleckte Kiesel vom Strand mit oder ein hübsches Unkraut aus dem Park. Er stand immer hinter seinem Couchtisch und deklamierte seine eigenen Lieder, dann trat er einen Schritt zurück und wartete furchtsam darauf, verführt zu werden. Er glaubte, wenn die weibliche Form einen ansprang und verschlang, war das eng verwandt mit Applaus. Manchmal holte er auch eine gemietete Laute hervor und sagte: »Hier, ich habe gerade eine Melodie komponiert, eine Vertonung meines Gedichts über die Schöpfung. Singen Sie mit mir.«

Abby starrte ihn dann an und sagte: »Aber ich kenne das Lied gar nicht. Ich habe es noch nie gehört. Sie haben es gerade erfunden, sagten Sie doch.«

Oh, welche Kränkungen ein Mann der Poesie ertragen musste! Gelähmt stand er hinter dem Couchtisch, und als Abby endlich einen Schritt nach vorn machte, nur um ihn zu berühren, vielleicht um seinen Puls zu messen, *um gar einen seiner Arme mit einer unsichtbaren Blutdruckmanschette zu fesseln!*, da bröckelte und schrumpelte er dahin. »Bitte glauben Sie nicht, ich wäre ein Fall von emotionalem Drüsenfiebervirus«, sagte er, ein Zitat aus Auseinandersetzungen, die er mit anderen Frauen gehabt hatte. »Ich bin nicht gleichgültig oder leidenschaftslos. Ich bin still. Ich bin romantisch, aber ich bin still. Ich habe Gelüste, aber ich verhalte mich sehr still dabei.«

Als sie zu ihrem Mann zurückkam – »Schatz, du bist ja wieder zu Hause!« rief Bob aus –, hielt sie es nur eine Woche aus. Hätte es nicht länger halten sollen – die Mischung aus Einsamkeit und Lust und Gewohnheit, die sie immer mit Bob empfand, diese Mischung, die bestimmt Liebe war, denn sie fühlte sich so oft wie Liebe an, wie konnte das keine Liebe sein, bestimmt hatte die Natur es so geplant, bestimmt verließ sich die Natur mit ihren Hurrikanen und Hagelstürmen darauf, dass das ausreichte? Bob lächelte sie an und sagte nichts. Und am nächsten Tag buchte sie einen Flug nach Irland.

Wie ihre Mutter sich bei dieser Reise einklinkte, konnte Abby immer noch nicht richtig rekonstruieren. Es hatte etwas mit einem Schaltknüppel zu tun: weil Abby nie gelernt hatte, mit einem zu fahren. »Zu meiner Zeit«, sagte ihre Mutter, »lernte das jeder. Wir alle lernten das. Frauen konnten was. Kochen und nähen zum Beispiel. Heute können Frauen nichts.«

Mit Gangschaltung kostete der Mietwagen halb so viel wie mit Automatik.

»Falls du einen Chauffeur brauchst«, deutete ihre Mutter an, »die Straße sehe ich immer noch.«

»Das ist gut«, sagte Abby.

»Und deine Schwester Theda verbringt den Sommer wieder bei deiner Tante im Zeltlager.« Theda hatte Down's Syndrom, und die Familie liebte sie abgöttisch. Jedes Mal, wenn Abby zu Besuch kam, schrie Theda »Guck mal da!« und fiel ihr in einer Wahnsinnsumarmung um den Hals. »Theda ist natürlich so süß wie immer«, sagte ihre Mutter, »was man von einigen Leuten nicht behaupten kann.«

»Da hast du wahrscheinlich Recht.«

»Ich würde Irland gern sehen, so lange ich es noch kann. Als dein Vater noch lebte, wollte er nie hinfahren. Ich bin ja Irin, wie du weißt.«

»Ich weiß. Ein Sechzehntel.«

»Genau. Natürlich war dein Vater Schotte, das ist etwas ganz anderes.«

Abby seufzte. »Na ja, in meinen Augen wäre ein *Japaner* etwas ganz anderes.«

»Ein *Japaner*?« tönte ihre Mutter. »Das wäre nah dran, im Vergleich.«

Und so landeten sie Mitte Juni gemeinsam auf dem Flughafen von Dublin. »Wir werden rund um diese Insel fahren, bis auf die letzte Halbinsel«, verkündete Mrs. Mallon auf dem Flughafenparkplatz und ließ den Motor ihres gemieteten Ford Fiesta aufheulen, »wir verrückten Yuppies.«

Abby war noch schlecht vom Flug; und dass sie dort saß, wo eigentlich die Fahrerseite war, bloß ohne Steuerrad, kam ihr plötzlich irgendwie vielsagend vor.

Ihre Mutter verließ den Parkplatz mit einem Satz und peilte den nächsten Kreisverkehr an, wobei sie nur zwei Mal über die andere Fahrspur kreuzte. »Den Bogen krieg ich noch raus«, sagte sie und schob ihre Brille auf der Nase höher. Abby bemerkte zum ersten Mal, dass die Augen ihrer Mutter vom Alter milchig waren. Ihre Steuerkünste waren ruckartig, und ihr Fuß hüpfte auf der Suche nach der Kupplung am Boden herum. Vielleicht hatten sie da einen Fehler gemacht. »Fahr geradeaus, Mom«, sagte Abby und vertiefte sich in die Landkarte.

So zickten und zackten sie nordwärts, auf und davon aus Dublin, wohin sie am Ende zurückkehren wollten, aber jetzt ging es nach Drogheda. Abby schnappte sich den Reiseführer, dann wieder die Karte und erneut den Reiseführer, und Mrs. Mallon rief »Was?« oder »Links?« oder »Das kann nicht sein; gib das Ding mal her«. Die irische Landschaft tat sich vor ihnen auf, ihr idyllischer Flickenteppich, die Steinmauern und das Kaminaroma der Torffeuer wie aus einem anderen Jahrhundert, die kleinen Baumgruppen, die aneinandergrenzenden Felder, übersät von Wildblumen und Schafdung und ausgestochenen Grasnarben und ohrschildchengeschmückten Kühen, die schön waren wie Frauen. Vielleicht lebten Feengeschöpfe in den Bäumen! Abby begriff sofort, wenn man in der magischen Aura dieses Ortes lebte, musste man ganz zwangsläufig an Magie glauben. Hier zu leben würde einen warmherzig vor lauter Geheimnissen, abergläubisch und unrealistisch machen. Wer am Wortlaut der Dinge klebte oder nur praktisch war, musste wegziehen – oder anfangen zu trinken.

Verunsichert fuhren sie an Schildern vorbei, deren Zielorte auf der Straßenkarte nicht vorkamen. Sie hatten das Gefühl, sich verirrt zu haben – was gar nicht so uncharmant war. Die alten, engen Straßen mit ihren weißen Fahrbahnbegrenzungen erinnerten Abby an die Urlaubsreisen mit der Familie, als sie klein war, Autofahrten ins Land der Kühe, durch Neuengland oder Virginia – in den Tagen, bevor es Interstate-Autobahnen und Plastikbecher gab und einen Pöbel, der vor lauter Asphalt und Fritten Depressionen hatte. Irland war eine Reise in die Vergangenheit Amerikas. Es war um Jahre zurück, noch nicht entstellt, wie eine Geschichte oder ein Traum oder ein klarer Bach. Ich bin wieder ein Kind, dachte Abby. Ich bin zurück. Und genau wie damals, als sie ein Kind war, musste sie ganz plötzlich mal.

»Ich muss mal«, sagte sie.

Zur Linken warnte ein Schild: GEGEN VERKEHR, und darunter hatte jemand geschrieben: »Bin ich auch.«

Mrs. Mallon riß das Steuer nach links herum und stieg auf die Bremse. In der Nähe der Straße standen ein paar schwarzgesichtige Schafe mit grellblau markierten Hinterschenkeln und kauten Gras.

»Hier?« fragte Abby.

»Ich will keine Zeit damit verplempern, woanders zu halten und irgendwas kaufen zu müssen. Du kannst doch hinter die Mauer da gehen.«

»Danke«, sagte Abby und wühlte in ihrer Handtasche nach Kleenex. Sie vermisste ihre Wohnung. Sie vermisste ihr Viertel. Sie vermisste die reichlich vorhandenen Selbstbedienungstankstellen von der U-PUMP-ITT-Kette, wo, wie sie oft sagte, immerhin »pump« richtig geschrieben war! Sie stieg aus und lief ein Stück die Straße zurück. Auf einer der Familienreisen vor dreißig Jahren hatte ihr Vater, als sie und Theda mal mussten, angehalten und sie »auf die Toilette im Wald« geschickt. Sie waren zwanzig Minuten lang durch den Wald gewandert und hatten nach der Toilette gesucht; dann kamen sie wieder heraus und erklärten ihm, sie hätten sie nicht gefunden. Ihr Vater hatte perplex dreingeschaut, dann amüsiert und dann böse – sein übliches Muster.

Jetzt kämpfte sich Abby über eine niedrige Steinmauer und verbarg sich dahinter in der Hocke, mit einem argwöhnischen Seitenblick zu den Schafen. Sie war im Tran vom Jet-lag, und als sie wieder beim Auto ankam, stellte sie fest, dass sie den Reiseführer auf einem Stein hatte liegen lassen, also musste sie umkehren und ihn holen gehen.

»So«, sagte sie, als sie wieder eingestiegen war.

Mrs. Mallon legte den Gang ein. »Ich finde immer, wenn die Menschen es wie die Tiere machen und ihr Geschäft einfach hie und da erledigen würden statt an einem einzelnen dafür bestimmten Ort, dann hätten wir keine Umweltverschmutzung.«

Abby nickte. »Genial, Mom.«

»Findest du?«

Sie hielten kurz an einem englischen Herrenhaus, um zu besichtigen, wie sich die natürliche Welt in Formen und Teppiche, Wolle und Holz zerstückeln ließ: eingefangen und eingeordnet, gestohlen und einbalsamiert und in Gießharz vergewaltigt. Abby wollte weg.

»Komm, lass uns gehen«, flüsterte sie.

»Was ist los mit dir?« beklagte sich ihre Mutter.

Im Weiteren besichtigten sie ein steinzeitliches Hügelgrab, dessen Grundriss nach einer umgekehrten Geburt aussah, der enge Steinkorridor ergoß sich in einen hohen, runden Raum. Sie nahmen ihre Sonnenbrillen ab und musterten die keltischen Schnörkel. »Älter als die Pyramiden«, verkündete der Führer, ließ aber den, wie Abby fand, wichtigsten Aspekt weg: die tödlichmütterliche Metapher.

»Bist du immer noch nervös bei dem Gedanken, die Grenze nach Nordirland zu überqueren?« fragte Mrs. Mallon.

»Doch, ja.« Abby biß an ihrem Daumennagel herum und rupfte sein Ende ab wie einen winzigen Zweig.

»Ach komm«, sagte ihre Mutter. »Reiß dich mal zusammen.«

Also überquerten sie die Grenze zum Norden, vorbei an den kugelsicher gerüsteten Soldaten, die durch die Straßen und zwischen den Stacheldrahtzäunen von Newry patrouillierten, junge

Männer mit automatischen Waffen, im Rückwärtsgang, Block um Block, während ihre Partner auf der gegenüberliegenden Straßenseite vorwärts gingen, auf der Hut. Hubschrauber flappten am Himmel. »Das ist ein bisschen gruselig«, sagte Abby.

»Alles Schau«, sagte Mrs. Mallon forsch.

»Eine gruselige Schau.«

»Wenn man sich leicht gruselt, vielleicht.«

Das wurde im Schnelltempo zum Leitmotiv ihrer Reise – Abby sah es bereits vor sich: Abby hatte keinen Mut, aber ihre Mutter. Immer schon.

»Du gruselst dich zu leicht«, sagte ihre Mutter. »Immer schon. Als du ein Kind warst, wolltest du kein Haus betreten, bevor dir nicht jemand versichert hatte, dass kein Ballon drin war.«

»Ich mochte keine Ballons.«

»Und du hattest auf dem Hinflug Angst«, sagte ihre Mutter.

Abby verteidigte sich. »Erst als die Stewardess gesagt hat, dass es keinen Kaffee gäbe, weil die Kaffeemaschine kaputt war. Fandest du das nicht beunruhigend? Und dann schloss eins der Gepäckfächer nicht, so sehr sie es auch zuknallten.« Abby sah es vor sich wie eine ferne, bittere Erinnerung, dabei war das erst gestern gewesen. Das Flugzeug hatte mit einem grässlichen Zittern abgehoben, und als es laut rumpelnd wie ein alter U-Bahn-Waggon weiterflog, vor allem über Grönland, verkündete die Stewardess über Lautsprecher, es gebe keinen Anlass zur Sorge, vor allem, wenn man sich klarmache, »wie schwer die Luft eigentlich ist«.

Und jetzt glaubte ihre Mutter, sie wäre Tarzan. »Ich will auf diese Hängebrücke, die ich im Führer gesehen habe.«

Auf Seite 98 im Reiseführer stand das Foto einer hölzernen Hängebrücke, die zwischen zwei Felsklippen gespannt war. Ursprünglich war sie für Fischer gebaut worden, und inzwischen durften auch Touristen drüber, wurden allerdings vor starken Winden gewarnt.

»Warum willst du auf diese Hängebrücke?« fragte Abby.

»Warum?« erwiderte ihre Mutter, kam irgendwie nicht weiter und verstummte.

Die nächsten zwei Tage fuhren sie gen Osten und Norden, umgingen Belfast und folgten der Küstenlinie, vorbei an alten Windmühlen und Schaffarmen, bis auf schwindelerregende Klippen mit Ausblick in Richtung Schottland, ein blasser Splitter auf dem Meer. Sie übernachteten in einer winzigen Stuckpension mit einem Strohdach, das an Kleopatras Ponyfrisur denken ließ. Sie schliefen schaukelig, und am Morgen saßen sie in dem Frühstücksraum mit seinem großen Panoramafenster und verspeisten erschöpft ihren Porridge mit Speckschnitten und Black-and-white-Pudding und benahmen sich wie gute Gäste – »Ja, ja, die Spannungen«, stimmten sie zu, denn wer wusste schon genau, mit wem man gerade sprach? Es war nicht wie im rassenzerrissenen Amerika, wo man das immer wusste. Abby nickte. Draußen wehte eine Brise, aber sie konnte nicht das geringste Rascheln hören, nur sehen, wie sich die hängenden Äste der sonnenbestickten Fichte stumm bewegten, nur ein wenig, wie irgendein Ding, das in einem fremden Auto vom Rückspiegel baumelte.

Sie zahlte mit ihrer Visa-Karte, versuchte beide Koffer anzuheben und beließ es dann bei ihrem eigenen.

»Auf Wiedersehen! Vielen Dank!« riefen sie und ihre Mutter der Wirtin zu. Als sie wieder im Auto saßen, stimmte Mrs. Mallon kurzzeitig »Tooraloora-loora« an. »Drunten in Killarney, vor vielen, vielen Jahren«, trällerte sie. Ihre Stimme war belegt, zittrig und etwas flach, landete knapp unter jeder Note wie ein Unterteller unter seiner Tasse.

Und so fuhren sie weiter. Abends konnte der nächste Tag klar umrissen und zielstrebig aussehen. Aber wenn er dann über einen kam, konnte er sich tragisch in Luft auflösen.

Sie näherten sich dem Schild zur Hängebrücke.

»Ich will das machen«, sagte Mrs. Mallon und riss den Wagen scharf nach rechts. Sie knirschten auf einen Kiesparkplatz und stellten ihn dort ab; die Brücke war ein paar hundert Meter Fußmarsch entfernt. In der Ferne quirlten finstere Wolken am Himmel wie ein Blutsturz, und der Wind frischte auf. Regen nieselte auf die Windschutzscheibe.

»Ich bleibe hier«, sagte Abby.

»Ach ja?«

»Hmhm.«

»Na egal«, sagte ihre Mutter angewidert, stieg brummig aus und trottete den Pfad zur Brücke entlang, bis sie um eine Kurve verschwand.

Abby wartete, spürte jetzt so richtig die Einsamkeit dieser Reise. Sie begriff, dass sie Bob und seine warme, stille Verwirrtheit vermisste; wie er auf dem Teppich vor dem Kamin saß, wo ihr Hund Randolph immer gesessen hatte; unter den fünf Weihnachtskarten saß, die sie bekommen und auf das Sims gestellt hatten – fünf, einschließlich der Karte vom Zeitungsjungen –, dasaß und an seinen Füßen herumpolkte oder sämtliche Früchte in seinem Obstsalat aufzählte, wie abwechslungsreich doch das Leben war!, oder sie fragte, was mit ihr los sei (auf seine stille Weise), während er ewig an einem glimmenden Holzscheit herumstocherte. Sie dachte auch an den armen Randolph, beim Tierarzt, an sein Fell mit den kahlen Stellen und seine flehenden, sterbenden Augen. Und sie dachte an den blassen Junggesellenlyriker, wie er sie einmal besucht hatte, aber nicht mal genug Druck auf die Türklingel ausgeübt hatte, damit sie klingelte, so dass er wartend auf der Veranda stand, eine lila Kegelblume in der Hand, bis Abby zufällig am Wohnzimmerfenster vorbeikam und ihn da stehen sah. *O Poesie!* Als sie ihn hereinbat und er ihr die Blume überreichte und Platz nahm, um den verschlüsselten Schall und Fall aller Erdendinge zu beklagen, ebenso seine eigene, unverdiente Unsterblichkeit, und wie alles dem Vergessen entgegenwirbele, alles, bis auf die Wörter, die sich in der Zeit vereinten wie Moleküle im Raum, weil Gott ein Akt – ein Akt! – der Sprache sei, da war es ihr nicht albern vorgekommen, eigentlich nicht, jedenfalls nicht *so* albern.

Der Wind kam in Böen. Sie schaute auf ihre Armbanduhr und machte sich langsam Sorgen um ihre Mutter. Sie schaltete das Radio ein, auf der Suche nach einem Wetterbericht, aber die Sender schienen alle nur seltsame Coverversionen amerikanischer Popsongs von 1970 zu bringen. Ab und zu kam eine zweiminütige Quizsendung – Wer ist der Präsident Frankreichs? Sind Tomaten Gemüse oder Obst? –, Fragen, die von den Anrufern selten korrekt beantwortet wurden, wenn überhaupt, wodurch das Ganze ziemlich peinlich anzuhören war. Warum machten die da mit? Puzzle, Quiz, Gameshow. Abby wusste durch ihre Arbeit, dass ein erstaunlicher Prozentsatz der Leute, die an den Aufnahmeprüfungen zum College teilnahmen, sich später gar nicht einschrieben. Sie mochten einfach Prüfungen. Oder etwa nicht? Die Leute mochten die Herausforderung.

Da klopfte ihre Mutter an die Fensterscheibe. Sie war schlammig und nass. Abby zog den Türknopf hoch und stieß den Schlag auf. »Hat sich's gelohnt?« fragte sie.

Ihre Mutter stieg ein, groß und klamm und schnaufend. Sie ließ das Auto an, ohne ihre Tochter eines Blickes zu würdigen. »Was für eine Brücke«, sagte sie schließlich.

Am nächsten Tag fuhren sie weiter an der Küste von Antrim entlang, durch Städte, die mit schottischen Hymnen und Union Jacks Flagge zeigten, bis nach Derry mit seinem Stacheldraht und den IRA-Graffiti an den Stadtmauern – »John Major ist ein zionistischer Jude« (»Hallo«, sagte ein britischer Offizier, als sie stehen blieben, um zu starren) –, und dann flohen sie quer durch Wegelagererland, erneut über die Grenze in den Süden und an die Küste von Donegal, dessen Fischerdörfer ein altes Cape Cod darstellten, wie es nie gewesen war. Abby starrte durch die Windschutzscheibe auf den Horizont und kam allmählich zu der Ansicht, dass sich die Schönheit und Hässlichkeit und Verworrenheit, die überall in der Natur verstreut waren, auch in den Menschen finden ließen, alles dort versammelt, an einem einzigen Ort. Ganz gleich, welchen Schrecken oder Reiz die

Erde hervorbringen konnte – die Winde, die Ozeane –, ein Mensch konnte das genauso und lebte damit, lebte mit dieser ganzen durcheinandergewürfelten Natur, die tief drinnen herumwirbelte, mit jedem einzelnen bisschen. In der Welt gab es nichts, das so komplex war – keine Blume und keinen Stein – wie ein einziges »Hallo« von einem Menschen.

Ab und zu brachen Abby und ihre Mutter ihr Schweigen, um Mrs. Mallons Stellung als Büroleiterin einer kleinen Taschenlampenfirma zu erörtern – »Ich musste die Berechnungsgrundlage für unsere Lohnnebenkosten komplett neu organisieren. Krankenversicherung und Rente haben uns die Haare vom Kopf gefressen!« – oder die Hinweisschilder zu der einen oder anderen Klosterruine oder die schwarzen Punkte, die für Verkehrstote standen. Am liebsten aber wollte ihre Mutter über Abbys wacklige Ehe reden und was sie in dieser Hinsicht vorhabe. »Eine ramponierte Abbey, wo man hinschaut«, sagte Mrs. Mallon jedes Mal, wenn sie an einem mittelalterlichen Trümmerhaufen vorbeikamen. »Und wann gehst du zu Bob zurück?«

»Ich bin doch zurückgegangen«, sagte Abby. »Aber dann musste ich wieder weg. Hoppla.«

Ihre Mutter seufzte. »Die Frauen deiner Generation hoffen immer auf eine andere Romanze, als sie gerade haben«, sagte sie. »Stimmt's oder hab ich Recht?«

»Wer weiß?« sagte Abby. Langsam wurde sie ein bisschen schmallippig mit ihrer Mutter, so zusammengepfercht, wie sie in diesem kleinen Raum hockten, als wären sie Astronauten. Ihr Sinn für das Geschehende steigerte sich ins Hochentzündliche: Einzelne Wörter klangen und schwangen nach. Die kleinste Bewegung konnte reizen, der Atem, der Geruch. Anders als ihre Schwester Theda, die immer sonnig und mit allen fröhlich-vertraut geblieben war, hatte Abby stets etwas Dunkleres an sich gehabt und wurde sich selbst überlassen; sie und ihre Mutter waren einander nie sehr nahe gekommen. In ihrer Kindheit hatte die Mutter sie immer ein wenig abgestoßen – der fettige Geruch ihrer Haare, ihr Nabel, der aussah wie ein zusammengerollter Wurm in einer Grube, die Binden im Abfalleimer des Badezimmers, grauslich wie der Krieg; danach hatten manchmal Waschbären, die sich nachts über die Mülltonnen hermachten, sie im Rinnstein verstreut. Einmal war Abby als kleines Mädchen in einem Restaurant auf die Toilette gegangen und in eine unverschlossene Damenkabine gestürmt, wo ihre Mutter benommen und unziemlich hockte und sie vom Sitz her beäugte wie ein Kuckuck aus seiner Uhr heraus.

Es gab Dinge, die man nie von einem anderen Menschen wissen sollte.

Später überlegte sich Abby, dass das wahrscheinlich gar nicht ihre Mutter gewesen war.

Und doch war sie jetzt mit ihrer Mutter unterwegs, zu zweit in einem extrem winzigen Auto, vereint in einem Metallschoß mit Rädern, gemeinsam in schmalen Pensions-Doppelbetten, beim Erwachen mit schalem Geschmack im Mund und zu eng beieinander, oder in fast zornigem Aufbäumen Rücken an Rücken hin und her schaukelnd, es war zum Verrücktwerden. *Irrland!* Das Reden über Abbys Ehe und ihre mögliche Abdankung trottete auf der Straße vor ihnen her wie eine Herde Schafe, Schafe der Schlaflosigkeit, und bald war Abby so weit, dass sie sich eine Waffe wünschte.

»Ich habe nie viel auf konventionellen romantischen Krempel gegeben«, verkündete Mrs. Mallon. »Dafür war ich gar nicht der Typ. Ich habe immer gearbeitet, ich war praktisch, habe mir die Dinge vorgenommen und sie erledigt. Wenn mir ein Mann gefiel, habe ich ihn gefragt, ob wir ausgehen. So habe ich auch deinen Vater kennengelernt. Ich habe ihn gefragt, ob wir ausgehen. Ich habe ihm auch einen Heiratsantrag gemacht.«

»Ich weiß.«

»Und dann bin ich bei ihm geblieben bis zum Tag seines Todes. Genauer gesagt, noch drei Tage länger. Er war ein guter Mensch.« Sie machte eine Pause. »Was man von einigen Leuten nicht behaupten kann.«

Abby sagte gar nichts.

»Bob ist ein guter Mensch«, fügte Mrs. Mallon hinzu.

»Habe ich etwas anderes behauptet?«

Und wieder herrschte Schweigen zwischen ihnen, während die Umgebung von neuem ihre grünen Flickenteppiche vor ihnen ausrollte und die alten Straßen Erinnerungen auslösten, als wäre sie vor langer Zeit schon einmal durch dieses Land gereist mit seiner Mischung aus Glück und Unglück, die Abbys Vergangenheit glich; es schien in der Zeit festzuhängen wie ein Tagtraum oder ein Buch. Die nahen Berge waren schroff, schorfig von Felsen und Gestrüpp wie der Bast auf dem Geweih eines Hirsches. Doch die Entfernung füllte die Lücken mit Moos. War es nicht so? Abby saß still da, ließ Ballygowan-Mineralwasser aus einer Plastikflasche in sich hineingluckern und lutschte extrastarke Pfefferminzbonbons. Vielleicht sollte sie das Radio anschalten und sich eine dieser Quizsendungen mit Anruferbeteiligung oder die Nachrichten anhören. Aber jedes Mal übernahm ihre Mutter und fummelte am Sender herum. Sie suchte immer nach Countrymusik, nach Liedern, in denen von *devil woman* die Rede war. Die mochte sie.

»Versprich mir eines«, sagte Mrs. Mallon.

»Was?«

»Dass du es mit Bob noch mal versuchst.«

Um welchen Preis? wollte Abby schreien, aber sie und ihre Mutter waren inzwischen zu alt für so was.

Mrs. Mallon gab weiterhin bedächtig die Pseudoweisheiten von sich, mit denen sie sich als Sechzigjährige gern schmückte. »Wenn du einmal mit einem Mann zusammen bist, musst du dich ruhig verhalten. So erschreckend das klingen mag. Du musst tapfer sein und die Früchte der Trägheit ernten lernen«, und mit diesen Worten jagte sie den Motor hoch, um einen Traktor in der Kurve zu überholen. Auf dem Verkehrsschild stand STEINSCHLAG. VORSICHT BODENWELLEN. Aber Abbys Mutter tat so, als wäre das alles nur Cocktailparty-Geschnatter. Auf dem nächsten Schild standen sechs schwarze Punkte.

»Ja, ja«, Abby klammerte sich am Armaturenbrett fest. »Dad war träge. Dad war träge, nur alle drei Jahre musste er aufspringen und irgendjemand eins in die Fresse geben.«

»Das ist überhaupt nicht wahr.«

»Es ist ziemlich wahr.«

In Killybegs folgten sie den Schildern nach Donegal City. »Ihr Frauen heutzutage«, sagte Mrs. Mallon. »Ihr erwartet zu viel.«

»Wenn es Dienstag ist, muss das Sligo sein«, sagte Abby. Sie hatte angefangen, alberne Witze zu erfinden. »Wo legen Fußballspieler ihr Geld an, wenn sie gerade nichts zu tun haben?«

»Na?« Eine Zigeunerfamilie kampierte neben einem Berg Autobatterien, die sie zu verkaufen hoffte.

»Auf der Ersatzbank.« Manchmal lachte Abby rauh, manchmal auch überhaupt nicht. Manchmal zuckte sie bloß die Schultern. Sie wartete auf den Stein von Blarney. Nur deshalb war sie hergekommen, also konnte sie auch alles andere ertragen.

Sie hielten an einem Buchladen, um eine bessere Karte zu kaufen und sich vielleicht nach einer Toilette zu erkundigen. Drinnen waren vier Kunden: zwei Priester, die in Golfbüchern lasen, und eine Mutter mit ihrem kleinen Jungen, der zwischen den Regalen hinter ihr hertappte und bettelte: »Bitte, Mummy, nur ein ganz kleines Buch, Mummy. Nur ein ganz kleines Buch.« Es gab keine bessere Karte. Es gab keine Toiletten. »Bedaure«, sagte der Verkäufer, und einer der Priester schaute kurz auf. Abby und ihre Mutter gingen nach nebenan, um sich die Kittel aus Kinsale und die Wollpullover anzuschauen – winzige Strickjäckchen, die irische Kinder an brütendheißen Sommertagen von 22 Grad am Strand über ihren Badeanzügen trugen. »Sind die süß«, sagte Abby, und die beiden schlenderten durch den Laden, fassten dies und das an. Hinten, bei den Wollmützen, entdeckte Abbys Mutter eine Marionette, die von einem Haken an der Decke herabhing, und spielte ein bisschen damit, bewegte ihre Arme zu der Musik, die in dem Laden lief, einem Konzert von Beethoven. Abby ging nach vorn und bezahlte einen Kittel, fragte nach Toiletten oder einem guten Pub, und als sie zurückkam, war ihre Mutter immer noch dabei, vollkommen gebannt dirigierte sie das Konzert mit der Puppe. Ihr Gesicht zeigte mädchenhafte Freude, leuchtend, wie Abby es selten gesehen hatte. Als das Stück vorüber war, überreichte Abby ihr eine Tüte. »Hier«, sagte sie, »ich habe dir einen Kittel gekauft.«

Mrs. Mallon ließ die Marionette los, und ihr Gesicht verdüsterte sich. »Ich hatte nie eine richtige Kindheit«, sagte sie, nahm die Tüte und schaute in die mittlere Ferne. »Als Älteste war ich immer die Vertraute meiner Mutter. Ich musste mich immer erwachsen und verantwortlich benehmen. Was gar nicht meine natürliche Natur ist.« Abby steuerte sie zur Tür. »Und dann, als ich wirklich erwachsen war, kam Theda, die mich die ganze Zeit brauchte, und natürlich dein Vater mit seinen Ansprüchen. Aber dann kamst du. Dich mochte ich. Dich konnte man alleine lassen.«

»Ich habe dir einen Kittel gekauft«, wiederholte Abby.

Sie benutzten die Toilette in O'Hara's Pub, kauften ein einzelnes Fläschchen Mineralwasser, das sie sich teilten, und fuhren weiter zum Friedhof von Drumcliff, um die toten Yeatses zu besuchen. Dann eilig Richtung Sligo, um ein Zimmer zu finden, und am nächsten Tag früh auf und ab nach Knock, wo sie lahme Frauen, kranke Frauen und Frauen, die schwanger werden wollten (»Mutterschaft *ad knock*«, sagte Abby), beobachten konnten, wie sie ihre Rosenkränze an den original alten Steinen des Heiligtums rieben. Ihr Weg führte sie gen Süden nach Clifden, durch Connemara und nach Galway und Limerick – »War'n einst zwei Frau'n aus Amerika/eine hieß Abby, die Mutter bloß Erica ...« Sie sangen, fegten wie die wildgewordenen Minnesänger um den Ring von Kerry, der mit seinen Palmen und blauen und rosa Hortensien aussah wie das Bühnenbild einer Operette. »Heldinnen der westlichen Welt!« rief ihre Mutter aus. Als es dunkel wurde, kamen sie in der Nähe von Ballylickey in einem Bed-and-Breakfast zur Ruhe, einer früheren Jagdhütte in einem

Tal nicht weit vom Ring. Sie aßen ein spätes Nachtmahl aus Glühwein und einer Art Knabbergebäck, das ihre Wirtin »Johannisstange« nannte.

»Oh, die kenn ich gut«, sagte Mrs. Mallon anzüglich. Was Abby so deprimierend fand wie ein kitschig eingerichtetes Zimmer, und so verabschiedete sie sich und ging nach oben, ins Bett.

Und am nächsten Tag, über Ballylickey, Bantry, Skibbereen und Cork, kamen sie nach Blarney. In dem Schloss war die Warteschlange, um den berühmten Stein zu küssen, lang, heiß und beängstigend. Sie verstopfte die enge, gewundene Treppe des erstickenden linken Schlossturms, und die Leute drückten sich gegen die dunkle Mauer, um andere durchzulassen, die die Geduld verloren hatten und wieder herunterkamen.

»Das ist lächerlich«, sagte Abby. Doch als sie endlich oben waren, hatte ihr Ärger sich in Angst verwandelt. Um den Stein zu küssen, musste man sich, wie sie sah, auf dem Rücken liegend von einer Brüstung aus ins Leere hängen und den Hals langstrecken, bis man mit den Lippen die Unterseite einer Stützmauer erreichte, wo der Stein saß. Ein merkwürdig aussehender Gnom von Mann hockte neben dem Stein, wohl um den Leuten beim Zurückbeugen zu helfen, aber es sah aus, als hielte er sie nicht richtig fest, es blitzte mutwillig und sadistisch in seinen Augen, und einige Touristen überlegten es sich anders und gingen wieder nach unten, ängstlicher und sprachgehemmter denn je.

»Ich glaube, das schaffe ich nicht«, sagte Abby zögernd und schlang ihren dunklen Regenmantel enger.

»Natürlich kannst du das«, sagte ihre Mutter. »Du hast eine weite Reise gemacht. Deshalb bist du doch gekommen.« Jetzt, wo sie oben auf dem Schloss standen, kam die Warteschlange offenbar zügig voran. Abby schaute sich um und zurück, und die Aussicht war grün und üppig und atemberaubend, farbiger als ein Farbfoto.

»Nächster!« hörte sie den Gnom rufen.

Vor ihnen kämpfte sich eine deutsche Frau wieder hoch vom Boden, wo der Gnom sie liegen gelassen hatte. Sie wischte sich den Mund ab und zog ein Gesicht. »Das war scheußlich«, brummte sie in ihrem knurrigen Akzent.

Panik ergriff Abby. »Weißt du was? Ich will das nicht machen«, sagte sie wieder zu ihrer Mutter. Vor ihnen waren nur noch zwei Wartende in der Schlange. Der erste legte sich gerade auf den Rücken, klammerte sich an den Eisenstangen fest und bewegte die Hände zentimeterweise nach hinten, Hals und Nacken in einem Bogen gereckt, um an den Stein heranzukommen, seine weiße Gurgel entblößend. Seine Frau stand über ihm und machte ein Foto.

»Deshalb hast du doch die weite Reise gemacht! Sei keine Memme!« Ihre Mutter bedrängte sie weiter. Das hatte ihr noch nie Mut gemacht, im Gegenteil, es nahm ihr den letzten Mut. Machte sie dafür aber verbittert und reizbar, was durchaus mit Mut zu verwechseln war.

»Nächster!« sagte der Gnom hinterhältig. Er hasste diese Leute, das war unübersehbar. Man merkte richtig, wie er halb hoffte, dass sie von der Brüstung brechen und in einem Gewusel aus Regenmänteln, Gliedern und Reiseschecks nach unten krachen würden.

»Jetzt du«, sagte Mrs. Mallon.

»Ich kann nicht«, winselte Abby. Ihre Mutter stupste sie, und der Gnom runzelte die Stirn. »Ich kann nicht. Geh du.«

»Nein. Mach schon. Nimm es als Prüfung.« Ihre Mutter fletschte plötzlich die Zähne, in ihrem Blick schwang etwas Irres, aus den Fugen Geratenes mit. »Du arbeitest schließlich mit Prüfungen. In der Schule hattest du nie Schwierigkeiten damit.«

»Für eine Prüfung muss man lernen.«

»Du hast doch gelernt!«

»Aber nicht das Richtige!«

»Ach, Abby.«

»Ich kann nicht«, flüsterte Abby. »Ich glaube, ich kann das einfach nicht.« Sie holte tief Luft und wurde mit einem Mal ganz flink. »Ach – okay.« Sie warf ihren Hut zu Boden und ließ sich ohne Umschweife auf die Steinplatten plumpsen, um es hinter sich zu bringen.

»Weiter nach hinten, weiter nach hinten«, leierte der Gnom wie ein Zugschaffner.

Jetzt spürte sie keine Unterlage mehr unter ihrem Rücken; von der Taille aufwärts hing sie draußen in der Luft, nur von ihren klammernden Händen und den Eisenstangen gehalten. Sie bog ihren Kopf so weit zurück, wie sie konnte, aber das reichte nicht.

»Tiefer«, sagte der Gnom.

Sie rutschte mit den Händen weiter nach hinten, als wollte sie auf dem Klettergerüst eines Spielplatzes ein Kunststück vollführen. Und immer noch konnte sie den Stein nicht sehen, nur die Schlossmauer.

»Tiefer«, sagte der Gnom.

Sie rutschte noch tiefer mit den Händen, reckte den Kopf nach hinten, das Kinn zum Himmel, und spürte, wie ihre Halswirbel von innen gegen die Haut drückten, und diesmal erblickte sie den Stein. Er war ungefähr so groß wie ein Mikrowellenherd und bedeckt mit Feuchtigkeit und Schmutz und Lippenstiftspuren in Lippenform – blasslila, aprikose, rot. Ziemlich unhygienisch für so eine öffentliche Veranstaltung, schmierig und nass, und deshalb beschloss sie, statt dem Stein einen dicken Schmatz zu verpassen, nur ein Küsschen in die Luft zu hauchen, dann rief sie: »Okay, bitte helfen Sie mir wieder hoch«, und der Gnom half ihr wieder hoch.

Abby stand auf und bürstete sich ab. Ihr Regenmantel war mit weißlichem Schlamm verschmiert. »Iiähh«, machte sie. Aber sie hatte es geschafft! Zumindest annähernd. Sie setzte ihren Hut wieder auf. Sie gab dem Gnom ein Pfund Trinkgeld. Sie wusste nicht, wie sie sich fühlte. Sie fühlte nichts. Diese Mutproben, die man sich selbst abverlangte, änderten letzten Endes überhaupt nichts. Alles ein Gebäude aus Wunsch und Mär und zu überwindender Distanz.

»Jetzt bin ich dran«, sagte ihre Mutter mit einer Art widerstrebender Entschlossenheit und reichte Abby ihre Sonnenbrille. Und während sie sich ungeschickt niederließ und Stück für Stück auf den Stein zuschob, bemerkte Abby plötzlich etwas, das sie noch nie gesehen hatte: Ihre Mutter hatte höllische Angst. Trotz all ihres Drängelns und Prahlens kämpfte sich ihre Mutter gerade, und zwar mehr schlecht als recht, durch einen großen Sturm des Entsetzens in ihrem Kopf. Während Mrs. Mallon versuchte, sich zentimeterweise dem Stein zu nähern, erkannte Abby, vor der das nackte Gesicht ihrer Mutter jetzt offen dalag, dass dieses stürmische Feuerwerk von Frau mit einem Mal nur noch zuckende Melancholie war – all ihr großartiges Auftreten war nichts als ein Trick. Sie versuchte nur etwas zu beweisen, versuchte sinnloserweise, ihren Ängsten zu trotzen und sie zu überwinden – statt dass sie einfach lernte, mit ihnen zu leben, da man doch, Teufel auch, sowieso mit ihnen leben musste. »Mom, alles okay?« Mrs. Mallons Gesicht war eine Grimasse, ihr Mund stand ungeschützt offen. Das frühere Kastanienbraun ihrer Haare war, wie Abby auffiel, zu ihren Zähnen hinabgewandert, die nach Jahren voller Kaffee und Tee rostig geworden waren.

Und nun musste der Gnom sie mehr halten als alle anderen Leute. »Tiefer, noch tiefer.«

»O Gott, nicht noch tiefer«, jammerte Mrs. Mallon.

»Sie haben es fast geschafft.«

»Ich sehe ihn gar nicht.«

»Und jetzt?« Er lockerte seinen Griff und ließ sie weiter rutschen.

»Ja«, ächzte sie und gab ein blubberndes Schnobern von sich. Doch dann, als sie sich wieder aufrappeln wollte, schien sie festzustecken. Sie strampelte mit den Beinen; die Schuhe lösten sich von den Füßen; ihr Rock rutschte hoch und entblößte das braune Oberteil ihrer Strumpfhose. Sie hatte sich wohl von der Hüfte aufwärts allzu seltsam verrenkt, und da sie ungelenk war und keine Bauchmuskeln hatte, kam sie nicht wieder hoch. Der Gnom hatte anscheinend Probleme.

»Kann mir mal jemand helfen?«

»O Gott«, sagte Abby, und sie und der Mann, der als nächster dran war, gingen sogleich neben Mrs. Mallon in die Hocke, um ihr beizustehen. Sie war schwer und machte sich vor Schreck ganz steif, und als sie sie endlich in eine sitzende Stellung und dann auf die Beine gehievt hatten, schaute sie blass und angeschlagen drein.

Ein Aufseher, der an der Treppe stand, bot an, sie nach unten zu stützen.

»Wäre dir das lieber, Mom?« Mrs. Mallon nickte nur.

»Gehen Sie besser vor uns her«, sagte der Aufseher in dem typischen Singsang des County Cork, »bloß für den Fall, daß sie hinfällt.« Also ging Abby vorweg, und der Aufwind verfing sich in ihrem Mantel und blähte ihn zu beiden Seiten auf, während sie langsam in die Verliesfinsternis der Wendeltreppe hinabstieg, in die Schwärze wie eine Fledermaus mit neuen Flügeln.

Auf einem Platz im Stadtzentrum winkte ein Wanderprediger mit einer Bibel und rief etwas von der »Kürze des Lebens«, wie man sich mit einer Hand daran festhielt, und dann war es weg, zwischen den Fingern zerronnen. »Gottes Wort wirkt schnell!« schrie er.

»Komm, wir gehen da drüben hin«, sagte Abby und zog ihre Mutter auf ein stärkendes Guinness in einen Pub namens Brady's Public House. »Alles in Ordnung?« fragte sie immer wieder. Sie hatten noch kein Zimmer für die kommende Nacht, und obwohl es erst ziemlich spät dunkel wurde und die Kneipen bis zehn geöffnet waren, stellte sie sich vor, sie beiden wären vorübergehend obdachlos, müssten unter den Sternen schlafen und sich von Schnecken ernähren. Sterne so groß wie Chicago! Tau wie ein Feenbad unter ihnen! Sie würden sich ihn von den Armen lecken.

»Mir geht's gut«, sagte Mrs. Mallon und wedelte Abbys Fragen weg. »Was für ein Stein!«

»Mom«, sagte Abby mit gerunzelter Stirn, denn mittlerweile stellte sie sich ein paar weitere Fragen. »Als du über diese Hängebrücke gegangen bist, ist da alles glatt gelaufen?«

Mrs. Mallon seufzte. »Na ja, ich habe eine Vorstellung davon gekriegt«, schnaubte sie. »Aber es gab ein paar Windböen, die Brücke hat ein bisschen geschaukelt, und obwohl ein paar Leute das furchtbar lustig fanden, musste ich auf allen Vieren zurückkriechen. Du wirst dich erinnern, es hat auch etwas geregnet.«

»Du bist auf Händen und Füßen gekrochen?«

»Na ja, schon«, gab sie zu. »Ein freundlicher belgischer Herr hat mir geholfen.« Sie fühlte sich bestimmt entlarvt vor ihrer Tochter und nahm einen großen Schluck von ihrem Guinness.

Abby versuchte, einen fröhlichen Ton anzuschlagen, und wechselte ein bisschen das Thema. Das erinnerte sie an Theda, Theda, die irgendwie in ihrer Stimme zu leben schien, und ihr Kehlkopf verwandelte sich plötzlich in ein Sommerlager für die Fröhlichen und Langsamen. »Na guck mal da!« sagte Abby. »Und, fühlst du dich jetzt voller Selbstvertrauen und Redegewandtheit, nachdem du den Stein geküsst hast, so wie die Legende es verspricht?«

»Eigentlich nicht.« Mrs. Mallon zuckte die Achseln.

Würden sie nun, da sie ihn geküsst hatten, jedenfalls so ungefähr, plötzlich befangen sein? Worüber sollten sie jetzt reden?

Filme wahrscheinlich. Wie sie es immer zu Hause gemacht hatten. Filme mit Landschaften, Filme mit Liedern.

»Und du?« fragte Mrs. Mallon.

»Na ja«, sagte Abby, »vor allem habe ich das Gefühl, wir haben uns eine Angina eingefangen. Aber andererseits, andererseits ...« Dazu setzte sie sich auf und beugte sich vor. Keine Prüfungen, kein Radioquiz, keine gottlosen Reden oder Songs, die hirntot waren vor Selbsterlebtem, keine närrischen Gebete oder Schreie oder langatmigen Gespräche, die im Verlauf von zu viel Alkohol und zu viel Zeit immer enthüllten, wie dumm und böse selbst die besten Menschen waren, sondern nur dies: »Ein Trinkspruch. Ich merke, wie mir ein Trinkspruch kommt.«

»Im Ernst?«

»Ja, im Ernst.« Niemand hatte bei Abbys und Bobs kleiner Hochzeit einen Trinkspruch auf sie ausgebracht, und mittlerweile war sie überzeugt, dass das der entscheidende Fehler war. Kein Trinkspruch. Es waren nur dreißig Gäste dagewesen, die einfach ihre Schinkencanapés gegessen und wieder nach Hause gegangen waren. Wie sollte so eine Ehe funktionieren? Nicht dass solche Zeremonien an und für sich wichtig waren. Sie waren nichts. Nullen. Aber Nullen als Platzhalter; sie sorgten dafür, dass Zahlen und Gleichungen intakt blieben. Und wenn man sich ihnen einmal unterworfen hatte, konnte man im Wissen um die leere Macht ihres Segens weitermachen und brauchte keine Zeit damit zu verschwenden, sie zu vermissen.

Von nun an würde sie an Trinksprüche glauben. Einer entstand jetzt gerade in ihrem Kopf, bedächtig wie ein Briefmarkensammler. Sie schaute hinüber zu ihrer Mutter und holte tief Luft. Vielleicht hatte ihre Mutter ihr niemals Zuneigung gezeigt, nicht richtig, aber sie hatte ihr ein Händchen fürs Alleinsein mitgegeben, das Alleinsein mit seinen furchtbaren Sprüngen nach draußen und seinem weichen Zurückgleiten in Ruhe und Frieden. Deshalb wollte Abby einen Trinkspruch auf sie ausbringen. Eigentlich war doch die Welt unsere brutale Mutter, die einen aufzog und vernachlässigte, und die eigene Mutter stellte in dieser Welt nicht mehr als ein Geschwisterchen dar. Abby hob ihr Glas. »Möge das Schlimmste immer hinter dir liegen. Möge die Sonne jeden Tag deine Arme wärmen …« Sie schaute hilfesuchend auf ihre Cocktailserviette hinunter, doch dort war nur eine großbusige irische Maid mit zwei Kleeblättern über den Brüsten abgebildet. Abby schaute wieder hoch. *Gottes Wort wirkt schnell!* »Möge dein Auto immer anspringen –« Aber vielleicht fing Gott auch mit schlanken, langsamen Worten an; den Blähungen einer Notlüge; dem ausgedehnten Märchen. »Und möge immer ein sauberes Hemd für dich bereit sein«, fuhr sie fort, und ihre Stimme wurde galant, öffentlich und laut, »und ein schützendes Dach, gesunde Kinder und gute Kohlköpfe –

und mögest du immer bei mir sein, Mutter, in meinem Herzen, wie jetzt an diesem Ort; für immer und ewig – wie ein flammendes Licht.«

Es herrschte Lärm in dem Pub.

(Lücke) verhält sich zu Kindheit wie Reise zu Lippen.

»Jawoll«, sagte Mrs. Mallon und schaute konzentriert und wachäugig in ihr Bier. Nie zuvor war ihr der Hof gemacht worden, kein einziges Mal in ihrem ganzen Leben, und jetzt errötete sie, erhob mit glühenden Ohren ihren Krug und trank.

Tanz in Amerika

Ich erkläre ihnen, dass Tanz beginnt, wenn sich ein Moment des Schmerzes mit einem Moment der Langeweile verbindet. Ich erkläre ihnen, dass es das Greifen des Körpers nach der Luft ist, die er sich zuführen will. Ich erkläre ihnen, dass es der Triumph des Herzens ist, die Siegesrede der Füße, die Verfeinerung des tierischen Sprunges und Fluges, die reinste Metapher von Stamm und Ich. Es ist das Leben, das dem Tod den Stinkefinger zeigt.

Ich erfinde dieses Zeug. Aber dann spüre ich die Streuspannung meines geliehenen Charismas, höre die aufgetakelte Autorität in meiner Stimme, und auch ich glaube. Ich bin überzeugt. Die Truppe aufgelöst, die Choreografie-Aufträge rückläufig, mein Körper immer unwilliger, geschmeidig zu werden, loszulassen – und ich bin für zwei Wochen hierher gekommen, ins ›Deutsche Land‹ von Pennsylvania, für »Tanz in den Schulen«. Ich besuche den Unterricht, vom College bis zur Grundschule, und verbreite das heilige Wort des Tanzes. Mein Kopf füllt sich mit meinem eigenen Sermon. Welches innere Leben auch immer in mir angewachsen ist, es hat sich bald erschöpft, durch meinen Mund entleert, wenn ich vor den Zuhörern stehe und ihre ängstlichen, grässlichen, *deutschen* Fragen über die Kunst und meine »Hurentänze« beantworte (die vorgestreckte Hüfte, ihr plötzliches Stoßen und Kreisen vor der nächsten *attitude*). Sie fragen, warum ich bei allem, was ich tue, so deutlich als Feministin auftrete.

»Ich glaube, es heißt *Feministikerin*«, sage ich. Ich bin's langsam leid. Ich habe mein Leben für ein paar gute Stücke verbraucht, und jetzt das.

Als nur noch eine Nacht übrig ist, ergreife ich die Flucht aus dem Quality Inn (SAHNEHÜHNCHEN AUF WAFFEL, $ 3.95, sagt das Schild außen dran. Wie konnte ich da gehen?). Das Karaoke in der Cocktail-Lounge hat mich wach gehalten, all die beschwipsten und blökenden Stimmen, gerade zurück vom Herrenklo und nun nach vorn gebeten, um »Sexual Healing« oder »Alfie« zu singen. Ich habe eine Einladung meines alten Freundes Cal angenommen, der in Burkwell, einem der unzähligen Colleges der Gegend, Anthropologie lehrt. Er und seine Frau wohnen in einem Haus, das früher einer Studentenvereinigung gehört hat, und sie haben sich nie die Mühe gemacht, es zu renovieren. »Nur so konnten wir es uns leisten, ein so großes Haus zu kaufen«, sagt er. »Außerdem fasziniert uns der Verfall auf eine perverse Weise.« Es ist Fastnacht, der Abend, an dem die Einheimischen heiße Krapfen backen und zu Ehren Christi essen. Vor dem Abendessen sind wir draußen, gehen mit Cals Hund Chappers in der Kälte Gassi.

»Das Haus ist aber auch ein erstaunlicher Anblick«, sage ich. »Es ist auf eine so raffinierte Art ramponiert. Wie ein Rauschenberg. Wie eine der wunderschönen, windverbeulten Reklamewände, die man in der kalifornischen Wüste findet.« Ich bin fest entschlossen, liebenswürdig zu sein; das Haus ist, um die Wahrheit zu sagen, schockierend. Ahornsprößlinge sind durch die Dielenbretter im Esssaal gestoßen, ein Baum ist von draußen durch das Fundament hindurchgewachsen. Eichhörnchen in Colliegröße turnen in den Wänden herum. Überall blättert Farbe ab, in Schuppen und Blasen und Flatschen; in dem rissigen Gips darunter stehen die Namen der Frauen, die in den Jahren 1972, 1973 und 1974 hier am *Spring Rush*-Wochenende – bei dem neue Mitglieder eingeführt werden – übernachtet haben. An der Küchendecke steht »Sigma Power!« und »Schlag mich mit dem Löffel«.

Aber ich habe Cal seit zwölf Jahren nicht mehr gesehen, nicht seit er mit einem Fulbright-Stipendium nach Belgien ging, also muss ich nett sein. Er kommt mir verändert vor: kleiner, älter, reinlicher, trotz des Hauses. In einem Anfall von Offenherzigkeit hat er mir schon gestanden, dass er damals, vor jenen vielen Jahren, aus Freundschaft zu mir sein Interesse am Tanz kräftig übertrieben hat. »Ich hab es nicht kapiert«, hat er zugegeben. »Ich hab immer versucht, der *Geschichte* zu folgen. Ich guckte die ganze Zeit auf den lila Typen, der sich seit einer Weile nicht mehr bewegt hatte, und dachte mir: So, und was ist mit dem da los?«

Jetzt zerrt Chappers an seiner Leine. »Ja, ja, das Haus.« Cal seufzt. »Einmal haben wir einen Anstreicher um einen Kostenvoranschlag gebeten, aber uns ist die Lust vergangen, als wir die Namen der Farben hörten: Mythos, Vesper, Snickerdoodle. Ich wollte nichts in meinem Haus haben, das Snickerdoodle heißt.«

»Was ist eigentlich ein Snickerdoodle?«

»Ich glaube, die werden in Madagaskar gejagt.«

Ich bin mit einem Satz bei ihm, spiele mit. »Oder in Wien gegessen.«

»Oder in L.A. angebetet.« Ich lache wieder, um seinetwillen, und dann beobachten wir Chappers, der an den Wurzeln einer Eiche schnüffelt.

»Aber ein Mythos oder eine Vesper – das ist doch immer gut«, füge ich hinzu.

»Lebenswichtig«, sagt er. »Bloß brauchten wir dafür keine Farbe.«

Cals Sohn Eugene ist sieben und hat Mukoviszidose. Eugenes Leben ist ein einziges Rennen mit der medizinischen Forschung. »Es ist ja nicht so, dass ich nicht für die Kunst wäre«, sagt Cal. »Du bist hier; Kunstsubventionen haben dich hierher gebracht. Das ist wunderbar. Es ist wunderbar, dich nach all den Jahren wiederzusehen. Es ist wunderbar, Kunst zu subventionieren. Es ist wirklich wunderbar; du bist wunderbar. Kunst ist so schön und wunderbar. Aber im Ernst: Ich sage, gebt alles Geld, jeden letzten verdammten Cent, der Wissenschaft.«

Etwas verschluckt sich in ihm. Es mag Optimismus in den Kommentaren, den Details, den einzelnen Abschnitten geben;

aber ich habe ihn zwölf Jahre nicht gesehen, und er musste mir die ganze Geschichte erzählen, von Anfang an, und gerade die ganze Geschichte ist so traurig.

»Wir hatten beide das Gen und wussten nichts davon«, sagt er. »So funktioniert das. Die Chancen stehen eins zu zwanzig, mal eins zu zwanzig, und dann immer noch nur eins zu vier. Insgesamt also eins zu sechzehnhundert. Bingo! Wir sollten nach Las Vegas ziehen.«

Als ich Cal kennen lernte, lebten wir in New York und hatten gerade die Uni hinter uns; er war Single und lebenshungrig und wirkte auf mich wie einer, der nie richtig heiraten und eine Familie haben würde, oder wenn, dann eine dekorative, leichtgewichtige Frau. Und nun, zwölf Jahre später, ist seine silberhaarige Frau Simone überhaupt nicht so: Sie ist füllig und kraftvoll und originell, vereint mit ihm in Kummer und Tapferkeit. Sie verlässt Elternabende türenknallend. Sie klebt sich kleine Ziermünzen auf die Schuhe. Englisch ist ihre dritte Sprache; sie war früher französische Diplomatin in Belgien und Japan. »Den Kaviar vermisse ich«, mehr sagt sie darüber nicht. »Den Kaviar vermisse ich sehr.« Und hier, in Pennsylvania-Deutschland, malt sie satirische Ölbilder von langarmigen, handlosen Wesen. »Die Einheimischen«, erläutert sie kichernd mit ihrem französischen Akzent. »Aber ich kann keine Hände malen.« Sie und Eugene haben eins der heruntergekommenen Zimmer im Obergeschoss als Atelier hergerichtet.

»Wie kommt Simone mit all dem zurecht?« frage ich.

»Besser als ich«, sagt er. »Eine ihrer Schwestern ist jung gestorben. Sie rechnet mit Unglück.«

»Gibt es denn keine Hoffnung?« frage ich, mir fehlen die Worte.

Eugenes Zustand, sagt Cal, hat sich schon verschlechtert, in seinen Lungen ist zu viel Flüssigkeit. »Klebrigkeit«, nennt er es. »Wenn er drei statt sieben wäre, hätten wir *mehr* Hoffnung. Die Forscher kommen mit großen Schritten voran; das muss man wirklich sagen.«

»Er ist ein tolles Kind«, sage ich. Auf der anderen Straßenseite stehen alte Kolonialhäuser mit brennenden Kerzen in jedem Fenster; das ist ein Brauch der Pennsylvania-Deutschen, oder ein Überbleibsel von der Operation Wüstensturm, je nachdem, wen man fragt.

Cal bleibt stehen und wendet sich zu mir um, und der Hund kommt herbei und stupst ihn an. »Es ist nicht nur, dass Eugene toll ist«, sagt er. »Nicht nur seine Frühreife oder die Tatsache, dass er das einzige Kind ist, das ich je haben werde. Er ist auch ein so wunderbarer Mensch. Er nimmt die Dinge an. Er ist sehr gut darin, alles zu verstehen.«

Ich kann mir nichts in meinem Leben vorstellen, das so viel Kummer enthält wie dieses vorweggenommene Vermissen. Cal verstummt, der Hund trottet vor uns her, und ich lege meine Hand leicht auf Cals Rücken, während wir durch die kalten, leeren Straßen gehen. Oben am Himmel haben die Venus und der dünnste Schnipsel eines Sichelmondes, wie Tasse und Unterteller, wie Nase und Mund, die türkische Fahne ans Firmament gezeichnet. »Schau mal«, sage ich zu Cal, während wir dem Hund hinterhertappen, dessen Leine straff gespannt ist wie ein Stock.

»Wow«, sagt Cal. »Die türkische Fahne.«

»Ihr seid wieder da, ihr seid wieder da!« schreit Eugene von drinnen und rast zur Eingangstür, als wir mit Chappers auf die vordere Veranda kommen. Eugene hat schon seinen Schlafanzug an, sein Körper ist mager und krumm. Seine Brille ist dick, vergrößernd, und seinen geschwollenen, feuchten Augen scheint nichts zu entgehen. Er rutscht auf Strümpfen in die Eingangsdiele und landet auf dem Boden. Von dort lächelt er zu mir hoch, ganz Charmeur, wie ein Kind, das sich verliebt hat. Er hat sein Gesicht mit Jod angemalt und hofft, dass wir das lustig finden.

»Eugene, du siehst wunderschön aus!« sage ich.

»Gar nicht wahr!« sagt er. »Ich sehe *schlau* aus.«

»Wo ist deine Mutter?« fragt Cal und lässt den Hund von der Leine.

»In der Küche. Dad, Mom sagt, du sollst auf den Speicher gehen und eine der Pfannen fürs Abendessen holen.« Er steht auf und jagt hinter Chappers her, will ihn erwischen und zurückbringen.

»Wir haben ein paar Töpfe da oben stehen, wenn es mal durchregnet«, erklärt Cal und zieht seinen Mantel aus. »Aber dann brauchen wir sie doch zum Kochen und müssen sie wieder runterholen.«

»Soll ich was helfen?« Ich weiß nicht, ob ich eher zu Simone in die Küche gehen soll, mit Cal auf den Speicher oder hier bei Eugene auf dem Boden bleiben.

»Nein, nein. Du bleibst hier bei Eugene«, sagt er.

»Genau. Bleib hier bei mir.« Eugene flitzt wieder weg vom Hund und packt mein Bein. Der Hund bellt aufgeregt.

»Du kannst Eugene dein Video zeigen«, schlägt Cal im Hinausgehen vor.

»Zeig mir dein Tanzvideo«, sagt er in einem Singsang. »Zeig's mir, zeig's mir.«

»Haben wir noch Zeit?«

»Wir haben fünfzehn Minuten«, sagt er mit großer Autorität. Ich gehe nach oben und fördere die Kassette aus meiner Tasche zu Tage, gehe wieder hinunter. Wir stecken sie in den Videorecorder und kuscheln uns aufs Sofa. Er schmiegt sich an mich, ihm ist kalt in dem zugigen Haus, und ich lege meinen langen Pullover um ihn wie einen Schal. Ich versuche, ein paar Dinge zu erklären, mit erwachsenen Worten, wie es zu diesem Tanz kam, wie Bewegung, wenn sie wiederholt wird, alle Widerstände durchbricht, bis in eine Art Stratosphäre hinein: von der Widerspenstigkeit zur Ekstase; vom Schuh zum Vogel. Das Video ist diese Woche gedreht worden, eine Unterrichtsprobe mit Viertklässlern. Jeder musste sich eine Figur ausdenken und dazu eine Maske malen. Sie haben diverse Wesen erfunden: Miss Ninja Pfau. Mr. Fahrradspeichenkopf. Der böse Schneemann. Die säbelzähnige Mom: »Halb Mädchen, halb Mann, halb Katze.« Dann stellte ich die Kinder in einer Phalanx auf und führte sie, mit aufgesetzten Masken, in einen improvisierten Tanz zu Kenny Loggins' Lied *This is it*.

Er schaut gebannt zu. Seine braunen Haare hängen ihm strähnig ins Gesicht, und er kaut darauf herum. »Da ist Tommy Crowell«, sagt er. Er kennt die Viertklässler, als wären sie von königlichem Geblüt. Als das Video vorüber ist, schaut er mich lächelnd, aber geschäftsmäßig an. Der Blick hinter seinen Brillengläsern ist strahlend und direkt. »Das war wirklich ein wunderbarer Tanz.« Er hört sich an wie ein Agent.

»Findest du das wirklich?«

»Keine Frage«, sagt er. »Er ist bunt und voller lustiger, interessanter Schritte.«

»Willst du mein Agent sein?« frage ich.

Er legt sein Gesicht in Falten, unsicher. »Ich weiß nicht. Ist ein Agent der, der das Auto fährt?«

»Das Essen ist fertig!« Simone ruft von zwei Zimmern weiter, aus dem »Schlag mich mit dem Löffel«-Raum.

»Wir kommen!« schreit Eugene, springt vom Sofa und schliddert ins Esszimmer, lässt sich seitwärts in seinen Stuhl fallen. »Puhhh«, keucht er. »Fast hätt ich's nicht geschafft.«

»Hier«, sagt Cal und stellt einen Becher voller Pillen an Eugenes Platz. Eugene zieht ein Gesicht, aber dann kniet er sich auf seinen Stuhl, beugt sich vor, das Glas Wasser in einer Hand, und beginnt mit der mühevollen Aufgabe, alle Pillen zu schlucken.

Ich sitze ihm gegenüber und lege die Serviette auf meinen Schoß.

Simone hat eine Suppe mit hartgekochten Eiern darin gemacht (ein Rezept aus der Gegend, erklärt sie), außerdem Peking-Ente, die faserig und süß ist. Cal gibt eifrig den Brotkorb herum und erörtert, dass es den modernen Menschen ja erst seit 45 000 Jahren gibt und sich das Brot während dieser Zeit wahrscheinlich nicht viel verändert hat.

»Fünfundvierzigtausend Jahre?« sagt Simone. »Länger nicht? Das kann nicht sein. Ich fühle mich, als wären wir so lange *verheiratet*.«

Es gibt Leute, die mit den Händen sprechen. Dann gibt es Leute, die mit den Armen sprechen. Und es gibt welche, die mit den Armen über dem Kopf sprechen. Die mag ich am liebsten. Simone gehört zu ihnen.

»Doch, doch, das war's schon«, sagt Cal kauend. »Fünfundvierzigtausend. Allerdings durchlief der frühe Mensch während der zirka zweihunderttausend Jahre davor alle möglichen anatomischen Stadien, um dahin zu kommen, wo wir heute sind. Das war eine *sehr* aufregende Zeit.« Er hält inne, etwas atemlos. »Ich wünschte, ich wäre dabei gewesen.«

»Ha!« ruft Simone aus.

»Stellt euch mal die Partys vor«, sage ich.

»Genau«, sagt Simone. »›Na, Joe, wie ist es dir so ergangen? Dein Kopf ist ja jetzt sooo groß, und da, was machst du denn da für verrückte Sachen mit deinem Daumen?‹ Ungefähr wie die Partys in Soda Springs, Idaho.«

»Simone war früher mal verheiratet mit jemandem aus Soda Springs, Idaho«, sagt Cal zu mir.

»Du machst Witze!« sage ich.

»Oh, nur sehr kurz«, sagt sie. »Er war lächerlich. Nach etwa einem halben Jahr habe ich ihn abgeschafft. Er soll hingegangen sein und sich umgebracht haben.« Sie lächelt mich schelmisch an.

»Wer hat sich umgebracht?« fragt Eugene. Er hat alle Pillen bis auf eine geschluckt.

»Mommys erster Mann«, sagt Cal.

»Warum hat er sich umgebracht?« Eugene starrt die Mitte des Tisches an und versucht die Frage zu ergründen.

»Eugene, du lebst jetzt seit sieben Jahren mit deiner Mutter zusammen, und du weißt immer noch nicht, warum sich jemand, der ihr nahe steht, umbringen will?« Simone und Cal schauen sich geradeaus in die Augen und lachen hell.

Eugene lächelt ein abgekürztes und unbestimmtes Lächeln. Er versteht, dass dies ein Witz seiner Eltern ist, aber weder mag er noch kapiert er ihn. Er ist bekümmert, weil sie von seiner ernsthaften Nachfrage zu einem lässigen Gelächter übergegangen sind. Er will Bescheid wissen! Aber nun nimmt er sich stattdessen die Ente vor, bohrt und inspiziert.

Simone fragt nach meinen Unterrichtsbesuchen. Wie ich es finde? Ob die Leute nett zu mir sind? Wie mein Leben zu Hause ist? Ob ich verheiratet bin?

»Ich bin nicht verheiratet«, sage ich.

»Aber du und Patrick, ihr seid immer noch zusammen, oder?« erkundigt sich Cal besorgt.

»Öh, nein. Wir haben uns getrennt.«

»Ihr habt euch getrennt?« Cal legt seine Gabel hin.

»Ja«, sage ich aufseufzend.

»Mensch, und ich dachte, ihr zwei würdet euch nie trennen!« sagt er in echt verblüfftem Ton.

»Wirklich?« Irgendwie finde ich es beruhigend, dass meine Beziehung zumindest von außen gut aussah, zumindest für irgendwen.

»Na ja, eigentlich nicht«, gibt Cal zu. »Eigentlich hatte ich vor langem gedacht, dass ihr zwei euch trennen würdet.«

»Oh«, sage ich.

»Damit *du* sie heiraten konntest?« sagt der erstaunliche Eugene zu seinem Vater, und wir alle lachen laut, gießen wieder Wein in die Gläser und verbergen unsere Gesichter darin.

»Eins darf man bei Liebesgeschichten nicht vergessen«, sagt Simone. »Sie sind allesamt so, als hätte man Waschbären im Schornstein.«

»O nein, nicht die Waschbären-Geschichte«, stöhnt Cal.

»Doch! Die Waschbären!« schreit Eugene.

Ich säbele an meiner Ente herum.

»Wir haben manchmal Waschbären in unserem Schornstein«, erklärt Simone.

»Aha«, sage ich, nicht überrascht.

»Und einmal haben wir versucht, sie auszuräuchern. Wir haben ein Feuer im Kamin angezündet. Wir wussten, dass sie da waren, aber wir hofften, der Rauch würde sie oben hinausjagen, auf Nimmerwiedersehen. Aber stattdessen fingen sie Feuer und krachten herunter in unser Wohnzimmer, ganz versengt und brennend, und sie rasten wie wild herum, bis sie tot umfielen.« Simone nimmt einen Schluck Wein. »So sind Liebesgeschichten«, sagt sie, »und zwar alle.«

Ich bin verwirrt. Ich schaue hoch zum Licht, einem alten Messing-Kraken von Kronleuchter. Ich kann immer nur daran denken, was Patrick zu mir sagte, als er mich verließ, »bedient von meiner Selbstsucht«. Er sagte, wenn ich mir Sorgen darum machen würde, allein in dem Haus am See mit seinen Eichhörnchen und Bordelllampen zu leben, solle ich es doch einfach vermieten – vielleicht an ein nettes lesbisches Paar wie mich.

Aber Eugene, mir gegenüber, nickt begeistert und schaut hocherfreut drein. Er hat die Waschbären-Geschichte schon öfter gehört und mag sie. Wieder einmal ist sie anständig erzählt worden, mit Flammen und Gemetzel.

Nun gibt es Salat, in dem wir herumfleddern und picken wie Krähen. Danach stieren wir auf die Obstschale in der Mitte des Tisches und zupfen träge ein paar Weintrauben von ihren Stängeln. Cal bringt heißen Tee aus der Küche, den wir in kleinen Schlückchen trinken, bis er abgekühlt ist, und weiter, bis er alle ist. Schon zehn Uhr.

»Zeit zum Tanzen, Zeit zum Tanzen!« sagt Eugene, als wir fertig sind. Jeden Abend vor dem Schlafengehen begeben sich alle ins Wohnzimmer und tanzen, bis Eugene müde ist und auf dem Sofa einschläft. Dann tragen sie ihn nach oben und decken ihn zu.

Er kommt zu meinem Stuhl und nimmt meine Hand, führt mich ins Wohnzimmer.

»Zu welcher Musik sollen wir tanzen?« frage ich.

»Such du sie aus«, sagt er und führt mich zu dem Regal, wo ihre CDs stehen. Vielleicht haben sie etwas von Strawinsky. Vielleicht *Petrouchka* mit ihrem mitreißenden Salut an die Fastnachtszeit.

»Besuchst du mich morgen, wenn du zu den Viertklässlern gehst?« fragt er, als ich die Sammlung durchgehe. Zu viel Joan Baez. Zu viel Mahler. »Ich bin in Zimmer eins-null-vier«, sagt er. »Wenn du zu den Viertklässlern gehst, kannst du kurz an meinem Klassenzimmer stehen bleiben und mir von der Tür aus zuwinken. Ich sitze zwischen dem Schwarzen Brett und dem Fenster.«

»Klar!« sage ich und weiß nicht, dass ich es in der Eile vergessen und schon im Flugzeug nach Hause sitzen werde, in irgendeinem geistlosen Fluglinien-Magazin blätternd, bevor mir einfällt, dass ich es vergessen habe. »Guck mal«, sage ich, als ich eine Kenny-Loggins-CD finde. Da ist das Lied drauf, das er vorhin gehört hat, das Lied vom Video. »Das spielen wir.«

»Klasse«, sagt er. »Mom! Dad! Kommt her!«

»Ist gut, Eugenie-Boy«, sagt Cal und kommt aus dem Esszimmer, gefolgt von Simone.

»Ich bin Merkur, ich bin Neptun, und jetzt bin ich Pluto, ganz weit weg.« Eugene fegt durchs Zimmer und erfindet seinen eigenen Tanz.

»In der Schule machen sie gerade die Planeten«, sagt Simone.

»Ja«, sagt Eugene. »Wir machen die Planeten!«

»Und welchen Planeten«, frage ich ihn, »findest du am interessantesten?« Mars mit seinen Kanälen? Saturn mit seinen Ringen?

Eugene steht still, schaut mich nachdenklich und feierlich an. »Die Erde natürlich«, sagt er.

Cal lacht. »Na, das ist doch die richtige Antwort!«

»This is it!« singt Kenny Loggins. »This is it!« Wir bilden eine Phalanx und marschieren, stolzieren, schreiten zu der Musik. Wir gehen in die Hocke, bewegen uns rückwärts und stürmen wieder voran. Wir wollen den schimmligen, harzigen, süßen Geruch des Tanzes hervorbringen, die zerlegte, wiederholte Bewegung. Cal und Simone sind voll dabei. Sie hüpfen und haken sich unter. »This is it!« Mitten im Lied muss sich Eugene plötzlich ausruhen und aufs Sofa setzen und schaut den Erwachsenen zu. Wie die besten Tänzer und Zuschauer der Welt ist er fest entschlossen, erst am Schluss zu husten.

»Komm her, mein Schatz«, sage ich und gehe zu ihm. Ich denke hier nämlich nicht nur an meinen eigenen Körper, diesen unhintergehbaren, zerschlissenen Korb, dieses steife Baiser. Ich denke keineswegs, Patrick, nur an mich, meine verlorene Gruppe, mein leeres Bett. Ich denke an die großartige und demonstrative Verächtlichkeit des tanzenden Körpers. So bieten wir uns dar, betreten den Himmel, sprechend; wir sagen, mit Bewegungen im Raum: So weit ist das Leben hier unten bislang gekommen; das ist alles, all das, was es hingekriegt hat – diesen Körper, diese Körper, den Körper da – also, was hältst du davon, Himmel? Was, zum Teufel, hältst du davon?

»Stell dich neben mich«, sage ich, und Eugene tut es, schaut mit seinem orangefarbenen Kriegergesicht zu mir hoch. Wir treten auf der Stelle: Knie hoch, Knie runter. Tauchen-Gleiten-Rutschen. Tauchen-Gleiten-Rutschen. »This is it!« – »This is it!« Dann werden wir wild und schleudern unsere Glieder gen Himmel.

Gemeindeleben

Als Lilena ein kleines Mädchen war, hatte sie »Bibelotheken« dazu gesagt – Tresen voller Testamente, Vorratslager fantastischer Fabeln –, und jetzt arbeitete sie in einer. Ursprünglich hatte sie englische Literatur unterrichten wollen, doch als sie sich nicht für das literaturwissenschaftliche Studium mit seinen Theorien voller französischem Käse erwärmen konnte – deren Jargon alles mit allem verklebte –, hatte sie auf Bibliothekswesen umgesattelt, wo einem beigebracht wurde, Bücher liebevoll zu pflegen, wie Porzellan oder Puppen.

Sie hatte schon früh lesen gelernt. Ihre Eltern, gerade aus Tîrgu Mureş in Transsylvanien nach Vermont gekommen, legten großen Wert darauf, dass ihre Tochter Englisch lernte, um sich besser in die Gemeinde einzufügen, als es ihnen je gelingen würde, und deshalb nahmen sie sie jeden Samstag mit in die Abteilung Kinderbücher der Rutland-Bibliothek, wo die Bibliothekarin Bücher für sie aussuchte und ihr manchmal sogar ein oder zwei Seiten laut vorlas, obwohl da ein Schild hing mit der Aufschrift WIR BITTEN UM STILLE JUNGEN UND MÄDCHEN. Ohne Komma.

So dass Lilena glaubte, nur die Jungen sollten still sein, und sie und die Bibliothekarin könnten tun, was sie wollten.

Sie hatte die Bibliothekarin geliebt.

Und als Lilenas Rumänisch allmählich verblasste und an seiner Stelle eine langsame, volle, englischsprechende Stimme erblühte, derjenigen der Bibliothekarin nicht ganz unähnlich, zu fraulich für ein kleines Mädchen, da bekamen die anderen Kinder aus ihrer Straße noch mehr Angst vor ihr. »Dracula!« schrien sie. »Transsylvanierin!« kreischten sie und liefen weg.

»Du hast jetzt einen neuen Namen«, erklärte ihr der Vater am ersten Schultag. Ihren Nachnamen hatte er schon von Todorescu in Resnick umgeändert. Sein Laden hieß »Resnicks Pelze«. »Von nun an bist du nicht mehr Lilena. Du hast jetzt einen schönen amerikanischen Namen: Nell.«

»Mach sie Namen sagen«, fügte die Mutter hinzu. »Wenn die Lehrer sagt *Lilena*, du sagt, ›*Nein, Nell.*‹ Sag *Nell.*«

»Nell«, sagte Lilena. Aber als sie in die Schule kam, ergriff die Lehrerin, die etwas Verträumtes und Außenseiterisches in ihr spürte, ihre Hand und rief aus: »Lilena! Was für ein wunderschöner Name!« Lilenas Herz war voller Dankbarkeit und Überraschung, und sie stellte sich direkt neben die Hüfte der Lehrerin, ehrfürchtig und stumm.

Von nun an nannten nur ihre Eltern mit ihrem kehligen rumänischen Akzent sie jemals Nell, ihr geheimes, flottes amerikanisches Ich existierte nur für sie.

»Nell, wie sind andere Kinder in die Schule?«

»Nell, bitte uns erzählen, was du macht.«

Jahre später, als sie bei einem Autounfall zwischen der Market und der Farm Road ums Leben kamen und die ungelebte Nell mit ihnen starb, entdeckte Lilena, als sie wie betäubt mit den Buchstaben ihres Namens auf den Umschlägen der Beileidskarten herumspielte, welches Wort sie eigentlich bildeten: *Lilena; Allein*. Eine im Keller ihres Ichs eingemauerte Leiche, ein Hauch, eine Vorahnung von Verhängnis wie ein verfrühter, verdorbener Frühling – und sie sehnte sich nach der Rückkehr der ungelebten Nell. Sie wünschte, sie hätte noch einmal von vorn anfangen, jemand sein können, der sich übermütig durch die Welt bewegte, anstatt verborgen zu leben, hinter Büchern, mit einer sorgfältig angelernten Stimme und einer traurigen Vergangenheit.

Am meisten vermisste sie ihre Mutter.

Die Bibliothek, wo Lilena arbeitete, war eine der angesehensten Universitätsbibliotheken des Mittleren Westens. Sie beherbergte eine große Sammlung seltener und fremdsprachiger Bücher, und Lilena war durch mehrere Bundesstaaten gefahren, um dorthin zu kommen, hatte durch die hingespritzte Tempera aus Insekten auf der Windschutzscheibe geblinzelt, nach dem dunklen Schweif eines möglichen Tornados Ausschau gehalten und sich in Indiana qualvoll erbrochen, auf der Toilette einer der Raststätten zu Ehren der toten Helden von Indiana entlang der Autobahn I-80. In den Damentoiletten dort gab es elektrische Sensoren an Toiletten, Waschbecken und Händetrocknern, und Lilena hatte sie alle ausgelöst, indem sie in mehrere Kabinen wankte und wieder hinaus oder sich über die Waschbecken beugte. »Sind Sie die einzige hier drin?« fragte eine Putzfrau. »Sie sind die einzige und machen so einen Lärm?« Lilena lächelte, ein Hundelächeln; in dem gelblichen Licht wirkte alles tragisch und lächerlich und nicht zu bremsen. Ihr wurde schwindlig, weil das Land so flach war, stellte sie fest, daran lag es. Der Wind fegte darüber; es gab keine Gerüche. In Vermont hatte sie sich von Bergen geborgen gefühlt. Hier dagegen würde sie tapfer sein müssen.

Aber sie hatte keine Erinnerung daran, wie man tapfer ist. Hier hatte sie überhaupt keine Erinnerungen, wie es schien. Nichts setzte sie in Gang. Und wenn Lilena manchmal versuchte, den flüchtigen Konturen einer Erinnerung Ausdruck zu verleihen, klang das wie frisch erfunden.

Sie begegnete Nick in der Bibliothek. Es war Mai. Sie hatte vorübergehend Dienst bei der bibliografischen Auskunft, um für eine kranke Kollegin einzuspringen, was sie aus ihrer eigentlichen Aufgabe riss, die Erstellung des fremdsprachigen Katalogs zu leiten. Nick recherchierte Statistiken über die Kosten der Stadtratswahlkämpfe des Bundesstaats. »Als ich zum letzten Mal einen Fuß in eine Bibliothek gesetzt hab, war ich achtzehn«, sagte er. So wie er aussah, war er mindestens vierzig.

Sie zeigte ihm, wo er suchen konnte. »Schauen Sie doch mal hier«, sagte sie und schrieb auf, wie die Indices der bundesstaatlichen Akten hießen, aber er schaute nur sie an. »Oder hier.«

»Ich leite den Wahlkampf für einen Sitz im County-Rat«, sagte er. »Gewählt wird erst im Herbst, aber ich will den anderen eine Nasenlänge voraus sein.« Seine Haare waren kupferbraun, mit silbrigen Fäden. In seinen Augen war Leben, wie in einem Teich. »Ich wollte mir ein paar Vergleichszahlen besorgen. Trinken Sie einen Kaffee mit mir?«

»Das glaube ich kaum«, sagte sie.

Aber am nächsten Tag kam er zurück und fragte sie wieder.

Das Café nicht weit vom Campus war heiß und lärmig, voller Studenten, und Nick bestellte lautstark Espresso für sie beide. Eigentlich mochte sie Espresso nicht, diesen körnigen, zigarrenartigen Geschmack. Aber in der Luft hing jene merkwürdige Verzerrung, die einen leicht verbiegen konnte, so dass die Person, die man normalerweise war, plötzlich glitschig wurde, drauflos spazierte und einkaufte, vor lauter Möglichkeiten zerging, zerfiel, zerfaserte. Sie trank den Espresso schnell, entschlossen und mit einem Gefühl von Abenteuer. »Ich glaube, ich trinke noch einen«, sagte sie und wischte sich den Mund mit der Serviette ab.

»Ich hole ihn«, sagte Nick, und als er zurückkam, erzählte er ihr noch etwas über den Wahlkampf, den er managte. »Es ist wichtig, die Unterstützung der Nachbarschaftsvereine zu kriegen«, sagte er. Er betrieb einen Softeis- und Bratwurst-Stand namens *Drück mich und Bratwurst.* Durch den hatte er schon eine Menge Leute kennen gelernt. »Ich fühle mich lebendig und wichtig, wenn ich mein Leben so lebe«, sagte er. »Nicht, als hätte ich mich verkauft.«

»Verkauft an wen oder was?« fragte sie.

Er lächelte. »Man merkt, dass Sie nicht von hier sind«, sagte er und fuhr sich mit der Hand durch die verschiedenen Metalle in seinem Haar. »Sich verkaufen. Wenn man etwas tut, wozu man eigentlich nie Lust hatte, und zu viel Geld dafür bekommt.«

»Ach«, sagte sie.

»Als ich ein kleiner Junge war, sagte mein Vater zu mir: ›Mein Sohn, manchmal im Leben wirst du in die Lage kommen, Dinge tun zu müssen, die du nicht tun willst‹, und ich sah ihm in die Augen und sagte: ›Das kannst du dir an die Backe schmieren‹.« Lilena lachte. »Ich meine, Sie wollten wahrscheinlich immer schon Bibliothekarin werden, oder?«

Sie betrachtete all die krummen Diagonalen in seinem Gesicht und wusste nicht, ob er das ernst meinte. »Ich?« sagte sie. »Als ich auf die Uni ging, wollte ich eigentlich Englischprofessorin werden.« Sie seufzte, wechselte den Ellbogen, ließ ihr Kinn auf die andere Hand sinken. »Ich hab's versucht«, sagte sie. »Ich habe Derrida gelesen. Ich habe Lacan gelesen. Ich habe *Lacan lesen* gelesen. Ich habe ›*Lacan lesen* lesen‹ gelesen – und dann habe ich mich in Bibliothekswissenschaft eingeschrieben.«

»Ich weiß nicht, wer Lacan ist«, sagte er.

»Er ist, tja – wissen Sie? Das mag ich an Bibliotheken: Kein Wer, kein Warum. Nur ›Wo steht das?‹«

»Und wo kommen Sie her?« fragte er, kurzzeitig hellten sich seine Züge auf, weil er so klug das Thema gewechselt hatte. »Ursprünglich.« Anscheinend gab es eine Art und Weise, diejenigen zu erkennen, die nicht aus dieser Stadt stammten. Es war eine niedliche, öde Universitätsstadt, und sie schickte die Durchreisenden – die Studenten, Zigeuner, Gastdozenten und Komiker – mit einer der Peristaltik nicht unähnlichen Bewegung weiter.

»Vermont«, sagte sie.

»Vermont!« rief Nick aus, als wäre das etwas Exotisches, und sie war froh, nicht Transsylvanien gesagt zu haben. Er beugte sich vertraulich zu ihr. »Ich muss Ihnen was sagen: Ich besitze einen echten Vermonter Sessel.«

»Wirklich?« Sie lächelte. »Ich sag's auch nicht weiter.«

»Davor war ich allerdings im Gefängnis und besaß nichts.«

»Echt?« fragte sie und lehnte sich zurück. Sagte er die Wahrheit? Als junges Mädchen war sie sehr gutgläubig gewesen, aber auf diese Weise kriegte sie auch immer mehr zu hören.

»Ich bin hier zur Schule gegangen«, sagte er. »In den Sixties. Ich habe ein Lagerhaus in die Luft gejagt, wo das Militär Forschungsmaterial untergebracht hatte. Zwölf Jahre.« Er machte eine Pause und suchte ihren Blick, um herauszufinden, wie sie bewältigte, wie *er* das bewältigte. Dann holte er seinen Blick wieder zurück, wie ein Schmuckstück, das er ihr nur mal schnell hatte zeigen wollen. »Eigentlich hätte niemand dort sein sollen, das hatten wir alles vorher ausgekundschaftet. Aber dieses arme Schwein namens Lawrence Sperry – Larry Sperry! Herrgott, können Sie sich vorstellen, so zu heißen?«

»Klar«, sagte Lilena.

Nick beäugte sie argwöhnisch. »Er war da drin, machte Überstunden. Er verlor bei der Explosion ein Bein und ein Auge. Ich kam in den Bundesstaatsknast in Winford. Mordversuch.«

Der dicke Kaffee klebte an seinen Lippen. Nick hatte Lilena stetig angeschaut, aber jetzt schaute er weg.

»Möchten Sie ein Rosinenbrötchen?« fragte Lilena. »Ich hole mir jetzt ein Rosinenbrötchen.« Sie stand auf, aber er drehte sich um und starrte sie so ungläubig an, dass sie sich wieder hinsetzte, nachlässig, im Damensattel. Sie beugte sich verdreht vor, über den Tisch. »Entschuldigung. Stimmt das alles, was Sie gerade gesagt haben? Haben Sie das wirklich alles erlebt?«

»Was?« Sein Mund klappte auf. »Denken Sie, ich würde so was erfinden?«

»Na ja, es ist nur, weil ich so viel mit Literatur arbeite«, sagte sie.

»Literatur«, wiederholte er.

Sie berührte seine Hand. Sie wusste nicht, was sie sonst tun sollte. »Kann ich Sie irgendwann zum Essen einladen? Heute Abend?«

In seinen Augen loderte etwas auf, es war wie ein konzentriertes Sehen. Einen Augenblick war es, als könnte er direkt in sie hineinsehen, sie auf eine Weise erkennen, die ohne den Ballast auskam, sie tatsächlich zu kennen. Er schien keine Information oder Fehlinformation zu bekommen, nur eine Art Foto, tatsachenlos, aber wahr.

»Ja«, sagte er, »können Sie.«

Und so kam es dazu, dass er den Abend unter der billigen Buntglaslampe ihres Eßzimmers verbrachte, in ihrem cocktailbar-roten Licht, und die Nacht gleich auch noch, und gar nicht wieder wegging.

Lilena hatte noch nie mit einem Mann zusammengelebt. »Bis auf meinen Vater«, sagte sie, und Nick musterte ihre Augen, den ausdruckslosen Zug in ihnen, als sie das sagte. Zwar war sie an der Uni mit zwei Jungen zusammen gewesen, aber die gehörten zu der Sorte, die gern früh wieder ging, ohne sie in einer verrauchten Selbstbedienungskaschemme frühstückte, am Tresen neben den dicken Männern in blauen Windjacken saß, die Zeitung las, sich den Kaffeebecher nachfüllen ließ.

Sie war noch nie mit jemandem zusammen gewesen, der da blieb. Der mit seiner Kiste voll Kassetten einzog und seinem Vermonter Sessel.

Oder der in seiner früheren Wohnung Mietprobleme gehabt hatte.

»Ich versuche, das alles zusammenzubringen«, sagte er und hielt sie mitten am Nachmittag in den Armen. »Mein Leben, den Wahlkampf, mein Ding mit dir: Ich versuche, meine Vögel alle im selben Garten landen zu lassen.« Draußen vorm Fenster war der Nachmittagsmond zu sehen, wie ein Golfball, pockennarbig und eingeklemmt. Sie betrachtete das verkalkte Ei, das er abgab, den Kopf einer Münze, die blaue Landschaft aus Nichts. Dann betrachtete sie Nick. In seinen Augen war wieder das Teichleben zu sehen, in seinem restlichen Gesicht eine zögerliche, warme Ruhe.

»Schläfst du gern mit mir?« fragte sie einmal nachts, während es gewitterte.

»Natürlich. Warum fragst du?«

»Bist du mit mir zufrieden?«

Er drehte sich zu ihr und küsste sie. »Ja«, sagte er. »Ich brauche keine Show.«

Sie war lange still. »Geben die Leute sonst eine Show?«

Der Regen und der Wind rauschten die Regenrinne hinab, zerknackten die Äste der schwachen Bäume im Garten.

Er achtete auf ihre Unerfahrenheit und ihr Selbstwertgefühl. Im Kino, als am Anfang der Löwe von Metro-Goldwyn-Mayer brüllte, hatte er geflüstert: »MGM – Baby, das bist du. Mein geiles Mäuschen.« Während einer Slapstick-Szene in einer Bibliothek, wo Kataloge auf den Kopf gestellt wurden und die Karteikarten wild durch die Luft flogen, brach ihr der kalte Schweiß aus, und er wandte sich zu ihr, barg ihr blasses Gesicht an seiner Brust und sagte: »Guck nicht hin, guck nicht hin.« Am Ende blieben sie während des langen Abspanns sitzen – Toningenieur, Best Boy, Packer. »So was könnten wir auch gut gebrauchen«, sagte er. »Einen, der uns zeigt, wie man's packt.«

»Ja«, sagte sie. »Und *Negativschnitt* wäre auch nicht schlecht. Weg mit dem Negativen.«

Manchmal ermutigte er sie, nackt durchs Haus zu laufen. »Wenn du's hast, tu's.« Er lächelte, hielt inne, tat verwirrt. »Wenn du's tust, nimm's. Wenn du's zeigst, tu's.«

»Wenn du's tust, hab es«, fügte sie hinzu.

»Wenn du's sagst, tu's.« Und er zog sie an sich wie ein Tanzpartner mit Tanzschuhen und dem lächelnden Mund der Liebe.

Aber allzu oft lag sie wach und grübelte. Irgendetwas fehlte. Irgendetwas erlebte sie nicht, oder vielleicht er? Den ganzen Sommer über setzten Gewitter den Himmel in Brand, während sie dalag und auf das Geräusch eines nahenden Zuges lauschte, das ein Tornado machen sollte, aber es kam nie – obwohl der Blitz die Nacht zerriss und die Bäume beleuchtete wie eine allzu plötzliche Erinnerung, die gleich darauf wieder in der Dunkelheit versank, von neuem unentschlüsselbar.

»Du fühlst nichts, oder?« sagte er schließlich. »Was ist los?«

»Ich weiß nicht genau«, sagte sie kryptisch. »In diesem Teil der Welt sind die Unwetter so laut.« Sturmwind fegte durch die

Fliegengitter, und manchmal knallte er die Schlafzimmertür zu. »Ich mag es nicht, wenn eine Tür zuknallt«, flüsterte sie. »Das kommt mir vor, als wäre jemand wahnsinnig.«

In der Bibliothek kamen auch rumänische Bücher an – Lilena sollte sie überfliegen, gerade genug, um eine knappe Beschreibung für den Katalog herauszudestillieren. Sie war untröstlich, dass ihr Rumänisch so schwach war, fast schon verschwunden, nicht mehr als ein Taschentuch in einem Treppenhaus, und jetzt traf täglich ein neues Buch ein, um sie deshalb zu tadeln.

Am meisten vermisste sie ihre Mutter.

In der Mittagspause ging sie auf ein Softeis an Nicks Stand. Er sah müde aus, nass und schmutzig, sein Haar stand ab wie ein Zahnrad. »Willst du Sperry Cherry oder den Zitronenbomber?« fragte er. Das waren seine Juxnamen, und er drohte immer damit, sie eines Tages wirklich zu benutzen.

»Wie wär's mit Apfel?«

Er schnitt einen Apfel in Stücke und arrangierte ihn auf einem Pappteller. Dann drückte er Softeis aus einer Chrom-Maschine heraus. »Heute Abend gibt es eine Sponsorenparty für den Teetlebaum-Wahlkampf.«

»Aha«, sagte sie. Sie war schon auf Sponsorenpartys gewesen. Anfangs hatten sie ihr gefallen, sie bekam Einblicke in Seiten der Stadt, die sie sonst nie gesehen hätte, und Nick führte sie dort ein, Nick kannte alle, so dass es ihr vorkam, als wäre ihr Leben voller Auswahl, voller Heimeligkeit. Doch dann fand sie, dass zu solchen Anlässen allzu viele öde, hemdsärmlige Leute kamen, die pausenlos von ihrem letzten Zeltausflug in den Westen erzählten. Sie sprachen eigentlich nie *mit* einem. Sie sprachen auf einen zu. Sie sprachen auf einen ein. Sie sprachen neben einem, über einen hinweg. Sie fanden sich lebenswichtig für das Wohlergehen der Gemeinde. Aber sie gingen selten in Bibliotheken. Sie lasen keine Bücher. »Immerhin tragen sie etwas zur Gemeinde bei«, sagte Nick. »Immerhin lutschen sie ihr nicht das Blut aus.«

»Saugen«, sagte sie.

»Was?«

»Beißen und saugen. Nicht lutschen.«

Er betrachtete sie skeptisch, besorgt. »Ich hab es mal nachgeschlagen«, sagte sie.

»Egal.« Er runzelte die Stirn. »Immerhin kümmern sie sich. Immerhin versuchen sie, der Gemeinde auch etwas zu geben.«

»Da würde ich noch lieber in Russland leben«, sagte sie.

»Ich bin gegen zehn zurück, oder so«, sagte er.

»Ach, ich soll nicht mitkommen?« In Wahrheit konnte sie Ken Teetlebaum nicht leiden. Vielleicht hatte Nick das schon mitgekriegt. Zwar wurde Ken von der hiesigen Restlinken unterstützt, aber er hatte etwas Einfältiges und Eitles an sich. Er hatte die Angewohnheit, kleine isometrische Übungen mit den Beinen zu machen, während man mit ihm sprach. Oft zog er ein Woolworth-Foto hervor und zeigte es herum. »Guckt euch das mal an«, sagte er dann. »Da hatte ich noch lange Haare, könnt ihr euch das vorstellen?« Die Leute guckten es sich an und sahen einen hübschen Teenager, der dem aufgedunsenen Ken Teetlebaum von heute nur entfernt ähnelte. »Sehe ich nicht wie Eric Clapton aus?«

»Eric Clapton hätte sich nie bei Woolworth in einen Fotoautomaten gesetzt wie ein Schulmädchen«, hatte Lilena gesagt, mit der plötzlich ausbrechenden, ätzenden Schärfe, zu der die Schüchternen manchmal neigen. Ken hatte sie lachend und irgendwie beleidigt angeschaut, und seitdem zeigte er das Foto nicht mehr herum, wenn sie dabei war.

»Du kannst mitkommen, wenn du möchtest.« Nick griff nach oben, strich sich durchs Haar und sah wieder gut aus. »Treffen wir uns dort.«

Die Sponsorenparty fand in der ersten Etage eines Restaurants namens Dutch's statt. Sie zahlte zehn Dollar, ging hinein und aß eine Menge rohen Blumenkohl und Hummus-Salat, bevor sie Nick in einer abgelegenen Ecke entdeckte, wo er gerade mit einer Frau in Jeans und einem braunen Blazer redete. Das war der Typ Frau, nach dem sich Nick in einem Restaurant schon mal umdrehte: leuchtend kastanienrotes Haar, zu einem plumpen Pagenkopf geschnitten. Sie hatte ein hübsches Gesicht, aber das Haar war zu streng, zu losgelöst und ausgedacht. Lilena hatte langes, unordentliches Haar, und sie bändigte es irgendwie mit einer großen Spange. Als sie die Hand hob, um Nick zuzuwinken, und er wegsah, ohne zu reagieren, änderte sie die Richtung der Bewegung und fingerte an der Spange herum. Hier würde sie nie hinpassen, dachte sie. Nicht zu diesen fröhlichen Büro-Aktivisten hier. Sie zog die stillen Büro-Dichter vor, die in die Bibliothek kamen. Die waren zart, revierbewusst und intellektuell und schwächelten körperlich. Sie saßen bei der Arbeit herum und dachten sich Wortspiele aus: *Ich muss noch in den Baumarkt, sagte er hämmernd.*

Nimm doch noch ein Glas Roten! sagte er weinend.

Sie verbrachten Wochenenden in Entzugssanatorien wie der Mayo Clinic. »Ein Vergnügungspark für Hypochonder«, sagte eine Katalogbearbeiterin namens Sarah. »Eine Kreuzung aus Lourdes und Quizshow«, sagte jemand anders namens George. Solche Leute mochte sie: die, mit denen man eigentlich nicht leben konnte.

Auf dem Weg zur Damentoilette drehte sie sich um und stieß plötzlich mit Ken zusammen. Er umarmte sie zur Begrüßung und flüsterte ihr ins Ohr: »Du lebst doch mit Nick zusammen. Hilf uns dabei, ein Thema zu finden. Wir brauchen noch ein Thema.«

»Ich bring euch eins aus dem Themenladen mit«, sagte sie und machte sich los, während sich jemand mit überschwenglich ausgestreckter Hand und einem verlogenen, dröhnenden »Hier ist der Mann der Stunde« näherte. Auf der Toilette starrte sie ihr Spiegelbild an: Im Versuch, extrovertierter zu wirken, hatte sie sich eine lange Jacke angezogen, mit einem Muster aus großen Wassermelonenscheiben vorne drauf. Was hatte sie sich dabei bloß gedacht?

Sie ging in die Kabine und schob den Riegel vor. Dann las sie die Graffiti auf der Rückseite der Tür. *Anita liebt David S.* Oder: *Jesus + Diane W.* Es war beruhigend zu sehen, dass die Menschen einander selbst in einer Stadt wie dieser lieben konnten.

»Mit wem hast du denn da geredet?« fragte sie ihn später zu Hause.

»Mit wem? Was meinst du?«

»Die mit den Knetgummihaaren.«

»Ach so, Erin? Ja, es sieht wirklich aus, als würde sie irgendwas mit ihrem Haar anstellen. Als würde sie es mit Henna färben.«

»Es sieht aus, als würde sie es an die Wand tackern und sich drunterstellen.«

»Sie ist die Vorsitzende des Nachbarschaftsvereins von Bayre Corners. Im September werden wir ihre Unterstützung dringend brauchen.«

Lilena stöhnte und wandte den Blick ab.

»Das ist eben Demokratie«, sagte Nick.

»Da wär mir ein König mit Königin noch lieber«, sagte sie.

Der kommende Freitagabend, der Abend der Fischstäbchen-Sponsorenparty im Gewerkschaftssaal, war auch der Abend, an dem Nick mit Erin vom Nachbarschaftsverein von Bayre Corners schlief. Er tauchte morgens um sieben wieder auf und beichtete es Lilena, die, als Nick nicht nach Hause gekommen war, eine halbe Schachtel Valium eingeworfen hatte, um schlafen zu können.

»Es tut mir Leid«, sagte er und raufte sich die Haare. »Das hat mit den Sixties zu tun.«

»Mit den Sixties?« Sie war zerzaust und völlig benebelt von dem Valium.

»Ja, du bringst dich total bei einer politischen Veranstaltung ein, und am Ende findest du dich im Bett wieder. Sie ist nämlich auch ein Kind dieser Zeit, weißt du. Und außerdem hat es damit zu tun, was weiß ich, dass ihr einfach wahnsinnig viel an ihrer Gemeinde zu liegen scheint. Sie hat so eine Seite, dass sie auf einen zukommt und offen ist. Da hab ich mich irgendwie drin verfangen.« Er saß in der Hocke, vornüber zu den Knien gebeugt, und sprach mit seinen Schuhen. Der Ventilator blies ihn an, bewegte seine Haare leicht, wie Algen im Wasser.

»Mit den Sixties?« wiederholte Lilena. »Etwas, das mit den Sixties zu tun hat – so was wie ›I Can't Get No Satisfaction‹?« An den Song konnte sie sich noch erinnern. Aber jetzt schaltete sich etwas in ihr ab. Ihr tat jeder Knochen in der Brust weh. Selbst das Zimmer sah verändert aus – heller und schrecklich. Alles war geflohen, weggelaufen, um etwas anderes zu werden. Sie fing an, unter den Achseln zu schwitzen, und ihr Gesicht wurde heiß. »Du bist ein Mörder«, sagte sie. »Das bist du nämlich. Und das wirst du nämlich auch immer sein.« Sie fing an so laut zu weinen, dass Nick aufstand und die Fenster schloss. Dann setzte er sich hin und umarmte sie – sonst war ja keiner da, um sie zu umarmen –, und sie umarmte ihn auch.

Er kaufte ihr einen großen Granatring, ein in Messing gefasstes Hustenbonbon. Er machte zehn geschlagene Tage nacheinander den Abwasch. Sie neigte dazu, gleich nach dem Abendessen ins Bett zu gehen und zu schlafen, tief zu schlafen, sie brauchte die Flucht. Sie hatte mittlerweile Angst vorm Ausgehen – Restaurants, Geschäfte, ihre verspannten Schultern, wie die Angst ihr Gesicht packte, wenn sie dort war, als wüssten die Leute, dass sie eine Fremde war und ein dummes Ding –, und weitere vierzehn Tage lang erledigte er Kochen und Einkaufen. Sein Auto parkte immer vor der Einfahrt, ihres drinnen, blockiert, wie um anzuzeigen, wer deutlich zur Gemeinde, zur Welt gehörte und wer außerhalb davon unterzubringen war, in einem Haus. Vielleicht im Bett. Vielleicht im Schlaf.

»Du brauchst mehr Leben um dich«, sagte Nick und wiegte sie, doch sie war steif und still geworden. Sein Gesicht war klagend und sonnengebräunt, in Farbton und Glanz einer Geige.

»Du brauchst ein stärkeres Gefühl von Lebendigkeit um dich.« Draußen zog der alte Modergeruch des Regens auf.

»Wie hast du es geschafft, so braun zu werden, wo es dauernd regnet?« fragte sie.

»Es ist Sommer«, sagte er. »Ich arbeite draußen, weißt du nicht mehr?«

»Du hast keine weißen Streifen, wo die Ärmel sind«, sagte sie. »Wo gehst du immer hin?«

Sie hatte jetzt Angst vor der Gemeinde. Die war ihr Feind. Andere Leute, andere Frauen.

Sie hatte, ohne es damals zu merken, gelernt, Nicks Blick zu folgen, seine Lust zu lernen, und wenn sie tatsächlich mal ausging, zumindest zur Arbeit, dann blieben seine Gelüste in ihr Gedächtnis geprägt. Sie schaute sich die attraktiven Frauen an, die er anschauen würde. Sie drehte sich prüfend nach dem Gesicht jedes Pagenkopfs um, den sie beim Autofahren von hinten sah und dann überholte. Sie schaute sie verstohlen oder unverhohlen an – ganz egal. Sie würdigte ihre Augen und Münder und dachte über ihre Körper nach. Sie war zu ihm geworden: Sie sehnte sich nach diesen Frauen. Aber sie war auch sie selbst, und deshalb verachtete sie sie. Sie begehrte sie, hätte sie aber am liebsten zusammengeschlagen.

Ein Vergewaltiger.

Sie war ein Vergewaltiger geworden, der mit dem Auto zur Arbeit fuhr.

Aber eine Zeit lang war das für sie die einzige Daseinsmöglichkeit.

Sie begann seine Kleidung zu tragen – ein Hemd, ein Paar Socken –, um ihn in ihrer Nähe zu behalten, um vielleicht zu begreifen, warum er getan hatte, was er getan hatte. Und in dieser neuen Einfühlung, in dieser Hosenrolle glaubte sie zu verstehen, wie es war, eine Frau körperlich zu lieben, ihre verborgene Unterseite zu öffnen, die wie eine geheime Speise war, sich hineinzurammen in sie, in ihr puppenhaftes Aufbäumen und Strampeln, und sie nachher zu beobachten, wenn sie aufstand und mit einem herumlief, als hätte sie vergessen, welche Verletzung man ihr beigebracht hatte. Da musste man sie doch lieben, dankbar, verwundert. Sie war so rätselhaft, so wiederhergestellt, während ein ungesagter Gedanke ihre Augen belebte; man wollte ihr für immer folgen.

Ein verliebter Mann. So war ein verliebter Mann. Völlig anders als eine Frau.

Eine Frau putzte die Küche. Eine Frau gab und ging, gab und ging, als würde sie Geschenkkörbchen zum 1. Mai an die Türen hängen.

Sie machte einen Arzttermin. Ihre Versicherung zahlte nur, wenn sie zur Uniklinik ging, also ließ sie sich dort einen Termin geben.

»Ich habe einen Arzttermin gemacht«, sagte sie zu Nick, aber er ließ sich gerade ein Bad einlaufen und hörte sie nicht. »Um festzustellen, ob irgendwas mit mir nicht stimmt.«

Als er herauskam, näherte er sich ihr, nur mit einem Handtuch bekleidet, zog sie an seine Brust und legte sie auf den Boden, gleich da, im Flur neben der Badezimmertür. Irgendetwas beschrieb einen Bogen über ihr, hin und zurück. Mayday, Mayday. Sie erstarrte.

»Was war das?« Sie stieß ihn weg.

»Was?« Er rollte sich auf den Rücken und starrte. Irgendetwas flog im Treppenhaus herum – ein Vogel. »Eine Fledermaus«, sagte er.

»O Gott«, schrie Lilena auf.

»Manchmal lockt die Hitze sie in diesen alten Mietshäusern heraus«, sagte er, stand auf, wickelte sein Handtuch neu. »Hast du einen Tennisschläger?«

Sie zeigte ihm wo. »Ich habe nur einmal Tennis gespielt«, sagte sie. »Willst du mal Tennis spielen?« Aber er machte sich daran, die Fledermaus im Treppenhaus zu stellen.

»Werd mir aber nicht hysterisch«, sagte er.

»Ich bin schon hysterisch.«

»Werd nicht – da!« rief er, und sie hörte den Tennisschläger gegen die Wand klatschen, hörte die Fledermaus sanft auf den Treppenabsatz fallen.

Plötzlich war ihr übel. »Musstest du sie töten?« sagte sie.

»Was sollte ich denn sonst tun?«

»Ich weiß nicht. Sie fangen. Ein bisschen durchschütteln.« Sie fühlte sich schuldig, als hätte ihr Abscheu den Tod des Tiers verursacht. »Was für eine Fledermausart ist es denn?« Auf Zehenspitzen kam sie näher, um einen kurzen Blick auf das Affengesichtchen zu werfen, die Katzenzähne, die Pterodaktylusflügel, geädert wie Rübenblätter. »Was für eine Art? Ist es eine Fransenfledermaus?«

»Für mich sieht sie nicht so tuntig aus«, scherzte Nick. Er knuffte Lilenas Arm leicht mit der Faust, neckend.

»Hörst du wohl auf?«

»Obwohl, sie hat ja schon diesen ganzen astrologischen Krempel gemacht – ich weiß nicht. Vielleicht ist es ja eine Sternzeichenfledermaus.«

»Vielleicht ist es einfach eine braune Mausohrfledermaus. Ein Vampir wird es doch nicht sein, oder?«

»Ich glaube, für die musst du nach Südamerika fahren«, sagte er. »Vergiss deinen Bikini nicht!«

Sie sank auf die Stufen und schlang sich den Morgenmantel enger um den Leib. Sie tastete nach dem Lichtschalter und knipste das Licht an. Wie sie jetzt sehen konnte, war die Fledermaus klein und hell und hatte ihre Flügel eingeschlagen wie ein zusammengefaltetes Zelt, eine Maus mit Rucksack. Sie hatte ein süßes Gesicht, wie ein Reh, aber aus ihrem Kopf sickerte Blut. Sie erinnerte Lilena an eine Katze aus ihrer Kindheit, der jemand mit einer Schrotflinte ins Auge geschossen hatte. »Ich kann nicht mehr hinsehen«, sagte sie und ging wieder hoch.

Eine halbe Stunde später tauchte Nick auf, stand in der Tür. Sie lag im Bett, ein aufgeschlagenes Buch im Schoß – die Biografie einer französischen Feministin, die sie las, um sich über Frisuren zu informieren.

»Ich war heute mit Erin Mittagessen«, sagte er.

Sie starrte die Seite an. Haarbänder. Turbane und Haarbänder. Tagelang konnte man mit Haarbändern gehen. »Wieso?«

»Aus vielen verschiedenen Gründen. Vor allem wegen Ken. Sie ist immer noch Vorsitzende des Nachbarschaftsvereins, und er braucht ihre Unterstützung. Ich wollte nur, dass du es weißt. Hör zu, du musst auch mal Fünfe gerade sein lassen.«

Ihr wurde wieder ganz heiß im Gesicht. »Ich habe für dich schon Fünfe gerade sein lassen«, sagte sie. »Alle Fünfe, die es gibt. Fünfundfünfzig habe ich gerade sein lassen. Fünfhundertfünfundfünfzig.« Sie klappte das Buch zu. »Ich verstehe nicht, warum du dich bei diesen Leuten anbiederst. Das ist nur ein Haufen Sekretärinnen, sonst nichts.«

Er hatte versucht, ein freundliches Gesicht zu ziehen, aber jetzt zuckte er leicht zusammen. »Ah, ich verstehe«, sagte er. »Miss Hochnäsig. Du, deren Vater sein Geld mit Pelzen verdient hat. Pelze!« Er trat zwei Schritte auf sie zu, drehte sich dann um und ging wieder zurück. »Ich fasse es nicht, dass ich mit einer Frau zusammenlebe, die mit den Einkünften aus Tierquälerei großgezogen worden ist!«

Sie blieb stumm. Sie hatte schon öfter bemerkt, dass die Menschen aus dieser Gegend gern in moralische Überempfindlichkeit verfielen. Das waren keine guten Menschen. Sie waren nicht freundlich. Sie trieben sich herum und logen ihre Ehepartner an. Aber sie recycelten ihre Zeitungen!

»Zieh meinen Vater da nicht rein.«

»Pass auf, ich habe Jahre meines Lebens damit verbracht, für Frieden und freie Meinungsäußerung zu arbeiten. Ich war schon im Gefängnis. Ich habe schon in einem Käfig gelebt! Ich brauche das nicht noch mal.«

»Du und deine freie Meinungsäußerung! Wo du mir nicht mal zwei Minuten zuhören kannst!«

»Wieso dir zuhören?«

»Mir zuhören, wenn ich –«, hier biss sie sich etwas auf die Lippen, »– wenn ich dir sage, dass diese Leute, an denen dir so viel liegt, diese ekelhafte Erin Sowieso, dass das bloß kleine, grässliche Nullen sind.«

»Lesen wohl *nicht genug Bücher*«, sagte er langsam. »Scheiß drauf, wen juckt's.«

Am nächsten Tag fuhr er zu einem Termin mit Ken beim Seniorenverein. Der Showmaster von *Jeopardy*! sollte auch kommen, Ken wollte eine Runde Hände schütteln und Freiwillige anwerben. Der Showmaster von *Jeopardy*! sollte eine Rede halten.

»Kapier ich nicht«, sagte Lilena.

»Ich weiß.« Er seufzte, die Teichlebewesen in seinen Augen waren emsig beim Wassertreten. »Aber nun – das ist halt die amerikanische Art.« Er schnappte sich seine Schlüssel, und was da kurz über seine Züge huschte, sagte ihr, dass sie ihm nicht hübsch genug war.

»Ich hasse Amerika«, sagte sie.

Trotzdem rief er sie in einer Pause in der Bibliothek an. Sie saß gerade hinten bei Sarah und dachte sich wieder Wortspiele aus, ihr Hirn wollte ihr schon fast zu den Ohren hinauslaufen, als das Telefon klingelte. »Das solltest du mal sehen«, sagte er. »Da hebt irgend so ein alter Knacker die Hand, ich erteile ihm das Wort, er steht auf, und das Erste, was er sagt, ist ›Ich melde mich schon seit geschlagenen zehn Minuten, und Sie haben mich die ganze Zeit übergangen. Das gefällt mir nicht. Sie können doch nicht einfach einen alten Menschen wie mich übergehen.‹«

Sie lachte, genau wie er beabsichtigt hatte.

Dieses Würstchen schmeckt furchtbar, sagte er bockig.

»Um die Ärzte zu gewinnen, hat Ken überall Schilder aufgehängt, auf denen steht ›TEETLEBAUM ERSCHWERT KLAGEN‹.«

»Klingt wie ein Gedicht von Wallace Stevens«, sagte sie.

»Ich weiß nicht, was ich erwartet hatte. Aber diese Veranstaltung hat irgendwie nicht den rechten Schwung.«

Sie ist ein echter Hund, sagte er katzenhaft.

Sie blieb still, fest entschlossen, dass bei diesem Anruf er die Arbeit machen sollte.

»Ist dir klar, dass Kens komplettes Softball-Team gerade einen Leserbrief an den *Star* geschrieben hat, in dem er Großmaul und Betrüger genannt wird?«

»Tja«, sagte sie, »was willst du schon von einer Horde erwachsener Männer erwarten, die unter der Gürtellinie werfen?«

Eine Weile Schweigen. »Mir liegt an uns«, sagte er schließlich. »Das sollst du wissen.«

»Okay«, sagte sie.

»Ich weiß, dass ich für dich bloß eine Nervensäge bin«, sagte er. »Aber du bist für mich eine Inspiration, wirklich.«

Ich mag keine Männer mit Schnauzer, sagte sie knurrend.

»Danke, dass du das – das so gesagt hast«, sagte sie.

»Manchmal wünschte ich nur, du würdest dich mehr in die Gemeinde einbringen, im Wahlkampf mithelfen. Einen Beitrag leisten. Dich ein bisschen einklinken.«

Im Krankenhaus kletterte sie auf den Untersuchungstisch und schlang sich den Papierkittel enger um, die Füße in den Beinstützen. Die Ärztin holte ein Plastikspekulum aus einer Schublade. »Irgendwelche besonderen Beschwerden diesmal?«

»Ich möchte gern, dass Sie nachschauen und mir sagen, ob irgendetwas nicht in Ordnung ist«, sagte Lilena.

Die Ärztin betrachtete sie genau. »Draußen ist ein Kurs Medizinstudenten. Würde es Ihnen etwas ausmachen, wenn sie dazukämen?«

»Wie bitte?«

»Sie wissen, dass dies eine Universitätsklinik ist«, sagte sie. »Wir hoffen, dass unsere Patienten dazu bereit sind, zur Ausbildung unserer Medizinstudenten beizutragen, indem sie sie an Untersuchungen teilnehmen lassen. Das ist eine Art und Weise, einen Beitrag zu der größeren medizinischen Gemeinschaft zu leisten, wenn Sie so wollen. Aber es liegt ganz bei Ihnen. Sie können auch Nein sagen.«

Lilena klammerte sich an ihrem Papierkittel fest. *Es ist noch nie etwas schiefgegangen, sagte sie geradeheraus.* »Wie viele sind denn da?«

Die Ärztin lächelte rasch. »Sieben«, sagte sie. »Wie die sieben Zwerge.«

»Und die kommen herein und tun *was*?«

Die Ärztin wurde allmählich ungeduldig und schaute auf ihre Armbanduhr. »Sie nehmen an der Untersuchung teil. Es ist eine Lehrvisite.«

Lilena sank zurück auf den Untersuchungstisch. Sie hatte nicht das Gefühl, sich in dieser Weise aufopfern zu können. *Du bist bloßer Durchschnitt, sagte er messerscharf.*

»Na schön«, sagte sie. »Okay.«

Was reitest du auch drauf herum, sagte er hochtrabend.

Die Ärztin öffnete die Tür und rief ein Stück den Korridor hinunter. »Meine Damen und Herren?«

Sie waren jung, über die Hälfte von ihnen Männer, und sie versammelten sich in Hufeisenform um den Untersuchungstisch, schauten etwas verschämt drein, bemitleideten sie bestimmt, so wie Kunststudenten manchmal die zitternden Modelle bemitleiden, die sie zeichnen sollen. Die Ärztin zog einen Hocker zwischen Lilenas Füße und führte das Plastikspekulum ein, dessen steife, sich dehnende Flügel unangenehm waren, peinlich. »Heute machen wir eine Routineuntersuchung des Unterleibs«, verkündete sie laut, dann stand sie wieder auf, ging zu einer Schublade und verteilte Gummihandschuhe an alle.

Lilena wurde ein wenig blind. Ein weißes Licht, das im Mittelpunkt begann, breitete sich bis an die schwarzen Ränder ihrer Sehkraft aus. Eine nach der anderen fuhren die Hände der Studenten in sie hinein oder drückten auf ihren Abdomen, tasteten hungrig, unschuldig nach etwas, das sie von ihr lernen konnten, in ihr.

Am meisten vermisste sie ihre Mutter.

»Der nächste«, sagte die Ärztin. Und wieder. »In Ordnung. Der nächste?«

Am meisten vermisste Lilena ihre Mutter.

Doch es war das Gesicht ihres Vaters, das plötzlich vor ihr aufragte, sein Gesicht nachts an ihrer Schlafzimmertür, wenn er nach ihr sah, bevor er ins Bett ging, sein verblüfftes Gesicht, entsetzt, dass er sie vorfand, wie sie unter der Bettdecke lag, sich berührte und keuchte, sein geflüstertes »Nell? Alles in Ordnung?« und dann sein Verschwinden, das laute Schließen der Tür, um sie dort zurückzulassen, am Ende für immer; um zu sterben und sie dort zurückzulassen, ohne Gefühle außer ihrem eigenen Kummer und ihrer Schande, in denen sie leben würde wie in einer zweiten Haut.

In ihr waren Gummifinger, die sich bewegten und herumzappelten, aber nicht wie die anderen. Sie setzte sich abrupt auf, und der junge Student zog seine Hand heraus, wich zurück. »Er hat es nicht richtig gemacht«, sagte sie zu der Ärztin. Sie zeigte auf den Studenten. »Er hat es nicht korrekt gemacht!«

»Na schön«, sagte die Ärztin und musterte Lilena besorgt und beunruhigt. »Na schön. Sie können jetzt alle gehen«, sagte sie zu den Studenten.

Die Ärztin selber fand nichts. »Sie sind vollkommen normal«, sagte sie. Aber sie schlug vor, Lilena solle Vitamin B nehmen und abends in aller Ruhe Musik hören.

Lilena taumelte nach draußen, auf den Krankenhausparkplatz, wo sie zuerst ihr Auto nicht fand. Als sie es hatte, schnallte sie sich straff an, als wäre sie etwas Wildes – ein Tier oder ein Komet.

Sie fuhr zurück in die Bibliothek und setzte sich an ihren Schreibtisch. Alle anderen waren schon nach Hause gegangen. An den Rand ihres Notizblocks schrieb sie »Allein wie ein Buch, allein wie ein Schreibtisch, allein wie eine Bibliothek, allein wie ein Füller, allein wie ein Katalog, allein wie eine Nummer, allein wie ein Notizblock«. Dann ging sie auch nach Hause und kochte sich Tee. Sie fühlte sich losgelöst von ihrem Körper, fühlte, dass sie ihn die Treppe hochschleppte wie eine große Handtasche, dessen ledrigen Hohlraum man zerschneiden und verschenken oder mit lauter Sachen vollpacken konnte. Sie lag unter der Bettdecke und schwitzte, vielleicht vom Tee. Die Welt fühlte sich für sie an, als wäre sie am Ende, aufgebraucht, in Schieflage. Kein

Name übrig, nach dem sie hätte leben können, weder Nell noch Lilena.

Man sollte näher leben. Sie wusste nicht mehr, an welcher Stelle sie gerade war, wie in einem Buch.

Man sollte näher bei dem Ort leben, wo die Eltern begraben liegen.

Während sie auf Nick wartete, wurde ihr schwindlig, sie schwebte nach oben an die Decke und schaute hinunter auf die Handtasche. Morgen würde sie sich einen Organspenderausweis besorgen, einen Augenspenderausweis, so viele Ausweise, wie sie kriegen konnte. Sie würde sie alle Nick zeigen. »Nick! Schau dir meine Ausweise an!«

Und als er nicht nach Hause kam, blieb sie die ganze, lange Nacht wach, während sich ein Vogel mit dumpfem Aufprall gegen ein Fenster warf, während der Donner sich entfernte und näher kam wie eine Stimme, während das Gewitter sein Frankenstein-Licht aufscheinen ließ. Über ihrem Haus, anstelle von Sternen, erahnte sie die leuchtenden Köpfe ihrer Mutter und ihres Vaters, die nach ihr suchten, und ihre Augen strahlten vom Himmel herab.

Oh, da bist du ja, sagten sie. *Oh, da bist du.*

Aber dann gingen sie wieder fort, und sie lag da und wartete, eine Faust unter ihrer Wirbelsäule, auf die Gnade und Erschöpfung, die sich einstellen würden, sich einfach einstellen mussten, weil sie der Welt so viel gegeben hatte.

Agnes von Iowa

Ihre Mutter hatte ihr den Namen Agnes gegeben, in dem Glauben, dass eine gutaussehende Frau noch viel mehr Furore machen würde, wenn sie einen reizlosen Namen hätte. Ihre Mutter hieß Cyrena und war in passendem Maße hübsch, hatte sich ihr Leben aber immer interessanter vorgestellt und geglaubt, als Enid oder Hagar oder Maude hätte sie bestimmt eine dramatischere, fesselndere Wirkung auf die Welt gehabt und wäre nicht in Cassell, Iowa, gestrandet. Deshalb nannte sie ihre erste Tochter Agnes, und als sich herausstellte, dass Agnes ganz und gar nicht attraktiv war, sondern verquollen, häufig von Ausschlag zwischen den Augenbrauen geplagt und mit Haaren, deren stumpfe Farbe wie Galle aussah, ruderte ihre Mutter zurück und nannte ihre zweite Tochter Linnea Elise (die sich als ein wunderbares, schläfriges Kind mit hervorragendem Knochenbau, einem goldigen, vollen Mund und einem gummiartigen Leberfleck über der Oberlippe entpuppte, den man später bestimmt problemlos entfernen konnte, da waren sich alle sicher).

Agnes selbst hatte immer mit ihrem Namen gehadert. Während einer kurzen Phase ihres Lebens, mit Mitte zwanzig, hatte sie versucht, ihn als französisch auszugeben – einen *Accent grave* eingebaut und andere aufgefordert, sie »On-*yes*« zu nennen. Zu der Zeit wohnte sie in New York City und traf sich öfter mit ihrem Cousin, einem Maler, der sie auf Partys in die Lofts von Tribeca, in Strandhäuser oder in Landhäuser am See mitnahm. Dort begegnete sie einer Menge reicher junger Leute, die nicht besonders helle waren und die Aussprache ihres Namens faszinierend fanden. Was den Rest ihrer Person betraf, schwankten sie noch. »On-yes, meine Liebe, woher kommst du eigentlich?«

fragte eine schwarz behoste Frau mit glasierten Haaren, deren Haut wie sonnengegerbtes Pergament voller Melanome aussah. »Ursprünglich.« Sie beäugte Agnes' Aufzug, als wäre er das, was er tatsächlich war: ein paar blaue Sachen aus einem Kaufhaus in Cedar Rapids.

»Wo ich herkomme?« Agnes sagte es leise. »Iowa.« Sie sprach meistens nicht laut und deutlich.

»Woher?« Irritiertes Stirnrunzeln.

»Iowa«, wiederholte Agnes vernehmlich.

Die Frau in Schwarz berührte Agnes am Handgelenk und beugte sich vertraulich zu ihr. Sie bewegte ihren Mund dringlich und übertrieben, als vollführte sie eine Gesichtsmuskelübung. »Nein, meine Liebe«, sagte sie. *»Hier* sprechen wir das *O-hi-o* aus.«

Das war in Agnes' Mischmasch-Jahrzehnt nach dem College. Ihr Leben war pure Improvisation, sie hatte diverse Jobs in Restaurants oder Büros, belegte ein, zwei Kurse, dachte nicht allzu weit voraus und arrangierte sich mit der Vorläufigkeit und der U-Bahn-Grippe und dem Knausern für eine gelegentliche Maniküre oder Theaterkarte. Ein solches Leben verlangte übertriebenes Selbstbewusstsein, und das nicht zu knapp. Es mobilisierte große Mengen Hoffnung und Verzweiflung und setzte sie schroff nebeneinander, wie in einem Drittweltland des Herzens. Ihre Tage versackten in lauter Widersprüchen. Wenn sie spazieren ging, für die Gesundheit, sammelten sich Ascheflöckchen auf ihren Wangen, Ruß setzte sich im zusammengerollten Laub ihrer Ohren fest. Ihre Schuhe wurden immer unsäglicher. Ein Windhauch, und ihre Blusen verschwanden unter einem schmutzigen Schleier, und eine Wolke Auspuffgase von einem Bus konnte stundenlang in ihrem Haar hängen. Schließlich kehrte ihr altes Asthma zurück, und als sie nur noch hustete und röchelte, gab sie auf. »Ich komme mir vor, als hätte ich höchstens noch fünf Jahre zu leben«, erzählte sie den Leuten, »also ziehe ich zurück nach Iowa, damit sie sich anfühlen wie fünfzig.«

Als sie ihre Sachen packte, wusste sie, dies war ein Abschied von etwas Wichtigem. So schlimm war das eigentlich gar nicht, fand sie, denn es bedeutete, man hatte sich zumindest mal damit bekannt gemacht, was die meisten Leute in Cassell, Iowa, wohl kaum von sich behaupten konnten.

Anderthalb Jahre später heiratete sie Joe, einen jungenhaften, zwölf Jahre älteren Immobilienmakler aus Cassell, und sie kauften sich ein Haus in einer kleinen Straße namens Birch Court. Sie gab einen Abendkurs im Kulturzentrum und engagierte sich ehrenamtlich im Verkehrsausschuss der Stadt. Ein Leben wie ein Glas Wasser: halb leer, halb voll. Halb voll. Halb voll. Hoppla: halb leer. Jahrelang versuchten Joe und sie, ein Kind zu bekommen, aber eines Abends, als sie einsam über ihrem Falschen Hasen saßen, wurde ihnen klar, dass daraus wohl nie etwas werden würde. Trotzdem versuchten sie es auch nach sechs Jahren Ehe immer noch und ritten den letzten Rest Verliebtheit zwischen ihnen zuschanden.

»Schatz«, flüsterte sie manchmal abends, wenn er im Licht der Leselampe las. Sie hatte ihr Buch schon beiseite gelegt und sich an ihn gekuschelt, hätte am liebsten den roten Schal über die Lampe gelegt, ließ es dann aber bleiben, weil sie wusste, es hätte ihn geärgert. »Hast du Lust? Nach meinen Berechnungen wäre heute ein guter Tag.«

Joe stöhnte dann. Oder gähnte. Oder war schon eingeschlafen. Einmal, nach einem harten, langen Tag, sagte er: »Es tut mir Leid, Agnes. Ich glaube, ich bin einfach nicht in der Stimmung.«

Sie wurde gereizt. »Denkst du, *ich* bin in der Stimmung?« sagte sie. »Ich habe genauso wenig Lust dazu wie du«, und er betrachtete sie angewidert. Zwei Wochen danach war ihnen beim Falschen Hasen die traurige Erkenntnis gedämmert.

Im Kulturzentrum, früher auch Grange-Halle genannt, unterrichtete Agnes den Kurs »Großartige Bücher«, aber locker aufgezogen, mit Keksen. Sie ließ ihre Kursteilnehmer Gedichte und Theaterstücke und Geschichten abgeben, die sie geschrieben hatten; sie erlaubte ihnen, den Kurs als ihre eigene kleine

Arena der Kreativität zu benutzen. Einmal brachte jemand sogar eine Skulptur mit: eine elektrische, mit Blinklichtern.

Nach dem Unterricht traf sie sich manchmal einzeln mit Kursteilnehmern. Sie empfahl ihnen, worüber sie schreiben, was sie lesen oder in ihrem nächsten Projekt behandeln könnten. Sie lächelte und erkundigte sich danach, ob alles gut gehe in ihrem Leben. Sie war interessiert.

»Sie sollten strenger sein«, sagte Willard Stauffbacher, der Leiter der Volkshochschule, ein kleiner Musiker mit Haarausfall; er klebte sich gern Bilder berühmter Leute an die Tür, denen er ähnlich zu sehen glaubte. Jeden dritten Montag hielt er die monatliche Lehrerkonferenz ab – treffend benannt, machte sich Agnes lustig, da sie nach Stauffbachers *leerer Konferenz* tatsächlich jedes Mal völlig ausgelaugt war. »Nur weil es ein Abendkurs ist, brauchen Sie nicht das Niveau zu senken«, mahnte Stauffbacher. »Wenn es Quark ist, nennen Sie es *Quark*. Wenn es unsinnig ist, schreiben Sie *unsinnig* quer über jede Seite.« Er hatte früher in einer Volksschule unterrichtet, einmal auch in einem Gefängnis. »Es kommt mir vor, als täte ich hier die ganze Arbeit allein«, fügte er hinzu. Neben seinem Büro befand sich ein Aushang mit der Überschrift REGELN FÜR DEN MUSIKRAUM:

Ich bleibe auf meinem Platz sitzen, es sei denn [sic!] Erlaubnis, ihn zu verlassen.

Ich sitze gerade.

Ich befolge Anweisungen.

Ich lasse meinen Nachbarn in Ruhe.

Ich bin still, wenn Mr. Stauffbacher spricht.

Ich bin höflich zu anderen.

Ich singe, so gut ich kann.

Eines Abends blieb Agnes nachher noch länger mit Christa sitzen, der einzigen schwarzen Kursteilnehmerin. Sie mochte Christa sehr – sie war clever und lustig, und manchmal hatte Agnes Lust, nachher mit ihr weiter zu plaudern. Agnes wollte Christa davon abbringen, ständig über Vampire zu schreiben.

»Warum schreiben Sie nicht über diese Sache, von der Sie mir damals erzählt haben?« schlug Agnes vor.

Christa sah sie skeptisch an. »Welche Sache?«

»Damals, während Ihrer Kindheit, bei den Unruhen in Chicago, als Sie mit Ihrer Mutter durch die Polizeibarrikaden gegangen sind.«

»Mensch, das hab ich erlebt. Warum darüber schreiben?«

Agnes seufzte. Vielleicht hatte Christa Recht. »Es ist nur so, ich kann Ihnen bei diesem Vampirzeug keine große Hilfe sein«, sagte sie. »Das ist formelhafte Genreliteratur.«

»Aber Sie wären mir eine größere Hilfe bei *meiner Kindheit*?«

»Nun ja, bei ernsthafteren Geschichten schon.«

Christa stand erregt auf. Sie schnappte sich ihre Vampirgeschichte zurück. »Sie mit Ihrer Alice Walker und Zora Hurston und all der schwarzen Erfahrungsliteratur. Das interessiert mich einfach nicht mehr. Das habe ich schon hinter mir. Diese Bücher habe ich vor Jahren gelesen.«

»Christa, bitte regen Sie sich doch nicht auf.« *Bitte seien Sie still, wenn Mr. Stauffbacher spricht.*

»Sie wissen wohl genau, was gut für mich ist, wie?«

»Nein, ehrlich, überhaupt nicht«, sagte Agnes. »Es ist nur so – wissen Sie, was es ist? Ich bin diese Vampire einfach leid. Die sind so weitschweifig und immer dasselbe.«

»Das, was Sie sagen, könnte einen anderen Dreh haben, wenn Sie schwarz wären. Aber das sind Sie nun mal nicht«, sagte Christa, griff nach ihrem Mantel und ging hinaus – allerdings steckte sie zehn Sekunden später fairerweise ihren Kopf wieder herein und sagte: »Bis nächste Woche.«

»Wir müssen eine Lesung mit einem schwarzen Schriftsteller machen«, sagte Agnes bei Stauffbachers nächster leerer Sitzung. »Wir haben noch nie einen eingeladen.« Sie betrachteten ihr Budget, und dieses Jahr traten die Lesungen gegen die Tanzkurse an, einen Programmteil, der von einer Rothaarigen namens Evergreen geleitet wurde.

»Bei *Joffrey* gibt es nichts als Besetzungsprobleme«, sagte Evergreen aus heiterem Himmel. So, wie ein Staubsauger mit der Zeit die Fäden eines Teppichs aufribbeln kann, war ihr Hirn durch zu viel Yoga vertrocknet. Keiner beachtete sie sonderlich.

»Vielleicht können wir Harold Raferson aus Chicago holen«, schlug Agnes vor.

»Wir haben schon jemanden für die Autorenlesungs-Schiene«, sagte Stauffbacher spröde. »Einen Afrikaans-Dichter aus Johannesburg.«

»Was?« sagte Agnes. Meinte er das ernst? Selbst Evergreen bellte ein Lachen hervor.

»W. S. Beyerbach. Die Uni fliegt ihn ein. Wir zahlen unsere fünfhundert Dollar und kriegen ihn für anderthalb Tage.«

»Wen?« fragte Evergreen.

»Das ist schon beschlossene Sache?« fragte Agnes.

»Jawohl.« Stauffbacher musterte Agnes anklagend. »Ich habe eine Menge Arbeit da reingesteckt. *Ich* habe all die Arbeit gemacht!«

»Tun Sie einfach weniger«, sagte Evergreen.

Als Agnes Joe kennen gelernt hatte, waren sie übereinander hergefallen wie die Wilden. Sie hatten sich in Restaurants geküsst; unter ihren Mänteln im Kino herumgefummelt. In seinem kleinen Haus hatten sie sich auf der Veranda geliebt, auf dem Treppenabsatz im ersten Stock, an der Wand im Flur neben der Tür zum Dachboden – zu viel Begehren, um es bis in ein richtiges Zimmer zu schaffen.

Inzwischen rangen sie befangen um Atmosphäre, was sie früher nie gebraucht hatten. Sie bereitete das Schlafzimmer sorgfältig vor. Sie spielte ruhige Musik und konzentrierte sich. Sie entzündete Kerzen, als wäre sie in der Kirche und betete für die Verstorbenen. Sie warf ein durchsichtiges Fähnchen über. Sie nahm heiße Bäder und betrat das Schlafzimmer mit nichts als einem Handtuch bekleidet, ein wildes, fischähnliches Wesen aus feuchter, parfümierter Hitze. In der Nachttischschublade lag immer noch der Kalender, den zu führen ihr einst ein Arzt aufgetragen hatte, und sie kreuzte immer noch jedes Datum an, zu dem sie und Joe tatsächlich zum Sex kamen. Aber sie brachte es nicht fertig, ihn ihrem Arzt zu zeigen; jetzt nicht mehr. Es tat Agnes weh, sie beide zu sehen. Sie und Joe sahen schlimmer aus als Blindgänger. Sie und Joe sahen aus wie Idioten. Sie und Joe sahen tot aus.

Panisches Kerzenlicht flackerte als Schatten an der Decke wie ein Puppenspiel. Während sie darauf wartete, dass Joe aus dem Badezimmer kam, legte sich Agnes aufs Bett und dachte an ihre Woche, die Scheiß-Politik hinter ihrer Arbeit, und dass sie darin nicht besonders gut war. Einmal, bevor er gewählt wurde, war sie zu einer Wahlveranstaltung für Bill Clinton gegangen, doch dann hatte er Verspätung und ließ die Menge über eine Stunde lang warten, und als die Sonne immer heißer wurde, allmählich die Bienen auf den Köpfen der Leute landeten, allen die Füße weh taten, kleine Kinder anfingen zu brüllen und ein Mitglied des Bundesstaatsparlaments vortrat, um zu verkünden, dass Clinton in einem Dairy Queen in Des Moines eingekehrt sei und sich deshalb verspäte – weil er im Dairy Queen ein Eis aß, also wirklich! –, da war sie wütend geworden, nachtragend und unpolitisch in ihrem eigenen süßlechzenden Durst, und sie hatte eingestimmt, als ein paar Leute zu skandieren begannen: »Eis oder Torte, sag uns die Sorte.«

Auf dem College war sie Feministin gewesen – genauer gesagt: Sie rasierte sich die Beine, *aber absichtlich nicht oft genug*, wie sie gern sagte. Sie unterschrieb Petitionen für Kindertagesstätten und Geburtenplanung. Und obwohl sie sich den Männern gegenüber nie besonders aggressiv verhalten hatte, war sie fest davon überzeugt, den Unterschied zwischen Feminismus und Damenwahl zu kennen – was für einige Leute nicht zutraf, fand sie.

»Agnes, ist die Zahnpasta alle, oder ist das hier – ach so, ich verstehe.«

Und einmal, im Brooks-Atkinson-Theater in New York, hatte sie die Warteschlange vor den Damentoiletten organisiert, geradezu quichottesk. Das Stück sollte jeden Augenblick anfangen, die Schlange war noch zwanzig Frauen lang, und so hatte sie sechs Frauen rekrutiert, um gemeinsam quer durch das Foyer zu den Herrentoiletten zu marschieren. »Keiner mehr da drin?« rief sie schüchtern hinein und ließ die Männer erst mal fertig machen, was eine Weile dauerte, vor allem, weil andere Männer auftauchten und sich ungeduldig vordrängelten. Später, in der Pause, sah sie, wie so was ging. Zwei ältere schwarze Frauen mit mehr Erfahrung in Sachen Bürgerrechte betraten die Herrentoilette ganz selbstbewusst und riefen: »Achtet nicht auf uns, Jungs. Wir kommen jetzt rein. Achtet gar nicht auf uns.«

»Alles in Ordnung?« fragte Joe lächelnd. Er war schon neben ihr. Er duftete süßlich, nach Seife und pfefferminzigen Zähnen, wie ein Kind.

»Glaub schon«, sagte sie und drehte sich zu ihm um, in der Bordellbeleuchtung ihres Zimmers. Sein Aussehen hatte nie die leidverankerte Reife bekommen, welche für die Patina auf den Gesichtern so vieler Männer sorgte. Seine eigene Lebenstraurigkeit – eine geprügelte Kindheit, eine sterbende Mutter – war wie Treibsand, und er musste sich gänzlich davon fernhalten. In seiner Gegenwart durfte keine unglückliche Erinnerung angesprochen werden. Er blieb bei derselben milden Fröhlichkeit, die er als Junge erfolgreich glattpoliert hatte, und dadurch wirkte er etwas einfältig – selbst in seinen eigenen Augen, das wusste sie. Wahrscheinlich schadete das auch seinem Geschäft ein bisschen.

»Deine Gedanken schweifen ab«, sagte er und ließ die Augen zufallen.

»Ich weiß.« Sie gähnte, schob ihre Beine auf seine, um sich zu wärmen, und so, während die Kerzen bis auf ihre Blechuntersetzer herunterbrannten, schliefen sie und Joe ein.

Der Frühling kam, kühl und feucht. Blumenzwiebeln brachen auf und sprossen, schossen ihre grünen Periskope heraus, und am 1. April kündigte das Kulturzentrum einen Juxvortrag des

Gastdozenten T. S. Eliot an, mit dem Titel »Der grausamste Monat«. »Finden Sie das nicht witzig?« fragte Stauffbacher.

Am 4. April fand der Empfang für W. S. Beyerbach statt. Danach sollte ein Abendessen kommen, und dann war ein Besuch des Dichters in Agnes' »Großartige Bücher«-Kurs geplant. Sie hatte den Kursteilnehmern seinen zweiten Band Sonette aufgegeben, das waren karge, elegante Gebilde mit seufzender und hauchdünner politischer Aussage. Am folgenden Nachmittag war eine Dichterlesung vorgesehen.

Agnes hatte keine Einladung zu dem Abendessen erhalten, und als sie sich etwas hilflos danach erkundigte, zuckte Stauffbacher die Achseln, als hätte er darauf keinerlei Einflus. Ich bin eine *veröffentlichte Dichterin*, wollte Agnes sagen. Sie hatte tatsächlich einmal ein Gedicht veröffentlicht – nur in *The Gizzard Review*, aber immerhin!

»Edie Canterton hat die Gästeliste gemacht«, sagte Stauffbacher. »Damit hatte ich nichts zu tun.«

Sie ging trotzdem zu dem Empfang, ärgerlich, und pflanzte sich wie ein schiefer, sturmzerzauster Baum neben den Käse. Als sie förmlich spürte, wie die Cracker, die sie aß, in ihrem Mund zu einer üblen Paste wurden, traute sie sich nicht mehr zu lächeln. Schließlich stellte sie sich W. S. Beyerbach vor, verhaspelte sich aber bei ihrem Namen und sprach ihn prompt »Onyes« aus.

»On-yes«, wiederholte Beyerbach mit einer leisen, irgendwie englischen Stimme. Von oben herab, wie sie fand. Er hatte blondes und weißes Haar, wie ein falbes Pferd, und seine Augen waren so blau und scharf wie Atemfrisch-Bonbons. Sie konnte sehen, was für ein zurückhaltender Mann er war; vielleicht fanden ihn andere *scheu*, aber sie entschied sich für *zurückhaltend*: mangelnde Großzügigkeit. Passiv-aggressiv. Die Menschen in seiner Umgebung wanden sich und stammelten nervös herum. Er nickte immer bloß, sein Lächeln schwach und irgendwie pharmazeutisch. Alles an ihm war verkrampft und unter Spannung wie ein automatischer Türschließer. Weil er in *so einem*

Land lebt, dachte Agnes. Wie kann er bloß in so einem Land leben?

Stauffbacher versuchte sich an vollmundigen Sprüchen über den Bürgermeister. Irgendwas von seinen alten, progressiven Ideen und dem geplanten Konferenzzentrum. Agnes dachte an ihre Sitzungen im Verkehrsausschuss, an das bürgermeisterliche Leinengesetz für Katzen und seine neuen Schwadronen aus Knöllchen-Polizistinnen und Fahrradpolizei, an einen Stadtrat, den der Bürgermeister mal in einer Bar zusammengeschlagen hatte. »Inzwischen ist der Bürgermeister natürlich längst ein Faschist geworden«, sagte Agnes, und ihre Stimme klang seltsam laut und hell vor Zorn.

Totenstille überall. Edie Canterton hörte auf, im Punsch herumzurühren. Agnes sah sich um. »Oh«, sagte sie. »Dürfen wir *dieses Wort* hier nicht benutzen?« Beyerbachs Gesichtsausdruck wurde leer. Agnes' Wangen brannten, sie war verwirrt.

Stauffbacher wirkte gequält, dann getroffen. »Irgendwer noch Käse?« fragte er und hielt das Silbertablett hoch.

Nachdem alle zum Abendessen aufgebrochen waren, setzte sie sich in den *Dunk 'n Dine* auf der anderen Straßenseite. Sie bestellte ein kalifornisches BLT-Sandwich und einen Kaffee und schaute noch einmal Beyerbachs Werk durch: zu Dutzenden Bilder von geschundenen, verwesten Körpern, Bilder von Meuterei und Verrat des Körpers, Bilder von der seltsamen Haushaltung und den unzulässigen Haustierchen des Körpers. Vorn im Buch stand eine Widmung – *Für DFB (1970–1989)*. Wer mochte das sein? Ein Politaktivist vielleicht. Vielleicht die junge Frau, die oft in seinen Gedichten vorkam, »eine Frau, die das unpassende Kleid der Hoffnung abgelegt hatte«, um sogleich »in den blutblühenden Büschen« wieder danach zu suchen. Falls sich die Gelegenheit bot, würde Agnes ihn danach fragen. Warum nicht? Ein Buch war etwas Öffentliches, und die Widmung gehörte dazu. Falls ihm die Frage zu persönlich war, Pech gehabt. Sie würde schon den richtigen Augenblick finden, entschied sie.

Sie zahlte die Rechnung, zog ihre Jacke über und kehrte zum Kulturzentrum zurück, wo sie Beyerbach am Eingang treffen sollte. Sie würde den Augenblick abwarten und ihn dann ergreifen.

Er stand bereits an der Eingangstür, als sie dort ankam. Er begrüßte sie mit einem steifen Lächeln und einem leisen »Hallo, Onyes«, in einem Akzent, der ihre eigene Stimme rauh und nach Country-Western klingen ließ.

Sie lächelte und platzte dann heraus: »Ich möchte Sie gern was fragen.« In ihren eigenen Ohren hörte sie sich an wie Johnny Cash.

Beyerbach sagte nichts, hielt ihr nur die Tür auf und folgte ihr ins Gebäude.

Sie fuhr fort, während sie langsam die Treppe hochgingen. »Darf ich Sie fragen, wem Sie Ihr Buch gewidmet haben?«

Oben angekommen, wandten sie sich nach links in den langen Korridor. Sie spürte seine stählerne Reserviertheit, sein Lippenbeißen, seine unzweifelhaft mit Snobismus verhüllte und rationalisierte Scheu, aber er bot schon eine ganze Menge Snobismus auf, um diese große Scheu zu handhaben – da konnte er eigentlich kein bedeutender Kritiker seines Landes sein. Sie war wütend auf ihn. *Wie können Sie nur in so einem Land leben?* wollte sie wieder sagen, obwohl ihr einfiel, dass jemand das mal zu ihr gesagt hatte – ein Däne auf Agnes' Auslands-Schulreise nach Kopenhagen. Das war in den Zeiten des Vietnamkriegs gewesen, und der Mann hatte sie böse und aufrecht angestarrt. Agnes hatte die Schultern gezuckt. »Mich verbindet vieles damit«, sagte sie damals und spürte zum ersten Mal all die dunkle Liebe und Scham, die aus dem reinen Zufall der Heimat erwachsen, jenem tiefsitzenden, willkürlichen Ort, der einem nun mal gehört.

»Es ist meinem Sohn gewidmet«, sagte Beyerbach schließlich.

Er vermied es, sie anzusehen, und starrte stattdessen geradeaus über den Korridorboden. Jetzt waren Agnes' Schuhe sehr laut. »Sie haben einen Sohn verloren«, sagte sie.

»Ja.« Er schaute weg, auf die vorüberziehende Wand, vorbei an Stauffbachers Schwarzem Brett, an der Herrentoilette, der

Damentoilette, und irgendetwas Starres in ihm war zerbrochen. Als er sich ihr wieder zuwandte, sah sie, dass seine Augen schwammen, sein Gesicht war ein einziger Blutandrang, rot angelaufen unter unerträglichem Druck.

»Das tut mir so Leid«, sagte Agnes.

Ihre Schritte hallten nun nebeneinander über den Korridor, auf ihren Unterrichtsraum zu; all die Beklemmungen, die sie mit diesem trauernden, stillen Mann empfand, ähnelten plötzlich Beklemmungen der Liebe. Was sollte sie sagen? Es gibt wohl nichts Unerträglicheres, als sein Kind zu verlieren. Hätte er nicht irgend so etwas sagen sollen? Jetzt war er dran, etwas zu sagen.

Aber er wollte nicht. Und als sie endlich den Unterrichtsraum erreichten, wandte sie sich an der Tür zu ihm, nahm eine Packung aus ihrer Tasche und sagte schlicht, beruhigend: »Bei uns gibt es im Unterricht immer Kekse.«

Da strahlte er sie so erleichtert an, dass sie wusste, sie hatte das Richtige gesagt, dieses eine Mal. Das erfüllte sie mit Zuneigung für ihn. Vielleicht, dachte sie, entstand Zuneigung so: durch einen unwahrscheinlichen Satz, in einem Augenblick, wenn jemand gerade unerwartet, aber endlich das Richtige gesagt hat. *Bei uns gibt es im Unterricht immer Kekse.*

Sie stellte ihn mit höflichen Floskeln und biografischen Informationen vor. Ausgeübte Berufe, besuchte Universitäten. Die Kursteilnehmer meldeten sich und fragten ihn nach der Apartheid, den Shantytowns und Homelands, und er antwortete knapp, nach langen Schnaufern und Pausen. Nur einmal bezeichnete er eine Frage als »unbeantwortbar weltfremd«, so dass sich die Fragestellerin unbehaglich wand und in ihrer Handtasche nach irgendetwas wühlte, nach nichts, vielleicht nach einem Kleenex. Beyerbach schien es nicht zu bemerken. Er fuhr fort, sprach von Zensur und wie sehr man sich bemühen müsse, um das Zensurprogramm einer Regierung nicht zu internalisieren, was der Regierung natürlich am liebsten wäre: dass man es einfach selbst erledigte, und er sei sich nicht sicher, ob er habe standhalten können. Nachher blieben ein paar Kursteilnehmer da, schüttelten ihm förmlich, unbeholfen die Hand und gingen. Christa war die Letzte. Auch sie schüttelte ihm die Hand und fing an, liebenswürdig zu plaudern. Sie hatten einen gemeinsamen Bekannten – Harold Raferson in Chicago! –, und während Agnes schnell die Kekskrümel vom Seminartisch wischte, versuchte sie mitzuhören, verstand aber eigentlich nichts. Sie machte ein kleines Häufchen aus den Krümeln und fegte sie in eine Hand.

»Gute Nacht«, flötete Christa, als sie ging.

»Gute Nacht, Christa«, sagte Agnes und klopfte die Krümel in den Abfalleimer.

Nun stand sie mit Beyerbach in dem leeren Unterrichtsraum. »Haben Sie herzlichen Dank«, sagte sie gedämpft. »Ich bin sicher, davon haben alle eine Menge gehabt. Ich bin ganz sicher.«

Er sagte nichts, sondern lächelte sie freundlich an.

Sie verlagerte ihr Gewicht auf das andere Bein. »Haben Sie Lust, noch auf ein Glas irgendwo hinzugehen?« fragte sie. Sie stand nahe bei ihm und sah zu seinem Gesicht auf. Er war groß, wie sie jetzt bemerkte. Keine breiten Schultern, aber eine jugendliche Gestrafftheit in der Haltung. Kurz berührte sie seinen Ärmel. Die Anzugjacke war aus Kord und duftete schwach nach Nelken. Dies war das erste Mal in ihrem Leben, dass sie einen Mann zu einem Drink eingeladen hatte.

Er machte keine Anstalten, einen Schritt von ihr wegzugehen, sondern schien sich sogar ein wenig in ihre Richtung zu lehnen. Sie konnte seinen trockenen Atem spüren, aus nächster Nähe die unterschiedlich getönten Speichen der Iris in beiden Augen erkennen, die Grau- und Gelbtöne in dem Blau. An seinem Haaransatz waren ein paar kleine Sommersprossen hingetüpfelt. Er lächelte und schaute dann zu der Uhr an der Wand. »Sehr gerne, wirklich, aber ich muss zurück ins Hotel und um Viertel nach zehn einen Anruf machen.« Er sah ein bisschen enttäuscht drein – nicht sehr, dachte Agnes, aber ein bisschen schon.

»Na ja«, meinte sie und knipste die Lichter aus, und in der Dunkelheit half er ihr in die Jacke. Sie traten aus dem Raum und gingen schweigend nebeneinander her, über den Korridor und die Treppe bis zum Haupteingang. Draußen war die Nacht weich und roch nach Regen. »Finden Sie den Weg zurück ins Hotel?« fragte sie. »Oder –«

»O ja, danke sehr. Es ist gleich um die Ecke.«

»Stimmt. Stimmt ja. Also, mein Wagen steht irgendwo da hinten. Dann sehen wir uns wohl morgen Nachmittag nach Ihrer Lesung.«

»Ja«, sagte er. »Ich freue mich schon darauf.«

»Ja«, sagte sie. »Auch ich freue mich.«

Die Lesung fand in der großen Aula des Kulturzentrums statt. Er trug etwas aus den Sonetten vor, die Agnes bereits gelesen hatte, aber es war schön, die Gedichte noch einmal zu hören, mit seiner gedämpften, gequälten Tenorstimme. Sie saß in der letzten Reihe, ihren grünen Regenmantel unter sich auf dem Sitz ausgebreitet wie ein Blatt. Sie stützte sich auf die Lehne der Reihe vor ihr, ihr Rücken ein schiefer Stengel, ihr Kinn auf beiden Fäusten, und so lauschte sie ihm eine Zeit lang. Irgendwann schloss sie die Augen, aber sein Anblick, wie er vor ihr stand, aufrecht wie eine Kompassnadel, hatte sich unter ihren Lidern festgesetzt wie ein Brandmal, ein Stäubchen oder eine Botschaft vom Hirn.

Später, als Beyerbach das Rednerpult verließ, entdeckte er sie und winkte, aber Stauffbacher packte seinen Arm, wie ein Schleppkahn mit einem Auftrag, und steuerte ihn woanders hin, auf einen Tisch an der Seite zu, wo kleine Plastikbecher mit warmer Pepsi standen. Wir sind beide Männer, schien die Geste zu sagen. Wir haben beide *bach* in unseren Namen. Agnes zog ihren grünen Mantel an. Sie ging zum Pepsi-Tisch und stellte sich hin. Sie trank eine warme Pepsi und stellte den leeren Becher zurück. Schließlich wandte sich Beyerbach zu ihr und lächelte sie zutraulich an. Sie streckte die Hand aus. »Das war eine wunderbare Lesung«, sagte sie. »Ich freue mich sehr, dass ich Sie kennen lernen durfte.« Sie ergriff die lange, schmale Hand, ihre Daumen berührten sich. Sie konnte die Knochen in ihm erfühlen.

»Danke sehr«, sagte er und betrachtete ihren Mantel beunruhigt. »Brechen Sie schon auf?«

Sie schaute an ihrem Mantel herab. »Ich fürchte, ich muss langsam nach Hause.« Sie war gar nicht sicher, ob das wirklich zutraf. Aber sie hatte den Mantel angezogen, und jetzt kam es ihr ungeschickt vor, ihn wieder auszuziehen.

»Oh«, murmelte er und sah sie durchdringend an. »Na dann, alles, alles Gute für Sie, Onyes.«

»Wie bitte?« Irgend etwas bei dem Pult hatte geklappert.

»Alles Gute für Sie«, wiederholte er, und in seiner Miene war etwas auf dem Rückzug.

Stauffbacher tauchte plötzlich neben ihr auf und runzelte die Stirn, als er den grünen Mantel sah, so als wäre der unbegreiflich.

»Ja«, sagte Agnes und machte einen Schritt nach hinten, dann wieder nach vorn, um Beyerbachs Hand ein weiteres Mal zu schütteln; es war eine schöne Hand, wie ein altes, kostbares Stück Holz. »Gleichfalls«, fügte sie hinzu. Dann drehte sie sich um und floh.

Mehrere Nächte lang schlief sie schlecht. Sie legte sich mit dem Gesicht direkt aufs Kissen, drehte den Kopf zur Seite, damit sie Luft kriegte, warf sich auf den Rücken und schlug die Augen auf, starrte in die äußerste Ecke des Zimmers, wo der spitze Winkel des Türrahmens einen winzigen, aus dem Bad kommenden Streifen Licht durchließ, eine schwache Beleuchtung des Flurs, als wäre gerade jemand dort gewesen.

Mehrere Tage lang dachte sie, er hätte ihr vielleicht eine Nachricht bei der Sekretärin hinterlassen oder von irgendeinem Flughafen geschickt. Sie dachte, das Ungenügende ihres Abschieds würde auch ihm keine Ruhe lassen, und vielleicht würde er ihr eine vertiefende Postkarte schicken.

Doch das tat er nicht. Kurz überlegte sie, ihm einen Brief zu schreiben, auf dem Briefpapier des Kulturzentrums, das aus Gründen der Sparsamkeit kein Briefpapier mehr war, sondern Fotokopien vom Briefpapier. Sie wusste, dass er an die Westküste geflogen war, dann nach Tokio und Sydney und schließlich zurück nach Johannesburg, und wenn sie den Brief jetzt abschickte, würde er ihn bei seiner Ankunft vorfinden. Sie könnte ihm noch einmal sagen, wie interessant es gewesen sei, ihn kennen zu lernen. Sie könnte ihr Gedicht aus *The Gizzard Review* beilegen. In der Zeitung hatte sie einen Artikel über Trauerarbeit gelesen – und wenn sie ihre Mutter wäre, würde sie ihm den auch noch schicken.

Gott sei Dank, Gott sei Dank war sie nicht ihre Mutter.

Der Frühling setzte sich mit Wolkenbrüchen und Gewittern endgültig in Cassell fest. Die winterharten Pflanzen – Immergrün und Traubenhyazinthen – blühten überall in der Stadt in einer Art öffentlichem Blau, und die allmählich wärmer werdende Luft lockte ab und zu schon eine Mücke oder Fliege hervor. Die Sitzungen des Verkehrsausschusses waren trist und lang, allzu oft bis in den Abend hinein, und wenn Agnes nach Hause kam, spulte sie sie noch einmal für Joe ab und brach manchmal darüber in Tränen aus, etwa wenn es um die Radarkontrolle oder die Verbreiterung der Autobahn ging.

Wenn ihre Mutter anrief, war Agnes kurz angebunden. Wenn ihre Schwester wegen ihrer Mutter anrief, war sie noch kürzer angebunden. Joe massierte ihr die Schultern und erzählte ihr von Carports, von Bürgersteig-Charme und von asbestumhüllten Leitungen.

Im Kulturzentrum unterrichtete sie und schmollte und bekam die üblichen Notizen von der Sekretärin, wie immer auf Schmierpapier geschrieben – nur dass im Moment das Schmierpapier aus den Plakaten für die Beyerbach-Lesung bestand. So kriegte sie etwa eine lange Abhandlung über Vorgaben und Procedere bezüglich der Sommereinschreibungen, und wenn sie sie umdrehte, sah sie sein Gesicht – traurig und wichtigtuerisch auf dem Foto. Oder es kam eine kurze Telefonnotiz – »Ihr Mann hat angerufen. Bitte rufen Sie ihn im Büro zurück« –, und hintendrauf war Beyerbachs durchgerissene Nase, ein Bonbonauge, ein ellbogenhaftes Kinn. Irgendwann waren die Plakate alle, und das Schmierpapier ging über zu alten Wettbewerbsausschreibungen, Stipendienfristen und Einladungen zu Osterkonzerten.

Abends machten sie und Joe Yoga zu einer Yoga-Sendung im Fernsehen. Das war Teil ihres Bestrebens, nicht wie ihre Eltern zu werden, obwohl die Ehe, wie sie wussten, diese Gefahr mit sich brachte. Die funktionale Entzauberung, die liebe Gewöhnung an den Partner, zog allmählich Falten um Agnes' Mund, Falten, die aussahen wie Anführungszeichen – als wäre alles, was sie sagte, schon mal gesagt worden. Manchmal kam die alte Madeline, eine fette, verwöhnte, buntscheckige Katze, die das Leben mit einem kinderlosen Paar in den Jahren seiner Fortpflanzungsfähigkeit in vollen Zügen genoss, und legte sich zu ihnen, zwischen sie. Sie war an Kuscheln, Streicheln und tropfende Wasserhähne gewöhnt, aber manchmal verschwand sie auch draußen, und sie sahen sie tagelang nicht, erspähten sie erst später wieder im Garten, schmutzig und verfilzt, wie sie auf einem Maulwurf herumkaute oder alten Schnee fraß.

Am Memorial-Day-Wochenende flog Agnes mit Joe nach New York, damit er mal die Stadt kennen lernte. »Ein Ort«, sagte sie, »wo du nicht automatisch zum Großereignis wirst, wenn du weder weiß noch dort geboren bist.« Iowa ging ihr allmählich auf die Nerven, diese lächerliche Manier, sich aus dritter Hand mit den großen Fragen und Gesprächsthemen der Welt zu befassen, und die schiefe, müde Art und Weise, wie sich dort Geschichte ereignete – falls überhaupt. Sie sehnte sich danach, eine Weltbürgerin zu sein!

Sie fuhren auf Rollschuhen durch den Central Park. Sie bewunderten die Schaufenster von Lord & Taylor. Sie schauten sich *Joffrey* an. Sie gingen zu einem Friseur auf der 57. Straße, wo sie sich die Haare rot färben ließ. Sie saßen im Café am Fenster, ließen sich endlos Kaffee nachschenken und aßen Kuchen.

»So vieles sieht unverändert aus«, sagte sie zu Joe. »Als ich hier gewohnt habe, strampelten alle nur nach Geld. Die Reichen genauso wie die Armen. Aber alle gaben sich große Mühe, auch witzig zu sein. Egal, wo man hinkam – in einen Laden oder zur Maniküre –, irgendwer erzählte einen Witz. Und zwar einen guten.« Sie erinnerte sich, dass durch diese Neigung, einen Witz zu erzählen, sich einfach jeder Tag erträglich angefühlt hatte. Der Humor hatte etwas Entschlossenes gehabt, eine Intensität, in der sich die Intensität der Stadt widerspiegelte, und es war, als umschlösse und erleichterte dieser Humor die gnadenlose Traurigkeit der Menschen, die einander dermaßen benutzt und die Erde dermaßen verschandelt hatten. »Es war wie Gruppensex zwischen lauter Gehirnen. So als ob jedes Gehirn ein Sexmaniak wäre.« Sie schaute auf ihren Kuchen herunter. »Die Leute haben sich richtig Mühe gegeben mit dem Lachen«, sagte sie. »Das braucht der Mensch, Lachen.«

»Ja, das braucht er«, sagte Joe. Er trank einen Schluck von seinem Kaffee, und seine über die Tasse gereckten Lippen sahen aus wie eine fleischige Blüte. Er hatte Angst, sie könnte gleich anfangen zu weinen – sie kriegte schon wieder dieses Gesicht –, und wenn sie das täte, würde er sich schuldig und verloren fühlen, voller Mitleid, dass ihr Leben nicht mehr hier stattfand, sondern an einem fernen, öden Ort und mit ihm. Er setzte die Tasse ab und versuchte zu lachen. »Das braucht er wirklich«, sagte er. Und er sah aus dem Fenster auf die klapprigen Taxis, den austernhaltigen Müll, die tuberkulöse Luft und sieben Pfund Hühnerinnereien, die einer vor dem Restaurant, in dem sie saßen, auf den Bürgersteig gekippt hatte. Er drehte sich wieder zu ihr und zog ein Clownsgesicht.

»Was tust du da?« fragte sie.

»Das ist ein Clownsgesicht.«

»Was soll das heißen, ›ein Clownsgesicht‹?« Hinter ihr sang jemand »I Love New York«, und zum ersten Mal fiel ihr die seltsame Unentschlossenheit der Melodie auf.

»Ein ganz normales Clownsgesicht, das soll es heißen.«

»So sah es aber nicht aus.«

»Nein? Wie denn dann?«

»Soll ich das Gesicht nachmachen?«

»Ja, mach mal.«

Sie betrachtete Joe. Jeder Kompromiss im Leben brachte die Traurigkeit und den sentimentalen Schatten mit sich, die dadurch entstanden, dass er nicht etwas anderes, sondern einfach nur er selbst war: Sie versuchte das Gesicht nachzumachen – eine Miene von solch monströser Leere und Dummheit, dass Joe in heulendes Gelächter ausbrach, wie ein Hund, und sie genauso, die Luft knallte schnaubend durch ihre Nase, der Kopf flog nach vorn, dann nach hinten, dann wieder nach vorn, was einen Hustenanfall auslöste.

»Alles in Ordnung?« fragte Joe, und sie nickte. Aus Höflichkeit sah er weg, nach draußen, wo es plötzlich angefangen hatte zu regnen. Auf der gegenüberliegenden Straßenseite hatten sich zwei Menschen unter die Markise eines Gap-Ladens gestellt, um das Ende des Schauers im Trockenen abzuwarten, und ihre Gestalten standen dunkel und vogelscheuchig vor dem hell erleuchteten Schaufenster. Als er sich wieder seiner Frau zuwandte – seiner traurigen jungen Frau –, um ihr die Szene zu zeigen, um ihr zu zeigen, was ein Mann, der fest im Griff der mittleren Jahre steckte, witzig fand, da saß sie immer noch seitwärts abgeknickt da, so dass ihr Gesicht unter der Tischplatte verschwunden war, und er konnte nur die Krümmung ihres bebenden Rückens erkennen, ihren flusig verschwommenen, dünnen Frühlingspulli und die grelle Draufsicht ihrer leuchtenden, neuen, scheußlichen Frisur.

Scharaden

Es ist ziemlich passend, dass Weihnachten so weit heruntergekommen ist, bis auf die bloßen Knochen. Die Familie wirkt auf Therese mittlerweile sowieso wie ein Pack Schmierenkomödianten; sie kommen an, spielen sich gegenseitig Theater vor und nehmen den frühestmöglichen Heimflug nach Boston oder Chicago. Wahrscheinlich ist es da nur angemessen, wenn jedes Mal ein Gesellschaftsspiel über die Bühne geht, das sich in der Maske einer Feiertagstradition eingeschlichen hat (was es gar nicht ist). Normalerweise zeigt ohnehin keiner in Thereses Familie echte Gefühle; stattdessen achtet jeder darauf – und zwar schneidig! –, wie er sich am besten darstellt.

Inzwischen gibt es jedes Jahr eine neue Bühne. Ihre alternden Eltern, ruhelose Rentner, kaufen und verkaufen Stadthäuser und ziehen stetig von Maine südwärts. Die Immobilien waren eine Idee von Thereses Mutter. Ihr Vater hat sich, seit er pensioniert ist, mehr auf Vogelhäuschen konzentriert; er lernt gerade, wie man so etwas baut. »Wer weiß, was ihm als nächstes einfällt«, seufzt ihre Mutter. »Wahrscheinlich fängt er an, Muster in die Seitenwände des Hauses zu ritzen.«

Dieses Jahr sind sie in Bethesda, Maryland, nicht weit von Andrews Wohnort entfernt. Andrew, Thereses Bruder, ist Elektroingenieur und verheiratet mit einer süßen, hübschen Teilzeitdetektivin namens Pam. Pam hat Koboldhaare und lächelt die ganze Zeit. Wer würde ihr unterstellen, dass sie heimlich vertrauliches Material für seine Gegner sammelt? Sie friert Schinken ein. Sie stellt Tage im Voraus Jell-O-Salate her. Sie und Andrew haben ein eineinhalbjähriges Kind namens Winnie, das schon lesen kann.

Die Lesevideos im Fernsehen, aber immerhin.

Alle sind in Mannschaften aufgeteilt, vier gegen vier, und haben die Namen berühmter Leute, Lieder, Filme, Stücke, Bücher auf Schnipsel von dem Geschenkpapier geschrieben, das sie vor ein paar Stunden von den Geschenken gerissen haben. Viel Zeit ist nicht mehr, bis der Flug von Therese und ihrem Gatten Ray um 16 Uhr 30 vom National Airport startet. »Tja«, sagt Therese, »ich fürchte, wir werden auf die Ausstellung ›Averell Harriman: Staatsmann für alle Gelegenheiten‹ verzichten müssen.«

»Ich weiß nicht, warum ihr nicht einen späteren Flug nehmen konntet«, sagt Thereses Schwester Ann. Sie ist brummig. Ann ist die Jüngste, zehn Jahre jünger als Therese, die Älteste, aber in letzter Zeit hat Anns Stimme etwas Pedantisches, matronenhaft Tadelndes angenommen, das Therese erstaunt. »Halb fünf«, sagt Ann, zieht einen Schmollmund und legt die Füße auf den Stuhl neben ihr. »Das ist wirklich etwas albern. Ihr verpasst das Abendessen.« Ihre Schuhe sind spitz und sehen irgendwie viktorianisch aus, grünes Wildleder – eine Kreuzung aus Kurtisane und Peter Pan.

Die Mannschaften sind so aufgeteilt, dass Therese, Ray und ihre Eltern gegen Andrew und Pam sowie Ann und ihren Verlobten Tad spielen. Tad ist schlank und rothaarig, ein Marketingvertreter von *Neutrogena*. Er und Ann haben sich gerade erst verlobt. Nachdem sie fast zehn Jahre lang in Liebe und Arbeit herumlaviert hat, studiert Ann jetzt Jura und plant ihre Hochzeit für den nächsten Sommer. Da Therese jahrelang als Pflichtverteidigerin gearbeitet und zur Zeit dank einer unverdienten politischen Ernennung eine Stelle als Bezirksrichterin hat, ist ihr Anns Entscheidung, Rechtsanwältin zu werden, wie eine Art schwesterlicher Bestätigung erschienen, dass sie beide von nun an neue Dinge gemeinsam haben und Ann viele Fragen äußern wird, Beobachtungen und Kommentare über das Gericht. Aber das scheint gar nicht der Fall zu sein. Ann ist augenscheinlich viel mehr damit beschäftigt, Live-Musik und Partyservice zu engagieren und einen großen Saal in einem Restaurant zu buchen. »Puh«, hat Therese mitfühlend gesagt. »Willst du da nicht am liebsten die Flucht ergreifen?« Therese und Ray haben im Gerichtsgebäude geheiratet, mit den Registratoren als Trauzeugen.

Ann hat mit den Schultern gezuckt. »Ich zermartere mir den Kopf, wie wir alle Leute von der Kirche ins Restaurant kriegen, ohne dass ihre Klamotten verknittern und hinterher auf den Bildern schlecht aussehen.«

»Echt?« hat Therese gefragt. »Das tust du?«

Die Spielzettel werden in zwei große Salatschüsseln gelegt, und jede Mannschaft bekommt die Schüssel der anderen. Thereses Vater fängt an. »Also los! Auf die Plätze!« Er ist immer schon geistreich, kämpferisch, angespannt gewesen; Spiele bringen seine besten und seine schlimmsten Seiten zum Vorschein. Inzwischen aber wirkt er besorgt und ältlich. In seinen Augen liegt ein Schmerz, etwas Trauriges und Fahriges, das sie manchmal schlagartig erfüllt – die Angst, sein Leben vergeudet zu haben, oder eine Ungewissheit, wo wohl seine Schlüssel sind. Er macht das Zeichen dafür, dass der Name auf seinem Zettel eine berühmte Persönlichkeit ist. Keiner konnte sich anfangs daran erinnern, wie das Zeichen geht, also hat die Familie ihr eigenes Zeichen dafür erfunden: eine rasch eingenommene pompöse Haltung, Hände auf den Hüften, hochgerecktes Kinn. Thereses Vater hat eine gewisse dramatische Ader, die er dabei einsetzt, das kann er gut.

»Berühmte Persönlichkeit!« Alle rufen das, aber es gibt immer einen, der »Trottel« schreien muss, um witzig zu sein. Diesmal ist es Thereses Mutter.

»Trottel!« schreit sie. »Dorftrottel!«

Aber Thereses Vater fährt fort, er zeigt die Silben an, ignoriert seine Frau und klopft mit den Fingern seiner rechten Hand hart auf seinen linken Ärmel. Die berühmte Persönlichkeit hat drei Namen. Erster Name, erste Silbe. Er nimmt eine Eindollarnote heraus und zeigt darauf.

»George Washington«, schreit Ray.

»George Washington Carver!« schreit Therese. Thereses Vater schüttelt ärgerlich den Kopf, dreht den Dollar um und zeigt heftig darauf. Es stört ihn, dass er den Verlauf nicht steuern kann.

»Ein Dollar«, sagt Thereses Mutter.

»Billig!« sagt Therese. »Bill!« Da fängt ihr Vater an zu nicken und wie ein Irrer auf sie zu zeigen. Ja, ja, ja. Jetzt macht er dehnende Bewegungen mit den Händen. »Bill, Billy, William«, sagt Therese, und ihr Vater zeigt wieder wie wild auf sie. »William«, sagt sie. »William Kennedy Smith.«

»Ja!« schreit ihr Vater, klatscht in die Hände und wirft den Kopf in den Nacken, als wollte er die Decke loben.

»William Kennedy Smith?« Ann grollt wieder. »Wie bist du denn darauf gekommen, nur von William her?«

»Er war halt in den Nachrichten.« Therese zuckt die Achseln. Sie kann sich Anns sauertöpfische Art nicht erklären. Vielleicht hat es etwas damit zu tun, wie Ann im Jurastudium kämpfen muss, oder damit, dass Therese eine Bezirksrichterin ist, oder mit dem Diamanten an Anns Finger, der so riesig ist, dass es Therese unfreundlich vorkommt, ihn zu tragen, wenn sie bei ihrer Mutter sind, auf deren Ring, ehrlich gesagt, nur ein kleiner Splitter sitzt. Früher am Morgen hat Ann Therese erzählt, dass sie auch plant, Tads Namen anzunehmen. »Du willst dich Tad nennen?« hat Therese gefragt, aber Ann fand das überhaupt nicht komisch. Anns Sinn für Humor war noch nie sehr geschmeidig, aber früher konnte sie sich immer für guten Slapstick erwärmen.

Ann hat den Namenwechsel offiziell erklärt: »Weil ich finde, dass eine Familie wie eine Mannschaft ist, und jeder in der Mannschaft sollte denselben Namen tragen, wie eine Farbe. Ich finde, ein Ehepartner sollte ein Mannschaftsspieler sein.«

Therese hat überhaupt keine Vorstellung mehr davon, wer Ann eigentlich ist. Sie gefiel ihr besser, als sie acht war, mit ihrem blauen Federmäppchen und dem seltsamen, leicht hüpfenden Gang, der daher kommt, dass eins ihrer Beine fast einen halben

Zentimeter länger ist als das andere. Ann sah als Kind hübscher aus. Sie war unbeholfen und neugierig. Sie war süß. So kam sie Therese jedenfalls vor, die die meiste Zeit in der High School und auf dem College war, leicht depressiv und allzu sehr in die Bücher vertieft, womit sie sich ihre ohnehin schwachen Augen kaputtmachte, so dass sie inzwischen eine Brille tragen muss, hinter der ihre Augen wolkig verschwimmen. Heute Morgen, als sie dastand und Ann von Mannschaftsspielern reden hörte, hat Therese gelächelt und genickt, aber sie kam sich vor wie ein chaotischer Hippie auf Abwegen, dem jemand eine Predigt hält. Sie wollte ihre Schwester packen, sich auf sie werfen, sie umarmen und zum Schweigen bringen. Sie versuchte, Anns dunkle, ernsthafte Worte über die Ehe zu verstehen, stattdessen aber fielen ihr die Bauchlandungen ein, die sie immer für Ann gemacht hatte – Therese konnte sich direkt auf die Nase fallen lassen –, um sie zum Lachen zu bringen.

Anns Stimme redete derweil weiter. »Wenn du zu lange sitzen musst, verkrumpeln die Oberteile ...«

Therese maß im Geist aus, bis wohin ihr Körper am Boden reichen würde, und überlegte, ob sie es wohl noch konnte. Natürlich konnte sie es. Natürlich. Aber würde sie es tun? Und dann plötzlich wusste sie es. Sie knickte an der Hüfte ein und ließ sich direkt nach vorn fallen, den Arm auf halber Höhe, den Mund zu einem Kriegsgeheul geöffnet. Sie hatte das mit fünfzehn auf der Schule in der Theater-AG gelernt. Sie war nicht besonders hübsch gewesen, und auf diese Weise konnte sie die Aufmerksamkeit der Jungen erregen. Sie landete mit einem dumpfen Aufprall.

»Machst du das immer noch?« fragte Ann ungläubig und angekelt. »Du bist Richterin, und du machst das immer noch?«

»Irgendwie schon«, sagte Therese vom Boden aus. Sie tastete nach ihrer Brille.

Jetzt ist es die Mannschaftsspielerin selbst, die aufsteht, um ihrer Mannschaft Hinweise zu geben. Sie betrachtet den Namen auf ihrem Zettel und zieht ein Gesicht. »Ich muss erst nachfragen«, sagt sie etwas angewidert, was sie vielleicht für besonders raffiniert hält. Sie bringt den Fetzen Geschenkpapier zu Thereses Mannschaft. »Was soll das sein?« fragt Ann. Da steht, in Rays Handschrift, ein falsch buchstabiertes *Arachnophobia*.

»Das ist ein Film«, sagt Ray entschuldigend. »Hab ich das falsch geschrieben?«

»Ich glaube ja, Schatz«, sagt Therese und beugt sich herüber, um einen Blick darauf zu werfen. »Du hast ein paar von den O's und A's durcheinandergebracht.« Ray ist Legastheniker. Wenn er in den Wintermonaten als Dachdecker wenig zu tun hat, bleibt er nicht mit einem Buch zu Hause oder geht zur Psychotherapie, sondern er fährt zu den billigen Nachmittagsvorstellungen von schlechten Filmen – »Kintopp« sagt er dazu, oder »Tonkipp«, wenn er sich selbst durch den Kakao ziehen will. Ray schreibt alles falsch. Heißt es »Input« oder »Imput«? Heißt es »streitig«, »strittig« oder »strittich«? »Wahn« oder »wann«? »Karotte« oder »Karate«? Sein Dachdeckerbetrieb ist dafür bekannt, dass er zu vernünftigen Preisen arbeitet, aber etwas schlampig und zweitklassig. Therese findet ihn trotzdem toll. Er ist nie überheblich. Er kocht endlos viele Hühnchen-Variationen. Er ist patent und potent und zeigt ihr fast jede Nacht auf seine ehemännliche Art, dass sie für ihn so sexy ist wie keine andere Frau. Therese mag das. Außerdem hat sie eine Affäre mit einem jungen zweiten Bezirksstaatsanwalt, aber das ist eine klar begrenzte Sache – als würde sie ihre Handschuhe ausziehen, in die Hände klatschen und die Handschuhe wieder anziehen. Still und unaufdeckbar. Nichts weiter als Sex mit einem Mann, der kein Legastheniker ist, und ab und zu braucht sie das, meine Güte.

Ann spielt gerade *Arachnophobia* vor, und zwar eher den kompletten Begriff als das Wort Silbe für Silbe. Sie starrt in die Augen ihres Verlobten, wackelt mit ihren Fingern herum und springt dann entsetzt zurück, aber Tad kapiert es nicht, obwohl er schon ein bisschen besorgt dreinschaut. Ann fuchtelt noch wilder mit ihren weihnachtsmanikürten Fingernägeln vor ihm herum. Einer der Nägel ist mit einem kleinen Weihnachtsmann bemalt. Anns schwarze Haare sind streng geschnitten, in scharfen, teuren Stufen, und ihre lange, drapierte Kleidung baumelt ihr von den Schultern, als hinge sie noch auf dem Bügel. Sie sieht verhungert und reich und wütend aus. Alles wirkt erkämpft und erzwungen, ein bisschen zeichentrickfilmhaft, wie die grünen Schuhe, und vielleicht schreit ihr Verlobter deshalb gerade »Gundel Gaukeley!«. Nun wendet sich Ann ihrem Bruder Andrew zu und macht ermutigende Bewegungen, als wollte sie Tad bestrafen. Das ungeschickte Hüpfen aus ihrer Kindheit ist jetzt zu einem chiropraktizierten Schlurfen geworden. Therese betrachtet wieder ihre eigene Mannschaft, ihren Vater, der immer noch irgendetwas über William Kennedy Smith brummelt. »Eine Frau sollte nicht um drei Uhr morgens in einer Bar sitzen, und damit basta.«

»Dad, das ist doch albern«, flüstert Therese, die das Spiel nicht unterbrechen will. »Bars sind für alle geöffnet. Laut Gaststättengesetz.«

»Ich rede nicht von den kalten gesetzlichen Regelungen«, sagt er strafend. Anwälte hat er noch nie gemocht und versteht seine Töchter nicht mehr. »Ich rede von einem lange Zeit selbstverständlichen Moralkodex.« Ihr Vater hat jene viktorianische Sensibilität, die im tiefsten Innern Prostituierte mehr respektiert als Frauen im Allgemeinen.

»Ein ›lange Zeit selbstverständlicher Moralkodex‹?« Therese schaut ihn sanft an. »Dad, du bist fünfundsiebzig. Die Dinge ändern sich.«

»Arachnophobia!« schreit Andrew, und er und Ann stürzen sich mit High Fives aufeinander.

Thereses Vater gibt einen kurzen Spucklaut von sich, dann schlägt er die Beine übereinander und wendet den Blick ab. Therese schaut zu ihrer Mutter, die sie verschwörerisch hinter dem Rücken ihres Mannes anlächelt und mit den Fingern kleine Eselsohren andeutet, ihr Zeichen, wenn sie sagen will, dass ihr Mann sich wie ein solcher aufführt.

»Na schön, vergiss William Kennedy Smith. Du bist dran, Schnuckel«, sagt Thereses Vater zu ihrer Mutter. Die erhebt sich langsam, beugt sich aber fröhlich vor, um einen Zettel zu angeln. Sie schaut drauf, geht in die Mitte des Zimmers und stopft das Papierchen in die Tasche. Sie mustert die andere Mannschaft und macht das Zeichen für eine berühmte Persönlichkeit.

»Falsche Mannschaft, Mom«, sagt Therese, ihre Mutter sagt »Hoppla« und dreht sich um. Dann wiederholt sie die Geste für berühmte Persönlichkeit.

»Berühmte Persönlichkeit«, sagt Ray ermutigend. Thereses Mutter nickt. Sie überlegt eine Weile. Dann wirbelt sie herum, wirft ihre Arme in die Luft, lässt sich vornüber auf den Boden fallen, dann nach hinten, wobei ihr Kopf gegen die Stereoanlage schlägt.

»Marjorie, was tust du da?« fragt Thereses Vater. Ihre Mutter liegt lachend am Boden.

»Alles in Ordnung?« fragt Therese. Ihre Mutter nickt, immer noch in sich hineinlachend.

»Sturz«, sagt Ray. »Schwindel. *Vertigo.* Alfred Hitchcock.«

Thereses Mutter schüttelt den Kopf.

»Epilepsie«, sagt Therese.

»Explosion«, sagt ihr Vater, und ihre Mutter nickt. »Explosion. Bombe. Robert Oppenheimer!«

»Genau.« Ihre Mutter seufzt. Sie hat etwas Probleme, wieder hochzukommen. Sie ist siebzig, und ihre Knie sind von der Gicht etwas blockiert.

»Brauchst du Hilfe, Mom?« fragt Therese.

»Ja, Mom, brauchst du Hilfe?« fragt Ann, die aufgestanden und in die Mitte des Zimmers gegangen ist, um sich der Sache anzunehmen.

»Alles in Ordnung.« Thereses Mutter seufzt mit einem leichten, etwas aufgesetzten Kichern und stakst steif zu ihrem Stuhl zurück.

»Das war klasse, Ma«, sagt Therese.

Ihre Mutter lächelt stolz. »Oh, danke sehr!«

Danach folgen noch viele Runden, und jedes Mal, wenn Thereses Mutter Namen wie Mel Brooks oder Tom Jones zieht, bringt sie wieder ihre Bombenimitation, treibt sich in ein spastisches Zappeln hinein und lässt sich fallen und erhebt sich unter tosendem Applaus. Pam holt Winnie nach ihrem Mittagsschläfchen herein, und alle machen ooh und aah in das süße, schlafgezeichnete Gesicht des Kindes. »Da ist sie ja«, gurrt Tante Therese. »Willst du zugucken, wie Oma eine Bombe macht?«

»Du bist dran«, sagt Andrew ungeduldig.

»Ich?« fragt Therese.

»Ich glaube, er hat Recht«, sagt ihr Vater.

Sie steht auf, wühlt in der Schüssel, faltet den Zettel auseinander. Da steht »Jekylls Street«. »Hier muss ich mich kurz beraten. Andrew, ich glaube, das ist deine Handschrift.«

»Okay«, sagt er, steht auf, und sie treten in die Diele.

»Ist das eine Fernsehshow?« flüstert Therese. »Ich sehe nicht viel fern.«

»Nein«, sagt Andrew mit unbestimmtem Lächeln.

»Was ist es denn?«

Er verlagert sein Gewicht aufs andere Bein, will es ihr nicht sagen. Vielleicht, weil er mit einer Detektivin verheiratet ist. Oder, was wahrscheinlicher ist, weil er selbst mit hochgeheimen Dokumenten aus dem Verteidigungsministerium arbeitet; er ist vor kurzem von den ganz einfach nur geheimen Dokumenten befördert worden. Als Ingenieur ist er beratend, begutachtend, befürwortend tätig. Sein Blick wirkt gedrückt, verärgert. »Es ist der Name einer Straße hier aus dem Viertel.« Sein Mund ist etwas säuerlich und patzig verzogen.

»Aber das ist doch nicht der Titel von irgendwas Berühmtem.«

»Es ist ein Ortsname. Ich dachte, Ortsnamen wären erlaubt.«

»Aber es ist kein berühmter Ort.«

»Na und?«

»Ich meine, dann könnten wir ja alle irgendwelche Straßennamen von zu Hause aufschreiben, wo wir wohnen, wo wir arbeiten, wo wir irgendwann mal beim Einkaufen langgegangen sind –«

»Du warst diejenige, die gesagt hat, Ortsnamen wären erlaubt.«

»Echt? Aha, na gut, und was habe ich gesagt, welches Zeichen wir für einen Ort machen sollen? Wir haben kein Zeichen für Orte.«

»Ich weiß es nicht. Denk dir was aus«, sagt er. Frech und wütend ist er jetzt, ganz und gar. Kommt das von der Kindheit? Vom Haarausfall? Sie und Andrew sind sich früher nahe gewesen. Aber heute, genau wie bei Ann, weiß sie nicht mehr, wer er eigentlich ist. Sie hat nur eine Theorie: Er ist ein Elektroingenieur, vor Jahren an der Schule von Berufsberatern bearbeitet worden, die im Auftrag des Pentagon alle Jungen mit guten Mathe-Ergebnissen bei den Aufnahmeprüfungen rekrutieren, drillen und militarisieren sollten. »Vom MIT zum MIA«, hat Andrew selber einmal gesagt. »Vom Massachusetts Institute of Technology zum militärisch-industriellen Arschloch.« Aber diese satirische Seite kann sie an ihm nicht mehr entdecken. Letztes Jahr haben sie immerhin noch Witze über ihre Erziehung gemacht. »Ich kann mich so gut wie gar nicht daran erinnern, dass Dad uns je vorgelesen hätte«, hatte sie gesagt.

»Klar hat er uns vorgelesen«, sagte Andrew darauf. »Weißt du nicht mehr, wie er uns vorgelesen hat? Weißt du nicht mehr, wie er uns ständig lautlos aus dem *Wall Street Journal* vorgelesen hat?«

Jetzt sucht sie sein erstarrendes Gesicht nach Anzeichen für einen Scherz ab, nach einem Schimmer, einem Hauch von Liebe. Andrew und Ann scheinen sich nahe zu sein, und Therese hat ein etwas wehmütiges Gefühl, als sie sich fragt, wann und wie das passiert ist. Ein bisschen eifersüchtig ist sie auch. Der einzige Gesichtsausdruck, den sie Andrew entlocken kann, ist ein höhnischer. Er ist ein Verkehrspolizist. Sie ist das Flower-Power-Kind, das zu schnell fährt.

Hast du vergessen, dass ich *Richterin* bin? möchte sie ihn am liebsten fragen. Sicher, Richterin dank einer unverdienten politischen Ernennung, zugegeben. Eine Richterin mit einer Affäre, die ihre Charakterstärke ein wenig überschattet – okay. Weichgespült; leicht zu rühren: aber immer noch eine Richterin.

Stattdessen sagt sie: »Macht es dir etwas aus, wenn ich einfach einen anderen Zettel ziehe?«

»Meinetwegen«, sagt er und marschiert brüsk ins Wohnzimmer zurück.

Was soll's, denkt Therese. Das ist ihr neues Mantra. Meistens beruhigt es sie schneller als *ohm*, was sie auch ausprobiert. Trautes *ohm*, Glück kommt schon. Aber nicht hier. *Was soll's. Was soll's.* Als sie eine Anfängerin im Gerichtssaal war, hat sie sich, um ihr Lampenfieber zu bekämpfen, immer halblaut vorgesummt *Alle lieben mich. Alle lieben mich*, und wenn das nicht funktionierte, hat sie umgeschaltet zu *Killen! Killen! Killen!*

»Wir nehmen etwas anderes«, verkündet Andrew, und Therese zieht einen neuen Zettel.

Ein Buch und ein Film. Sie hält ihre Handflächen aufgeschlagen wie ein Buch: Buch. Sie dreht mit einer Hand in der Luft: Film. Sie zieht an ihrem Ohr und hält acht Finger hoch. »Klingt so ähnlich wie *acht*«, sagt Ray. Sein Gesichtsausdruck ist offen und hilfsbereit. »Lacht, Schacht, Wacht, Macht, Nacht –«

Therese signalisiert: Ja, das ist es.

»Nacht«, wiederholt Ray.

»Zärtlich ist die Nacht«, sagt ihre Mutter.

»Ja!« sagt Therese und beugt sich herunter, um sie auf die Wange zu küssen. Ihre Mutter strahlt ausgiebig, ihr Gesicht ist ein einziges Lächeln; sie liebt Zuneigung, ist hungrig danach und dankbar dafür. In jüngeren Jahren war sie eine frustrierte, böse Mutter, deshalb freut sie sich, wenn ihre Kinder so tun, als erinnerten sie sich nicht daran.

Nun ist Andrew dran. Er steht vor seiner eigenen Mannschaft und starrt den roten Zettel in seiner Hand an. Er denkt drüber nach, schüttelt den Kopf, dann dreht er sich um und mustert Therese. »Das muss von dir sein«, sagt er mit einer

Grimasse, die vielleicht eine gutmütige Grimasse ist. Gibt es so etwas überhaupt? Therese hofft es.

»Müssen wir uns beraten?« Sie steht auf, um das Geschriebene zu betrachten. Da steht: *The Surrey with the Fringe on Top.* »Stimmt, das ist meins«, sagt sie.

»Komm mal«, sagt er, und sie gehen wieder durch den Flur in die Diele. Diesmal fallen Therese die Fotos auf, die ihre Eltern dort aufgehängt haben. Fotos von ihren Kindern, von Hochzeiten, von Winnie, aber alle, auf denen Therese zu sehen ist, kommen ihr aggressiv unschmeichelhaft vor, stellen eine Asymmetrie in ihrem Gesichtsausdruck zur Schau, ihre vergrößerten, verschwommenen Augen, ihre trockenen, fusseligen Pfeffer- und Salz-Haare. Eitelkeit wallt in ihr auf: Es muss doch bessere Bilder gegeben haben! Die Aufnahmen von Andrew, Ann, Tad, Pam und Winnie sind sonnenüberglänzt, gesetzt, gesund, hübsch. Therese sieht immer leicht gestört aus, als wären ihre Eltern davon überzeugt, dass sie geisteskrank ist.

»Stellen wir uns hier hin, vor diese Bilder, auf denen ich so zurückgeblieben aussehe«, sagt Therese.

»Die hat ihr Ann geschickt«, sagt Andrew.

»Echt?« sagt Therese.

Er mustert ihre Haare. »Hatten deine Haare nicht früher eine andere Farbe? Ich kann mich gar nicht erinnern, dass sie je so ausgesehen hätten. Was ist das überhaupt für eine Farbe?«

»Wieso, was meinst du damit?«

»Pass auf«, sagt er, auf das Spiel zurückkommend. »Das habe ich noch nie gehört«, und er wedelt mit dem Zettel, als wäre es ein Kaugummipapierchen.

»Ach nein? Es ist ein Lied aus einem Musical: *Geese and chicks and ducks better scurry, when I take you out in the surrey …*«

»Nein.«

»Nein?« Sie macht weiter. Sie wirft ihm einen romantischen, sehnsüchtigen Blick zu. *»When I take you out in my surrey, when I take you out in my surrey with the fringe on –«*

»Nein«, unterbricht Andrew heftig.

»Hmm. Ach, mach dir keine Sorgen. Das kennt bestimmt jeder in deiner Mannschaft.«

Die aufrechte Entrüstung kehrt in sein Gesicht zurück. »Wenn *ich* es nicht kenne, wie kommst du dann darauf, dass *die* es kennen?« Vielleicht liegt das an seiner Arbeit, die so technologeheimnisvoll ist. *Er* weiß etwas; *die* nicht.

»Sie werden es kennen«, sagt Therese. »Garantiert.« Sie wendet sich zum Gehen.

»Holla, holla«, sagt Andrew. Er hat wieder das Graurosa der Wut in der Haut. Was ist aus ihm geworden? Sie hat keine Ahnung. Er ist erfolgreich topsecret. Er ist eine streng vertrauliche Information. »Ich mache das nicht«, sagt er. »Ich weigere mich.«

Therese starrt ihn an. Da ist ein Durchsetzungsvermögen, das er in der Arbeit nicht anbringen kann. Vielleicht kann er hier, wo er nicht bloß ein Rädchen darstellt – wie wichtig auch immer, aber ein Rädchen –, auf gewissen Dingen beharren. Der Kalte Krieg ist vorbei, möchte sie sagen. Und was ist an seine Stelle getreten? Kinder, die sich gegeneinander wenden, nun, da die Götter – oder waren es nur die Gatter? – demontiert sind, sich verflüchtigt haben. »Okay, na schön«, sagt sie. »Ich denk mir etwas anderes aus.«

»Wir machen etwas anderes«, verkündet Andrew triumphierend, als sie ins Wohnzimmer zurückkehren. Er wedelt mit dem Zettel. »Hat irgendeiner von euch jemals auch nur *von* einem Lied gehört, das *The Surrey with the Fringe on Top* heißt?«

»Klar«, sagt Pam und schaut ihn erstaunt an. Bestimmt kommt er ihr an den Feiertagen verändert vor.

»Ach ja?« Er wirkt etwas verdattert. Er schaut zu Ann. »Und du?«

Ann ist anzusehen, dass sie ihn ungern hängen lässt, aber sie sagt leise: »Doch.«

»Tad, was ist mit dir?« fragt er.

Tad nickt ab und zu ein, mit auf der Sofalehne liegendem Kopf, aber jetzt schrickt er auf. »Öh, doch, doch«, sagt er.

»Tad fühlt sich nicht besonders«, sagt Ann.

Verzweifelt wendet sich Andrew der anderen Mannschaft zu. »Kennt ihr alle das etwa auch?«

»Ich kenne es nicht«, sagt Ray. Er ist der Einzige. Aber er könnte auch Showbiz nicht von Kürbis unterscheiden. Irgendwie gehört das zu den Dingen, die Therese an ihm mag.

Andrew setzt sich wieder, immer noch fest entschlossen, seine Niederlage nicht zuzugeben. »Ray kannte es nicht«, sagt er.

Therese fällt kein anderes Lied ein, also schreibt sie »Clarence Thomas« auf und reicht Andrew den Zettel. Von dem Belästigungsskandal zwischen dem (schwarzen) Richter und seiner (schwarzen) Angestellten wird er ja wohl gehört haben. Während er über seine Darstellungsmöglichkeiten nachdenkt, steht Thereses Mutter auf und holt Pappbecher und eine Flasche Traubensaft. »Möchte jemand etwas Traubensaft?« sagt sie und schenkt ein. Vorsichtig reicht sie jedem einen Becher. »Wir haben die Weingläser noch nicht ausgepackt, also müssen wir so zurechtkommen, aber das macht eigentlich gar nichts, oder?«

»Wir müssen so zurechtkommen, aber das macht eigentlich gar nichts« ist einer der Lieblingssprüche ihrer Mutter, den sie sich während der Weltwirtschaftskrise zugelegt und im Zweiten Weltkrieg dann auf ewig ins Repertoire genommen hat. Als sie klein waren, schauten sich Therese und Andrew immer an und echoten: »Aber das macht eigentlich ga-ga nichts«, doch als sie ihm heute einen Blick zuwirft, ist ihm nichts anzumerken. Er hat es vergessen. Er denkt nur noch an die Scharade.

Ray trinkt seinen Saft etwas nachlässig und schüttet einen Tropfen auf den Sessel. Therese gibt ihm eine Serviette, und er tupft damit auf dem Polster herum, doch dann ist es Ann, die hurtig aufspringt, in die Küche fegt und ein kaltes, feuchtes Tuch holt, mit dem sie, als wäre das eine Art Tadel, an Rays Sessel herumreibt.

»Ach, lass nur«, sagt ihre Mutter gerade.

»Ich glaube, ich hab ihn raus«, sagt Ann feierlich.

»Ich gebe euch jetzt meine Hinweise«, sagt Andrew ungeduldig. Therese sieht zu Winnie hinüber, die ruhig und aufmerksam in den Armen ihrer Mutter liegt, ein inkontinenter, rosa Buddha, der das ganze Alphabet kann und der vernünftigste Mensch im ganzen Zimmer zu sein scheint.

Andrew reißt einen Arm hoch und lässt ihn heftig niedersausen, als schlüge er etwas.

»Ein heftiger Schlag«, sagt Tad.

»Überfall«, sagt Pam.

Ann ist aus der Küche zurück und setzt sich aufs Sofa. »Tennis. Ein As«, sagt sie.

Andrew lächelt und nickt.

»As. Thom-As«, sagt Ann. »Clarence Thomas.«

»Ja«, sagt Andrew und klatscht. »Wie schnell war das?«

»Dreißig Sekunden«, sagt Tad.

»Na ja, heutzutage liegt einem der Name ja förmlich auf der Zunge, dauernd ist er im Fernsehen«, sagt Thereses Mutter.

»Kann schon sein«, sagt Therese.

»Ich fand das interessant, all die Schwarzen zu sehen, die in Yale studiert hatten«, sagt Thereses Mutter. »Wie sie alle im Wahlausschuss des Senats saßen. Ihre Eltern waren bestimmt ganz stolz auf sie.«

Ann ist in Yale nicht angenommen worden. »Was ich nicht leiden kann«, sagt sie, »sind all diese Schwarzen, die keine Weißen leiden können. Sie sind so feindselig. Das kriege ich die ganze Zeit an der Uni bei den Juristen mit. Die meisten Weißen sind äußerst bereitwillig, sich hinzusetzen und freundlich miteinander zu reden, von gleich zu gleich. Es liegt an den Schwarzen, die so viel Wut haben.«

»Stell dir vor«, sagt Ray.

»Ja. Stell dir vor«, sagt Therese. »Warum sollen sie Wut empfinden? Und wisst ihr, was ich auch nicht leiden kann? All diese Schwulen, die langsam ein bisschen zu finster und mackerhaft werden. Wisst ihr? Die sind neuerdings alle so todernst und aufgebracht! Wo ist das gezierte Getue und die Aufgekratztheit von früher geblieben? Wo ist das Schwüle von schwul? Das ist alles so verwirrend und unpraktisch! Man weiß schon gar nicht mehr, wer wer ist, wenn man nicht die Scheiß-Programmhefte vom Broadway gesammelt hat!« Sie steht auf und schaut zu Ray. Es ist Zeit zu gehen. Sie hat schon vor Stunden ihre richterliche Fassung verloren. Sie befürchtet, dass sie jeden Augenblick die nächste Bauchlandung hinlegen könnte, sich aber diesmal etwas brechen wird. Sie sieht sich schon, wie sie auf einer Trage hinaus, zum Flughafen und nach Hause transportiert wird, während sie die abschließenden Worte sagt, die sie zu ihrer Familie sagen muss, schon immer sagen musste, so und nicht anders. Klingt genauso wie *Macht Wut.*

»Mach's gut!«

»Mach's gut!«

»Mach's gut!«

»Mach's gut!«

»Mach's gut!«

»Mach's gut!«

»Mach's gut!«

Aber vorher muss noch Ray seine Scharade machen, nämlich Konfuzius. »Okay, ich bin soweit«, sagt er und fängt an, mit wild rollenden Augen durch das Zimmer zu torkeln, in dem Versuch, so *konfus* wie möglich zu wirken, er tastet sich an den Bücherregalen entlang, legt die flache Hand an die Stirn. Und in diesem Augenblick denkt Therese, dass er doch richtig gut aussieht, richtig gütig und richtig stark, und dass sie keinen Menschen auf der Welt auch nur halb so sehr liebt.

Was fliegt denn da?

Als der Kater am Veterans Day starb und seine Asche in einer kitschigen Dose mit rosa Blumensträußchen drauf verschwand, ab aufs Kaminsims, da fühlte sich das Haus leer an, und Aileen begann zu trinken. All ihre Bande zur Tierwelt waren dahin, jetzt lebte sie in einer ausschließlich menschengemachten Umgebung: das Sofa ohne Haare, der Teppich trocken und unversehrt, der Standort des Fressnapfs in der Küche – gestern noch übersät mit Resten des Makrelenmenüs, Vorsicht Fußgänger! – sauber und sicher.

Oh, Bert! Er war ein wunderschöner Kater gewesen.

Ihre Freunde deuteten die Dauer und Tiefe ihres Kummers als fehlgeleitete Trauer: in Wahrheit beweinte sie doch etwas Größeres, Angebrachteres – den bevorstehenden Tod ihrer Eltern oder den Sohn, den sie und Jack nie gehabt hatten (dabei war die dreijährige Sofie doch ein süßer kleiner Dreiwürstchenhoch, nicht?), oder diese ganze Bosnien-Kambodscha-Somalia-Dinkins-Giuliani-NAFTA-Kiste.

Nein, ehrlich, es ging nur um Bert, beharrte Aileen. Nur um ihren süßen, hübschen Kater, seit zehn Jahren ihr bester Freund. Sie war länger mit ihm zusammengewesen als mit Jack oder Sofie oder der Hälfte ihrer Freunde, und er war furchtbar klug und witzig – groß und treu und mindestens so gesprächig wie ein Hund.

»Was soll das denn heißen, *so gesprächig wie ein Hund?*« Jack runzelte die Stirn.

»Ich schwör's«, sagte sie.

»Jetzt reiß dich aber mal zusammen«, sagte Jack und beäugte ihr Glas mit Blended Malt Whiskey. Der Summchor aus Puccinis »Madame Butterfly«, Brahms' »Alt-Rhapsodie« und Samuel Barbers »Adagio für Streicher« säuselten nacheinander aus der Stereoanlage. Er schaltete sie aus. »Du hast eine Tochter. Die Weihnachtszeit fängt bald an. Diese Scheiß-Katze hätte dir doch keine Träne nachgeweint.«

»Ich glaube wirklich nicht, dass das stimmt«, sagte sie etwas heftig, vielleicht mit zu viel Feuer und Malt in ihrer Stimme. So redete sie jetzt manchmal, beharrte auf Dingen, hängte sich aus dem Fenster, lebte gefährlich. Sie hatte bereits – behutsam, gehorsam – alle Stadien der Trauerarbeit durchlaufen: Zorn, Leugnen, Hadern, Häagen-Dazs, Wut. Vom Zorn zur Wut – wer wollte abstreiten, dass sie Fortschritte machte? Sie ballte die Faust, aber in der Tasche. Sie kriegte Kopfschmerzen, meistens stechende, aber manchmal bohrte sich der Zickzack einer Migräne in ihren Schädel und saß ihr wie ein billiger, schriller Schlips im Auge.

»Entschuldige«, sagte Jack. »Vielleicht hätte er es doch getan. Karten und Briefe. Spenden erbeten. Wer weiß. Ihr beide wart euch sehr nahe, das ist mir klar.«

Sie ignorierte ihn. »Hier«, sagte sie und zeigte auf ihren Drink. »Lass dich ein bisschen aufmuntern, zur Feier des Tages!« Sie nahm einen Schluck von dem bernsteinfarbenen Whiskey, und er brannte an ihren aufgesprungenen Lippen.

»Dewar's, Dewar's«, sagte Jack mit einem Blick auf die Flasche und schüttelte sorgenvoll den Kopf.

»Tu was, tu was«, äffte sie ihn höhnisch nach, setzte sich aufrecht hin und knöpfte ihre Strickjacke zu. »Was soll das denn auf einmal? Sonst bist du doch immer eher für Tu nix gewesen.«

»Stimmt«, sagte Jack angeekelt. »Stimmt genau! Und morgen, wenn ich aufwache, erfahre ich als Erstes, dass ich in den vorzeitigen Ruhestand gehen soll!« Er stürmte wütend die Treppe hoch, und sie lauschte dem abschließenden Wummern seiner Schritte und dem Zuknallen der Tür.

Armer Jack: Vielleicht hatte sie ihm zu viel zugemutet. Erst im Frühling hatte er ihre Fußballen-Krise durchstehen müssen –

Entzündung, Hinken, Krücke und den großen blauen Schuh. Dann, im September, waren sie auf Mimi Andersens Dinnerparty gewesen, wo Jack als einziger Nichtraucher nach draußen auf die Veranda gehen musste, während sich drinnen alle eine anzündeten. Und *dann* hatte Aileen ihre One-Woman-Show namens »Die Haushaltsversion von *Lysistrata*« durchgezogen. »Ohne Wischi-Wischi kein Ficki-Ficki«, hatte Jack dazu gesagt. Aber es hatte funktioniert. Mehr oder weniger. Ungefähr zwei Wochen lang. Schließlich waren die Möglichkeiten einer einzelnen Frau auf der großen, gnadenlosen Bühne begrenzt.

»Ich mache mir Sorgen um dich«, sagte Jack im Bett. »Das ist mein Ernst. Und nicht mein Theodor.« Er verzog das Gesicht. »Hörst du, wie ich schon rede? Alles ziemlich durchgeknallt hier.« Ihre Buchablage am Kopfende war so vollgestopft mit Romanen und traurigen Lebenserinnerungen, dass das Ganze immer mehr wie ein Bibliothekswägelchen aussah, nicht wie ein Ehebett.

»Dir geht's gut. Mir geht's gut. Allen geht's gut«, sagte Aileen. Sie versuchte, seine Hand unter der Decke zu finden, gab aber irgendwann auf.

»Du bist woanders«, sagte er. »Wo bist du?«

Die Vögel wurden immer kühner, rückten langsam im Garten vor, besetzten die Äste wieder, zirpten morgens hungrig von Fensterbrettern und Dachrinnen. »Was ist das für ein *Gekreische*?« fragte Aileen. Das Laub war abgefallen, aber jetzt verdunkelten Eichelhäher, Raben und Hausfinken die Bäume – einige flogen gen Süden, einige blieben da und pickten im hart gewordenen Boden nach Samenkörnern. Eichhörnchen kamen dazu und wühlten in den alten Äpfeln herum, die von dem blühenden Baum abgefallen waren. Ein Opossum ließ sich mit lautem Poltern und Schmatzen unter der Veranda nieder. Waschbären hatten Sofies kleinen Spielplatz entdeckt, und eines Morgens schaute Aileen aus dem Fenster und sah, wie zwei von ihnen auf der Schaukel schaukelten. Sie wollte Tierleben? Bitte sehr!

»Nicht so«, sagte sie. »Das alles wäre nicht passiert, wenn Bert noch da wäre.« Bert hatte das Grundstück gesichert. Bert hatte die Situation unter Kontrolle behalten.

»Sprichst du mit mir?« fragte Jack.

»Wohl nicht«, sagte sie.

»Was?«

»Ich glaube, wir sollten irgendwas im Garten sprühen.«

»Du meinst, wie Insektenspray?«

»Ja, genau. Apropos: Backspray brauchen wir auch. Die Weihnachtszeit kommt, hast du neulich gesagt.«

»Backspray, Bugs Bunny«, sang Sofie. »Backspray, Bugs Bunny.«

»Ach, was weiß ich«, sagte Aileen.

In ihrer feministischen Filmkritik-Gruppe diskutierten sie immer noch über *Cat Man*, einen Film, der nur aus Rückblenden bestand, von dem Augenblick an, da ein Mann in einem Hochhaus vom Fenstersims springt. Der Film war nicht in Akte oder Kapitel unterteilt, sondern in Etagen, in abnehmender Reihenfolge. Am Ende des Films landet der gutaussehende, rückblickende Mann auf den Füßen.

Oh, Bert!

Eine der Frauen aus Aileens Gruppe – Lila Conch – ärgerte sich über den Film. »Es hat mich rasend gemacht, dass jede weibliche Figur, wenn sie irgendetwas halbwegs Sinnvolles von sich gab, zufällig gerade halbnackt war.«

Aileen seufzte. »Weißt du was, diese Szenen fand ich am realistischsten«, sagte sie. »Die haben mir noch am besten gefallen.«

Die Gruppe starrte sie an. »Aileen«, sagte Lila und schlug ihre Beine neu übereinander. »Geh doch bitte für uns in die Küche und mach uns ein Tablett mit Brownies und Tee fertig, ja, Liebes?«

»Ist das dein Ernst?« fragte Aileen.

»Äh – ja«, sagte Lila.

Thanksgiving kam und ging, fast mechanisch. Aileen und Jack gingen mit Sofie in ein Restaurant und bestellten verschiedene Dinge, als wären sie drei Fremde, die störrisch ihren jeweiligen Geschmack behaupten müssten. Dann fuhren sie nach Hause. Nur Sofie, die gefüllte Paprika für Kinder bestellt hatte, war irgendwie zufrieden, saß hinten im Auto und sang ein Thanksgiving-Lied, das sie im Kindergarten gelernt hatte. »Ein Truthahn ist kein Schwein, du Schlunz / Er sagt auch gar nicht *grunz-grunz-grunz* / Er sagt *trut-truut trut-truuut.*« Ihr letzter, wirklich schöner Feiertag war Halloween gewesen, da lebte Bert noch, und sie verkleideten ihn als Jack. Dann verkleideten sie Jack als Bert, Aileen als Sofie und Sofie als Aileen. »Jetzt bin ich du, Mommy«, sagte Sofie, als Aileen ihr eine Küchenschürze umband und Lippenstift auf den Mund malte. Jack kam und rieb sich mit seinen Magic-Marker-Barthaaren an der kichernden Aileen in ihrem großen rosa Pyjama mit integrierten Socken. Der Einzige, der sich nicht so gut amüsierte, war Bert, geschmückt mit einer von Jacks Krawatten, die er mit Tatzenhieben herunterzureißen versuchte. Als er merkte, dass er es nicht schaffte, zerrte er die Krawatte eine Zeit lang durch die Gegend und tat so, als ignorierte er sie. Dann, verärgert und gedemütigt, tappte er in die Ecke neben dem Klavier und legte sich brummig hin. Als ihr das eine Woche später wieder einfiel – Bert lag sterbend unter einem Sauerstoffzelt beim Tierarzt, sein Herz versagte, in seiner Lunge sammelte sich Flüssigkeit (aber wenn Aileen ihn besuchen kam, stellte er immer noch die Ohren auf; sie trug ihr übliches Parfüm, damit er sie am Geruch erkennen konnte, und fütterte ihn mit Katzenkeksen, wo ihn sonst niemand zum Fressen bringen konnte) –, fühlte sich Aileen von Trauer und Reue überwältigt.

»Ich finde, du solltest dir jemanden nehmen«, sagte Jack.

»Redest du von einem Psychiater oder einem Liebhaber?«

»Einem Liebhaber natürlich.« Jack runzelte die Stirn. »Ein *Liebhaber*?«

»Ich weiß nicht.« Aileen zuckte die Schultern. Der ganze Whiskey der letzten Zeit hatte ihre Gelenke anschwellen lassen, so dass, wenn sie jetzt die Schultern anhob, diese irgendwie so blieben, steif und hochgezogen bis zu den Ohren.

Jack rieb ihr über den Oberarm, als liebte er sie oder als wollte er etwas von ihrem Ärmel abwischen. Was von beiden es wohl war? »Das Leben ist eine lange Reise durch ein weites Land«, sagte er. »Manchmal ist das Wetter gut. Manchmal ist es schlecht. Manchmal ist es so schlecht, dass dein Auto von der Straße abkommt.«

»Ach nee.«

»Geh doch einfach los und red mal mit jemandem«, sagte er. »Unsere Krankenversicherung übernimmt einen Teil davon.«

»Okay«, sagte sie. »Okay. Aber bitte keine Metaphern mehr.«

Sie sammelte Empfehlungen, machte Listen und Termine, führte Gespräche.

»Ich bin in einer Tod-des-Haustiers-Krise«, sagte sie. »Wie lange brauchen Sie für so was?«

»Wie bitte?«

»Wie lange brauchen Sie, bis ich über den Tod meines Katers weggekommen bin, und wie viel kostet das?«

Ein Psychiater nach dem anderen, in seinem jeweils etwas abweichenden Anzug vor seinen jeweils etwas abweichenden Topfpflanzen, schaute schockiert drein.

»Passen Sie auf«, sagte Aileen. »Vergessen Sie Prozac. Vergessen Sie Freuds Verführungstheorie und seine Abwendung davon. Vergessen Sie Jeffrey Masson – oder hieß er Jackie Mason? Das Einzige, was *diese* Branche revolutionieren kann, sind Preisangebote für die Dienstleistung!«

»Ich fürchte, so arbeiten wir nicht«, bekam sie wieder und wieder zu hören – bis sie endlich jemanden fand, der so arbeitete.

»Meine Spezialität ist Weihnachten«, sagte der Psychotherapeut, ein Mann namens Sidney Poe, der eine Strickweste mit Schottenkaro, eine knisternde Fliege, glänzende schwarze Collegeschuhe und keine Socken trug. »Mein Weihnachts-Special: Entweder geht es Ihnen an Weihnachten besser, oder Ihre letzte Sitzung ist gratis.«

»Das gefällt mir«, sagte Aileen. Es war bereits der 1. Dezember. »Das gefällt mir sehr gut.«

»Gut«, sagte er und schenkte ihr ein Lächeln, das, sie musste es zugeben, schief und unsolide wirkte. »Also, womit haben wir es zu tun, Katze oder Hund?«

»Katze.«

»Au Backe.« Er schrieb sich etwas auf, murmelte, schaute bedrückt drein.

»Darf ich Sie vorher noch etwas fragen?«

»Natürlich.«

»Bieten Sie dieses Weihnachts-Special wegen der hohen Selbstmordrate um die Weihnachtszeit an?«

»›Wegen der hohen Selbstmordrate um die Weihnachtszeit‹«, wiederholte er amüsiert und herablassend. »Das ist ein Mythos, die hohe Selbstmordrate um die Weihnachtszeit. Die *Mordrate* ist hoch. Feiertagsmorde. Auf einmal verbringt die Familie wahnsinnig viel Zeit miteinander, und dann *rums*, dieser *Eier*punsch.«

Sie ging immer donnerstags zu Sidney Poe – »meine Adventsdonnerstage« nannte sie das. Sie saß vor ihm, eine Schachtel Designer-Kleenex im Schoß, und rief sich Berts bessere Eigenschaften und goldene Augenblicke ins Gedächtnis, seinen großen Sinn für Humor und seine geistreichen Streiche. »Er hat immer versucht zu telefonieren, wenn ich gerade telefonierte. Und einmal, als ich meine Schlüssel suchte, habe ich laut vor mich hingesagt: ›Ja, wo sind die denn?‹, und er kam angelaufen, weil er dachte, ich hätte gesagt: ›Ja, wo ist er denn?‹«

Nur einmal musste sie Sidney tatsächlich mit einem Klaps aufwecken – mit einem leichten. Meistens genügte es, wenn sie einmal klatschte und seinen Namen rief – *Sid!* –, und schon saß er mit einem Ruck gerade auf seinem Psychiaterstuhl, die Augen weit aufgerissen.

»Auf der Intensivstation im Tierhospital«, fuhr Aileen fort, »habe ich eine Katze gesehen, der jemand mit einer Schrotflinte ins Rückgrat geschossen hatte, Hunde, die sich von Kieferoperationen erholten. Ich habe einen Retriever gesehen, der eine neue Hüfte bekommen hatte und mit einem kleinen Wägelchen, das er hinter sich herzerrte, in die Eingangshalle kam. Hat der sich vielleicht gefreut, sein Frauchen zu sehen. Er schleppte sich zu ihr, und sie kniete nieder und öffnete die Arme weit, um ihn zu begrüßen. Sie jubilierte und weinte zugleich. Das war wie die Tierversion von *Porgy und Bess*.« Sie unterbrach sich für einen Augenblick. »Da hab ich mich gefragt, was eigentlich los ist mit diesem Land. Ich hab gedacht, wir sollten uns mal fragen, Was zum Teufel läuft hier überhaupt?«

»Ich fürchte, unsere Zeit ist abgelaufen«, sagte Sidney.

Eine Woche später ging sie vorher in die Einkaufspassage. Sie schlenderte durch die Geschäfte voller dick aufgetragenem Dekorationstinnef, ständig berieselt von widerlich süßen Weihnachtsliedern. Wo sie auch hinkam, überall gab es Katzenweihnachtsbüchlein, Katzenweihnachtskarten, Katzenweihnachtsgeschenkpapier. Sie hasste diese Katzen. Die waren öde, dümmlich, karikaturesk, austauschbar – ein himmelweiter Unterschied zu Bert.

»Ich hatte bei Bert große Hoffnungen«, erzählte sie Sidney später. »Sie haben alles mit ihm gemacht, jedes Medikament ausprobiert – aber die starken Mittel haben seine Nieren zerstört. Als der Arzt vorschlug, ihn einschläfern zu lassen, habe ich gefragt: ›Können wir sonst gar nichts machen?‹, und wissen Sie, was er gesagt hat? ›Doch‹, sagt der, ›eine Autopsie‹. Tausend Dollar später sagt der zu mir: ›Doch. Eine Autopsie.‹«

»Iiiiih«, machte Sidney.

»Eine Cash-ektomie«, sagte Aileen. »Sie haben bei dem armen Bert eine Cash-ektomie vorgenommen!« Hier fing sie an zu weinen, als ihr Berts rührender, schrecklicher Gesichtsausdruck unter dem Sauerstoffzelt einfiel, der Schlauch, der in seiner bandagierten Pfote steckte, der feuchte Nebel in seinen Augen. Das war kein Tod für ein Tier, aber sie hatte ihn der kompletten medizinischen Behandlung unterzogen, dem ganzen metallischen und fluoreszierenden Voodoo, weil sie nicht wusste, was sie sonst tun sollte.

»Erzählen Sie mir von Sofie.«

Aileen seufzte. Sofie war göttlich. Sofie war klasse. »Sie ist prima. Sie ist klasse.« Nur dass Sofie mit kleinen Zettelchen aus dem Kindergarten nach Hause kam. »Heute hat Sofie der Kindergärtnerin den Finger gezeigt – allerdings den Zeigefinger.« Oder: »Heute hat Sofie sich einen Schnurrbart aufs Gesicht gemalt.« Oder: »Heute hat Sofie verlangt, dass man sie Walter nennt.«

»Im Ernst.«

»Unser letzter, wirklich schöner Feiertag war Halloween. Ich bin mit ihr zum Süßigkeitenbetteln in unserem Viertel von Tür zu Tür gezogen, und sie war so goldig. Erst gegen Ende des Abends hat sie allmählich kapiert, worum es eigentlich ging. Vorher war sie meistens furchtbar aufgeregt, sie hat geklingelt, und wenn jemand an die Tür kam, hat sie ihm immer ihre Tüte hingehalten und gesagt: ›Guck mal! Ich hab Süßigkeiten für dich!‹«

Aileen hatte abseits gewartet, vor der Veranda oder auf dem Bürgersteig, in ihrem großen rosa Pyjama mit den drangenähten Socken. Sie überließ Sofie das Reden. »Ich bin meine Mommy, und meine Mommy ist ich«, erläuterte Sofie.

»Aha«, sagten die Nachbarn. Dann riefen sie winkend von der Türschwelle herunter: »Hallo, Aileen! Wie geht es dir?«

»Wir sollten uns jetzt wieder auf Weihnachten konzentrieren«, sagte Sidney.

»Ja«, sagte Aileen, der Verzweiflung nahe. »Wir haben nur noch eine Woche.«

Am Donnerstag vor Weihnachten fühlte sie sich überschwemmt von Erinnerungen: Feldmäuse, Tagesausflüge, lange Nickerchen miteinander. »Er hatte ein begrenztes Register, um seine Bedürfnisse auszudrücken«, sagte sie. »Er hatte sein ›Essens-Miau‹, dann folgte ich ihm zu seinem Napf. Er hatte sein ›Gassi-Miau‹, dann folgte ich ihm zur Tür. Er hatte sein ›Bürsten-Miau‹, dann ging ich mit ihm zu dem Schrank, wo seine Bürste lag. Und außerdem hatte er sein existenzielles Miau, dann folgte ich ihm durchs ganze Haus, während er ziellos von einem Zimmer ins andere lief und nicht genau wusste, was und warum.«

Sidneys Augen wurden feucht. »Ich verstehe, warum Sie ihn vermissen.«

»Das können Sie?«

»Natürlich! Aber das ist alles, was ich Ihnen mitgeben kann.«

»Das Weihnachts-Special ist vorbei?«

»Ich fürchte ja«, sagte er und stand auf. Er streckte ihr seine Hand hin. »Rufen Sie mich nach den Feiertagen an, wie es Ihnen geht.«

»Na gut«, sagte sie traurig, »mach ich.«

Sie fuhr nach Hause, goss sich einen Drink ein und stellte sich ans Kaminsims. Sie nahm die Dose mit dem rosa Blumensträußchen drauf und schüttelte sie, halb befürchtend, dass sie das dumpfe Klappern von Knochen hören könnte, aber sie hörte gar nichts. »Bist du sicher, dass das überhaupt Bert ist?« fragte Jack. »Wahrscheinlich machen sie bei Tieren Masseneinäscherungen. Einen Löffel bei Katzen, zwei bei Hunden.«

»Bitte«, sagte sie. Immerhin hatte sie Bert nicht auf dem örtlichen Tierfriedhof mit seinen fein gearbeiteten Grabsteinen und rührseligen Inschriften beerdigt – *Geliebte Rexie: Bald bin ich bei dir.* Oder: *Im Gedenken an Muffin, der mich die Liebe lehrte.*

»Ich habe den allerletzten Weihnachtsbaum gekriegt«, sagte Jack. »Er stand an die Schuppenwand gelehnt, mit einem abgebrochenen Stiletto und einer Zigarette im Mundwinkel. Ich dachte, ich nehm ihn mit nach Hause und geb ihm erst mal eine heiße Suppe.«

Immerhin hatte sie sich etwas Geschmackvolleres ausgedacht als den Friedhof, eine passende Gelegenheit, um ihn Erde und Himmel zurückzugeben, um ihn von dem Sims herunterzuholen und auf sinnvolle Weise aus dem Haus zu schaffen, nur den richtigen Tag musste sie noch finden. Sie hatte ihn auf dem Kaminsims stehen lassen und ihn zutiefst betrauert – das war nur angemessen. Man konnte doch nicht so tun, als hätte man überhaupt nichts verloren. Ein lieber Kater war gestorben – da musste man anfangen, statt innerlich zu versteinern. Wenn man zuließ, dass sich das eigene Herz hiervon abwandte, dann würde es sich auch von etwas Größerem abwenden, immer größer und größer, bis das Herz abgekehrt blieb, unbeweglich, und die Fantasie weltabgewandt umgelenkt wurde, allein auf die schlechten Landschaften des eigenen Ichs, auf die säuerlichen Pfützchen des eigenen Lebensimpulses, auf die eigenen winzigen, gemeinen und sinnlosen Begehrlichkeiten. Hier hörst du auf! Hier fängst du neu an! Und zwar mit Bert!

Prost – auf Bert!

Früh am Weihnachtsmorgen weckte sie Sofie und zog sie warm an, mit ihrem Schneeanzug. Etwas Schnee war gefallen, und ein Wind blies pudrige Böen durch den Garten. »Wir verabschieden uns jetzt von Bert«, sagte Aileen.

»Oh, Bert!« sagte Sofie und fing an zu weinen.

»Nein, es wird ein glücklicher Moment!« sagte Aileen und betastete die Dose mit dem rosa Blumensträußchen in ihrer Jackentasche. »Er möchte nach draußen. Weißt du noch, wie er immer nach draußen wollte? Wie er an der Tür miaut hat, und dann haben wir ihn nach draußen gelassen?«

»Miau, miau«, sagte Sofie.

»Genau«, sagte Aileen. »Und das machen wir jetzt auch.«

»Geht er dann zum Nikolaus?«

»Ja! Er geht zum Nikolaus!«

Sie traten nach draußen und von der Veranda hinunter. Aileen öffnete die Dose vorsichtig. Drinnen war ein kleiner Plastikbeutel, den riss sie auf. Da war Bert: eine kieselige Asche, wie Sand und zerbröselte Muschelschalen am Strand. Sommer im Dezember! Was war Weihnachten, wenn nicht eine riesige, danebengegriffene Metapher? Worum ging es da, wenn nicht um das Mysterium der speziesübergreifenden Liebe – Gottes Liebe zum Menschen! Die Liebe hatte sich eine Kluft zum Überwinden gesucht und war genau hier gelandet: als Heiliger Geist unter den Tieren des Stalls, als Musterschüler und Vorzeigetierchen, gesandt, um angebetet zu werden und dann zu sterben. Aileen und Sofie nahmen jede eine Hand voll Bert und liefen im Garten herum, ließen den Wind die Asche greifen und verstreuen. Meisen flogen von den Bäumen auf. Erschrockene Eichhörnchen hetzten in den Nachbargarten. Dadurch, dass sie Bert befreiten, konnten sie vielleicht ein bisschen zu ihm werden: die Eindringlinge vertreiben, die Grenzen bewachen, dann wieder hineingehen und mit dem Weihnachtsschmuck spielen, die Krallen ins Geschenkpapier schlagen, den großen Vogel ohne Kopf fressen.

»Frohe Weihnachten, Bert!« rief Sofie. Jetzt war die Dose leer.

»Ja, frohe Weihnachten, Bert!« sagte Aileen und schob die Dose wieder in ihre Jackentasche. Dann liefen Sofie und sie schnell wieder ins Haus, um sich aufzuwärmen.

Jack stand in der Küche am Ofen, immer noch im Schlafanzug. Er schenkte Orangensaft ein und wärmte Brötchen.

»Frohe Weihnachten, Bert!« Sofie riss die Druckknöpfe ihres Schneeanzugs auf.

»Ja«, sagte Jack und drehte sich um. »Frohe Weihnachten, Bert!« Er gab Sofie ihren Saft, dann Aileen. Doch kurz bevor Aileen trank, wartete sie ab, ob er noch etwas sagte. Er räusperte sich und machte einen Schritt nach vorn. Erhob sein Glas. Sein breites, verwundertes Lächeln sagte: Dies ist eine sehr komische Familie. Doch stattdessen rief er aus: »Frohe Weihnachten allen Menschen in der großen, weiten Welt!« und ließ es dabei bewenden.

Traumnote

Die Nacht ist frostig, bitterkalt drinnen wie draußen. Nach einem grässlichen, vierwöchigen Gerichtsverfahren ist Bills guter Freund Albert endlich wieder Single – und typisch bevormundend: Er hat seine Freunde in seine Untermietwohnung eingeladen, um Silvester zu feiern und seine Eheschließungs- und -lösungsvideos anzuschauen, die er mit ironischer Verwunderung und Schadenfreude vom Regal herunterbugsiert und darbietet. Bei jeder seiner drei Hochzeiten hat Alberts schon etwas ältere Mutter die Zeremonie gefilmt, und beim entscheidenden Augenblick des Eheschwurs wendet sich Alberts Gesicht jedes Mal schelmisch von der Braut ab, schaut direkt in die Kamera seiner Mutter und sagt: »Ich will. Ich schwöre, ich will.« Die Scheidungsformalitäten sind im Gegensatz dazu ohne Ton, hektisch verwackelt und schlecht ausgeleuchtet (»ein Gerichtsdiener«, sagt Albert): fahles Lächeln, Businessanzüge, ein Füllfederhalter wird geschwungen.

Am Ende klatschen Alberts Gäste. Bill steckt die Finger in den Mund und pfeift schrill (das kann nicht jeder Mann; Bill selbst hat es erst auf dem College gelernt, auch wenn das schon dreißig Jahre zurückliegt; drei Jahrzehnte ohrenzerreißendes Pfeifen – Jugendlichkeit wird nicht an die Jugend verschwendet). Albert nickt, legt die Kassetten mit einem Klicken zurück in ihre Plastikschachteln, knipst das Licht wieder an und seufzt.

»Keine Hochzeit mehr«, verkündet er. »Keine Scheidung mehr. Keine Zeitverschwendung mehr. Von nun an werde ich mich einfach in die Welt da draußen stürzen, mir eine Frau suchen, die ich wirklich nicht besonders mag, und ihr ein Dach über dem Kopf geben.«

Bill, nur einmal geschieden, ist heute Abend mit Debbie gekommen, einer Frau, die zu jung für ihn ist: Das wird zumindest behauptet, wie er weiß, aber beim nächsten Mal, wo es ihm jemand ins Gesicht sagt, wird Bill schreien: »Ich muss doch sehr bitten!« Vielleicht nicht schreien. Vielleicht piepsen. Piepsen, einen Hauch flehend. Und dann wird er sich einfach zu Boden werfen und um eine zügige Steinigung ersuchen. Vorläufig aber, im Augenblick, wird er so tun, als wäre er charakterlich mutiger und reifer, wird jedem, der ihn fragt, erklären, wie viel einfacher es wäre, sich unverändert mit seiner Exfrau an die Öffentlichkeit zu wagen, mit jemandem in seinem Alter, aber nein, nicht Bill, nicht der große, mutige Bill. Bill befindet sich jetzt in einer komplexen Situation: spirituell gemischtrassig, politisch heikel und, ehrlich gesagt, körperlich anspruchsvoll. Jugendlichkeit wird nicht an die Jugend verschwendet.

Wer zum Teufel ist das denn?

Die sieht ja aus wie vierzehn!

Das kann doch nicht dein Ernst sein!

Bill hat mehr getrunken als sonst. Insgeheim hat er sich eingestehen müssen, dass er ganz auf sich gestellt, ohne einen Tropfen Wein, auch nicht im Ansatz genug Mut für diese Romanze hätte.

(»Es geht mich ja nichts an, Bill, und ich will dir auch bestimmt keine feministischen Überlegungen nahe legen, aber entschuldige bitte – du bist mit einer Fünfundzwanzigjährigen zusammen?«

»Vierundzwanzig«, sagt er. »Knapp daneben!«)

Seine Freundinnen haben ihn angeschrien – oder so was Ähnliches. Eigentlich war es mehr eine Mischung aus Seufzen und Kichern. »Sei nicht grausam«, hat Bill öfter sagen müssen.

Albert war freundlicher, einfühlsamer, zumindest im Tonfall, wenn schon nicht in der Sache. »Manch einer könnte deine Beziehung zu diesem Mädchen als verfehlten Einsatz deines Charmes betrachten«, sagte er langsam.

»Aber für diesen Charme habe ich hart gearbeitet«, sagte Bill. »Glaub mir, ich habe bei null angefangen. Kann ich damit nicht machen, was ich will?«

Albert musterte Bill, der abgenommen hatte und leicht gebräunt war, Bill mit seinen wie Beerensamen über die Arme gesprenkelten Sommersprossen, Bill in seinen weißen Sommersachen, die er noch im Spätseptember in den höhlenhaften, überfüllten Vorlesungssälen der juristischen Fakultät trug, und sagte: »Na schön, manch einer könnte sie auch als Missbrauch deiner Position betrachten.« Er hielt inne und legte seinen Arm um Bill. »Aber wie du jetzt aussiehst – 100% scharf!«

Bill schob die Hände in die Hosentaschen. »Meinst du, im Eiltempo zur Schlachtbank?«

Albert zog seinen Arm zurück. »Wovon redest du überhaupt?« fragte er, dann sackten seine Gesichtszüge irgendwie schmelzend und besorgt in sich zusammen. »Gott, du Armer«, sagte er. »Du Ärmster.«

Bill hat protestiert, verschleiert, sich versteckt. Aber nun ist er es müde, Debbie weiter unter der Decke zu halten. Der Körper erträgt Lampenfieber nur eine begrenzte Anzahl von Wochen lang, dann gibt er einfach auf und geht raus auf die Bühne. Außerdem hat Debbie in diesem Semester keine seiner beiden Verfassungsrechts-Vorlesungen mehr belegt. Sie liegt zwischen den wöchentlichen Vorlesungen nicht mehr bei ihm zu Hause im Bett, mit einem Film aus dem Videoshop, und sagt Dinge, die ihn zum Lachen bringen sollen, wie etwa »Und jetzt weit aufmachen, Herzchen. Sabberst du etwa?« und »Denk ja nicht, ich würde das für eine gute Note tun. Ich tue es für eine *Traumnote.*« Debbie inszeniert ihre Bemerkungen nicht mehr für ihn, was er ein bisschen vermisst, all den Eifer, das Begehren. »Wenn ich nur unter flüchtige Laune laufe, dann läuft hier aber nichts unter *summa cum laune*«, hat sie einmal gesagt. Und: »Das Jurastudium ist die Filmschule der Neunziger.«

Debbie ist in keinerlei Hinsicht mehr seine Studentin, so dass ihr gemeinsames Auftreten nur noch unansehnlich und peinlich wirkt, aber nicht mehr illegal ist. Bill kann mit ihr auf der Dinnerparty erscheinen. Er kann in der Gegenwart leben, seiner neuesten Lieblingszeit.

Aber er muss daran denken, wer noch auf dieser Party ist, Menschen, für die Geschichte, erworbenes Wissen und die Anhäufung von Tagen und Jahren einfach alles darstellen – oder ist das nur die willkommene Steno-Version seiner eigenen Paranoia? Da ist Albert mit seinen Videos; Alberts alte Freundin Brigitte, eine aus Berlin stammende Politologin; Stanley Mix, der jedes zweite Semester nach Japan abhaut, um in Hiroshima und Nagasaki die verstrahlte Tierwelt zu untersuchen; Stanleys Frau Roberta, eine Reisebüroangestellte und obsessive Aufaddiererin seiner Vielfliegermeilen (Bill hat schon oft ihre Werbeposter bewundert; KOMMEN SIE NACH ARGENTINIEN – EIN GUTER WEG, steht auf ihrer Tür, aber wer ist der Gute?); Lina, eine hübsche serbische Gastdozentin für Slawistik; und Linas Ärztegatte, ein Texaner, der vor fünf Jahren in Jugoslawien Erde aus Dallas unter das Krankenbett der kreißenden Lina geschaufelt hat, damit sein Sohn »auf texanischem Boden« zur Welt kam. (»Dabei ist der Junge ein totaler Serrrbe«, kommentiert Lina mit ihrem wunderhübsch gerollten R. »Aber sag Jack nichts davon.«)

Lina.

Lina, Lina.

Bill ist ziemlich von Lina angetan.

»Du bist mit Debbie, weil irgendwo in deiner Vergangenheit eine hübsche kleine Mädchen ist, die dich verlassen hat«, hat Lina einmal zu ihm am Telefon gesagt.

»Oder wie wär's damit: Weil alle anderen, die ich kenne, verheiratet sind?«

»Ha!« sagte sie. »Du glaubst nur, dass sie verheiratet sind.«

In Bills Ohren klang das wie die nicht jugendfreie Spätfilmversion von *Peter Pan* – ohne Songs, dafür aber mit umso mehr Wünschen und schönen Gedanken; und am Schluss werden sich alle Beteiligten aus dem Fenster stürzen.

Und nimmer, nimmer landen?

Die Ehe, denkt Bill: *Das* ist die Filmschule der Neunziger.

Ehrlich gesagt, hat Bill ein wenig Angst vorm Selbstmord. Sich das Leben zu nehmen, findet er, hat einen fast zu großen Reiz: erzählerisch gesehen, ist man immer eine Nasenlänge voraus (wenn auch erst im Nachhinein), er verschafft einen unverhältnismäßig großen philosophischen Vorteil (allerdings wiederum im Nachhinein), das letzte Wort, den Endschnitt, den starken Abgang. Und, was das Allerwichtigste ist, er schafft einen blitzschnell da raus, egal, wo man gerade ist, und Bill kann sich schon vorstellen, wie so was passiert, in einem schwachen, aber brillanten Augenblick – nur dass man diesen Augenblick womöglich später bedauert, während man aus dem Himmel ohne Tiefe herunter schaut oder nach oben durch zwei sandige Ameisenhaufen und etwas Unkraut.

Und dann ist es Lina, zu der seine Gedanken wandern – ertappt! –, für die er sich morgens sorgfältig anzieht, alle Reinigungsschildchen abmacht, zwei gleiche Socken heraussucht.

Albert führt sie ins Esszimmer, und alle schlendern um den großen Teakholztisch und mustern die aufwendig kreierten Salate an jedem Platz – Salate, die mit ihren Käseknöpfchen, hervorstechenden Schnittlauchhalmen und kleinen Friseebüchlein aussehen wie niedliche Osterhüte.

»Sollen wir die aufsetzen oder essen?« fragt Jack. Er hat ein graues Stück Kaugummi im Mund, wie ein Rattenhirn.

»Ich bewundere die Schwulen«, posaunt Bill. »Dass man den Mut hat, zu lieben, wen man lieben will, vor den Augen aller bigotten Spießer.«

»Ganz ruhig«, murmelt Debbie und stupst ihn an. »Es ist doch bloß Salat.«

Albert zeigt mit allgemeinen Gesten an, wer wo sitzen soll, Männlein und Weiblein abwechselnd, wie die Namen von Hurrikanen, wobei die Sitzordnung sämtliche Paare trennt und weit voneinander entfernt platziert – und das auch noch am Silvesterabend, aber Bill vermutet, dass Albert genau das will.

»Setz dich bloß nicht neben ihn – er beißt«, sagt Bill zu Lina, als sie den Platz neben Albert einnimmt.

»Sechs Grade der Bekanntschaft«, sagt Debbie. »Glaubt ihr das eigentlich, dass alle Menschen nur maximal sechs Freundschaftsbeziehungen voneinander entfernt sind auf der ganzen Welt?«

»Na, *wir* sind doch mindestens sechs entfernt, Darrrling, oder?« sagt Lina zu ihrem Mann.

»Mindestens.«

»Nein, ich meine, *nur* sechs Freundschaften«, sagt Debbie. »Ich meine, zwischen zwei Menschen, die sich nicht kennen.« Aber keiner hört ihr mehr zu.

»Dies ist eine politische Silvesterparty«, verkündet Albert. »Wir sind hier, um gegen das neue Jahr zu protestieren und gegen das alte; um eine Petition an Väterchen Zeit abzuschicken. Aber essen sollt ihr auch: In China schreiben sie das Jahr des Schweins.«

»Ach, eins von denen«, sagt Stanley. »Ich liebe das Jahr des Schweins.«

Bill streut Salz auf seinen Salat und schaut dann entschuldigend hoch. »Ich streue auf alles Salz drauf«, sagt er, »damit es nicht weglaufen kann.«

Albert bringt Lachssteaks und serviert sie mit Brigittes Hilfe. Seit ihm die Beförderung zu einer vollen Professur verweigert wurde und seinen Artikeln über Flannery O'Connor (»Ein guter Mensch ist *ernsthaft* schwer zu finden«, »Die Lahmen werden *tatsächlich* die Ersten sein« und »Der totemische Süden: Die *wirklich* Gewalt tun!«) die Zustimmung der Kollegen versagt blieb, hat er beschlossen, anderen zu dienen, verteilt Mitteilungen und Memoranden, arrangiert Punsch und Kekse bei diversen Empfängen. Er ist noch nicht sehr gut darin, aber er bemüht sich immer redlich. Nun sitzen alle da, die Hände im Schoß, und lehnen sich zurück, wenn sie einen Teller vorgesetzt bekommen. Als Albert sitzt, fängt die Runde an zu essen.

»Wusstet ihr, dass man in Jugoslawien«, sagt Jack kauend, »eine vierjährige Ausbildung machen muss, um Kellner zu werden? Vier Jahre Kellnerschule.«

»Typisch Jugoslawen«, fügt Lina hinzu. »Die müssen vier Jahre zur Schule gehen, bis sie gelernt haben, wie man jemanden bedient.«

»Bestimmt machen sie es gut«, sagt Bill dümmlich. Alle ignorieren ihn, wofür er nur dankbar ist. Sein Fisch riecht fischiger als bei den anderen – er ist sich ganz sicher. Vielleicht hat ihn jemand vergiftet.

»Habt ihr von dem armen japanischen Austauschstudenten gehört, der nach dem Weg gefragt hat und erschossen wurde, weil man ihn für einen Eindringling hielt?« Das ist Debbie, die liebe Debbie. Wie ist sie denn jetzt darauf gekommen?

»O Gott, ja. War das nicht furchtbar?« sagt Brigitte.

»So erschossen zu werden ergibt eine Menge Sinn«, sagt Bill. »Bedenkt nur, wie berüchtigt Japan für seine Verbrechen auf offener Straße ist.« Lina juchzt, und Bill stochert ein bisschen in seinem Fisch herum.

»Wahrscheinlich hat der Mann gedacht, der Student wollte in sein Haus und seinen Computer umprogrammieren«, sagt Jack, und alle lachen.

»War das jetzt eigentlich rassistisch?« fragt Bill.

»Findest du?«

»Vielleicht.«

»Glaube ich nicht.«

»Also jedenfalls nicht richtig.«

»So reden *wir* halt.«

»Was soll das denn heißen?«

»Möchte jemand noch einen Nachschlag?«

»Nun, Stanley«, sagt Lina. »Wie läuft die Forschung?«

Ist das geistesabwesendes Erkundigen oder gezieltes Ausfragen? Bill kann's nicht sagen. Als sie das letzte Mal zusammen saßen, haben sie sich in ein fürchterliches Streitgespräch über den Zweiten Weltkrieg verstrickt. Der ist sowieso kein besonders gutes Gesprächsthema, und unter diesen acht Anwesenden hat es ein totales Gemetzel gegeben. Stanley hat herumgebrüllt, Lina drohte zu gehen, und Brigitte ist beim Nachtisch zusammengebrochen: »Ich war damals ein kleines Mädchen; ich habe das erlebt«, sagte sie zum Thema Berlin.

Lina, deren drei Onkel, wie sie Bill einmal erzählt hat, von den Nazis mit dem Bajonett massakriert wurden, seufzte und betrachtete die Tapete – breite, blasse Streifen wie ein Schlafanzug. Kein Gedanke an Essen.

Brigitte schaute jeden Einzelnen anklagend an, während ihr Gesicht anschwoll wie ein Backapfel. Tränen quollen ihr aus den Augen. »Sie mußten doch nicht so bombardieren. Nicht so. Nicht so viel«, und dann schluchzte sie, erstickte die Schluchzer und erstickte schließlich nur noch.

Das war ein Schock für Bill. Jahrelang war Brigitte die Zielscheibe geheimer, skeptischer Witzchen zwischen ihm und Albert gewesen. Sie erfanden Pseudotitel für ihre Bücher über europäische Geschichte: *Dieser durchgeknallte Führer* und *Hitler: Armer Irrer!* Aber an jenem Abend waren Brigittes Tränen so bitter und tief, trotz des langen Zeitabstands, dass es ihn verblüffte und nicht mehr losließ. Was bedeutete das, dermaßen zu weinen – *bei einer Dinnerparty?* Er hatte keinen Krieg je in dieser Weise erlebt, oder überhaupt je. Auch eine Dinnerparty nicht, übrigens.

»Prima«, sagt Stanley gerade zu Lina. »Wirklich bestens. Ich fliege nächsten Monat wieder hin. Die Daten über die verkleinerte Kopfgröße sind bislang am interessantesten und aufschlussreichsten.« Er kaut seinen Fisch. »Wenn ich pro Wort bezahlt würde, wäre ich ein reicher Mann.« Er hat die geschmeidige, etwas zu selbstbewusste Stimme eines Kandidaten vom Texaco-Opernquiz.

»Unser Jack wird ja pro Wort bezahlt«, sagt Bill, »und das entscheidende Wort ist ›Der *Nächste*, bitte!‹« Vielleicht könnte er geschickt das Gespräch von der nuklearen Verheerung zur amerikanischen Gesundheitspolitik umlenken. Wäre das eine Verbesserung? Er weiß noch, wie er Lina einmal danach gefragt hat, welche Art von Medizin Jack eigentlich praktiziere. »Ach, er ist gynäkologischer Chirurg«, sagte sie abwehrend. »Es hat was damit zu tun, Sachen in die Vagina zu packen.« Sie schauderte. »Ich denke lieber nicht daran.«

Sachen in die Vagina zu packen. Das Wort *Sachen* ließ Bill aus irgendeinem Grund an Tische und Stühle denken oder, noch glamouröser, an Flügel und Kronleuchter, und inzwischen betrachtet er Jack als eine Art Umzugsfirma: der Haus-und-Hof-Spediteur der Gynäkologen-Szene.

»Nach all den Jahren sieht Bill die Ärzte immer noch mit großer Skepsis«, sagt Jack jetzt.

»Kann ich verstehen«, sagt Stanley.

»Mir ist mal die falsche Mandel rausgenommen worden«, sagt Bill.

»Findet ihr Unterschiede zwischen Hiroshima und Nagasaki?« Lina bleibt beim Thema.

Stanley dreht sich um und schaut sie an. »Interessant, dass du danach fragst. Hiroshima war nämlich eine Uraniumbombe und Nagasaki eine Plutoniumbombe. Und tatsächlich stellen wir fest, dass das Uranium größere Schäden bewirkt hat.«

Lina schnappt nach Luft und legt ihre Gabel hin. Jetzt schaut sie Stanley an, als wollte sie den Zustand seines Gesichts genau mustern, das grünlichbraune Schrapnell seiner ausgetrockneten Akne-Zysten, die wie Linsen unter der Haut begraben liegen.

»Das waren zwei verschiedene Arten Bomben?«

»So ist es«, bestätigt Stanley.

»Das heißt, von Anfang an war das Ganze nur ein Experiment? Absichtlich, von Anfang an, um *die Wirkung zu studieren*?« Ihr ist das Blut zu Kopf geschossen.

Stanley wird etwas defensiv. Schließlich ist er einer von denen, die die Wirkung studieren. Er rutscht auf seinem Stuhl herum. »Zu diesem Thema sind einige sehr gute Bücher geschrieben worden. Wenn du nicht genau weißt, was im Zweiten Weltkrieg in Bezug auf Japan passiert ist, würde ich dir empfehlen, ein paar davon zu lesen.«

»Ah, ich verstehe. Und dann könnten wir viel besser darüber reden«, sagt Lina. Sie wendet sich von Stanley ab und schaut Albert an.

»Kinder, Kinder«, murmelt Albert.

»Der Zweite Weltkrieg«, sagt Debbie. »War das nicht der Krieg, der alle Kriege beenden sollte?«

»Nein, das war der Erste Weltkrieg«, sagt Bill. »Beim Zweiten haben sie sich gehütet, noch irgendwelche Versprechungen zu machen.«

Stanley lässt aber nicht locker. Er wendet sich wieder an Lina. »Ich muß sagen, es überrascht mich, dass eine Serbin versucht, bei einem außenpolitischen Thema moralische Belehrungen abzugeben.«

»Stanley, ich fand dich eigentlich nett«, sagt Lina. »Weißt du noch, wie du netter Mann warst? Ich weiß noch.«

»Ich auch«, sagt Bill. »Damals hatte er so eine Nummer drauf, wo er immer lächelte und Geld verteilte.«

Bill möchte Lina gern retten. Sie hat dieses Jahr viel durchgemacht. Im letzten Frühjahr hat der lokale Radiosender sie in eine Talkshow geholt und Fragen zu Bosnien beantworten lassen. Im Versuch, die Ereignisse im früheren Jugoslawien zu erklären, hat sie Dinge gesagt wie: »Sie müssen sich vorstellen, was es für Europa bedeuten könnte, einen nationalistischen, islamischen Staat zu haben« und »diese faschistischen Kroaten« und »Das ist alles sehr kompliziert«. Am nächsten Tag boykottierten Studenten ihre Seminare und beklebten ihr Büro mit Schildern, auf denen stand »VÖLKERMORD IST NICHT ›KOMPLIZIERT‹« und »SCHÄM DICH, IMPERIALISTIN«. Lina hatte Bill in seinem Büro angerufen. »Du bist Anwalt. Die jagen mich. Brechen diese Studenten nicht ein Gesetz? Bill, sie brechen doch bestimmt ein Gesetz.«

»Eigentlich nicht«, sagte Bill. »Und glaub mir, du würdest nicht in einem Land leben wollen, wo sie das täten.«

»Kann ich nicht einen Antrag auf Streichung durchsetzen? Was ist das? Ich mag, wie das klingt.«

»Das wird im Prozess benutzt, vor Gericht. Das kannst du nicht gebrauchen.«

»Nein, wohl nicht. Die sollen mir gar nichts mehr antragen. Aber streichen will ich sie. Ausradieren! Kannst du gar nichts machen?«

»Sie haben ihre Rechte.«

»Die begreifen gar nichts.«

»Ist mit dir alles in Ordnung?«

»Nein. Ich habe beim Einparken den Kotflügel von meinem Wagen gebeult, ich war so böse. Der eine Scheinwerfer fiel heraus, und ich habe ihn zu dem Autoladen mitgenommen, aber sie konnten ihn nicht retten.«

»Ich glaube, die Dinger muss man sofort in Eis gepackt lagern.«

»Diese *Kiender*, meine Güte, sie wissen nichts von der Welt. Ich bin bekannt als Pazifistin und Widerstandskämpferin; letztes Jahr in Belgrad habe *ich* Benzin in Colaflaschen gekauft, *ich* habe einen Jungen versteckt, der zur Armee sollte, *ich* habe mitgeholfen, Proteste organisieren, Radioübertragungen und Rockkonzerte. Die doch nicht. Ich habe da in der Menge gestanden, geklatscht und unter Milosevićs Fenster gesungen: ›Rechnet nicht mit uns.‹« Hier fiel Linas Stimme in einen tiefen, slawischen Singsang. »Rechnet nicht mit uns. Rechnet nicht mit uns.« Dramatische Pause. »Wir hatten T-Shirts und Poster. Das war keine Kleinigkeit.«

»›Rechnet nicht mit uns‹?« sagte Bill. »Ich will ja nicht skeptisch klingen, aber als politischer Slogan erscheint mir das ein bisschen, ich weiß nicht, ein bisschen ...« Lahm. Es hatte nicht mal die schmollende Kraft und Entschlossenheit von *»Hell no, we won't go«*, damals zu Vietnam-Zeiten. Vielleicht hätte was Obszönes geholfen. »Rechnet bloß nicht mit uns, ihr verdammten Wichser.« Das wäre besser gewesen. Auf einem T-Shirt ganz sicher.

»Es war alles sehr erfolgreich«, sagte Lina indigniert.

»Woran genau willst du denn den Erfolg messen?« erkundigte sich Bill. »Ich meine, es hat zwar gedauert, aber, entschuldige bitte, wir haben damals immerhin den Krieg in Vietnam gestoppt.«

»Ach, ihr seid alle so auf euer Vietnam fixiert«, sagte Lina.

Als Bill sie das nächste Mal traf, war es ihr Geburtstag, und sie hatte schon dreieinhalb Whiskey intus. Sie verkündete lautstark, wie wunderschön der Kuchen sei, dann holte sie tief Luft, neigte ihren Kopf zu nah an die Kerzen und setzte ihre Haare spektakulär in Brand.

Was misst die Zeit, außer sich selbst? Was kann sie bezeichnen, außer die bloße Ablagerung und Registrierung ihrer selbst an einem Objekt?

Eine große Schüssel Erbsen und Zwiebeln geht um den Tisch.

Die O. J. Simpson-Witze haben sie schon durch – den *Klopfklopf*-Witz und den mit der Sonnenbrille. Alle anderen sind verboten, aber jetzt wird Bill nach seiner Meinung zu Fahndung und Festnahme gefragt. Seit er angefangen hat, in der Gegenwart zu leben, sieht Bill die Verfassung als etwas gottlob Veränderliches. Er findet nicht, dass heutiges Verhalten zwingend alten Gesetzen angepasst werden muss. Persönlich findet er zum Beispiel, dass er durchaus auf ein paar Privilegien aus dem Ersten Zusatzartikel verzichten würde – den Protest gegen Abtreibung etwa, sämtliches Telemarketing, einiges an Pornografie vielleicht (allerdings nicht Miss April 1965 – niemals!) –, wenn er dafür den Zweiten Zusatzartikel auseinander nehmen könnte. Schließlich waren die Gründerväter Revolutionäre. In diesem Punkt würden sie ihm zustimmen, das spürt er. Sie wären wie er dafür, die ganze Sache fließend weiterzuentwickeln, auf die Dinge zu reagieren, sobald sie geschehen würden, als wäre das Ganze ein großartiges, wildes Performance-Stück. »An der Verfassung ist nichts Heiliges; sie ist nur einer von vielen ausgedachten Verträgen: ein Manuskript, in dem man immer und immer wieder von neuem herumschreiben kann. Aber dann gelten auch, wenn du rechts rangewinkt wirst, genau die Regeln, die gerade gelten. Im Augenblick.« Bill hält etwas von freier Meinungsäußerung. Bill hält etwas von teurer Meinungsäußerung. Er hält nichts davon, in einem überfüllten Kino »Feuer!« zu schreien, aber er hält was davon, »Pfuii!« zu schreien und hat das auch schon zwei Mal getan – beide Male in *Forrest Gump.* »Ich bin ein großer Anhänger von Regeln für den Augenblick. Und von Versprechen für den Augenblick, Pflichten für den Augenblick sowie vom immer praktischen Für-den-Augenblick-reicht's.«

Brigitte stiert ihn an. »Was für eine moralische Vortrefflichkeit«, sagt sie.

»Ja«, stimmt Roberta zu, die sich den ganzen Abend still verhalten und wahrscheinlich Flugticket-Upgrades für Stanley ausgerechnet hat. »Wie anziehend.«

»Ich meine das theoretisch«, sagt Bill. »Ich halte was vom gesunden Menschenverstand. Theoretisch. Vom theoretischen gesunden Menschenverstand.« Plötzlich fühlt er sich in die Ecke gedrängt und missverstanden. Er wünschte, er würde nicht ständig aufgefordert, sich zu juristischen Fragen aus dem wirklichen Leben zu äußern. Er hat doch noch nie einen Fall vor Gericht vertreten, außer einmal, als er gerade frisch von der Uni kam. Damals hatte er eine kleine Kanzlei im Souterrain eines alten Sandstein-Schulgebäudes in St. Paul, und auf dem Schild in der Eingangshalle stand WILLIAM D. BELMONT, RECHTSANWALT: IM KELLER. Das tat ihm jedes Mal in der Seele weh, dieses *Im Keller.* Der einzige Fall, den er je vor Gericht vertrat, war ein bewaffneter Raubüberfall mit unerlaubtem Waffenbesitz, und dabei kriegte er Panik. Er hatte sich in exakt dasselbe Beige und Braun gekleidet wie die Gerichtsdiener – eine unterschwellige Strategie, von der er sich einen Vorteil versprach, denn er glaubte, damit würde er aussehen, als gehörte er mindestens ebenso zur »Gerichts-Familie« wie der Staatsanwalt. Aber als der Nachmittag zu Ende ging, war er vollkommen mit den Nerven fertig. Er warf den Geschworenen allzu verzweifelte Blicke zu (die, kaum waren sie im Beratungsraum, knapp so viel Zeit brauchten, wie die Bestellung und das Runterschlingen der Pizza dauerten, um einstimmig auf »schuldig« zu entscheiden).

Er hatte flehend in ihre kleinen Gesichter geschaut und gesagt: »Meine Damen und Herren, wenn mein Klient nicht unschuldig ist, fress ich meine Unterhose.«

Gegen Ende seiner Kanzleizeit hatte er sich angewöhnt, bei den Büropartys anderer Leute aufzutauchen – auch kein besonders gutes Zeichen im Leben.

Nun, ausgestattet mit fortgeschritteneren akademischen Weihen, wie alle anderen Leute hier, hat Bill seinen Bereich, in dem er sich gelehrt und hypothetisch auskennt, außerdem ein begrenztes praktisches Wissen von Budgets, Parkmöglichkeiten und E-Mail. Er hat nichts gegen E-Mail, hat sich mehr oder weniger daran gewöhnt, an seinen leicht unanständigen *Magic-Screen*-Charakter, obwohl er sich einmal im Internet verirrt hat und, eh er sich's versah, seinen Namen auf irgendeiner Chatliste wiederfand, wo der einzige andere Name »Fickhengst« lautete. Sein Berufsleben ist aber im Allgemeinen risiko- und ereignislos. Zwar nerven ihn die Fachbereichssitzungen und das Wort *Text* – jedes Mal, wenn er es hört, will er am liebsten aufgeben, abhauen und irgendwo anders eine gepuderte Perücke aufsetzen –, aber es fasziniert Bill, zur Akademia zu gehören mit ihrem internationalen Ringelpiez und ihrem asexuellen Outfit, zu dieser Welt, wo man immer besser so denken und reden sollte, *als ob* man gelebt hätte. Diese Vorzüge fahren jegliches Reuegefühl herunter. Und Bill fährt herunter. Er ist fest entschlossen herunterzufahren. Einmal hat ihn der Dekan der Juristischen Fakultät zu sich bestellt und ermahnt, weil er so viele Fachbereichssitzungen habe ausfallen lassen: »Das kostet Sie etwa eintausend Dollar Gehaltserhöhung im Jahr.«

»Wirklich?« hat Bill geantwortet. »Na, wenn's mehr nicht ist, lohnt sich jeder Cent.«

»Esst, esst«, sagt Albert. Er bringt die Folienkartoffeln und den Käseteller herein. Die Dinge sind ein bisschen aus der Kurve geflogen. *Ist eine Dinnerparty ein Paradigma der Gesellschaft oder eine boshafte Pantomime der Familie?* Es ist schon halb elf. Wieder ist Brigitte aufgestanden, um ihm zu helfen. Sie kommen mit Crème fraîche, Schnittlauch, Grappa und Kognak zurück. Debbie sucht quer über den Tisch Bills Blick und lächelt liebevoll. Bill lächelt zurück. Glaubt er zumindest.

Dieses Tabu bezüglich des Alters soll uns weismachen, dass das Leben lang ist und wir uns tatsächlich weiterentwickeln, auf dass wir später weiser, besser und kenntnisreicher seien als früher. Dieser Mythos wird ausgebrütet, damit die Jungen nicht herausfinden, wie wir wirklich sind, und uns verachten und umbringen. Wir sorgen dafür, dass sie stets über frischen Atem, aber über kein Rüstzeug verfügen, und tun so, als warte in der Zukunft etwas anderes als Reue und Verfall auf sie.

Bill schreibt immer noch einen Essay im Kopf, voll von theoretischem gesundem Menschenverstand, aber vielleicht trinkt er auch einfach zu viel, und das ist gar kein Essay, sondern schlicht sein Zuckerstoffwechsel. Jedenfalls, eins weiß er jetzt, während das Dinner seinem Ende zugeht und die Mitternacht ihrer harrt wie der Gong des Todes: Die Umarmung des Lebens ist kurz und viel beschäftigt, und überall darin gibt es Unvollkommene und Wohlmeinende und Wahnsinnige. *Warum nicht die Macht der Geschichte eingestehen, zu trennen und zu zerstören? Warum hängen wir uns an uralte Legenden und glauben, sie wären wahrer als die neuen? Wer in der Vergangenheit lebt, weiß immer, was als Nächstes kommt, und das raubt einem jede Überraschung. Es erschöpft und verbiegt den Geist. Wir haben schlicht und einfach Glück, zur selben Zeit am Leben zu sein; warum so wählerisch und vorurteilsvoll betrachten, wer unter uns weilt? Seien wir doch froh, dass überhaupt jemand da ist.*

»Ich glaube an die Gegenwart«, verkündet Bill jetzt, eigentlich an niemanden gewandt. »Ich glaube an Amnestie.« Er hält inne. Die anderen schauen ihn an, sagen aber nichts. »Oder ist das bloße Flottrhetorik?«

»So flott ist das gar nicht«, sagt Jack.

»Es ist flott«, sagt Albert, der geborene Gastgeber, »ohne Schrott zu sein.« Er bringt neuen Grappa. Alle trinken, aus Alberts schicken Dreißiger-Jahre-Pressgläsern in bernstein, grün und blau.

»Ich meine –«, setzt Bill an, doch dann bricht er ab und sagt nichts mehr. Aus der Stereoanlage erklingt chilenische Volksmusik, sehnsüchtig und melancholisch: »Bring mir deine alten Geliebten, damit ich dich auch lieben kann«, singt eine Frau auf Spanisch.

»Was soll das denn heißen?« fragt Bill, aber inzwischen ist es gut möglich, dass er es gar nicht laut sagt. Er merkt es nicht mehr so richtig. Er lehnt sich zurück und lauscht dem Lied, übersetzt sich das traurige Spanisch. Jeder Songwriter scheint, noch in dem kleinsten Lied, über eine monumentale Trauer zu verfügen, die durch die Melodie Klarheit und Würde gewinnt, denkt Bill. Seine eigenen traurigen Momente dagegen plätschern unauffällig in seinem Leben herum, formlos und selbstverzehrend. *Bescheiden*, so sieht er das manchmal selbst gern. Kein Mensch ist heute noch bescheiden. Alle schwelgen in ihren Enttäuschungen. Sie kämpfen feierlich gegen alles; da werden Quittungen verlangt und Geschenke zurückgefordert – all die unglücklichen Dinge, die das Leben ihnen ungeschickterweise, blöderweise, ohne zu überlegen, ohne sich im Geringsten darum zu scheren, wer man wohl sein könnte, oder sich zumindest zu erkundigen!, beschert hat. Das alles bringen sie zum Umtauschen zurück.

Genau wie er, oder?

Die Jungen wurden auf Erden gesandt, um die Alten zu unterhalten. Warum soll man sich nicht unterhalten lassen?

Debbie kommt zu ihm herüber und setzt sich neben ihn. »Du siehst aber verknittert und vergrätzt aus«, sagt sie leise. Bill nickt bloß. Was soll er sagen? »Knitter und Grätz«, fügt sie hinzu, »das klingt doch wie eine Anwaltskanzlei, oder?«

Bill nickt wieder. »Aus einem Märchen von Hans Christian Andersen«, sagt er. »Vielleicht die, mit deren Hilfe das hässliche Entlein seine Eltern verklagt hat.«

»Oder die die kleine Seejungfrau engagiert hat, um dem Prinzen heimzuleuchten«, sagt Debbie, ein bisschen spitz, findet

Bill – wer weiß das schon? Ihre mädchenhafte Stimme schmückt sich, vielleicht aus schierer Angst, in letzter Zeit mit lauter träumerischen und schnippischen Manierismen. Wahrscheinlich hat Bill sie mal eben mit links weit über ihr Alter hinaus reifen lassen.

Jack ist aufgestanden und strebt in die Diele. Lina folgt ihm.

»Lina, du gehst?« fragt Bill mit zu viel Gefühl in der Stimme. Er merkt, dass Debbie, die den Blick niederschlägt, es gemerkt hat.

»Ja, wir haben zu Hause eine kleine Tradition, deshalb können wir nicht bis Mitternacht bleiben.« Lina zuckt nonchalant mit den Achseln, greift nach ihrem roten Wollschal und schlingt ihn sich um den Hals, ein loses Lasso. Jack hält ihr den Mantel hin, und sie schlüpft mit den Armen in das Satinfutter hinein.

Sex, denkt Bill. Sie lieben sich, wenn es Mitternacht schlägt.

»Eine Tradition?« fragt Stanley.

»Äh, ja«, Lina tut es ab. »Wir meditieren ein bisschen über das kommende Jahr, sonst nichts. Ich wünsche euch allen einen fröhlichen Rest von Sylvester.«

Lina sagt immer Sylvester, mit ü, bemerkt Bill, seltsam fasziniert. Ist Silvester nicht früher mit y geschrieben worden? Logisch ist das nicht. Der heilige Silvester schreibt sich genauso wenig mit y wie Pfyngsten …

»Es ist Sex«, sagt Albert, nachdem sie fort sind. »Sie lieben sich, wenn es Mitternacht schlägt.«

»Das wusste ich!« schreit Bill.

»Sex, wenn es Mitternacht schlägt?« fragt Roberta.

»Also, ich hebe mir das normalerweise für Lincolns Geburtstag auf«, sagt Bill.

»Anscheinend eine Silvestertradition aus der Gegend«, sagt Albert.

»Ich lebe seit zwanzig Jahren hier, und ich habe noch nie davon gehört«, sagt Stanley.

»Ich auch nicht«, sagt Roberta.

»Ich genauso wenig«, sagt Brigitte.

»Dito«, sagt Bill.

»Tja, dann müssen wir alle was genauso Reizvolles tun«, sagt Debbie.

Bills Kopf fährt zu ihr herum. Das Oberteil ihres schwarzen Samtkleids ist vollgeschneit mit Serviettenfusseln. Ihr Gesicht ist gerötet vom Trinken. Was meint sie damit? Überhaupt nichts meint sie.

»Braune Erbsen!« ruft Albert. Und er saust in die Küche, von wo er mit einem Eisentopf voll warmer, matschiger, schwarzgepunkteter brauner Erbsen und sechs Löffeln zurückkehrt.

»Also diese Tradition kenne ich«, sagt Stanley, nimmt sich einen der Löffel und greift zu.

Albert geht mit seinem Topf weiter. »Ihr dürft aber nicht essen, bevor es Mitternacht schlägt. Die Erbsen müssen das Erste sein, was ihr im neuen Jahr zu euch nehmt, dann habt ihr das ganze Jahr Glück.«

Brigitte nimmt einen Löffel und schaut auf ihre Armbanduhr. »Noch fünf Minuten.«

»Was sollen wir tun?« fragt Stanley. Er hält seinen Löffel voll Erbsen hoch wie einen Lutscher, und langsam kommen die ersten ins Rutschen.

»Wir werden über unsere fruchtbare Arbeit und unsere großen Leistungen meditieren.« Albert seufzt. »Wenn man natürlich an Gandhi denkt oder an Pasteur oder jemanden wie Martin Luther King, der mit neununddreißig tot war, dann fragt man sich zwangsläufig, was man eigentlich in seinem Leben geschafft hat.«

»Ein paar Dinge haben wir schon geschafft«, sagt Bill.

»Ach ja? Was denn?« fragt Albert.

»Wir haben …« Bill hält einen Augenblick inne. »Wir haben … ein paar Mal hervorragend gegessen. Wir haben … ein paar schöne Hemden gekauft. Wir haben unsere Autos ein, zwei Mal günstig in Zahlung gegeben – ich glaube, gleich bringe ich mich um.«

»Ich bin dabei«, sagt Albert. »Messer sind in der Schublade unter der Spüle.«

»Und der Staubsauger?«

»Staubsauger hinten im Kämmerchen.«

»Staubsauger?« johlt Roberta. Aber keiner erklärt das oder geht irgendwohin. Alle bleiben einfach sitzen.

»Erbsen in Stellung!« ruft Stanley plötzlich. Alle stehen auf und stellen sich hufeisenförmig um den Kamin mit seinen neuen Birkenscheiten und dem hellen, aber qualmenden Feuer. Sie erheben ihre gehäuften Löffel und spähen zu der Uhr auf dem Kaminsims mit ihrem alten Minutenzeiger, der auf Mitternacht zuruckt.

»Frohes neues Jahr«, sagt Albert schließlich, nachdem es eine Weile still war, und hebt seinen Löffel zum Salut.

»Amen«, sagt Stanley.

»Amen«, sagt Roberta.

»Amen«, sagen Debbie und Brigitte.

»Dito«, sagt Bill mit vollem Mund, aber mit dem Löffel fuchtelnd.

Dann umarmen sich alle schnell – »Ha!« sagt Bill bei jeder Umarmung – und schauen sich nach ihren Mänteln um.

»Immer sieht es so aus, als würdest du dich für andere Frauen mehr interessieren als für mich«, sagt Debbie, als sie nach einer schweigsamen Heimfahrt, Debbie am Steuer, wieder in seinem Haus angelangt sind. »Letzten Monat war es Lina. Und im Monat davor war es ... auch Lina.« Sie hält einen Moment lang inne. »Tut mir leid, dass ich mich so selbstsüchtig und lächerlich aufführe.« Sie fängt an zu weinen, und dabei bricht plötzlich etwas in ihr auf, und Bill kann direkt in ihr Herz schauen. Es ist ein gutes Herz. Es hat nette Eltern und gute Freunde erlebt, kennt ausschließlich Friedenszeiten und ist immer tierlieb gewesen. Sie schaut zu ihm hoch. »Ich meine, ich bin romantisch und leidenschaftlich. Ich glaube daran, dass es reicht, wenn man sich liebt. Ich glaube daran, dass die Liebe stärker ist als alles andere.«

Bill nickt einfühlsam, aus großer Entfernung.

»Aber ich will nicht in eine schwächliche, einseitige, zusammengestoppelte Beziehung geraten – egal, wie sehr ich an dir hänge.«

»Und was ist mit *Liebe ist stärker als alles andere* passiert, von vor vier Sekunden?«

Debbie macht eine Pause. »Jetzt bin ich älter«, sagt sie.

»Ihr Kinder. Ihr werdet so schnell erwachsen.«

Dann herrscht lange Schweigen zwischen ihnen, schon zum zweiten Mal in diesem neuen Jahr. Schließlich sagt Debbie: »Weißt du nicht, dass Lina eine Affäre mit Albert hat? Siehst du nicht, wie verliebt die beiden sind?«

Irgendetwas in Bill stürzt ab, geht in Kampfhaltung, bildet einen festen kleinen Knoten. »Nein, das hatte ich nicht gesehen.« Er verspürt das gleiche Gefühl von Übelkeit, das ihn manchmal erfüllt, wenn er eine Fliege erschlagen hat, die voller Blut war.

»Du hast doch selbst angedeutet, dass sie vielleicht Geliebte sind.«

»Habe ich das? Nicht im Ernst. Ehrlich? Habe ich das?«

»Aber Bill, hast du denn nichts gehört? Ich meine, die ganze Uni redet davon.«

Er hatte wohl ein paar Gerüchte gehört, sogar »Na hoffentlich« gesagt und einmal: »Möge Gott ihren fröhlichen Bund segnen«. Aber ernst gemeint oder geglaubt hatte er nichts davon. Solche Gerüchte kamen ihm trampelig, banal, unwahrscheinlich vor. Andererseits – war die Wirklichkeit nicht immer so klischeehaft und unverlässlich, war das Schicksal nicht in genau dieser Weise banal? Er denkt an die abgetrennten gedrückten Daumen, die letztes Jahr im Wrack eines abgestürzten Flugzeugs gefunden wurden, vollständig erhalten. So ein Schicksal war widrig und hoffnungslos, wie eine beschränkte Sekretärin, verständnislos gegenüber der Gesamtgestalt, dem Grundbegehren hinter dem Wunsch. Ihm ist ein tieferes, klügeres, selbst ein verspätetes Schicksal lieber, wie im Fall jenes Mädchens, das er im Jurastudium kennen gelernt hatte: Sie war, Jahre zuvor, vergewaltigt, niedergeschossen und als tot liegen gelassen worden, dann aber zehn Stunden lang aus dem Wald herausgekrochen, bis zum Highway, wo sie mit einer 22er-Kugel im Kopf gestanden und ein Auto angehalten hatte. Da wusste man doch, dass das Leben etwas wieder gutmachen wollte, dass die Erzählung eine entschuldigende Wendung nahm. Da wusste man doch, dass Gott kurz von seinem Strickzeug aufgeschaut hatte, vielleicht sogar aus seinem Scheiß-Korbschaukelstuhl aufgestanden und endlich ans Fenster gewankt war, um mal rauszuschauen.

Debbie mustert Bill besorgt und voller Sympathie. »Du bist nicht besonders glücklich in dieser Beziehung, oder?« sagt sie.

Diese Ausdrücke! Dieses Reden! Bill kann das nicht; sie kann das besser als er; wahrscheinlich kann sie alles besser als er. Zumindest hat sie das Wort *Text* nicht benutzt.

»Benutz bloß nicht das Wort *Text*«, warnt er.

Debbie schweigt. »Du bist nicht besonders glücklich mit deinem Leben«, sagt sie schließlich.

»Wahrscheinlich nicht.« *Rechnet nicht mit uns. Rechnet nicht mit uns, ihr Wichser.*

»Ein kleines bisschen Glück ist nicht so schwer, weißt du. Das könntest du schaffen. Das ist kein Buch mit sieben Siegeln. Das ist ziemlich mitnahmefertig.«

Plötzlich verschlingt ihn Traurigkeit. Die braunen Erbsen! Warum funktionieren sie nicht? Debbies Gesicht zuckt und verkrampft sich. Ihr ganzes Augenmakeup ist weggewaschen, ihre Augen sind nackt und rund wie Glühbirnen. »Du bist immer eine Dampfwalze gewesen«, sagt sie. »Was passiert denn, wenn die Dampfwalze in die Kurve gehen muss?«

»Weiß ich nicht«, sagt er. »Was passiert dann?«

Ihre Augenlider sinken herab, und sie lässt sich lautlos über seinen Schoß fallen, die Haare ein goldenes Feuerrad um ihren Kopf. Er fühlt den festen, wässrigen Druck ihrer Brüste an seinem Oberschenkel.

Wie kann er sein Leben so harsch und undankbar bewerten,

wo er doch hier mit ihr sitzt, wo sie zutiefst liebevoll mit ihm umgeht, und ein ganzes neues Jahr liegt offen vor ihnen wie ein langes Gratisbuffet? Wie konnte er so streng und böse sein?

»Ich hab's mir anders überlegt«, sagt er. »Ich bin glücklich. Ich platze vor Glück.«

»Bist du gar nicht«, sagt sie, aber sie dreht ihm das Gesicht zu und lächelt hoffnungsvoll, wie eine kurzlebige Blume, die dringend Wärme braucht.

»Doch, doch«, beharrt er und schaut weg, um zu denken, um an irgendetwas anderes zu denken, an seine Exfrau – *Bring mir deine alten Geliebten, damit ich dich auch lieben kann* –, die immer noch mit seiner Tochter in St. Paul lebt. In fünf Jahren wird seine Tochter in Debbies Alter sein. Er glaubt, dass er damals glücklich war, für eine lange Zeit, für eine Weile. »Wir sind *so* nah an einer Scheidung«, hatte seine Frau am Ende gesagt, bitter. Und wenn sie dazu ihre Arme weit ausgebreitet hätte, wäre es ihnen vielleicht gelungen, einen Weg zurück zu finden, und ihr blinkender Geist hätte ihm ein Leuchtturm sein können, aber nein: Sie hatte Daumen und Zeigefinger dicht vor ihr Gesicht gehalten, eine böse Prise Salz. Doch bevor er ging, seine Ehe eine knisternde, aber bescheidene Ruine, nur zwei Affären und ein Dutzend scharfer Worte zwischen ihnen, bevor er ging, waren sie von den kleinen Demütigungen, die sie beide, jeder für sich, bei der Arbeit erlitten, nach Hause gekommen und hatten sie irgendwie in Begehren umgewandelt. Am Schluss waren sie gemeinsam in dem kühlen Winterlicht spazieren gegangen, das manchmal über die letzten Augusttage kommt – Frösteln in der Luft, schon im Wind flatterndes Laub, das über den Bürgersteig fegt, das ganze Viertel vollgepflanzt mit braunen Chrysanthemen, selbst das härteste Unkraut in festlicher Pracht, die Hortensienblüten grün geworden, betrunken von ihrem eigenen Saft. Wer würde da nicht versuchen, glücklich zu sein?

Und genau wie damals bei diesen Spaziergängen erinnert er sich jetzt, wie er sich als Junge in Duluth ein Monster ausgedacht hatte, einen Dämon, der ihn von der Schule nach Hause jagte. Das war in einem ganz bestimmten Winter: Weihnachten war vorüber, der Schnee war schmutzig und verkrustet, sein Vater war in Übersee, und seine junge Schwester Lily, zurück von der eisernen Lunge des Krankenhauses, lag zu Hause in ihrem Bett und starb an Kinderlähmung. Seine Eltern hatten immer – insgeheim, dachten sie wahrscheinlich, aber auch rücksichtslos und vielleicht sogar mit Schuldgefühlen – mehr Freude an ihrer Tochter gehabt als an ihrem ernsten, älteren Sohn. Vielleicht überraschte sie das selbst. Doch Bill hatte es bemerkt, immer wenn er ihre Blicke und Worte musterte, und nicht gewusst, wie er darauf reagieren sollte. Was sollte er tun, damit sie mehr Freude an ihm hatten? Da sein Vater fort war, schrieb er lange, langweilige Briefe, in denen alles richtig geschrieben war. »Lieber Dad, wie geht es Dir? Mir geht es gut.« Aber er schickte sie nicht ab. Er hob sie auf, band sie zusammen, und als sein Vater heimkam, überreichte er ihm das Paket. Dieser sagte »Danke schön«, steckte die Briefe in seinen Mantel und erwähnte sie nie wieder. Stattdessen ging sein Vater ein Jahr lang jeden Tag nach oben und beweinte Lily.

Einmal, als sie noch hübsch und gesund gewesen war, versteifte sich Bill einen ganzen Tag lang darauf, alles zu wiederholen, was Lily sagte, bis sie gequält aufschrie und seine Mutter ihm hart aufs Auge schlug.

An Lily hatte man Freude. Sie hatten Freude an ihr. Wer konnte ihnen das vorwerfen? Ein Mädchen, an dem man seine Freude hatte. An Freude hatte man seine Freude. Aber Bill schaffte so etwas nicht, weder von der einen noch von der anderen Seite. Er erspähte das alles, dazwischen lag eine Atmosphäre, eine grüne, muschelige See – »Lieber Dad, wie geht es Dir? Mir geht es gut« –, als wäre es ein Planet, der manchmal funkelnd in Sicht kam, oder eine tropische Insel, gemalt in heißen Bilderbuchschattierungen von Orange.

Aber tief in seinem januarlichen Jungendasein wusste er, es gab Farben, die echt waren: Das spätnachmittägliche Licht war bläulich und dunkel, die geschundene Tundra der Schneeverwehungen war furchterregend und silbern und kalt. Zunächst ganz gemächlich begann der plumpe Monstermann, der rote, riesige Dämon-Mann, dem ein einzelner Flügel aus dem Rücken wuchs, Bill zu jagen. Immer schneller und schneller, jeden winzigen Hügel auf dem Nachhauseweg hoch und wieder runter, lange Schatten werfend, die ab und zu, ganz kurz, wie ein Netz über sie beide fielen. Während die Kirchglocken ihr Vieruhr-Lied läuteten, flog der Monstermann daher, in großen, wackeligen Schwüngen, Sätzen und Sprüngen, über das Eis auf Bills Fersen zuschlitternd. Bill bog um die Ecke. Der Dämon sprang über eine Tonne Straßensalz. Bill schnitt einen Pfad ab. Der Dämon folgte. Und das Grausen, das darin lag – wenn sich Bill auf die Vorderveranda seines Hauses warf, in das unverschlossene, abgedunkelte Haus, wo er die Tür zuknallte, auf der anderen Seite anlehnte und bis zur Fußmatte hinunterrutschte, endlich in Sicherheit unter all den verstreuten Stiefeln und Schuhen, aber immer noch die weit aufgerissenen Glückskeucher seiner großen, knappen Flucht keuchend –, erregte ihn unmäßig, in einer Welt, die schon, und zwar mit ungerührter Geschicklichkeit, all ihren Zauber verloren hatte.

Dann machen wir es gut

Mack ist in seinem Leben so oft umgezogen, dass ihm jede Telefonnummer, der er begegnet, so vorkommt, als wäre sie früher seine gewesen. »Ich schwör's dir, diese Nummer hatte ich früher mal«, sagt er, schaltet auf Parken und zeigt auf den Reiseführer: 612-6342. Der eingebaute Rhythmus einer Telefonnummer trifft ihn jedes Mal wieder ganz persönlich: wie etwas Vertrautes, aber Verlorengegangenes, etwas Bedeutungsschweres und doch Belangloses – wie ein Liebesakt mit einem Mädchen, mit dem er mal was hatte.

»Ruf einfach an«, sagt Quilty. Sie sind an der Route 55, beim ersten McDonald's hinter Chicago. Sie machen Urlaub, eine Überlandtour nach dem Motto »alles zusammensuchen, einpacken und los«. Quilty singt den ganzen Nachmittag schon Filmmusik und hat sich gerade auf *To Sir with Love* eingeschossen, und wie es aussieht, können er und Mack nicht anders, als sich gegenseitig rasend zu machen: Mack, der zu schnell Busse überholt, während er nach dem nächsten Kaugummi fummelt (und ruck, zuck, eins nach dem anderen, den Zucker rauskaut), und Quilty, der sich über das Handschuhfach hängt, rotgesichtig vor lauter Rührung wegen der Textzeile: »Vorbei ist die Schulmädchenzeit, als wir Nägel gekaut und nur Scheiße gebaut.« – »Ich könnte heute ein Genie sein«, hat Quilty schon drei Mal gesagt, »wenn ich bloß Shakespeare auswendig gelernt hätte statt Lulu.«

»Wenn, wenn«, sagt Mack. Mack könnte heute ein Genie sein, wenn er bloß als komplett anderer Mensch auf die Welt gekommen wäre. Aber was willst du machen? Er hat mal in einer Zeitschrift gelesen, dass nur Frauen über dreißig Genies gebären; seine Mutter war neunundzwanzig gewesen. Verdammt! So knapp daneben!

»Komm, wir bestellen uns einfach ein Zimmer irgendwo und lassen uns ein Badeölbad einlaufen«, sagt Quilty jetzt. »Und hör auf zu schachern. Du verplemperst immer wahnsinnig viel Zeit damit, den Preis runterzuhandeln.«

»Ist das so falsch?«

Quilty zieht einen Flunsch. »Ich mag nicht, wo das Schachern hinführt.«

»Nämlich?«

Quilty seufzt. »Schach, schacher, schachmatt. Ist das etwa ein Wettkampf? Wer den Längeren hat, zieht nicht den Kürzeren?« Er dreht sich um und tastet nach seinem Blindenhund Guapo, einem schokoladenbraunen Labrador, den sie allzu oft auf dem Rücksitz hecheln lassen, während sie Kaffeepausen machen. »Guter Hund, guter Hund, ja.« Ein ›Badeölbad‹, so stellt sich Quilty das gelungene Ende eines guten wie eines schlechten Tages vor. »Morgen fahren wir nach Süden, am Mississippi entlang, dann nach New Orleans und dann wieder zu den Enten im Peabody Hotel, zum Abschluss. Wie klingt das?«

»Wenn du willst, dann machen wir es, gut«, sagt Mack.

Sie hatten sich erst vor zwei Jahren kennen gelernt, bei den Anonymen Alkoholikern von Tapston, Indiana. Da er neu in der Stadt war, vor kurzem aus dem Süden des Staates von einem stumpfsinnigen Quickiejob hergezogen – Hochspannungsmasten anstreichen –, und plötzlich einen Anwalt brauchte, rief Mack am nächsten Tag bei Quilty an. »Ich wollte Ihnen einen Deal vorschlagen«, hatte Mack gesagt. »Einen Deal unter zwei alten Säufern.«

»Vielleicht«, sagte Quilty. Er mochte blind sein und Alkoholiker mit einem Fuß im Trockenen, aber dank der Hilfe seiner Sekretärin Martha hatte er sich eine ordentliche Anwaltskanzlei aufgebaut und arbeitete nicht für lau. Allerdings war er einem guten Tausch nie abgeneigt. Das machte einem Blinden das Leben leichter. Im Grunde war er ein praktischer Mensch. Neben all seinen exzentrischen Angewohnheiten hatte er eine pragmatische Ader, die derart scharfsinnig und tief war, dass andere sie mit Vernunft verwechselten.

»Ich bin da in eine missliche Lage geraten«, erklärte Mack. Er erläuterte Quilty, wie schwer man es als Anstreicher hatte, noch dazu als Neuankömmling, und dass ein paar dieser verdammt pingeligen Hausfrauen auch mit der Arbeit eines echten Fachmanns nicht zufrieden waren und dass er jetzt, na ja, einen Prozess am Hals hatte. »Ich bin wegen eines schlampigen Hausanstrichs verklagt worden, Mr. Stein. Aber die einzige Bezahlung, die ich Ihnen anbieten kann, besteht aus einem Hausanstrich. Haben Sie ein Haus, das mal gestrichen werden müsste?«

»Ein schlechter Hausanstrich als Klagegrund und als Honorar?« Quilty johlte. Ordentlich johlen, das gefiel ihm – es brachte Guapo an seine Seite. »Das ist ja so, als würden Sie mir sagen, Sie werden als Falschmünzer belangt, aber Sie können mich in bar bezahlen.«

»Tut mir Leid«, sagte Mack.

»Schon gut«, sagte Quilty. Er übernahm Macks Fall, haute ihn raus, so gut er konnte – »Selbst die größte Kunst«, sagte Quilty dem Richter bei dem Vergleichstermin, »schlampt bekanntlich manchmal an den Rändern« –, und ließ Mack dann sein Haus in einem klaren, kompensatorischen Kornblumenblau anstreichen. Oder war es, wie ein Nachbar meinte, an manchen schlierigen Stellen eher Rittersporn? In der Mittagspause kam Quilty aus seinem Büro weiter oben in der Straße nach Hause und blieb in der Einfahrt stehen, Guapo bei Fuß, Mack über ihnen auf der Leiter, ein appalachisches Liebeslied oder eine aufgepeppte Version von *Taps* summend. »Wieso *Taps*?« – »Wegen der Stadt, in der wir leben«, erklärte Mack ihm später. »Und weil dein Stock nach Steptanz klingt.«

Sonne geht unter. Kein Mensch mehr munter.

»Wie läuft's denn so, Mack?« fragte Quilty. Sein dunkles Haar war lang und borstig wie ein zerfasertes Seil, und oft zog er beim Sprechen daran. »Die Nachbarn sagen, meine Büsche wären alle blau.«

»Ein bisschen hat's leider getropft«, sagte Mack unbehaglich. Er benutzte nie Abdeckplanen wie andere Anstreicher. Er besaß gar keine.

»Tja, mich stört's nicht«, sagte Quilty und tippte vielsagend an seine Sonnenbrille.

Aber hinterher, als er den Seitengiebel anstrich, hörte Mack die ganze Zeit Quilty drinnen mit Freunden telefonieren und mit lautem Pferdelachen schnauben: »Hey, was fragst du *mich*? *Ich* hab blaue Büsche!«

Oder: »Ich lass die Sträucher gerade blau färben: Vorsicht vor den Neureichen – sie sind überall.«

Als das Haus fast fertig war und Eichenlaub sich in golden-roten Haufen am Boden sammelte und der Abend immer schneller kam und in jenem gemächlichen Lösungsmittel aufging, das der Anfang einer Winternacht war, blieb Mack immer länger und öfter und setzte sich fest – zu Kaffee und Tee, zum Abendessen und dann wieder zu Kaffee und Tee. Er schaute Quilty gern zu, wenn er beherzt in der Küche hantierte, Macks Hilfe ablehnte, einfache Dinge zubereitete – Pasta, Erbsen, Salate, Brot und Butter. Mack unterhielt sich gern mit ihm über die Meetings der Anonymen Alkoholiker, tauschte Geschichten aus über die wenigen monumentalen Abstürze, die fest in ihrem Gedächtnis saßen wie ein wahnsinnig schönes Lied, und die anderen, die schlicht und ergreifend ihr Leben ruiniert hatten. Er beobachtete Quiltys Gesicht, wenn Müdigkeit oder Zuneigung sich darüber ergossen und es kräuselten. Quilty war blind geboren worden und hatte nie die Verstellung und Tarnung der Sehenden gelernt; sein Gesicht blieb unverkrampft, ungedrillt, eine weiße Leinwand, durchsichtig wie ein Babyfurz, klar bis auf den Grund. In einem so unbehüteten und unbehutsamen Gesicht sah man sein eigenes unschuldiges Ich – und schrak manchmal zurück.

Doch Mack stellte fest, dass er nicht weggehen konnte – nicht ganz. Nicht richtig. Er half Quilty mit seinem langen Haar, bürstete es für ihn und umschlang es mit einem Lederband. Er brachte Quilty Geschenke mit, die er bei einem Trödler in der Stadt geklaut hatte. Ein geografisches Buch in Braille. Einen Pullover mit einem Kaffeefleck auf dem Arm – war das zu gemein? Korkuntersetzer für Quiltys ewige Tasse Tee.

»Ich bin Ihnen überaus verbunden, Verehrtester«, hatte Quilty, Macks Ärmel berührend, jedes Mal gesagt und geklungen wie ein alberner viktorianischer Valentinsgruß, manchmal redete er gerne so. »Du bist der liebenswürdigste Mann, den ich je im Haus hatte.«

Und vielleicht weil sich Quilty mit Berührungen und Worten am besten auskannte, oder vielleicht weil Mack ein Schweineleben hinter sich hatte, in dem jeder an seinen Gefühlen zerrte, oder womöglich weil die Erde in Schatten und Kälte gekippt war und die ganze verfluchte Zukunft in diese schlechte Tinte getaucht zu sein schien, wurden eines Abends im Wohnzimmer, nach einem Kuss, der höchstens Mack überraschte – und auch ihn nur leicht –, Mack und Quilty zu Geliebten.

Es gab allerdings Tage, da war Mack immer noch vollkommen baff darüber. Wie war er in diese Lage geraten? Welcher sanfte Schlag auf den Hinterkopf hatte ihn an diesen unbekannten Ort taumeln lassen?

Unsicherheit sorgt für Schüchternheit, und Schüchternheit, pflegte Quilty zu sagen, hält die Welt zusammen. Oder vielmehr hielt die Welt *früher* zusammen, bewahrte sie vor dem Irrsinn des Chaos. Heute – heute! – war das eine ganz andere Geschichte.

Eine andere Geschichte? »Ich mag keine Geschichten«, sagte Mack. »Ich mag Essen. Ich mag Autoschlüssel.« Er hielt inne. »Ich mag Brezeln.«

»Na schöööön«, sagte Quilty, strich über die Konturen seiner eigenen Schulter und dann über Macks.

»Das machst du oft, stimmt's?« fragte Mack.

»Was? Dem Faktotum eine Beförderung bewilligen?«

»Einen großen Heterotypen in dein Bett holen, den du für ein bisschen blöd hältst.«

»Nie mache ich das. Noch nie.« Er hielt den Kopf schief. »Bis jetzt.« Mit seinen flachen, mandelförmigen Fingerspitzen spielte er auf Macks Arm wie auf einer Tastatur. »Bis jetzt noch nie. Du bist mein großes sexuelles Experiment.«

»Aber versteh doch, du bist *mein* großes sexuelles Experiment«, beharrte Mack. In seinem Leben vor Quilty hätte er sich nie vorstellen können, neben einem dünnen, nackten Burschen mit Sonnenbrille im Bett zu liegen. »Wie kann das angehen?«

»Schätzchen, es *angeht* einfach.«

»Aber einer muss doch sagen, wo's langgeht. Wie sollen wir beide ein großes, experimentelles Abenteuer überstehen? Einer muss doch das Schiff steuern.«

»Ach, zum Teufel mit dem Schiff. Wir schaffen das schon. Wir hängen da beide drin. Es ist Glück. Es ist Gottes Wille. Es ist Gleichzeitigkeit! Glückstalent! Kismet! Garten Eden! Annie, Schätzchen, Get Your Scheiß-Gun!« quiekte Quilty.

»Meine Exfrau heißt Annie«, sagte Mack.

»Ich weiß, ich weiß. Deshalb hab ich's ja gesagt.« Quilty versuchte nicht zu seufzen. »Sieh es doch mal so: Der Blinde, der den Normalen führt. Das kann funktionieren. Ist nicht unmöglich.«

Morgens klingelte das Telefon zu oft, und das ärgerte Mack manchmal. Wo waren die Brezel und die Autoschlüssel, wenn man sie wirklich brauchte? Er bemerkte, dass Quilty den exakten Armabstand zum Hörer kannte, wenn er mit einem zügigen Griff abhob. »Bist du *sans* oder *avec*?« fragten Quiltys Freunde immer. Sie sprachen laut und theatralisch – wie zu einem Schwerhörigen –, und Mack konnte sie immer verstehen.

»Avec«, sagte Quilty dann.

»Ooooh«, gurrten sie jedes Mal. »Und wie *geht* es Mr. Avec heute?«

»Hol doch deine Sachen und zieh ein«, sagte Quilty schließlich eines Abends zu Mack.

»Willst du das?« Mack stellte fest, dass er auf völlig unvertraute Weise zögerte. Er hatte noch nie mit einem Mann geschlafen; daran lag es wahrscheinlich – obwohl, vor Jahren hatte es ein paar Nächte gegeben, da hatte Annie sich mit so viel Makeup und Leder aufgemacht, dass ihr Geschlecht ihm frei flottierend vorkam: seltsam attraktiv für Mack, selbstgenügsam; es brauchte ihn nicht, und deshalb wollte er da rankommen, nahe ran, es lernen, es dazu zwingen, ihn zu brauchen, es wegnehmen, es zu Tode bringen. Das waren merkwürdige, kühne Nächte gewesen, eine Heftigkeit zwischen ihnen, die mehr von einem archaischen Kampf, Knochen auf Knochen, als von einer Ehe hatte. Letztlich blieb das alles unentschlüsselbar für ihn, der Entschlüsseln aber ohnehin für etwas Unnatürliches hielt, das man keinem Menschen antun sollte. Normalerweise waren Menschen keine Landkarten, keine Hieroglyphen oder Bücher. Keine Geschichten. Ein Mensch war eine Ansammlung von Unfällen. Ein Mensch war ein unendlicher Haufen Steine, unter dem irgendwelches Zeug wuchs. Normalerweise suchte man sich, wenn das Bedürfnis nach Liebe aufkam, eine Frau und nahm sie feurig und nicht allzu hoffnungsvoll, ließ schließlich von ihr ab, schlief, wachte auf, und sie entzog sich einem mal wieder. Dann fing man von vorne an. Oder auch nicht.

Quilty jedoch wirkte nicht so, als hätte er vor, sich zu entziehen.

»Ob ich das will? Natürlich will ich das. Bin ich nicht ein wandelndes Traktat über das Begehren?« fragte Quilty. »In Braille natürlich, aber trotzdem. Probier's aus. Zieh ein. Nimm mich.«

»Okay«, sagte Mack.

Mack hatte ein Kind mit Annie gehabt, ihren Sohn Lou, und kurz vor dem Ende hatte Mack nach Worten gesucht, die er Annie sagen konnte, um die Sache zu retten. Er hatte oft »okay« gesagt. Er wusste nicht, wie man ein Kind aufzog, ein Kind ohne Biss und ohne Tricks, aber er wusste, er musste es ein bisschen vor der Welt schützen; man konnte es doch nicht einfach rüberreichen und die Welt darauf losgehen lassen. »Es gibt etwas, das mit der Zeit zwischen den Menschen wächst«, sagte er einmal, in dem Versuch, sie zusammenzuhalten, Lou zu behalten. Wenn er Lou verlor, so glaubte er, war sein Leben endgültig hinüber. »Etwas, das wächst, ob du willst oder nicht.«

»Siff«, sagte Annie.

»Was?«

»Siff!« schrie sie. »Siff wächst zwischen den Menschen!«

Er knallte die Tür zu, zog mit seinen Freunden los, einen trinken. Die Bar, in die sie alle gingen – »Teem's Pub« – war im Nu verraucht und öde. Irgendwer, Bob Bacon vielleicht, schlug vor, ins »Visions and Sights« zu gehen, ein Striplokal draußen an der Autobahn. Aber Mack vermisste seine Frau schon. »Was soll ich in so einen Laden gehen«, verkündete er seinen Freunden lautstark, »wenn ich zu Hause eine wunderschöne Frau habe?«

»Na dann«, sagte Bob, »gehen wir doch zu dir nach Hause.«

»Okay«, sagte er, »okay.«

Und als sie ankamen, war Annie schon weg. Sie hatte schnell gepackt, Lou mitgenommen und war geflohen.

Jetzt ist es zweieinhalb Jahre her, seit Annie ihn verlassen hat, und Mack ist mit Quilty auf Reisen: Sie wollen über Chicago und St. Louis gen Süden, am Mississippi entlang. Sie werden im Bed-and-Breakfast übernachten, die historischen Sehenswürdigkeiten besuchen, wie ein Ehepaar. Sie haben sich für diese Reise, jetzt im Oktober, auch deshalb entschieden, weil Mack sich von einem kleinen Eingriff erholt. Er hat sich an einer »intimen Stelle« eine kleine, gutartige Zyste wegschneiden lassen.

»Ins Bad?« fragte Quilty an jenem ersten Tag nach der Operation und griff nach den dicken schwarzen Nähten an Macks Wunde. Dann seufzte er. »Was ist das Abtörnendste, das wir in den nächsten zwei Wochen machen könnten?«

»Auf Reisen gehen«, schlug Mack vor.

Quilty summte zufrieden. Er tastete nach den Innenseiten von Macks Handgelenken, wo die Adern steife Stränge waren, und streichelte sie mit seinen Daumen. »Verheiratete Männer sind am besten«, sagte er. »Sie sind so dankbar und mackerhaft.«

»Jetzt langt's aber«, sagte Mack.

Am nächsten Tag kauften sie Literflaschen Mineralwasser und Cracker und fuhren auf der Schnellstraße aus der Stadt hinaus, auf der einen Seite den »Park der Auferstehung« und auf der anderen den »Park der Erinnerungen im Sonnenuntergang« – die Taxifahrer nannten diese Friedhofsroute die »Knochenmeile«. Als er frisch in Tapston angekommen war, hatte Mack eine Woche lang als Taxifahrer gearbeitet und das Straßennetz der Stadt schnell kennen gelernt. »Ich bin in der Knochenmeile«, hatte er immer in die Sprechmuschel des Funkgeräts sagen müssen. »Ich bin in der Knochenmeile.« Aber er hasste diesen blöden Ausdruck, hasste die Warterei am Flughafen, die miesen Trinkgelder und die schweren Koffer. Und wie die Ziele in Tapston hießen – Apartmenthäuser namens Crestview Manor, baumlose Erschließungsgebiete namens Arbor Valley, die Friedhöfe unverhohlen als Erinnerungen im Sonnenuntergang und Auferstehungspark –, da lief es ihm kalt den Rücken hinunter. Hier in Indiana lebten nur verdammte Wortverdreher, die drehten jedem Wort den Hals um.

Aber in Quiltys Auto auf Tour zu gehen, durch die Knochenmeile und immer weiter, das machte sie beide an. Endlich konnten sie dieser verunglückten Stadt mit ihren beängstigenden Ruhestätten entfliehen. »Und tschüss, ihr alten Knacker«, sagte Mack.

»Bye-bye, meine lieben Mandanten«, krähte Quilty, als sie am County-Gefängnis vorbeikamen. »Bye-bye, bye-bye!« Dann sank er selig auf seinem Sitz zurück, und Mack scheuchte den Wagen Richtung Interstate-Autobahn, hinaus ins Farmland, wo die silberbemützten Silos wie Raumschiffe glänzten und die Luft grasig und schweinesatt roch.

»Ich möchte gern ein Doppelzimmer reservieren, wenn's geht«, ruft Mack gerade über den Autobahnlärm hinweg. Er schaut zu Quilty und sieht, wie er aus dem Auto steigt, ohne Guapo, und mit seinem Stock auf den Eingang vom McDonald's zutappt und -tastet.

»Ja, ein Doppelzimmer«, sagt Mack. Er schaut über seine Schulter, behält Quilty im Auge. »American Express? Ja.« Er fingert in Quiltys Portemonnaie herum, liest die Nummer vor. Dann dreht er sich wieder um und sieht, wie Quilty eine Cola bestellt, aber sein Portemonnaie nicht findet, das hat er ja Mack für den Anruf gegeben. Mack sieht, wie Quilty seinen Stock unter einen Arm klemmt und alle Taschen abtastet, wo er aber nichts außer einem Grand-Canyon-Taschentuch entdeckt.

»Sie wollen die Kartennummer? Drei eins eins zwo ...«

Jetzt wendet sich Quilty zum Gehen, ohne Cola, und will zum Ausgang. Aber er nimmt die falsche Tür und landet stattdessen im Kinderland. Mack sieht ihn mit seinem Stock zwischen den Plastik-Cheeseburgern und Frittenschaukeln herumrandalieren, die nachts für die Kleinen beleuchtet sind. Aus dem Kinderland kommt man nicht heraus, es sei denn, wieder durchs Restaurant, aber das weiß Quilty natürlich nicht, deshalb bleibt ihm nichts anderes übrig, als mit seinem Stock gegen den Wald aus grellbunten Hindernissen zunächst anzutappen, dann anzuschlagen.

»... acht eins null null sechs«, wiederholt der Rezeptionsangestellte am Telefon.

Als Mack endlich zu ihm kann, ist Quilty mittlerweile auf einer Hühnerbrust aus Porzellan zusammengebrochen. »Na gute Nacht, Marie. Ich dachte, du hättest mich verlassen«, sagt Quilty. »Ich schwöre dir, von nun an tue ich, was du willst. Ich habe in den tiefsten Abgrund geschaut, und lass dir eins gesagt sein, er ist voll von großen, trügerischen Terrassenmöbeln.«

»Wir haben ein Zimmer gekriegt«, sagt Mack.

»Fantastisch. Können wir jetzt auch noch eine Cola kriegen?« Mack reicht Quilty seinen Ellbogen und führt ihn wieder hinein, wo sie zwei Pepsis und ein Stück Apfelkuchen von der Größe eines Brillenetuis bestellen, den wollen sie sich im Auto teilen wie Kinder.

»Schönen Tag noch«, sagt der Junge an der Kasse.

»Guter Tipp, danke«, sagt Quilty.

Sie haben das Spiel »Trivial Pursuit« mitgenommen, abends spielt Quilty gerne. Mack stimmt zwar zu – wenn du willst, dann machen wir es, gut –, aber eigentlich findet er es doof. Wenn du die Antwort nicht weißt, fühlst du dich dumm. Und wenn du die Antwort weißt, fühlst du dich genauso dumm. *Noch* dümmer. Was fängst du mit diesem dummen Stückchen Information in deinem Hirn an? Mack würde lieber im Zimmer liegen und an die Decke starren, über Chicago nachdenken, über ihren Tag nachdenken. »Nenne vier Hauptstädte von amerikanischen Bundesstaaten, die nach Präsidenten benannt sind«, liest er schläfrig von einer Karte vor. Er würde lieber versuchen, die Gemälde zu verstehen, die er am Nachmittag gesehen und beinahe verstanden hat: die Halloween-Farbtöne der Lautrecs; die kreidigen Schattierungen bei Puvis de Chavannes; die süßen Fingermalereien der Vuillards und Bonnards, voller Fensterlicht und Kommoden. Mack hatte der summenden Stimme zugehört, die aus Quiltys Kopfhörer drang, sich aber keinen eigenen Kopfhörer geholt. Soll sich doch ein Blinder die Sachen beschreiben lassen! Mack hatte selbst Augen im Kopf. Doch am Ende ertrug er es nicht mehr, dass Quilty die Bilder unmöglich sehen oder berühren konnte, und führte ihn nach unten zu den Skulpturen, und als gerade keiner hinguckte, legte er Quiltys Hände auf die Marmorfigur einer nackten Frau. »Ah«, sagte Quilty und betastete Nase und Lippen, dann wurde er still und ehrfürchtig bei ihren Schultern, ihren Brüsten und Hüften, und als er nach unten kam, über Schenkel und Knie bis zu den Füßen, da lachte er laut auf. Füße! Die kannte Quilty am besten. Die mochte er.

Nachher waren sie in einen Club gegangen, wo ein Sketch namens »Kuweit, bis es dunkel wird« lief.

»Lincoln, Jackson, Madison, Jefferson City«, sagt Quilty. »Glaubst du, es gibt Krieg?« Langsam scheint ihn das Spiel ungeduldig zu machen. »Du warst doch mal in der Armee. Glaubst du, jetzt ist es soweit? Auf zum großen George-Bush-Showdown?«

»Ach was«, sagt Mack. Er hat nur in Friedenszeiten gedient. Er war in Texas stationiert, dann in Deutschland. Damals war er mit Annie zusammen: Gute Jahre waren das. Wenig geweint. Wenig getrunken. Später wurde er dann Reservist, aber die wurden nie eingezogen – das wusste doch jeder. Bis heute. »Wahrscheinlich ist es bloß eine Verkaufsvorführung für die neuesten Waffen.«

»Na, dann werden sie doch abgeschossen«, sagt Quilty. »Oder? Wenn es eine Vorführung ist, werden die Sachen auch vorgeführt.«

Mack zieht eine neue Karte. »In dem Song ›Sie nennen den Wind Maria‹ wird der Wind Maria genannt. Wie heißt der Regen?«

»Das wird Ma-Rei-A ausgesprochen«, sagt Quilty, »nicht Maria.«

»Ach, Ma-Rei-A?« fragt Mack. »Echt?«

»Echt«, sagt Quilty. Bei diesem Spiel legt sich immer etwas Mutwilliges und Zänkisches über sein Gesicht. »Du bist dran.« Er streckt die Hand aus. »Aber gib mir die Karte, sonst mogelst du.«

Mack reicht ihm die Karte. »Ma-Rei-A«, sagt er. »Glaub ich nicht. Ich glaube, es heißt Maria.« Fast fällt ihm der Song wieder ein – eine Erinnerung von irgendwoher. Vielleicht hat Annie ihn früher gesungen. »Sie nennen den Wind Maria. Sie nennen den Regen … Okay. Gleich hab ich's …« Er presst die Finger an die Schläfen, blinzelt und denkt angestrengt nach. »Sie nennen den Wind Maria. Sie nennen den Regen … Okay. Sag's nicht. Sie nennen den Regen … Paria!«

»Paria?« prustet Quilty.

»Okay, na gut«, sagt Mack gereizt. »Dann eben stark. Sie nennen den Regen starken Regen.« Aggressiv greift er nach seinem Minibar-Saft. Nächstes Mal wird er einfach schnell auf die Rückseite der Karte gucken.

»Willst du die richtige Antwort nicht wissen?«

»Nein.«

»Na schön, dann mache ich eben mit der nächsten Karte weiter.« Er zieht eine, tut so, als würde er sie vorlesen. »Hier steht: ›Gibt es Leben auf dem Mars? Ja oder nein, Schätzchen.‹«

Mack denkt schon wieder über die Gemälde nach. »Also, ich sage nein«, murmelt er geistesabwesend.

»Hmmmm«, sagt Quilty und legt die Karte hin. »Ich glaube, die Antwort ist ja. Sieh es doch mal so: Erwiesen ist, dass es Eiskristalle gibt. Und wo Eis ist, gibt es Wasser. Wo Wasser ist, gibt es Wassergrundstücke. Und wo Wassergrundstücke sind, gibt es Juden!« Er klatscht in die Hände und lässt sich auf das Acrylpatchwork der Tagesdecke sinken. »Wo bist du?« fragt er schließlich und fuchtelt mit den Armen durch die Luft.

»Ich bin hier«, sagt Mack. »Genau hier.« Aber er bewegt sich nicht.

»Du bist hier? Na prima. Dann bist du zumindest nicht bei meiner Cousine Esther und ihrem grässlichen Mann Howard in der Villa am See auf dem Mars. Obwohl ich mich manchmal frage, was sie so machen. Wie es ihnen wohl geht? Nie besuchen sie mich. Ich jage ihnen zu viel Angst ein.« Er macht eine Pause. »Kann ich dich mal was fragen?«

»Okay.«

»Wie sehe ich aus?«

Mack zögert. »Braune Augen, braune Augenbrauen und braunes Haar.«

»Das ist alles?«

»Okay. Und braune Zähne.«

»Echt?!«

»Tschuldige«, sagte Mack. »Ich bin ein bisschen müde.«

Hannibal ist wie all die Städte am Fluss, die seit einiger Zeit versuchen, sich herauszuputzen, und aus den Herrenhäusern am Ufer Antiquitätenläden und Pensionen machen. Mack findet das traurig. Diese Villen strahlen immer noch eine verzagte Grandezza aus, aber ihre Aura fällt schulterzuckend auf eine triste Infrastruktur aus Bagatelltourismus und Krankenversorgungseinrichtungen. Hundert Jahre Landflucht und Reha lasten auf dem Ort wie Regen. Starker Regen! Die wenigen Lastkähne, die noch so weit stromaufwärts kommen, sehen niedlich und albern aus. Aber Quilty will alles hören, was auf den Schildern steht – der *Mark Twain Diner*, das *Tom 'n Huck Motel*; das amüsiert ihn. Sie besichtigen die Häuser von Sam Clemens, sein Büro, das kleine Gefängnis. Mit einer kleinen Bimmelbahn, die das Städtchen nur noch geisterhafter und trostloser erscheinen lässt – ihre helle Signalglocke geht einem laut Quilty »durch Mark und Twain« –, fahren sie kreuz und quer durch die Gegend. Quilty lässt seine Finger über die weißen Latten des berühmten Zauns gleiten. »Das ist ja moderne Farbe«, sagt er.

»Latex«, sagt Mack.

»O ja, red weiter, mach weiter, Baby.«

»Hörst du wohl auf?«

»Okay. Ist gut.«

»Hübscher Hund«, sagt im *Tom Sawyer Diner* eine ausladende Frau im violetten Kleid zu ihnen. Der Diner liegt neben einem Parkplatz und einer Pseudoversion des legendären Zauns, und dort werden BLT-Sandwiches mit steifem Wachspapier und Fritten in roten Plastikkörbchen serviert. Quilty hat wie immer ein Glas Milch bestellt.

»Danke«, sagt er zu der Frau, die kurz innehält, um Guapos Kopf zu streicheln, bevor sie zu ihrem Auto auf dem Parkplatz strebt. Quilty schaut plötzlich verärgert drein. »*Er* kriegt alle Komplimente, und *ich* muss Dankeschön sagen.«

»Du willst ein Kompliment hören?« fragt Mack angeekelt. »Okay. Du bist auch hübsch«, sagt er.

»*Echt?* Tja, woher soll ich das wissen, wenn alle immer meinem Hund Komplimente machen!«

»Das gibt's ja wohl nicht, dass du auf deinen verdammten Hund eifersüchtig bist. Hier«, sagt Mack. »Ich weigere mich, mit jemandem zu reden, der einen Milchbart hat.« Er reicht Quilty eine Serviette, tippt ihm mit der zusammengefalteten Kante an die Wange.

Quilty nimmt sie und wischt sich den Mund ab. »Wo wir gerade anfingen, so richtig schön langweilig miteinander zu sein«, sagt er. Er streckt die Hand aus und tätschelt Macks Arm, dann greift er nach oben und gibt ihm einen Klaps auf den Kopf. Mack hat dünnes, zurückgekämmtes Haar, und Quilty zieht von hinten daran.

»Au«, sagt Mack.

»Ich vergesse immer, dass dein Haar so irisch und sensibel ist«, sagt Quilty. »Wir müssen dir mal gutes, strapazierfähiges jüdisches Haar besorgen.«

»Toll«, sagt Mack. Langsam geht dies alles, gehen sie beide ihm auf die Nerven. Solche Reisen haben sie einfach schon zu oft gemacht. Sie waren in Onkel Toms Hütte. Sie waren auf dem Schlachtfeld von Saratoga. Sie waren auf dem Heldenfriedhof von Arlington. »Dauernd Friedhöfe!« hatte Mack geschimpft. »Wo wir auch hinkommen, überall ist die verfluchte Knochenmeile!« Sie waren am Lincoln Memorial (»Ich stelle es mir wie ein riesiges Land Oz aus Marmor vor«, hatte Quilty gesagt. »Abraham Oz. Klingt doch auch viel besser als Name, oder?«). Gleich nebendran das Vietnam-Kriegerdenkmal, geisteslähmend mit seinem blutlosen Katalog des Blutvergießens; Mack mochte das alternative Denkmal lieber, das die Veteranen aufgestellt haben, die Kumpelstatue, die weniger künstlerisch als menschlich sein will. »Schließlich hat es mit den Jungs zu tun, nicht bloß mit den Namen der Jungs«, hatte er gesagt. »Gestorben sind doch die Jungs, keine Liste.« Quilty aber, der gerade eine Stunde damit zugebracht hatte, Freunde zu betrauern, die Anno 68 und Anno 70 gefallen waren, hatte geseufzt, etwas angewidert und von oben herab.

»Du liegst vollkommen daneben«, sagte er. »Da ist sehr wohl eine Liste gestorben. Und zwar eine unglaubliche, herzzerreißende Liste.«

»Tut mir Leid, dass ich nicht so intellektuell bin«, sagte Mack.

»Du bist eifersüchtig, weil ich versucht habe, andere Männer zu erspüren.«

»Genau. Ich bin eifersüchtig. Ich bin eifersüchtig, weil ich nicht da oben stehe. Ich bin eifersüchtig, weil ich alter Trottel gewartet habe, bis Frieden war, um mich freiwillig zu melden.«

Quilty seufzte. »Ich wäre beinahe auch in den Krieg gezogen. Aber mein Einberufungsbescheid hatte eine viel zu hohe Nummer. Und außerdem, rate mal – Plattfüße!«

Darauf brachen sie beide in lautes, erschöpftes Gelächter aus wie zwei überdrehte Irre, direkt vor der Gedenkmauer, bis jemand in Uniform sie aufforderte zu gehen: andere Leute wollten hier beten.

Um endlich an einen Ort ohne Friedhöfe zu kommen, flogen sie einmal nach Key West, aßen Unmengen Muschelsuppe und besichtigten das Haus des Ornithologen Audubon, bekannt durch den gleichnamigen Naturschutzverein. Dabei war es gar nicht Audubons Haus, er hatte bloß mal darin gewohnt oder so, und die Vögel, die er malte, hatte er alle geschossen. »Er hat sie geschossen?« fragte Mack immer wieder. »Er hat die Scheiß-Vögel geschossen?«

»Ekelhaft«, sagte Quilty laut und vernehmlich. »Die armen Vögel. Von nun an werde ich mein ganzes Geld der *Autobahn*-Gesellschaft spenden. Auf dass die ganzen Mercedesse immer schneller und schneller fahren können!«

Damit Mack nicht vor lauter Verzweiflung trank, suchten sie das nächstgelegene Meeting der Anonymen Alkoholiker, schauten vorbei, fanden neue Freunde und erzählten ihnen ihr Leben, wenn auch nicht haargenau in dieser Reihenfolge. Am nächsten Tag schlenderten sie, die neuen Freunde im Schlepptau, in Federboas durch Hemingways Haus – »bloß um Papa zu ärgern«.

»Bevor er über sie schrieb«, sagte Quilty und tat so, als läse er laut aus dem Reiseführer vor, »erschoß Hemingway seine Figuren. Dies wurde als ungewöhnliche, aber nicht vollkommen unbekannte kreative Methode betrachtet. Sie ist jedoch selbst in literarischen Kreisen nicht sehr en vogue.«

Am nächsten Morgen gingen sie auf Bitten eines lieben alten Mannes namens Chuck zu einer AIDS-Gedenkandacht. Sie saßen neben ihm und hielten seine Hand. Walt-Whitman-Gedichte wurden vorgelesen. Cellosuiten wurden so vorzüglich vorgespielt, dass die Leute vornüber auf die Knie fielen, zusammengebrochen unter der Schönheit der Trauer. Nach dem Segen stiegen alle feierlich in ihre Autos und fuhren langsam zur Grabstätte. So sehr Mack und Quilty auch versuchten, Friedhöfe zu meiden, da standen sie wieder auf einem. Ein Totenacker übt seine eigene beharrliche Anziehungskraft aus: wie Felsen auf Matrosen, wie ein Matrose auf einen anderen. »Das ist mir alles zu viel«, flüsterte Mack mitten in einem Gebet; er hatte dafür gesorgt, dass er und Quilty weiter weg von den anderen Trauernden standen, als Quilty wusste. »Das soll doch unser Urlaub sein. Wenn dieses Gebet zu Ende ist, fahren wir an den Strand und essen Schokotörtchen.« Gesagt, getan. Sie ließen Guapo über den Sand laufen, kreuz und quer und hinter den Möwen her, während sie auf ihrem Handtuch lagen und ihnen die Seeluft ins Gesicht blies.

Jetzt, auf dieser Reise, hat Mack es eilig. Er möchte die bröckelnden weißen Ziegelbauten von Hannibal hinter sich lassen, die süßen kleinen Restaurants mit Huckfleisch und Sawyersprossen auf der Karte, die Autos der Einheimischen, die alle auf dem Parkplatz von irgendeiner Tony's Lounge stehen. Er will weiter nach St. Louis, nach Memphis, nach New Orleans, und dann wieder zurück. Er will außerdem, dass endlich Schluss ist mit dem Herumfahren, mit diesem Wanderleben, in das sie sich allzu oft stürzen wie zwei alte Damen, die ihre neuen, derben Schuhe ausprobieren. Er will, dass endlich die Fäden gezogen werden.

»Hoffentlich gibt es keine Narbe«, sagt er.

»Narbe?« sagt Quilty in dem kreischenden Spötterton, den er manchmal anschlägt. »Ich fasse es nicht, dass ich mit jemandem zusammen bin, der sich Sorgen darüber macht, ob sein Schwanz gut aussieht.«

»Hier ist deine nächste Frage. Welche amerikanische Bühnenautorin kam für ihre Arbeit ins Gefängnis?«

»Aha, eine Autorin. Lillian Hellman? Möcht ich bezweifeln. Thornton Wilder –«

»Mae West«, platzt Mack heraus.

»Lass das! Ich hatte noch gar nicht geantwortet!«

»Ist doch egal.«

»Mir ist es aber nicht egal!«

Nur noch eine Woche.

»In St. Louis« – Quilty tut mal wieder so, als würde er aus dem Reiseführer vorlesen, seine alte Nummer, als sie sich im Fahrstuhl nach oben auf den Bogen durchrütteln lassen – »gibt es das berühmte Tor zum Westen, auch ›Bogen‹ genannt, erbaut von der McDonald Corporation. Heiliger Bimbam, Amerika, knie nieder!«

»Tu ich doch schon.«

»Stimmt aber wirklich. Unten habe ich gehört, wie einer darüber geredet hat. Dieses Ding wurde von einer Firma namens McDonald erbaut. Ein goldener Bogen aus grauem Stein. Das ist das Tor zum Westen. Bei Sonnenuntergang sehr golden. Gar nicht töricht.«

»Was du nicht sagst.« Schon wieder grauer Stein. Es gibt kein Entrinnen.

»Beschreib mir die Aussicht«, sagt Quilty, als sie oben aussteigen.

Mack sieht durch die Fenster nach draußen: »Angemessen.«

»Ich sagte beschreiben, nicht *bewerten*.«

»Mittlerer Westen. Vogelperspektive. Grün und braun.«

Quilty seufzt. »Ich finde, kein Blinder sollte mit einem Taubstummen zusammen sein, bevor es den entsprechenden Ratgeber gibt.«

Mack kriegt langsam Hunger. »Hast du Hunger?«

»Es ist zu stressig!« fügt Quilty hinzu. »Nein, ich habe keinen Hunger.«

Sie machen den Fehler, ins Aquarium zu gehen statt zu einem frühen Abendessen, was dazu führt, dass jedes Meereswesen für

Mack besonders appetitlich aussieht. Quilty macht die Besichtigung mit einer Gruppe unter der Leitung einer süßen, lehrerinnenhaften Führerin namens Judy, Mack dagegen zieht auf eigene Faust los. Er fühlt sich wie ein Hund inmitten von lauter Schulkindern: Hier sind seine Freunde! Das elegante Seepferdchen, der Zitteraal, der Stachelrochen mit seinem flatternden Cape und dem idiotischen Grinsen, wie er stumm am Glas schreit – oder frisst er gerade?

Wann schreit ein Wesen, und wann frisst es – und warum kann Mack das nicht unterscheiden?

Es ist die falsche Tageszeit, die falsche Lebenszeit für einen Besuch bei den Meereswesen. Schreien oder fressen. Gekocht oder gebraten. Es gibt ein Lied, das Macks Tante ihm oft vorgesungen hat, als er noch klein war: »Ich bin ein Mensch an Land. Ich bin ein Silkie im Meer.« Das fällt ihm jetzt ein, dieses Lied über eine Fantasie-Kreatur, halb Mensch, halb Robbe oder Vogel – was eigentlich? Ein Geschöpf jedenfalls, das zurückkommt, um sein Kind zu holen – sein Kind, das er mit einer Frau an Land hat. Aber der neue Mann der Frau ist ein Jäger, ein guter Schütze, der das Geschöpf erschießt, als es mit dem Kind ins Meer zu fliehen versucht. Vielleicht war das letzten Endes auch besser so. Trotzdem, das Lied war traurig. Gestohlene Liebe, verlorene Liebe, amphibisches Verhängnis – alles Vorgänge aus Macks Leben: Ich bin ein Silkie im Meer. »Ich bin glücklich und reich«, sagte er sich immer, als er Hochspannungsmasten in Kentucky anstrich und das elektrische Feld die Härchen auf seinen Armen zu Berge stehen ließ. Glücklich und reich. Gustav Gans und Onkel Dagobert. Das klang nach zwei lebhaften Hamstern oder zwei unanständigen Onkeln. Onkel Gustav! Onkel Dagobert!

Ich bin ein Mensch an Land, denkt er. Aber hier im Meer? Schrei ich oder fress ich?

Quilty nähert sich von hinten, mit Guapo. »Gehen wir Abendessen«, sagt er.

»Danke«, sagt Mack.

Nach dem Essen liegen sie in ihrem Motelbett und küssen sich. »O Liebster, ja«, murmelt Quilty, jedes »Liebster« und »mein Liebster« ist wie ein kühler Umschlag in der Hitze, und dann kommen gar keine Worte mehr. Mack drängt nah heran, wärmt seinen kalten Bauch. Sein Herz pocht an Quiltys wie ein Wasserballon, der seine flüssige Füllung hin und her schaukeln und plätschern lässt. Es hat etwas Tröstliches, denkt Mack, jemanden zu umarmen, der genauso groß ist wie man selbst. Geradezu aufheiternd ist es: sich gegenseitig das Kinn auf die Schulter zu legen, die Füße berühren sich, die Köpfe sind Ohr an Ohr gepresst. Und er mag es – er liebt es –, Quiltys Mund zu spüren. Den vollen Mund eines Mannes. Quilty hat immer etwas leicht Bedürftiges und Emsiges an sich, in der Schwebe mit seinen großen, suchenden Lippen und seinen wilden, unverhüllten Augen, die an die Tiere im Aquarium erinnern, gefangen und doch frei durch ihr Gehege streifend. Wenn diese beiden sich so küssen, sind Worte – *rechtfertigend, Besonderheit, rubriziert* – fremde Währung. Da ist nur noch der sanfte Schlag auf den Hinterkopf, und gleichzeitig fressen und schreien, bis Macks Ohren von Licht erfüllt sind. So, denkt er, so sieht ein Blinder. So geht ein Fisch. So singt ein Felsen. Nichts auf der Welt ist wie der starke Kuss eines Mannes: sorry, ihr Frauen von Kentucky.

Sie frühstücken in einem Laden namens *Mama's*, der mit »geworfenen Brötchen« wirbt.

»Was ist das?« fragt Quilty. Wie sich herausstellt, handelt es sich schlicht um warme Buttermilchbrötchen, mit denen die Kellner die Kundschaft bewerfen. Macks Brötchen trifft ihn mitten auf der Brust, wo er es schreckensstarr umklammert hält. »Keine Angst«, sagt der Kellner zu Quilty, »Sie als Blinden werd ich nicht mit einem bewerfen, aber vielleicht Ihren Waldi.«

»Großer Gott«, sagt Quilty, »bloß weg hier.«

Auf dem Weg nach draußen bleibt Mack an der Tür stehen, wirft einen Blick auf das Plakat mit den vermissten Kindern. Die Mädchen schaut er nicht an. Aber die Jungen: Graham, acht

Jahre alt; Eric, fünf Jahre alt. So sieht also ein Fünfjähriger aus, denkt Mack. Lou wird nächste Woche fünf.

Mack nimmt die langsamen Straßen gen Süden. Er und Quilty sind wie Vögel, die den Sommer zurückfordern, der sie sechs Wochen zuvor im Norden verlassen hat. »Wetten, dass sie in Tapston alle schon Salzflecken auf ihren Stiefeln haben«, sagt Mack. »Wetten, dass sie Eisklumpen in den Radkästen haben.« Quilty hasst den Winter, wie Mack weiß. Die gefrorene Luft macht die Dinge unberührbar, unriechbar. Wenn das Wetter wärmer wird, kommt die Welt zurück. »Die Sonne riecht wie Feuer«, sagt Quilty und lächelt. Jenseits der ausgebleichten Fußmatte aus alten Weizenfeldern wird das Land grüner. Bis hinauf nach Missouri wird Baumwolle angebaut, die Felder liegen da wie Keile aus löchrigem Schweizerkäse, und einmal halten Mack und Quilty am Straßenrand, steigen aus und pflücken eine Baumwollblüte, streifen die feuchte Kapsel zurück und spüren, wie die Baumwolle langsam trocknet. »Siehst du, was du versäumst, weil du ein Yankee bist«, sagt Mack.

»Versäumen ist meine Hauptbeschäftigung«, sagt Quilty.

Sie treffen auf eine Karawane aus beige gestrichenen Jeeps und Hummers, auf dem Weg nach Süden zu einem Schiff, das sie bestimmt von einem Golf zum andern bringen wird. Mack pfeift durch die Zähne. »Heilige Scheiße«, sagt er.

»Was?«

»Im Augenblick haben wir ungefähr zweihundert Militärfahrzeuge vor uns, die frisch in wüstenbeige gestrichen sind.«

»Das halt ich nicht aus«, sagt Quilty. »Es gibt Krieg.«

»Ich hätte schwören können, dass es keinen gibt. Ich hätte schwören können, dass es bloß eine Fernsehshow ist.«

»Ich wette, dass es Krieg gibt.« Sie fahren bis Cooter hinter den Jeeps her, biegen dann nach Heloise ab, um sich den Fluss anzuschauen. Immer noch dasselbe langsame Mungobraun, dem auf eine ganz bestimmte Weise Schönheit fehlt, Mack kann es nicht richtig benennen. Für ihn sieht der Fluss aus wie ein großer Hund voller Zecken, der gar nicht weiß, wie dreckig er ist, und am Straßenrand mitläuft, während man vorbeifährt.

Sie steigen aus, um sich die Beine zu vertreten. Mack steckt sich eine Zigarette an, er denkt an die Jeeps und die saudische Wüste. »Da bitte. Braun und nochmals braun. Mehr ist wohl nicht dran an so einem Fluss.«

»Sei doch nicht so … countrymäßig«, sagt Quilty. »Wie wär's mit etwas Musical? *Er pflanzt keine 'Toffeln. Und Baumwolle auch nicht. Er fließt einfach, fließt vor sich hin.*«

Mack kennt den Song, schaut Quilty aber nicht mal an.

»Riech doch mal den Schlamm und die Feuchtigkeit«, sagt Quilty und atmet tief ein.

»Tu ich ja. Wahnsinn, diese Feuchtigkeit«, sagt Mack. Er hat die Nase voll. Er hat das ewige Versuchen über, das Leben satt und Angst vorm Sterben. Wenn Quilty Musical will, kriegt er Musical, bitte sehr. Mack zieht an seiner Zigarette. Die Aussicht, dass es Krieg gibt, geht ihm nicht mehr aus dem Kopf. Sie löst eine alte, nie bewältigte Furcht in ihm aus. Als ehemaliger Soldat glaubt er immer noch an Armeen. Aber an Armeen im Ruhezustand, die sich erholen, die im Army-Supermarkt einkaufen und in der Messe Abendessen. Armeen als Fußballmannschaften von Fernsehsendern? Der schnelle Anfang vom schnellen Ende.

»Ich habe gehört, die Gegenseite hat nicht mal Strümpfe«, sagt Quilty, als sie wieder im Auto sitzen, auch er denkt an den Krieg. »Oder vielmehr, ein paar Strümpfe haben sie schon, aber sie passen nicht alle zusammen.«

»Das Militär hat wahrscheinlich seit Jahren auf so was gewartet. Eine Gelegenheit, um mit einem Schlag zu siegen – endlich mal.«

»Gott sei Dank bist du kein Reservist mehr. Die Reservisten werden alle eingezogen.« Quilty greift unter Macks Hemd und massiert ihm den Rücken. »Seit einem Monat kommen dauernd junge Leute in mein Büro und wollen ihr Testament aufsetzen lassen.«

Mack war nur ein Jahr lang Reservist, dann wurde er bei einem Training wegen Trunkenheit rausgeworfen.

»Bei den Reservisten war es wie in einem großen Zeltlager«, sagt Mack.

»Tja, und jetzt ist es ein verrückt gewordenes Zeltlager. Ein Zeltlager mit großen Zielen. Ein großes, höllenheißes Zeltlager. Ein zackiges Zeltlager. Diese Jungs mit ihren Testamenten: Du hättest das Entsetzen in ihren Stimmen mal hören sollen.«

Mack fährt langsam, hängt verträumt seinen Sorgen nach. »Wie geht's Ihnen da hinten, Miss Daisy?« ruft Quilty über die Schulter Guapo zu. Vor Memphis, noch in Arkansas, halten sie bei einem Denny's, neben einem Großhandel für Teewagen, und lassen Guapo kurz raus.

Teewagen, denkt Mack. Genau, was die Welt jetzt braucht: einen Großhandel für Teewagen.

»Ich hab mal versucht, ein Buch zu schreiben«, sagt Quilty, in seine Nische gelümmelt, und verspeist ein Omelett.

»Ach ja?«

»Hmhm. Ich hatte dermaßen lange Absätze da drin, die gingen über Seiten und Seiten. Genauso die Sätze, ellenlang – zwei oder drei Seiten lang. Ich musste mir sagen lassen, ich sollte das mal alles runterschrauben.«

Mack lächelt. »Und die Wörter? Hast du auch so lange Wörter benutzt?«

»Riesige Wörter. Aber die Krönung war, dass das Ganze mit einem Brief anfing, den ich mit der Rasierklinge von einem Schwarzen Brett abgekratzt hatte.« Er macht eine Pause. »Das war ein Witz.«

»Schon kapiert.«

»Es gab aber wirklich ein Buch. Ich hatte auch schon einen Titel: *Rendezvous mit meinem Sofa: Lebenshilfe für den blinden Mann.*«

Mack schweigt. Auf diesen Reisen wird immer zu viel geredet.

»Machen wir doch Memphis auf der Rückfahrt«, sagt Quilty gereizt. »Und fahren jetzt gleich bis New Orleans durch.«

»Willst du? Dann machen wir es, gut.« Mack hat nicht besonders viel für Memphis übrig. Einmal war er als Junge dort von einer Biene verfolgt worden, eine lange, schmale Straße entlang, die auf der einen Seite von parkenden Autos gesäumt war. Er hatte sich in eine Telefonzelle geflüchtet, aber die Biene wartete auf ihn, und schließlich, als Mack nach zwanzig Minuten wieder herauskam, wurde er doch noch gestochen. Gar nicht wahr, was immer von Bienen behauptet wurde. So fleißig waren die gar nicht. Die hatten Zeit. Die konnten warten. Ein Ammenmärchen, von wegen fleißig wie eine Biene.

»Dann können wir uns auf der Rückfahrt Zeit nehmen«, fügt Quilty hinzu, »und kommen ins Peabody, wenn die Enten draußen sind. Ich will diese Entennummer mitkriegen.«

»Klar«, sagt Mack, »die Entennummer ist doch die Nummer überhaupt.« Als sie Denny's verlassen, bleibt Mack etwas hinter Quilty zurück und schaut sich ein weiteres »Vermisst«-Plakat an. Ein Junge namens Seth, fünf Jahre alt. Die Welt – man kann gar nicht schnell oder weit genug wegfahren – stürmt mit Dolchen auf ihn ein.

»Was guckst du dir da an?«

»Nichts«, sagt Mack, dann, geistesabwesend: »einen Jungen.«

»Echt?« sagt Quilty.

Mack fährt schnell durch die kleinen Städte des Deltas: Eudora, Eupora, Tallula – die ärmsten haben Namen wie Hollywood, Banks, Rich. In jeder einzelnen schmiegt sich eine Baptistenkirche an einen Angelshop oder eine Cocktailbar namens *Tinas Hauch von Klasse.* Die strohigen Büsche sind mannsgroß, und die Baumwollpuschel sind hier in versandete Böden gepflanzt worden, neben Schuppen und ausgebrannten Autos, eine Baumwollöl-Fabrik ragt über den Feldern auf, und den nächsten Hamburger gibt's in einem Hardee's vier Meilen weiter. Manchmal erscheinen die Baumwollfelder wie Schnee. Mack fallen die zerbrochenen Schilder auf: GUT SPEISEN MIT MAID-RITE-SPEISEN oder DIE IST LECKER: DICKS WURST FÜR FEINSCHMECKER. Sie sind unschuldig und alt zugleich, diese eigentümliche Mischung, ein Baby, das wie eine Großmutter aussieht, oder eine Großmutter, die wie ein Mädchen aussieht. Er und Quilty essen mittags und abends in Restaurants, die Maiskuchen und frittiertes, eingelegtes Gemüse auf der Karte haben; das erinnert Mack an die Küche seiner Tante. Die Luft wird dicker und wärmer. An den Raststätten und Tankstellen ragen altmodische Coca-Cola-Schilder und der Brontosaurus vom Sinclair-Logo hervor, und näher bei Baton Rouge verkaufen Antiquitätenläden dieselben alten Coke-Schilder.

»Die recyceln«, sagt Mack.

»Alle recyceln«, sagt Quilty.

»Mir hat mal wer erklärt« – Mack denkt an Annie –, »dass wir alle aus Sternen bestehen, dass jedes Atom in unseren Körpern früher mal das Atom eines Sterns war.«

»Und das hast du geglaubt?« johlt Quilty.

»Leck mich«, sagt Mack.

»Ich meine, irgendwann waren wir wahrscheinlich auch mal ein Stück Käse auf dem Büfett einer Studentinnenvereinigung. Unsere Abstammung von den Sternen!« sagt Quilty, inzwischen weit weg, beim Plädoyer vor einem Richter. »Das ist die biologistische Variante des Hörensagens.«

Sie übernachten in einem Herrenhaus, das älter ist als der Bürgerkrieg und ein Bett mit Baldachin hat. Sie sitzen unter dem Baldachin und spielen Trivial Pursuit.

Mack liest seine eigenen Fragen wieder laut vor. »Auf wen bezog sich George Bush, als er sich erinnerte: ›Wir haben ein paar Triumphe erlebt; wir haben ein paar Fehler gemacht; wir haben ein paar heiße Nächte verbracht‹?«

Mack starrt vor sich hin. Das Baldachinbett sieht psychotisch aus. Durchs Fenster sieht er auf der anderen Straßenseite ein Schild mit der Aufschrift LADEN ZU VERMIETEN BEI ABSOLUTELY YOGURT. Daneben verprügelt eine dicke weiße Frau einen kleinen schwarzen Hund mit einer Einkaufstasche. Was ist los mit diesem Land? Er dreht die Karte um. »Ronald Reagan«, sagt er. Er ist dazu übergegangen, einfach zu mogeln.

»Ist das deine Antwort?« fragt Quilty.

»Ja.«

»Hm, wahrscheinlich hast du sogar Recht«, sagt Quilty, der oft die Antwort kennt, bevor Mack sie ihm vorliest. Mack starrt wieder das Bett an; der Baldachin erinnert ihn an den Kopfschmuck von der Herzogin aus *Alice im Wunderland.* Manchmal las ihm seine Tante aus dem Buch vor, und er fühlte sich dann immer unbehaglich und verwirrt.

Auf dem Nachttisch liegen Duftkissen mit Pfirsich- und Aprikosenkernen, der kränklich-süße Geruch einer Krebsstation. Mittlerweile erinnert ihn alles in diesem Zimmer an seine Tante.

»Wer war der ehemalige Schläger von den Pittsburgh Pirates, der 1988 als einziger in die *Baseball Hall of Fame* aufgenommen wurde?« liest Mack vor. Quilty ist dran.

»Bin ich jetzt in der Scheiß-Sportkategorie gelandet?«

»Stimmt. Deine Antwort?«

»Linda Ronstadt. Sie war bei den *Piraten von Penzance* dabei. Ich weiß, dass die Show auch nach Pittsburgh gegangen ist. Bloß bei der Sache mit der *Hall of Fame* bin ich mir nicht sicher.«

Mack schweigt.

»Hab ich Recht?«

»Nein.«

»Das hast du aber auch nie gemacht – mir solche Sportfragen aufzutischen. Langsam wirst du zickig.«

»Stimmt«, sagt Mack.

Am nächsten Morgen gehen sie in ein Coca-Cola-Museum, von denen es im Süden zu wimmeln scheint. »Als gehörte Coca-Cola zum nationalen Kulturerbe«, sagt Mack.

»Ach, tut es das nicht?« sagt Quilty.

Einzelne Bundesstaaten, Georgia und Mississippi und alle möglichen anderen, stehen im Wettstreit miteinander: Erstmals hier serviert, erstmals dort abgefüllt – erster Schluck, großer Ruck –, da wird kräftig die Firmentrommel gerührt. Dem kann man entgehen – auch wenn es eine merkwürdige Form von Zuflucht ist –, indem man mal wieder einen Friedhof besucht, der nächste wäre in Vicksburg, und sie fahren auch wirklich hin, allerdings schnell, damit sie in Bewegung bleiben und nicht, wie es in Tapston gewesen wäre, den unersetzlichen Verlust jedes Nachmittags spüren, die schleichend übermannende Dunkelheit, wenn endlich wieder ein improvisierter Tag vorüber ist – nur um am nächsten Morgen von vorn zu beginnen, erstickend immergleich, ein Damestein im Damespiel, ein Witz im Witzebuch.

»Offenbar ist das hier nach Bundesstaaten geordnet«, sagt Mack beim Blick über das Gelände von Vicksburg, dessen sanft geschwungene Rasenfläche grabsteingefleckt ist, als hätte jemand Aspirin verstreut. Er schaut prüfend auf die Karte der Parkanlage, die er über dem Steuer aufgefaltet hat. Und wieder in der Knochenmeile.

»Na, dann fahren wir in die Abteilung für Indiana«, sagt Quilty, »und rufen Hurra für die Toten von Indiana.«

»Okay«, sagt Mack, und als sie an einem einzelnen kleinen Grabstein vorbeikommen, auf dem *Indiana* steht – also gar nicht der richtigen Abteilung –, bremst er und sagt: »Hier ist es«, so dass Quilty das Fenster herunterkurbeln und rufen kann: »Hurra für die Toten von Indiana!« Es gibt Liebenswürdigkeiten, die sich einem Blinden leichter erweisen lassen als einem Sehenden.

Guapo bellt, und Mack stößt einen ungehörigen Rebellenschrei aus.

»Auf welcher Seite stehst du denn?« tadelt Quilty und kurbelt sein Fenster wieder hoch. »Komm, wir fahren. Viel zu heiß hier.«

Ein Stück vom Park entfernt halten sie an dem Bürgerkriegsmuseum, dessen Hinweisschild sie am Vortag gesehen haben.

»Ist das ein Fünfziger?« flüstert Quilty und streckt Mack einen Schein entgegen, als sie auf die Eingangskasse zugehen.

»Nein, ein Zwanziger.«

»Such mir einen Fünfziger raus. Ist das hier ein Fünfziger?«

»Ja, das ist einer.«

Quilty hält dem Kassierer den Fünfziger hin. »Entschuldigen Sie«, sagt er mit lauter Stimme, »hätten Sie wohl Wechselgeld für diesen großen amerikanischen General hier?«

»Glaub schon«, sagt der Kassierer und kichert ein bisschen. Er nimmt den Fünfziger und hebt die Einlegeschublade seiner Kasse an. »Das macht euch Yankees immer besonders Spaß.«

Drinnen ist es dunkel und kühl, und alles hängt voll mit gläsernen Schaukästen und Figuren in Uniform. Da gibt es Fotos von Soldaten und Krankenschwestern und von »Präsident und Mrs. Davis«. Fast alles ist hinter Glas und kann nicht angefasst werden, und Quilty ist schnell gelangweilt. »»Die Stadt Vicksburg«, liest Mack vor, »»die am 4. Juli vor General Grant kapitulieren musste, weigerte sich bis 1971, den Unabhängigkeitstag zu feiern.‹«

»Als es keinen mehr juckte«, fügt Quilty hinzu. »Das gefällt mir, eine Stadt, die ordentlich nachtragend ist – die nennen das natürlich ›ein waches Bewusstsein für ihre Geschichte‹.« Er räuspert sich. »Aber lass uns lieber nach New Orleans weiterfahren. Eine Stadt, der alles scheißegal ist, gefällt mir auch.«

In einem Restaurant mit Flussblick essen sie wieder mal Maiskuchen und Catfish. Guapo, ohne Leine, fegt am Ufer hin und her wie ein Wilder.

In der Abenddämmerung geht es weiter südwärts, Richtung Natchez Trace-Überlandstraße, durch Port Gibson. ZUM ABBRENNEN ZU SCHÖN – ULYSSES S. GRANT steht auf dem Begrüßungsschild. Quilty döst. Es wird dunkel, und die Straße ist nicht breit, aber Mack überholt alle langsamen Autos: einen alten VW-Bus (die sind in Tapston durch die Winter des Nordens schon ausgerottet), einen roten, heubeladenen Pickup, einen Plymouth Duster voll Taubstummer, die sich in einem fantastischen Tanz der Hände unterhalten. In dem Wagen brennt Licht, und Mack bleibt auf gleicher Höhe, um ihnen zuzuschauen. Alle reden gleichzeitig – die Finger fliegen, hacken, dehnen die Luft, zwirbeln, zeigen, berühren. Es ist verblüffend und wunderschön. Wenn Quilty bloß nicht blind wäre, denkt Mack. Wenn Quilty bloß nicht blind wäre, dann wäre er wahnsinnig gern taubstumm.

In New Orleans, *the Big and Easy*, gibt es Austern Rockefeller in allen Variationen. Und zwar die Sorte, wo der Spinat langfasrig und grob wie Tang geschnitten ist, obendrauf ein Häufchen Bacon-Schorf. Dann die Sorte, wo der Spinat zu hellem Limettengrün zermust und wie ein Algenklecks auf die Muschel geklatscht ist. Und die Sorte, wo Spinatblätter schlaff vom Rand herunterhängen wie Socken. Die Sorte mit Käse. Die Sorte ohne. Es gibt sogar eine Sorte mit Tofu.

»Wo sind bloß überbackene Muscheln geblieben?« fragt Mack. »In Kentucky hab ich die immer gegessen. Lecker.«

»Schalentiere im Hinterland? Das ist nie eine gute Idee, mein Lieber«, sagt Quilty. »Halt dich lieber an N'Orleans. Eine Stadt, die nicht mehr für ihre Prostituierten berühmt ist, wird ganz schnell berühmt für ihr gutes Essen. Denk mal drüber nach. Nimm zum Beispiel Paris. Oder hier. Eine Stadt, die derzeit für ihre Prostituierten berühmt ist – Las Vegas, Amsterdam, Washington –, hat selten gutes Essen zu bieten.«

»Du solltest einen Reiseführer schreiben.« Ist Mack jetzt sarkastisch? Er weiß es selber nicht.

»Das sollte *Rendezvous mit meinem Sofa* ja auch werden. Eine Art Lehnstuhl-Reiseführer. Für Blinde.«

»Ich dachte, *Rendezvous mit meinem Sofa* sollte ein Roman werden.«

»Bevor es ein Roman wurde, sollte es ein Reiseführer werden.«

Sie lassen den schmiedeeisernen Gitterzaun ihrer kleinen Pension mit seinen stilisierten Maisstengeln hinter sich, um ein bisschen durch das French Quarter zu spazieren. Bald stehen sie am Pier, und da sie sonst eigentlich nichts zu tun haben, gehen sie an Bord eines glitzernden Schaufelraddampfers, der eine »Plantagen-Flussfahrt« anbietet. Quilty stolpert über eine etwas vorstehende Planke der Rampe. »Also weißt du, ich finde diese Stadt weder besonders groß noch besonders einfach«, sagt er. Die Tour soll aus Bier und Sonne und einer kleinen Jazzband bestehen, aber es ist auch ein Halt in Chalmette eingeplant, der Stätte der Schlacht um New Orleans, damit die Leute von Bord gehen und ein bisschen über den Friedhof schlendern können.

Mack führt Quilty zu einem Platz in der Sonne und setzt sich daneben. Guapo hebt den Kopf und schnüffelt die sumpfige Luft. »Keine Friedhöfe mehr«, sagt Mack, und Quilty ist sofort einverstanden, aber Mack fragt sich auch, ob sie wohl widerstehen können, wenn sie erst mal da sind. Irgendwie scheint es ihnen schwerzufallen, angesichts dieser zahnigen Geometrie aus Stein und Gebein nicht sofort hinzustürmen und Hallo zu sagen. Untauglich fürs Leben sind sie, alle beide; das wird es sein. Sie fühlen sich eigenartig, heimatlos, verflucht und erschöpft, und das hat sie nur allzu freundlich gemacht. Sie haben überhaupt keine Maßstäbe mehr.

»Hier stehen die Gräber sowieso alle auf Stelzen«, sagt Mack. »Von wegen Meeresspiegel und so.« Die Dampforgel setzt ein, und das Schaufelrad beginnt sich zu drehen. Mack legt den Kopf zurück und lehnt ihn gegen den Sitz, um in den Himmel zu schauen, der von faserigen Wolken durchzogen ist, vogeleiblau mit lauter zittrigen weißen Sprüngen drin. Weiter rechts haben die Wolken klarere Umrisse und sehen vor dem blauen Hintergrund aus wie die Figuren auf Wedgwoodporzellan. Was für eine scheiß-schöne Schale, unter der sie hier alle festsitzen und bis ans Ende ihrer Tage hin- und herschwimmen sollen! »Sieh es doch mal so«, bekam Mack früher oft zu hören. »Es könnte alles viel schlimmer sein« – toller Autoaufkleber für einen Goldfisch oder einen Käfer. Und da war durchaus was dran – bloß, darum ging es nicht.

Er schläft ein, und als der Dampfer wieder am Pier anlegt, haben inzwischen zehntausend Anästhesisten die Stadt überrannt. Busse und Menschenmengen. »O je. Pass bloß auf. Ein Ärztekongress«, sagt Mack zu Quilty. »Pass auf, wo du hintrittst.« An einem türkisfarbenen Kiosk nicht weit vom Pier entdeckt er ein neues Plakat mit vermissten Kindern. Halb erwartet er, sich und Quilty dort zu finden, noch zwei Jungs, die sich in Amerika verlaufen haben. Stattdessen steht da ein herzzerreißender Neunjähriger namens Charlie. Und ein dreijähriger Kyle. Außerdem das Kind, das er weiter nördlich bei Denny's schon gesehen hat: Seth, fünf Jahre alt.

»Sind sie süß?« fragt Quilty.

»Wer?« fragt Mack.

»Die netten jungen Ärzte«, sagt Quilty. »Sehen sie gut aus?«

»Hab nicht die blasseste Ahnung«, sagt Mack.

»Komm, das kannst du mir nicht erzählen«, sagt Quilty. »Du vergisst wohl, mit wem du sprichst, mein Lieber. Ich kann *spüren*, wie du dich umschaust.«

Eine Weile sagt Mack gar nichts. Erst mal führt er Quilty in ein Café, wo sie Zichorienkaffee und ein Baiser bestellen, von dem er Guapo etwas abgibt. Die Leute am Nebentisch lesen sich gegenseitig in einer Art morbidem theatralischem Wettbewerb die Todesanzeigen aus der *Times-Picayune* vor. »Die spinnen hier«, sagt Mack. Als sie wieder im Hotel sind, spielt im Nebenzimmer einer die Nationalhymne auf der Mundorgel.

Am nächsten Tag sausen sie davon – durch die glühende Olivmilch der Sümpfe, aus denen blattlose, verbrannte Bäume ragen wie Kreuze. »Du fährst zu schnell«, sagt Quilty. »Du fährst wie Sean Penn, verflucht noch mal!« Mack ist aufs Geratewohl unterwegs zu den Salzmarschen: Seetaucher, Stärlinge, sorbetflüglige Flamingos schweben flach über den fiedrigen Flatterbinsen ein. Das alles ist ganz hübsch, auf seine schnörkellose Weise. Vereinzelte Rinder stehen zwischen Ölbohrtürmen herum und kauen Spartgras.

»Wo fahren wir hin?«

Unvermittelt biegt Mack nordwärts ab, Richtung Memphis. »Nach Norden. Memphis.« Jetzt denkt er nur noch ans Zurückkommen.

»Woran denkst du?«

»Nichts.«

»Was schaust du dir an?«

»Nichts. Die Gegend.«

»Heiße Bodys?«

»Genau. Gerade hab ich eine scharfe Kuh gesehen«, sagt Mack. »Und ein Opossum, das war auch nicht zu verachten.«

Als sie schließlich im Peabody Hotel einchecken, ist es schon Spätnachmittag. Ihr Zimmer ist ein bisschen stickig, die Beleuchtung seltsam golden. Mack lässt sich aufs Bett plumpsen.

Quilty fängt an zu schwitzen, zieht die Jacke aus und wirft sie zu Boden. »Sag mal, was ist eigentlich los mit dir?« fragt er.

»Was soll das heißen, mit *mir*? Was ist los mit *dir*?«

»Du bist so geistesabwesend und komisch.«

»Wir machen eine Reise. Dauernd was zu besichtigen. Ich bin müde. Tut mir Leid, wenn ich abwesend wirke.«

»›Besichtigen‹. Wie nett! Und was ist mit mir? Huhu!«

Mack seufzt. Wenn Quilty so loslegt, tobt er gern in fünf jämmerliche Richtungen auf einmal. Er kriegt einen kurzen Nervenzusammenbruch und schreit aus jeder seiner verwüsteten Ecken heraus. Nachher reißt er sich zusammen und entschuldigt sich. Das kennt Mack alles schon ein bisschen zu gut. Er schließt die Augen, will von ihm wegsegeln. Er schwebt davon, und im Versuch, nicht an Lou zu denken, denkt er kurz an Annie. Doch der plötzliche Blutandrang, von dem er steif wird, zerrt an seinen Nähten und lässt ihn hochschrecken. Er setzt sich auf. Kickt seine Schuhe und Strümpfe weg und betrachtet seine marinierten Zehen: Schnecken in einer Schachtel.

Quilty hockt im Schneidersitz am Boden und probiert es mit ein paar intensiven Atemübungen. Er versucht, das Chi zu seinen Meridianen zu kriegen – oder so was ähnliches. »Du denkst wohl, ich weiß nicht, dass du auf die Hälfte der Leute scharf bist, die du siehst?« sagt er gerade. »Hältst du mich für bescheuert, oder was? Denkst du, ich merke nicht, wie du dich andauernd umdrehst und überall hinstarrst, wo wir auch hinkommen?«

»Was?«

»Du bist unerträglich«, sagt Quilty schließlich zu Mack.

»*Ich* bin unerträglich? Nein, du! Du bist so scheiß-nervös und besitzergreifend«, sagt Mack.

»Ich habe einen hochentzündlichen Revierinstinkt«, sagt Quilty. Die Übungen hat er aufgegeben. »Wie alle Blinden. Ich will nicht, dass du deinen Anhalterdaumen über die Grundstücksgrenze rausstreckst. Das ist ein Verrat und eine Schande für die Gemeinde!«

»Was für eine Gemeinde? Was redest du da eigentlich?«

»Ihr Sehenden seid alle gleich. Ihr denkt, wir wären lieb und blöd! Ihr denkt, wir wären alle wie Helen Keller! Du glaubst wohl, ich kriege nicht genauso viel mit wie einer, der Hochspannungsmasten anstreicht und Zysten am Schwanz hat?«

Mack schüttelt den Kopf. Er setzt sich auf und fängt an, seine Schuhe wieder anzuziehen. »Für dich muss es wohl immer gleich ein Drahtseilakt sein, wie?« sagt er.

»Ein Drahtseilakt?« heult Quilty auf. »Ein *Drahtseilakt*? Nee, für mich muss es ganz offensichtlich ein Clown sein.«

Mack ist verblüfft. Quilty hält den Kopf schief, auf diese hyperalarmierte Weise, die andeutet, dass ihm nichts entgehen wird, was in diesem Zimmer geschieht. »Drahtseilakt«, sagt Mack. »Sagt man nicht so? Wie heißt es denn sonst?«

»Ein Drahtseilakt«, sagt Quilty, extra langsam für die Geschworenen, »ist ein Akt auf dem Drahtseil.«

Macks Brust krampft sich um eine kleine, leergelaufene Stelle zusammen. Er spürt sein übliches Pech zurückkehren wie einen Fluch. »Du magst mich nicht einmal, stimmt's?« sagt er.

»Dich mögen? Fragst du mich das im Ernst?«

»Ich weiß nicht genau«, sagt Mack. Er schaut sich in dem Hotelzimmer um. Weder dieser noch irgendein anderer Raum mit Quilty darin wird je sein Zuhause sein.

»Ich will dir eine Geschichte erzählen«, sagt Quilty.

»Ich mag keine Geschichten«, sagt Mack.

Und jetzt kommt es Mack vor, als hätte es ihn sehr viel gekostet, hier zu sein. In seinem Kopf – eine Erinnerung oder eine Vorahnung, was von beiden es ist, unterscheidet sein Kopf nicht – sieht er sich, wie er nicht nur nach Tapston zurückkehrt, sondern nach Kentucky oder nach Illinois, wo immer Annie jetzt lebt, und den Jungen von seinem Fleisch und Blut zurückstiehlt, den er liebt und der ihm gehört, wie er schnell mit ihm zu einem Auto rennt, ihn hineinsetzt und wegfährt. Das wäre doch nur angebracht, irgendwie. Das haben auch andere Männer geschafft.

Quiltys Geschichte geht so: »Einmal, als ich meine Kanzlei noch nicht lange hatte, ist eine Frau zu mir gekommen. Ihr Fall war eine einfache Scheidung, aber sie machte durch Gier und Starrsinn alles sehr kompliziert, und am Ende kam ziemlich was zusammen. Als sie die Rechnung kriegte, rief sie mich an und brüllte und beschimpfte mich. Ich sagte: ›Kommen Sie, wir machen gemeinsam einen Zahlungsplan. Einhundert Dollar im Monat. Wie hört sich das an?‹ Ich war vernünftig. Meine Kanzlei war neu und hatte noch zu kämpfen. Aber sie weigerte sich – nicht einen Cent! Ich musste einen Kredit aufnehmen, um meine Sekretärin bezahlen zu können, und das habe ich nie vergessen. Dann ruft mich, fünf Jahre später, der Arzt von genau dieser Frau an. Sie hat Knochenkrebs, sagt er, und da ich einer der wenigen deutschen Juden in der Stadt bin, könnte ich ihre Blutgruppe haben, für eine Knochenmarkstransplantation. Ob ich darüber nachdenken, wenigstens darüber nachdenken würde, eine Blutuntersuchung machen zu lassen? Ich sagte: ›Ganz bestimmt nicht‹, und legte auf. Der Arzt rief wieder an. Er flehte mich an, aber ich legte wieder auf. Einen Monat später war die Frau tot.«

»Und was willst du damit sagen?« fragt Mack. Quiltys Stimme fliegt auseinander.

»Dass das die Wahrheit über mich ist«, sagt er. »Siehst du nicht –«

»Doch, ich sehe, verdammt nochmal. Ich bin derjenige, der hier für das Sehen zuständig ist! Ich und Guapo.«

Quilty sagt lange nichts. »Ich verzeihe niemandem je etwas. Das will ich damit sagen.«

»Weißt du was? Diese ganze Sache ist doch eine Vollpleite«, sagt Mack, aber seine Stimme ist dünn und scheu, und er zieht die Schuhe fertig an, allerdings ohne Socken, und greift sich seinen Mantel.

Unten zeigt eine Uhr Viertel vor fünf, und eine Menge bildet sich, um die Enten zu sehen. Vom Fahrstuhl bis zum Brunnen ist bereits ein roter Teppich ausgerollt worden, und die Enten sind ganz aufgeregt, voller Vorfreude auf das abendliche Ritual flattern sie mit ihren gestutzten Flügeln. Mack setzt sich an einen der hinteren Tische und bestellt einen doppelten Whisky auf Eis. Er trinkt ihn schnell – er ist eisig und brennt, genauso großartig wie früher: Zu lang ist es her. Er bestellt noch einen. Der Pianist auf der anderen Seite der Halle spielt *Street of Dreams*: »Wenn du liebst, zählt keine Krone/Liebe kommt, mit Krone oder ohne«, singt der Mann, und für Mack ist es das schönste Lied der Welt. Überall sterben Männer, ohne zu wissen warum, und wenn sie es wüssten, würde es ihnen nicht gefallen – aber hier ist das Lied, nach dem man sich richten kann, damit das Leben mit seinen wilden Zuckungen beim nächsten Mal nicht so viel kaputtmacht.

Die Enten trinken und tauchen im Brunnen.

Wahrscheinlich ist Mack inzwischen schon sternhagelvoll.

Nicht weit von der Tür zur Union Avenue ist eine junge Artistin zugange, sie balanciert über ein Seil. Die Leute, die auf die Enten warten, haben sich versammelt, um ihr zuzuschauen. Sie ist sogar mit ihrem weißen teigigen Make-up attraktiv. Ihr rotes Haar leuchtet hell wie eine Taglilie, und ihre Beine unter den schwarzen Leggings sind straffgespannt wie ein Bogen.

Der Drahtseilakt muss es sein, denkt Mack. Sein Kopf schmerzt, aber seine Kehle und seine Lungen sind heiß und sauber.

Aus dem Augenwinkel bemerkt er plötzlich Quilty und Guapo, die sich mit langsamem, unsicherem Schritt am Rand der Menge entlangtasten. Sie wirken einsam und aufgewühlt, auch Guapo. Mack sieht wieder zum Brunnen hin. Bald wird ihn der Hund finden – aber bis dahin wird er sich nicht von der Stelle rühren, er braucht das Ritual von Quiltys Bemühen. Er weiß, Quilty wird sich irgendein Versöhnungsgeschenk ausdenken. Er wird ankommen, Mack berühren und flüstern: »Komm zurück, sei nicht böse, du weißt doch, so sind wir zwei manchmal.«

Aber vorher wird Mack nur den Enten zuschauen, zuschauen, wie ihr Wärter sie zusammenruft, ein alter schwarzer Mann in Uniform, der eine silberne Pfeife bläst und eine lange Rute schwingt, mit der er sie aus dem Wasser dirigiert, im Entenmarsch auf den Teppich. Eigentlich haben sie überhaupt nichts damit zu tun, diese Enten, denkt Mack, haben nichts getan, um das zu verdienen, aber nun sind sie hier, Gottes Lilien, sitzen das ganze Jahr lang in einem Riesenhotel, und bis ans Ende ihrer Tage kümmert sich einer um sie. All die anderen Vögel der Welt – räudegeplagte Falken, herrenlose Hühner, dumme Glucken – werden ein ungesegnetes Schinderdasein leben, nach Norden und Süden flattern, hierhin, dorthin, auf der Suche nach einem Ruheplatz. Nicht so die hier. Onkel Dagobert und Onkel Gustav, Onkel Gustav und Onkel Dagobert! Verwöhnt mit Teppich und Treppe, rauf und runter, vom Dachgarten zum Schwimmbecken zum Penthouse, stets gesteuert, geführt, zu den goldenen Fahrstuhltüren gebeten wie zur Himmelspforte, und auch wenn das eigentlich gar keine Himmelspforte ist, die Schwelle zu allem auf Erden könnte es schon sein.

Mack seufzt. Warum muss er immer sein eigenes, dummes Leiden abwägen? Warum muss er sich immer umschauen und sein eigenes mit dem der anderen vergleichen?

Weil Gott will, dass die Menschen das tun.

Selbst wenn man sich mit Enten vergleicht?

Vor allem, wenn man sich mit Enten vergleicht.

Er spürt, wie sein Kopf schrumpft vor lauter Hass, der nichts anderes ist als Liebe, die nicht weiß, wo sie hin soll. Er wird es tun: Er wird zurückfahren und Lou holen, und wenn es ihn umbringt. Eine Million Soldaten machen sich bereit, um für weniger zu sterben. Er wird Annie finden; vielleicht wird das gar nicht so schwer. Und zuerst wird er sie freundlich bitten. Aber dann wird er tun, was ein Vater tun muss: Ein Junge gehört seinem Vater. Söhne lieben ihre Väter über alles. Das hat Mack mal in einer Zeitschrift gelesen.

Doch je mehr er sich ausmalt, wie er Lou findet, desto größer wird sein Verdacht, dass ihn das ganze verrückte Vorhaben tatsächlich umbringen wird. Er sieht – wieder wie in einer Vision (von etwas, das er verhindern muss oder das er nicht verhindern kann, wer kennt sich schon mit Visionen aus?) – seinen eigenen Tod und die Trauer seines Jungen. Er sieht die Wunde in seinem eigenen Rücken und wie seine Augen von fischgrauem Gallert zu den Plus- und Minuszeichen einer Comic-Leiche werden. Er sieht Lou, der zerkratzt zu einem Haus zurückkriecht, und der Sternenhimmel ist Macks höhnisch glitzerndes Leichentuch.

Aber er wird es trotzdem tun, schließlich, was ist er denn? Teichflott, das auf die Enten neidisch ist.

Alles ist gut. Ruhe sanft. Gott ist nah.

Die Vögel watscheln über den roten Teppich, geschäftig quakend und schnatternd, eine Horde beglückter Miss Americas, und Mack beobachtet sie, wie sie innehalten und zufrieden, wenn auch fragend in die losknatternden Blitze der Touristenkameras schauen, betrachtet die Hollywoodexplosion ihrer Darbietung auf dem Läufer. Die Vögel schwanken ein bisschen, bleiben stehen, setzen sich wieder in Bewegung, anscheinend unsicher, warum bloß irgendjemand diese Fotos machen, einen Blitz auslösen oder überhaupt dort sein will, warum das Ganze hier eigentlich geschieht, obwohl es bei Gott und manchmal bestimmt auch nicht bei Gott jeden Tag geschieht.

Quilty bewegt sich am Rand der Menge und hält seine Finger hoch. Jeden, an dem er vorbeikommt, grüßt er mit dem Peace-Zeichen und sagt »Peace«. Er nähert sich Mack.

»Peace«, sagt er.

»Das sagt keiner mehr«, sagt Mack.

»Sollte man aber«, sagt Quilty. Seine Nasenflügel beginnen sich zu blähen, ein sicheres Zeichen für bevorstehendes Schluchzen. Er sinkt zu Boden und umfasst Macks Füße. Quiltys Gesten der Zerknirschung sind wie Kometen: unregelmäßig und glänzend, aber mit einer Menge Weltraummüll dabei. »Schluss mit dem Krieg!« heult Quilty. »Schluss mit der Verwüstung!«

Im Augenblick ist aber bloß Quilty verwüstet. Die Leute starren. »Du stiehlst den Enten die Schau«, sagt Mack.

Quilty zieht sich an Macks Hose empor. »Hab Erbarmen«, sagt er.

Das ist Quiltys Vorsprechritual: Immer wenn er spürt, dass es Zeit ist, ruft er sich selbst zum Vorsprechen auf, für die Rolle des Liebenden. Er hat keinen Text, keinen verlässlichen Bühneninstinkt, nur ein Gesicht voll eigenherziger Theaterschminke und ein endloses Bedürfnis nach Applaus.

»Okay, okay«, sagt Mack, und während sich die Fahrstuhltüren hinter dem Dutzend Vögel und ihrem sich verbeugenden Trainer schließen, klatscht die ganze Hotelhalle.

»Danke sehr«, murmelt Quilty. »Zu freundlich, wirklich zu freundlich.«

Immobilien

»Und doch ist all der Tand natürlich rührend ...«
Immer glänzen, immer fröhlich sein, *Candide*

Ganz bestimmt, dachte Ruth, würde sie im Frühling sterben. Sie verspürte eine so unerklärliche Niedergeschlagenheit, so viel Schlacke im Herzen, den Hohn der Jahreszeit, all ihre likörklebrige Feuchtigkeit in der Kehle wie ein Knebel. Wie sollte man ein solches Gefühl anders erklären? Sie hätte platzen können – konnte man vor Freudlosigkeit platzen? Was sie fühlte, war zu seltsam, zu unbehaglich, zu isoliert für eine bloße Emotion. Es musste eine Vorahnung sein – davon, dass es sie endlich hinwegreißen würde nach dem ganzen öden Rudern und Zappeln und der quälenden, sinnlosen Mühe, aus denen sich das Leben zusammensetzte. Und noch dazu im Frühling, oha: eine Todesahnung. Eine Probe. Ein Anruf von der Sekretärin, zur Erinnerung an den Termin.

Natürlich hatte sie immer im Frühling die Affären ihres Mannes entdeckt. Aber die letzte lag Jahre zurück, und was kümmerte sie all das heute? Eine Parade von Betthäschen hatte es gegeben – und am Ende hatte sie nur noch darüber lachen können: Ha! Ha! Ha! Ha! Ha! Ha! Ha! Ha! Ha! Ha! Ha! Ha! Ha! Ha! Ha! Ha!

Ha! Ha! Ha! Ha! Ha! Ha! Ha! Ha! Ha! Ha! Ha! Ha!

Ha! Ha! Ha! Ha! Ha! Ha! Ha! Ha! Ha! Ha! Ha! Ha! Ha! Ha! Ha! Ha! Ha! Ha! Ha! Ha! Ha! Ha! Ha! Ha! Ha! Ha! Ha! Ha! Ha! Ha! Ha! Ha! Ha! Ha! Ha! Ha! Ha! Ha! Ha! Ha! Ha! Ha! Ha! Ha! Ha! Ha! Ha! Ha! Ha! Ha! Ha! Ha! Ha! Ha! Ha! Ha! Ha! Ha! Ha! Ha! Ha! Ha! Ha! Ha! Ha! Ha! Ha! Ha! Ha! Ha!

Ha! Ha! Ha! Ha! Ha! Ha! Ha! Ha! Ha! Ha! Ha! Ha! Ha! Ha!
Ha! Ha! Ha! Ha! Ha! Ha! Ha! Ha! Ha! Ha! Ha! Ha! Ha! Ha!
Ha! Ha! Ha! Ha! Ha! Ha! Ha! Ha! Ha! Ha! Ha! Ha! Ha! Ha!
Ha! Ha! Ha! Ha! Ha! Ha! Ha! Ha! Ha! Ha! Ha! Ha! Ha! Ha!
Ha! Ha! Ha! Ha! Ha! Ha! Ha! Ha! Ha! Ha! Ha! Ha! Ha! Ha!
Ha! Ha! Ha! Ha! Ha! Ha! Ha! Ha! Ha! Ha! Ha! Ha! Ha! Ha!
Ha! Ha! Ha! Ha! Ha! Ha! Ha! Ha! Ha! Ha! Ha! Ha! Ha! Ha!
Ha! Ha! Ha! Ha! Ha! Ha! Ha! Ha! Ha! Ha! Ha! Ha! Ha! Ha!
Ha! Ha! Ha! Ha! Ha! Ha! Ha! Ha! Ha! Ha! Ha! Ha! Ha! Ha!
Ha! Ha! Ha! Ha! Ha! Ha! Ha! Ha! Ha! Ha! Ha! Ha! Ha! Ha!
Ha! Ha! Ha! Ha! Ha! Ha! Ha! Ha! Ha! Ha! Ha! Ha! Ha! Ha!
Ha! Ha! Ha! Ha! Ha! Ha! Ha! Ha! Ha! Ha! Ha! Ha! Ha! Ha!
Ha! Ha! Ha! Ha! Ha! Ha! Ha! Ha! Ha! Ha! Ha! Ha! Ha! Ha!
Ha! Ha! Ha! Ha! Ha! Ha! Ha! Ha! Ha! Ha! Ha! Ha! Ha! Ha!
Ha! Ha! Ha! Ha! Ha! Ha! Ha! Ha! Ha! Ha! Ha! Ha! Ha! Ha!
Ha! Ha! Ha! Ha! Ha! Ha! Ha! Ha! Ha! Ha! Ha! Ha! Ha! Ha!
Ha! Ha! Ha! Ha! Ha! Ha! Ha! Ha! Ha! Ha! Ha! Ha! Ha! Ha!
Ha! Ha! Ha! Ha! Ha! Ha! Ha! Ha! Ha! Ha! Ha! Ha! Ha! Ha!
Ha! Ha! Ha! Ha! Ha! Ha! Ha! Ha! Ha! Ha! Ha! Ha! Ha! Ha!
Ha! Ha! Ha! Ha! Ha! Ha! Ha! Ha! Ha! Ha! Ha! Ha! Ha! Ha!
Ha! Ha! Ha! Ha! Ha! Ha! Ha! Ha! Ha! Ha! Ha! Ha! Ha! Ha!
Ha! Ha! Ha! Ha! Ha! Ha! Ha! Ha! Ha! Ha! Ha! Ha! Ha! Ha!
Ha! Ha! Ha! Ha! Ha! Ha! Ha! Ha! Ha! Ha! Ha! Ha! Ha! Ha!
Ha! Ha! Ha! Ha! Ha! Ha! Ha! Ha! Ha! Ha! Ha! Ha! Ha! Ha!
Ha! Ha! Ha! Ha! Ha! Ha! Ha! Ha! Ha! Ha! Ha! Ha! Ha! Ha!
Ha! Ha! Ha! Ha! Ha! Ha! Ha! Ha! Ha! Ha! Ha! Ha! Ha! Ha!
Ha! Ha! Ha! Ha! Ha! Ha! Ha! Ha! Ha! Ha! Ha! Ha! Ha! Ha!
Ha! Ha! Ha! Ha! Ha! Ha! Ha! Ha! Ha! Ha! Ha! Ha! Ha! Ha!
Ha! Ha! Ha! Ha! Ha! Ha! Ha! Ha! Ha! Ha! Ha! Ha! Ha! Ha!
Ha! Ha! Ha! Ha! Ha! Ha! Ha! Ha! Ha! Ha! Ha! Ha! Ha! Ha!
Ha! Ha! Ha! Ha! Ha! Ha! Ha! Ha! Ha! Ha! Ha! Ha! Ha! Ha!
Ha! Ha! Ha! Ha! Ha!Ha! Ha! Ha! Ha! Ha! Ha! Ha! Ha! Ha!
Ha! Ha! Ha! Ha! Ha! Ha! Ha! Ha! Ha! Ha! Ha! Ha! Ha! Ha!
Ha! Ha! Ha! Ha! Ha! Ha! Ha! Ha! Ha! Ha! Ha! Ha! Ha! Ha!
Ha! Ha! Ha! Ha! Ha! Ha! Ha! Ha! Ha! Ha! Ha! Ha! Ha! Ha!

Ha! Ha!

Sie hielt sich an ihrem kleinen Fleckchen ehelicher Erde fest und sah seinen Geliebten zu, die vorbeischwebten wie Ballerinen oder Pusteblumen, alle miteinander jäh und flüchtig, als wären sie Kalender-Pinups, allmonatlich von demselben geheimnisvollen kalenderblattabreißenden Wind abgerissen, der in alten Filmen die Zeit vorantreibt. Hallo! Und tschüss! Ha! Ha! Ha! Was kümmerte es Ruth jetzt? Diese Mädchen waren aus und vorbei. Der Schlüssel zur Ehe, folgerte sie, lag darin, die Sache einfach nicht allzu persönlich zu nehmen.

»Du *vermutest*, sie sind aus und vorbei«, sagte ihre Freundin Carla, die in Ruths Wohnzimmer saß und gleichzeitig an ihrem inneren Kind und ihren inneren Oberschenkeln arbeitete, mit dem Kind Schluss machte, aber mit den Schenkeln Kontakt aufnahm; Ruth brachte es immer durcheinander. Manchmal kam Carla vorbei und machte ihre Übungen mitten auf Ruths Afghanteppich. Carla platzte gern mit irgendetwas heraus und sagte dann: »Oops, habe ich das gerade gesagt?« Oder auch: »Weißt du was? Das Leben ist zu kurz geraten. Und schlecht sieht es auch noch aus. Da musst du gegensteuern: also bloß kein Kleid mit Empire-Taille.« Sie lag auf dem Rücken und machte Atemübungen, wozu sie Ruth auch immer ermutigte. »Das kann ich nicht. Da schlafe ich bloß ein«, sagte Ruth, obwohl sie das insgeheim gar nicht glaubte.

Carla zuckte die Achseln. »Wenn du einschläfst, super. Dann ist es ein Schönheitsschlaf. Wenn du fast einschläfst, aber eben doch nicht, dann ist es Meditation.«

»*Das* ist Meditation?«

»Das ist Meditation.«

Vor zwei Jahren, als Ruth ihre Chemo bekam – der Onkologe in Chicago hatte ihre Überlebenschancen für die nächsten fünf Jahre auf 50:50 angesetzt; wie gemein, nicht zu lügen und 60:40 zu sagen! –, hatte Carla ihr immer Lasagne gebracht, die sich wochenlang in Ruths Kühlschrank hielt, in unterschiedlichen Schrumpelzuständen. »Versuch einfach, nicht an überfahrenes Wild zu denken, wenn du sie heiß machst«, hatte Carla empfohlen. Sie brachte ihr auch Salbei- und Rosmarinseifen mit, die aussahen wie Butterstücke mit Zweigen drin. Sie brachte Ruth ein Buch zum Lesen mit, eine Erzählsammlung mit dem Titel *Vertrau mir*, und auf dem Schutzumschlag hatte sie den Namen des Autors durchgestrichen und ihren eigenen drübergeschrieben: Carla McGraw. Carla war eine Freundin. Wer hatte heutzutage viele Freunde?

»Ja, ich vermute es«, sagte Ruth. »Das muss ich.« Terences letzte Affäre, vorletzten Frühling, war schlecht ausgegangen. Er hatte Ruth erzählt, er müsse zu einer Sitzung und es könne ziemlich spät werden, zehn oder so, aber dann kam er feucht und verstrubbelt um halb acht nach Hause. »Die Sitzung ist abgeblasen worden«, sagte er und ging direkt nach oben, wo sie ihn im Badezimmer schluchzen hörte. Er weinte fast eine Stunde lang, und während sie ihm zuhörte, füllte sich ihr Herz mit tiefem Mitgefühl und schwesterlicher Liebe. Immer wenn es galt, eine Liebe zu Grabe zu tragen, hatte die Liebe einen prima Trick: Man betrauerte sie so sehr, dass sie wieder auftauchte. Bing, und sie war wieder da, direkt aus dem Sarg. Oder, falls sie nicht selbst wieder auftauchte, schickte sie einen Verwandten, der ihr überraschend ähnlich sah, einen schmalen, reizenden Zwilling, den man mit nach Hause nahm, um ihn zu mästen und zu wiegen, zu kosen und zu schelten.

Ja, das Leben war eine endlose Plage. Sie forschte Terences Aktivitäten einfach nicht mehr nach. Dampfte keine Kreditkartenabrechnungen mehr auf, hob nicht mehr »zufällig« den Hörer vom Nebenanschluss ab. Wie der Arzt, der die volle Remission ihres Tumors feststellte, einmal zu ihr gesagt hatte: »Es gibt nur einen Weg, absolut alles im Leben zu erfahren – die Autopsie.«

Eheliche Gerichtsmedizin. Ruth würde ihre Ehe leben lassen. Kein Gnadenstoß, keine Autopsie. Sie würde sie leben lassen! Ha! Sie würde sich damit abfinden, nicht alles zu wissen, wie der Mensch es ja tun muss: Unwissen als Mysterium; Mysterium als Glauben; Glauben als Nahrung; Nahrung als Sex; Sex als Liebe; Liebe als Hass; Hass als Transzendenz. War das eine Religion oder eine komische Abart von Mathematik?

Oder war es einfach nur Frühling?

Es gab auch allerlei Hilfreiches: ab und zu eine Winston (denn Ruth war überzeugt, dass es ihr, trotz der einen Lunge, der Lippenbläschen und der schlecht verheilten Narbe quer über den Rippen, am Ende um jede Zigarette Leid tun würde, die sie nicht geraucht hatte; außerdem hustete sie gar nicht mehr so viel, schon gar nicht mehr so heftig, dass ihr die Netzhaut absprang); Lobelien im Topf (»Entschuldigen Sie, ich muss los«, hatte sie schon mehr als einmal zu einem gesprächigen Verkäufer gesagt, »ich hab draußen im Wagen frische Lobelien stehen, bei der Bruthitze«); dazu die lange, ereignisreiche Suche nach einem neuen Haus.

»Ein Umzug … ja. Umzug ist gut. Wir haben unser Nest in vielerlei Hinsicht beschmutzt«, hatte ihr Mann gesagt, mit der hochtrabenden Ausdrucksweise und dem bedächtigen Louisiana-Akzent, die sie, wie so vieles andere an ihm, früher schwindlig vor Begehren und heute fuchsteufelswild werden ließen. »Denk drüber nach, Liebling«, hatte er nach dem Rauchen der Friedenspfeife, der ersten Remission und den ersten Recherchen der Immobilienmakler gesagt – nachdem ihre Gefühle weit über die Wut hinaus waren, bei Sarkasmus und Karzinom. »Wir sollten uns wahrscheinlich dazu durchringen, unser Heim ganz hinter uns zu lassen. Je nachdem, was du tun willst – oder, natürlich. Wenn du ein anderes Haus im Sinn hast, bin ich mir so gut wie sicher, dass ich mich zugänglich zeigen würde. Wir müssten das natürlich durchsprechen, das oder irgendetwas anderes, woran du vielleicht denkst. Ich selbst – obwohl das vielleicht anmaßend von mir ist, das sehe ich wohl – aber andererseits, tja, es wäre ja auch nicht das erste Mal, oder? Also, ich selbst habe mir gedacht, falls du dir das vorstellen könntest –«

»Terence!« Ruth klatschte zwei Mal scharf in die Hände. »Sprich schneller! Ich habe nicht mehr lange zu leben!« Sie waren seit dreiundzwanzig Jahren verheiratet. Die Ehe, fand sie, war im Allgemeinen ein gutes Arrangement, nur dass man es nie im Allgemeinen kriegte. Man kriegte es nur sehr, sehr im Besonderen. »Und bitte«, fügte sie hinzu, »lass dich nicht von dem Schöngerede der Makler anstecken. Das hier war nie ein Heim, Schatz. Es ist ein *Haus.*«

Und so war es ihnen gelungen, verheiratet zu bleiben – eine Ehe zwischen zwei Parkplätzen für Gefühlsbehinderte, eine verbissen geklöppelte Beziehungs-Spitze aus Besitzanspruch und

Gereiztheit. So schlimm war er doch gar nicht! – bloß ein gutaussehender Junge vom Land, der sein eigenes Glück nicht fassen konnte, ein unvollkommenes, aber stetig nachwachsendes Glück, wie Cracker aus der Keksdose. Sie hatte sich darauf verlassen, dass er Geld verdienen würde – war das so falsch? –, und er hatte ein bisschen was verdient, mit Gebrauchtwagenhandel und Computer-Software. Die Ehe mit ihren süßen, drängenden Anfängen und ihrem dankbaren, händehaltenden Ende war in der Mitte immer am schlimmsten: immer ein Gemurkel, ein Wrack, ein unbefahrbares Gebiet. Aber sie empfand sie nicht als totale Trümmerwüste. In ihrer eigenen Ehe gab es eine süße, kleine, wiederkehrende Jahreszeit, eine winzige, namenlose Kammer, die ihr Trost spendete. Dann lag sie in Terences Armen, und er war ruhig, und durch seine Ruhe fand sie wieder zu sich. Musik. Friede. Das war alles. Es kamen keine Worte vor. Aber dieser kleine Ort – wie jede Jahreszeit, jede Mondphase, jede Theaterkulisse; wie ein Kuchen in einer drehbaren Vitrine – wirbelte irgendwann unweigerlich außer Reichweite und außer Sicht, und dann fing das Streiten wieder an, und sie musste lange warten, bis der Kuchen wieder bei ihr vorbeikam.

Ihre Tochter Mitzy war natürlich vernarrt in Terence – in sein heißes, glückliches Feuer. In Ruth dagegen schien Mitzy nur den eisigen Geist einer Frau zu spüren, die sich durchschlug. Aber was sollte jemand in Ruths Lage denn anderes *machen* als sich wieder aufbauen, von null an, wie ein Eisberg? Das wollte Ruth mal wissen! Und so, in den seltsamen, warmen Auflösungszuständen, die sie vorm Einschlafen in diesen Mainächten lautlos überkamen, im pointillistischen Aufbrechen des Körpers und des Ichs und selbst des Zimmers, einem sanften Zergehen in Blasen und schwarzgepunkteten Schweizerkäse, begann Ruth wieder ihren Tod vorauszusehen.

Zuerst fand Ruth die sonntagnachmittäglichen Besichtigungen anderer Häuser – über die Böden und Teppiche anderer Leute schlendern, Wandschränke öffnen und anderer Leute Schuhe anschauen – aufregend. Die kitschigen Fotos auf dem Klavier des Töpfers. Der Dekan ohne Türknöpfe. Der Zahnorthopäde mit dreißig eingebauten Taubenschlägen für seine dreißig Paar Turnschuhe. Tapeten wie abpellende Birkenrinde. Gemischte Böden, befleckt und zerkratzt, mit schiefen Fußleisten. Die Polyester-Teppichböden. Die Revolverpresseerzeugnisse auf dem Couchtisch. Und dieses Billigknabberzeugs! Die Leute hatten Salzbrezeln in Packungen so groß wie Bücherregale. Und keine Bücherregale. Was würden die mit einem Buch anfangen? Einfach in die Brezelpackung tun! Ruth entwickelte ein ungehöriges Interesse für die fehlerhaften Winkel eines Treppenabsatzes oder den Inhalt eines Zimmers: die Lampen aus Keramiktannenzapfen, die Hochzeitsfotos der Hunde. War die Stadt so langweilig, dass sie inzwischen so was amüsant fand? Was faszinierte sie so an all diesen trauten Heimen, die da auf den offenen Markt geworfen wurden? Die Durchlüftung der Familiengruft? Der kurze Blick ins Grab? Ruth engagierte eine Maklerin. In ein Haus zu treten, die kleinen Ecken zu erjagen, Deckenflecken und Dachmoder aufzuspüren, das erheiterte sie. Sie war erstaunt, dass mit jedem Haus irgendetwas nicht stimmte, und nach einer Weile verwandelte sich ihr Erstaunen in Gefallen; es gefiel ihr, dass immer irgendetwas nicht stimmte. Das ließ das Haus natürlicher wirken.

Doch bald machte sie Rückzieher. »Ich könnte nie ein Haus kaufen, wo solche Zeitschriften auf dem Kaffeetisch liegen«, sagte sie einmal. Eine seltsame Angst ergriff sie. »Dieses neogeorgianische Ding gefällt mir nicht«, sagte sie nun, noch bevor Kit, die Maklerin, auch nur den Motor abgestellt hatte, was sie dazu zwang, gleich wieder rückwärts aus der Einfahrt zu setzen. »Tut mir Leid, aber wenn ich es anschaue«, fügte Ruth hinzu, »kommen meine Augen ganz durcheinander, und mein Herz wird auf der Stelle leer.«

»Ich nehme Sie ernst, Ruth«, sagte Kit, die sich entsetzlich davor fürchtete, Kunden zu verlieren, und sich deshalb große Mühe gab, die Tatsache zu verbergen, dass sie die Geduld einer

Kriebelmücke hatte. »Unser Motto heißt ›Wir nehmen Sie ernst‹, und das ist die reine Wahrheit: Wir nehmen Sie wirklich richtig ernst, Ruth. Sie als Person. Wir nehmen Ihre Gefühle und Bedürfnisse ernst. Wir möchten, dass Sie glücklich sind. Und nun fahren wir hier durch die Landschaft. Fahren auf etwas zu und dann daran vorbei. Wollen Sie ein Haus, Ruth, oder sollen wir einfach sagen, Scheiß drauf, wir gehen ins Kino?«

»Sie finden mich unrealistisch?«

»Iwo, ich kriege so schon genug Realismus mit. Realismus wird schwer überschätzt. Das war ernst gemeint mit dem Kino.«

»Ehrlich?«

»Klar!« Und so ging an jenem Tag Ruth mit ihrer Maklerin ins Kino. Es war eine Nachmittagsvorstellung von *Forrest Gump*, und sie wurde tränenselig vor Schwäche, Schmerz und knochenzermürbender Langeweile. »Das war ja wohl das Ende der Karriere für den armen Tom Hanks. Jede Wette«, flüsterte Ruth ihrer Maklerin zu, während Bonbonpapiere im Dunkeln zu ihren Schuhen hinuntersegelten. »Gott sei Dank haben wir Toffees gekauft. Was würden wir bloß ohne Toffees anfangen?«

Eines Tages, nicht mal einen Monat später, unternahmen Ruth und Terence in Kits weißem Cabrio, bei heruntergelassenem Verdeck, so dass der Fahrtwind alle Frisuren verunstaltete, eine letzte Fahrt durch die zersiedelten Maisfelder rund um die Stadt und fanden ein Haus. Es war das ursprüngliche, alte, quadratische Bauernhaus mitten auf dem 1979 in Baugrundstücke zerteilten Farmland. Auf dem ehemaligen Feld, das an den seitlichen Garten grenzte, war ein künstlicher Teich angelegt worden. Ein glückbringender Brunnen zum Münzenwerfen stand im vorderen Garten.

»Das ist es«, sagte Terence und zeigte auf das Haus.

»Ach ja?« sagte Ruth. Sie versuchte, es unvoreingenommen zu betrachten – seine Veranda und die Dachgauben, deren Winkel von einem Kubisten hätten stammen können, seinen bröckelnden seitlichen Schornstein, seine Zedernschindeln, die schmuck mit Leprageschwüren aus alter grüner Farbe übersät waren. »Wenn einer von uns es küsst, wird es sich dann in ein Haus verwandeln?« Die deprimierenden weißen Ranches und Split-Level-Häuser, die sich auf beiden Seiten aneinander reihten, besaßen immerhin eine Geometrie, die sie verstand.

»Es muss einiges dran gemacht werden«, gab Kit zu.

»Ja«, sagte Ruth. Sogar am Fuß des ZU VERKAUFEN-Schildes spross ein Büschel Löwenzahn. »Anders als Pralinen sind Häuser vorhersehbar: Du weißt immer, dass du dich auf Moder und Verfall und lange, heftige Hypotheken einlassen musst. Entweder du isst sie, oder du legst sie in die Schachtel zurück – aber für beides brauchst du einen Anwalt und ein Baugutachten.«

»Ich weiß nicht, wovon du redest«, sagte Terence. Er zog Ruth beiseite.

»Das ist es«, zischelte er. »Das ist unser Traumhaus.«

»*Traum*haus?« Alle ihre Träume hatten vom Tod gehandelt – seiner schwammigen Verschrobenheit, seiner Bewegung durch einen dunklen, weichen Schlaf bis zu einem harten, hellen Ende.

»Ich bin erstaunt, dass du das nicht siehst«, sagte Terence, deutlich frustriert.

Sie blinzelte erneut zu den Gewölbedecken, der Picasso-Veranda, dem von Moos und Ruß besprenkelten Dach. Sie musterte die Gänse und die Gänsekacke, die in feuchten, matschigen Zigarren das steinige Teichufer verdreckte. »Hmm, vielleicht«, sagte sie. »Vielleicht doch. Ich glaube, langsam sehe ich es. Wem gehört es noch mal?«

»Einem Kanadier. Er hat es vermietet. Es ist eine nette Gegend hier. In der Nähe gibt es einen Naturpark und den Zoo.«

»Den Zoo?«

Ruth dachte darüber nach. Sie würden natürlich eine Menge Leute engagieren müssen. Das würde ungefähr der Leitung einer Firma gleichkommen, dieses Ding hier wieder in Form zu bringen, alle Leute herumzudirigieren, die Kredite und Zahlungen im Blick zu behalten. Sie seufzte. Ein solcher Unternehmergeist war ihrer Familie fremd. War ihr selbst fremd. Sie stammte von einer langen Reihe Lehrer und Prediger ab – von Angestellten. Hoffnungslosen Leuten. Leuten mit Glauben, aber ohne Hoffnung. Nirgendwo in ihren Genen gab es auch nur das geringste erfolgreiche kleine Unternehmen. »Langsam sehe ich das Ganze vor mir«, sagte sie.

Am anderen Ende der Stadt, wo andere Leute wohnten, befanden sich ein Mann namens Noel und eine Frau namens Nitchka in einem Apartment, in der Küche, wo sie sich über Musik stritten. Die Frau sagte: »Du kennst also überhaupt nichts? Nicht ein einziges Lied?«

»Ich glaube nicht«, sagte Noel. Warum war das ein Problem für sie? Für ihn war es keins. Dann kannte er eben keine Lieder. Sie hatte immer mehr wissen dürfen als er, dazu war er durchaus bereit; es machte ihm nichts aus, solange es ihr nichts ausmachte.

»Noel, was für eine Kinderstube hast du eigentlich?« Er wusste, sie fühlte sich jetzt betrogen, und er hätte sich darüber aufregen sollen. Tat er ja auch! Er regte sich sehr wohl darüber auf! »Haben dir deine Eltern nie ein Lied vorgesungen?« fragte sie. »Kannst du nicht mal ein einziges Lied auswendig singen? Sing ein Lied für mich. Egal welches.«

»Zum Beispiel?«

»Wenn dir einer eine Pistole an den Kopf hielte, welches Lied würdest du singen?«

»Ich weiß es nicht!« brüllte er und schmiss einen Stuhl quer durch die Küche. Sie hatten seit zwei Monaten keinen Sex mehr gehabt.

»Das heißt, du kennst nicht mal den *Namen* eines Liedes?«

Abends, jeden Abend, lagen sie einfach da mit ihren Zeitschriften und ihren Schlaftabletten und wurden, oft noch bei eingeschaltetem Licht, bald in ihre eigenen, getrennten Schlafwelten gerissen – seine war voll von wirbelnden Bäumen und antiken Flugmaschinen und großen Farnbüscheln. Er hatte keine Ahnung warum.

»Ich weiß den Namen eines Liedes«, sagte er.

»Wie heißt es?«

»›Mach die Tür auf, Richard‹.«

»Was für ein Lied ist das denn?«

Es war ein Lied, das die Mutter seines Freundes Richard sang, als er, Noel, zwölf war und sich zusammen mit Richard in dessen Zimmer einschloss und wie wild durch Magazine blätterte: *Brüste und alles andere*, *Pralle Popos* und *Lollapalooza Ladies*. Aber es war ein echtes Lied, das es immer noch gab – nur diese Magazine konnte man nirgendwo mehr auftreiben. Noel hatte sich umgetan.

»Siehst du? Ich kenne ein Lied, das du nicht kennst!« rief er aus.

»Hat dieses Lied eine spirituelle Bedeutung für dich?«

»Oh, allerdings.« Er nahm ein Gummiband von der Arbeitsplatte, dehnte es zwischen seinen Fingern und ließ los. Es traf sie am Kinn. »Tschuldige. Das war keine Absicht«, sagte er.

»Irgendetwas fehlt dir, und zwar zutiefst!« schrie Nitchka und stürmte aus der Wohnung, sie brauchte ein paar Schritte an der frischen Luft.

Noel sank am Kühlschrank zusammen. Er sah sein Spiegelbild in dem Fenster über der Spüle. Es war trübe und durchscheinend, und eine lange, verzwirbelte Spinnwebe, die draußen in der Dachrinne hängen geblieben war, schaukelte vor seinem Gesicht hin und her wie eine Galgenschlinge. Er sah verrückt und krank aus – aber immerhin mit einem Hauch Charisma! »Wenn dir einer eine Pistole an den Kopf hielte«, sagte er zu seinem Spiegelbild, »welches Lied würdest du singen?«

Ruth fragte sich, ob sie wirklich so nötig ein Projekt brauchte. Eine Ablenkung. Eine Auferstehung. Ein Unternehmen. Ihre Tochter Mitzy, erwachsen und weg – war diese ganze Sache mit dem leeren Nest wirklich so eine Krise, dass sie den Rest ihrer Tage dieser Leichenbestatterwonne widmen mussten? War die Tatsache, dass Mitzy und ihre Kämpfe jetzt nicht mehr ihr Leben möblierten, wirklich so furchtbar, so echohallend still und bodenlos-nichts? War es so schlimm, dass das frustrierte künstlerische Temperament ihrer Tochter nicht länger jeden Tag auf den Teppich ihrer Hirne blutete? Mitzy, die liebe Mitzy war Tänzerin. All der Ballett- und Stepptanzunterricht ihrer Kindheit – das hatte sie doch gar nicht ernst nehmen sollen! Das war für den schönen Schein gedacht, als Ironie der Mittelklasse – man sollte doch nicht im Ernst Tänzer werden. War Mitzy aber geworden. Obwohl sie in jeder Truppe unweigerlich die dickste war, nie dazugehörte, von jeder wichtigen Kompanie abgelehnt wurde – bis eines Tages ein junger Regisseur erkannte, wie wunderschön und seelenvoll sie tanzte – »Wie wunderschön das dicke Mädchen tanzt!« –, sie an dem ganzen Korps vorbeischmuggelte, in die Bühnenmitte stellte und zum Star machte. Nun bereiste sie die ganze Welt und war der Liebling der Kritik. »Größe 14, und doch!« krähte ein Kritiker. »Es ist ein Wunder!« Aus ihr war ein Triumph von Füßen über Wucht geworden, von Geist über Materie, von Willen über Macht, von Macht über Macht-Nichts, eine unsterbliche Gestalt, eigentlich ein dicker fetter Engel, und sie hatte »viele, viele homosexuelle Fans«, wie Terence es ausdrückte. Resultat: Sie kam jetzt nur noch selten nach Hause. Ruth kriegte manchmal Postkarten, aber Ruth hasste Postkarten – so lieblos und billig, vor allem wenn sie dieser neue Engel des Tanzes an seine kranke Mutter schrieb. Aber so waren Kinder eben.

Einmal, vor über anderthalb Jahren, war Mitzy nach Hause gekommen, aber nur für zwei Wochen – während Ruths Chemotherapie. Mitzy befand sich wie immer im Krisenzustand. »Klar mögen sie meine Arbeit«, jaulte sie, als Ruth gerade ihre erste, juckende Acrylperücke zurechtrückte, die eine, die immer alle Leute erschreckte. »Aber mögen sie *mich*?« Mitzy war ein Einzelkind, da war es nur natürlich, dass ihr erster Anfall von geschwisterlicher Rivalität ihrer Arbeit galt. Als Ruth so etwas andeutete, warf Mitzy ihr einen leidenden Blick zu, begleitet von einem Schnauben, und danach, mit hochgezogener Augenbraue und einem zuckenden Starren, belegte sie das Telefon mit Beschlag und organisierte Umzugs- und Reisepläne. »Du kommst offenbar *sehr gut* mit allem klar, Mom«, sagte sie über ihre Schulter spähend, während sie irgendetwas hinkritzelte. Dann ergriff sie die Flucht.

Zuerst schien Terence die Aussicht auf eine neue Immobilie zu beleben, noch mehr als sie. Die Erörterung der einfachsten Fragen – Türpfosten, Dachrinnen – ließ ihm das Blut durch Gesicht und Nacken rauschen, als wäre er eine Lavalampe. Ansichtsproben von Dachschindeln – raue, körnige Rechtecke in sepia, rosa und grau – ließen seine Augen aufleuchten wie die Liebe. Er brachte Türknopfkataloge mit nach Hause und telefonierte mit ein, zwei Verputzern. Nach einer Weile aber sah sie, wie er ermüdete und sich zurückzog, fast schon zurückschreckte – wieder mal ausgeflirtet. »Meine Güte, Terence. Lass mich jetzt nicht sitzen. Das ist ja genau wie mit den Rollerblades!« Letzten Herbst war er durch eine Rollerblades-Phase gegangen.

»Ich habe viel zu viel zu tun«, sagte er.

Und unversehens hatte Ruth das komplette Projekt Haus – Erwerb und Renovierung – am Bein.

Zuerst musste sie ihr derzeitiges Heim verkaufen. Sie beschloss, es mit einem VDE zu versuchen: »Verkauf durch Eigentümer«. Sie setzte Anzeigen in die Zeitung, kaufte ein Schild für den Vorgarten und pflanzte lila und korallenrosa Springkraut auf die Beete, für die gartentechnisch Unbeleckten, die keine Ahnung von Mehrjährigen hatten. Traumhafter Garten! Üppige Pflanzenpracht! Sie entwarf einen kleinen Prospekt, in dem die Fuß- und Deckenleisten und Lichtschalter beschrieben wurden, allesamt »Teil der Originalausstattung des Hauses«. Jemand kam vorbei, schaute und schnüffelte. Er befingerte eine der eingerissenen Jalousien. *»Teil der Originalausstattung?«* sagte er.

»Okay, raus hier«, sagte sie. Nachfolgenden Kaufaspiranten gegenüber gab sie jeglichen anpreisenden Ton auf und setzte auf

Unumwundenheit. »Zugegeben, da ist Schimmel im Badezimmer. Und sehen Sie sich bloß mal diesen *albernen* kleinen Flur an! Deshalb ziehen wir ja um! Wir hassen dieses Haus.« Bald engagierte sie wieder ihre *Forrest Gump*-Maklerin, die bei dem Besichtigungstermin Vivaldi auflegte und frisch gebackenes Bananenbrot anbot, so dass das Haus binnen zwei Stunden verkauft war.

Am Abend, nachdem sie beide Immobiliengeschäfte abgeschlossen hatten – schweigend beide Prozeduren absitzend wie zwei Taubstumme, die gerade reingelegt wurden, während der mysteriöse Kanadier wieder einmal durch Abwesenheit glänzte und sich von einer Maklerin im lila Anzug namens Flo vertreten ließ –, standen Ruth und Terence in ihrem leeren neuen Haus und aßen Chinesisch, zum Mitnehmen, direkt aus den Kartons. Ihre Möbel befanden sich in einem Lkw, der am Ostende der Stadt auf einem Supermarkt-Parkplatz stand, und sollten am nächsten Tag geliefert werden. Da standen sie nun an dem kahlen Vorderfenster ihres großen, hallenden neuen Esszimmers. Am Boden brannte eine kleine Kerze und warf ihre Schatten dräuend und fett an die Decke. Wind ließ die Fensterscheiben klappern, und der Boiler im Keller sprang mit kleinen, furchterregenden Explosionen an. Die Heizkörper zischten und rochen nach Katzen, Staub verbrannte, während sie sich aufheizten, und brachte die Spinnweben in den Zimmerecken über ihnen zum Beben. Die gesamte Struktur des Hauses ächzte und rumpelte. Irgendetwas flitzte in den Wänden herum. Schritte – oder so etwas wie Schritte – ertönten dumpf auf dem Dachboden, zwei Stockwerke über ihnen.

»Wir haben ein Geisterhaus gekauft«, sagte Ruth. Terence hatte den Mund voll kohlfasriger Frühlingsrolle. »Ein Gespenst!« fuhr sie fort. »Nur ein bisschen Extra-Protein. Ein kleiner Aminosäuren-Bonus.« Das hatte ihr Vater immer gesagt, wenn er einen kleinen grünen Wurm in seinen Heidelbeeren fand.

»Das Haus setzt sich noch«, sagte Terence.

»Es hat einhundertundzehn Jahre Zeit gehabt, sich zu setzen; man sollte doch meinen, es wäre mal langsam damit fertig.«

»Nein, nein, das ist ein langer Prozess«, sagte Terence.

»Wir müssten es ja wissen«, sagte Ruth.

Er schaute sie an, dann bediente er sich aus der Lo Mein-Schachtel.

Ein scharrendes Geräusch kam von der Vorderveranda. Terence kaute, schluckte und ging hin, um das Licht einzuschalten, doch es blieb dunkel. »Hat man uns das gesagt?« rief er.

»Wahrscheinlich ist es nur die Birne.«

»Flo hat gesagt, überall wären neue Birnen eingeschraubt worden.« Er öffnete die Haustür. »Das Licht ist kaputt, und das hätte man uns sagen müssen.« In der einen Hand hielt er eine Taschenlampe, mit der anderen schraubte er das Verandalicht auf. Dahinter leuchteten drei Paar maskierte Augen. Dunkle Häufchen Waschbärenkot klebten in dem niedrigen Zwischenraum zwischen Decke und Dach.

»Was zum *Teufel*!« brüllte Terence und sprang zurück.

»In diesem Haus *wimmelt's* ja!« sagte Ruth und stellte ihr Essen hin.

»Wie sind diese Viecher da oben hingekommen?«

Sie spürte ein Stechen in ihrer einen Lunge. »Ich möchte überhaupt mal wissen, wie irgendwas irgendwohin kommt.« Sie war immer nur eine leichte Raucherin gewesen, hatte nie zur Risikogruppe gehört, aber jetzt bekam sie bei jedem Zwicken, Drücken, Jucken oder Zucken in ihren Rippen, bei jeder kleinen Panne in der Welt der Dinge unbändige Lust, sich eine anzustecken und loszuqualmen.

»O Gott, was für ein Gestank.«

»Hätten die Baugutachter das nicht finden sollen?«

»Ach was, Gutachter! Wie du siehst, taugen die gar nichts. Was dieses Haus braucht, ist eine Kernspintomographie.«

»Oh, Scheiße. Das ist wirklich widerlich.«

Jedes Haus ist ein Grab, dachte Ruth. Lauter lebenszeitvernichtendes Werkeln und Nestbauen. Was den Auszug aus einem Haus zu einer Wiederauferstehung machte – oder zu einem Exodus der Leichenschänder, je nach Blickwinkel – und den Einzug in ein Haus (schon wieder ein Haus!) zur finstersten Marotte und Begierde. Bestenfalls war das ein vorgespiegeltes Zur-Ruhe-Kommen der Ruhelosigkeit. Doch der unvermeidliche Verfall und Niedergang, den die Seele irgendwann fliehen musste (um im Himmel zu leben oder sich unter den Bäumen zu verteilen?), konnte einen nur blöd vor Unglück machen.

Nun ja.

Nachdem ihre Möbel eingetroffen und fast genau so aufgestellt worden waren wie in ihrem alten Haus, bestellte Ruth eine Menge Leute, zum Vermessen, Untersuchen, Einfangen, Fortschaffen, Säubern, Sprayen, Mitbringen von Ansichtsproben, Abgeben von Schätzungen und Voranschlägen. Manchmal kamen sie tatsächlich, aber sobald sie eine Anzahlung erhalten hatten, verschwanden sie oft von der Bildfläche. Anrufbeantworter gingen ans Telefon statt Menschen, und manche Telefonnummern gaben bekannt, dass sie gänzlich abgemeldet seien. »Kein Anschluss unter dieser Nummer …«

Die Fenster im neuen Haus waren riesig – staubig, aber hell, wegen ihrer Größe –, und da der Jalousienladen die Jalousien noch nicht geliefert hatte, konnte das ganze Viertel, lauter adrette mittlere Angestellte, bei Ruth und Terence ins Schlafzimmer glotzen. Einen endlosen, merkwürdigen Tag lang versuchte Ruth es mit Winken, und manchmal winkten einige Leute zurück. Meistens blinzelten und starrten sie nur. Am nächsten Tag klebte Ruth Bettlaken mit Kreppband vor die Fenster, aber nach zehn Minuten fiel alles unweigerlich wieder runter. Wenn sie duschte, musste sie nackt aus dem Badezimmer kriechen, über den Flur und in ihr Schlafzimmer und dann in ihren Wandschrank, um ihre Kleider anzuziehen. Oder sie legte sich auf den Badezimmerboden und wand sich in die Sachen hinein. Es war alles wahnsinnig schwierig.

In ihrem neuen Garten krähten Krähen so groß wie Reisetaschen und wippten auf den Ästen des Birnbaums. Rossameisen – wie glänzende Steine aus einem Kinderspiel – schwärmten über die Verandastufen. Ruth machte noch mehr Anrufe, und schließlich kam ein Mann mit einer fleckigen Kartoffelnase und einem sauberen weißen Lieferwagen, auf dessen Seite eine Küchenschabe prangte, und besprühte die Ameisen mit Gift.

»Das sieht genau wie ein Feuerlöscher aus, was Sie da benutzen«, sagte Ruth, die ihm zuschaute.

»O nein, Ma'am. Viel stärker.« Er keuchte. Seine Nase war so knubblig wie eine eingelegte Gurke. Er sah unter der Veranda nach, dann zurück zu Ruth. »Da unten wird fleißig gestorben«, sagte er.

»Und wegen der Krähen können Sie nichts unternehmen?«

»Ich nicht, aber Sie können sich ein Gewehr besorgen und sie selber abschießen«, sagte er. »Legal ist das nicht, aber wenn ihr Haus hundert Meter weiter da drüben läge, dann dürften Sie das. Nur hundert Meter weiter, und Sie könnten zwanzig Krähen am Tag runterholen. Aber hier, innerhalb der Stadtgrenzen, müssen Sie es nachts machen und einen Dämpfer benutzen. Fangen Sie sie am Morgen lebendig mit Mais und Netzen, und nach Sonnenuntergang bringen Sie sie hinter die Garage und erlösen sie aus ihrem Elend.«

»Netze?« fragte Ruth.

Sie rief viele Leute an. Sie sammelte weitere Schätzwerte und Ratschläge. Ein Bursche namens Noel von einer Gartenfirma riet ihr, die Krähen zu vergessen und sich lieber über die Eichhörnchen Gedanken zu machen. Sie sollte ihre Tulpenzwiebeln tiefer setzen und eine Menge Paprika daneben, dann würden die Eichhörnchen sie nicht ausgraben. »Gucken Sie sich bloß die ganzen Eichhörnchen an!« Er zeigte aufs Garagendach und auf die vielen unkrautüberwucherten Blumenbeete. »Und wie wär's mit einem Bodendecker bei der Veranda, ein paar Lilien am Brunnen und Sonnenblumen im seitlichen Garten?«

»Lassen Sie mich drüber nachdenken«, sagte Ruth. »Ich

würde gern ein paar von den Veilchen behalten«, und sie zeigte auf die hübsch aussehenden Blätter zwischen den Iris.

»Das sind keine Veilchen. Das ist Unkraut. Ein ganz gewöhnliches, zähes kleines Unkraut.«

»Ich dachte immer, das wären Veilchen.«

»Nö.«

»Manche Sachen können alles überwuchern, wie? Dieser Planet ist doch nichts anderes als ein einziger großer kämpferischer Wachstumswettbewerb auf Leben und Tod. Ich meine, die sehen doch wirklich aus wie Veilchen, oder? Die Blätter, meine ich.«

Noel zuckte die Achseln. »Find ich nicht. Eigentlich nicht.«

Wie sollte sie das alles auseinander halten? Es gab Spierstrauch und falschen Spierstrauch – und sie konnte sich nicht merken, was was war. »Welcher ist noch mal der Spierstrauch?« fragte sie. Noel zeigte auf die Brautkranzhecke, die fröhlich von links nach rechts blühte, von der Sonne bis zum Schatten, und in zwei Wochen würde sie herunterhängen und welken, in derselben Richtung. »Ach, die Ehe«, sagte sie laut.

»Wie bitte?« sagte Noel.

»Sind Sie verheiratet?«

Mit einem müden kleinen Lächeln sagte er: »Nein. Ich versuche mein Bestes mit einer Freundin, aber verheiratet, nein.«

»Wahrscheinlich besser für Sie«, sagte Ruth.

»Was ist mit diesem Gemüsegarten?« fragte er nervös.

»Das ist nur Gras mit Rhabarber dazwischen«, erklärte Ruth. »Ich würde das Ganze am liebsten umgraben und Rosen pflanzen – es sei denn, Sie sagen, es bringt Unglück, wenn man Essbares durch Blumen ersetzt. Eitelkeit vor dem Herrn oder so was.«

»Das liegt bei Ihnen.«

Sie rief ihn am selben Abend an. Er war höchstpersönlich dran, kein Beantworter. »Ich habe über die Sonnenblumen nachgedacht«, sagte sie.

»Wer ist da?«

»Ruth. Ruth Aikins.«

»Ach so, äh, Ruth. Ruth! Hi!«

»Hi«, sagte sie, besorgt. Er klang, als hätte er getrunken.

»Also, was ist mit den Sonnenblumen?« fragte er. »Ich würde diese Sonnenblumen gern möglichst bald pflanzen, wissen Sie? Ich sag Ihnen auch warum: Meine Freundin will mich verlassen, und bei mir ist gerade eine Lymphknotengeschwulst diagnostiziert worden. Deshalb fände ich es schön, wenn ich Ende August ein paar Sonnenblumen sehen könnte.«

»O Gott. Das Leben ist eine Schweinerei!« heulte Ruth auf.

»Stimmt. Also, ich würde gern ein paar Sonnenblumen sehen. Am Ende des Sommers, ich möchte mich gern auf etwas freuen.«

»Was ist denn das für eine Freundin, die ihren Verehrer in so einer Situation verlassen will?«

»Was weiß ich.«

»Ich meine – weg mit Schaden. Aber andererseits, wissen Sie, was Sie tun sollten? Machen Sie sich eine gute Tasse Tee und setzen sich hin und schreiben ihr einen Brief. Sie werden jemanden brauchen, der sich in der nächsten Zeit um Sie kümmert. Achten Sie darauf, dass nicht sie alles bestimmt. Sorgen Sie dafür, dass sie die Folgen ihres Verhaltens begreift und sich klar wird, welche Verantwortung sie Ihnen gegenüber hat. Ich weiß, wovon ich rede.«

Ruth wollte ihm das gerade genauer erläutern, als Noel sich energisch räusperte. »Ich halte es für keine besonders gute Idee, dass Sie hier persönliche Ratschläge verteilen. Ich meine, schauen Sie mal. *Ruth*, ja? Sehen Sie, ich kenne nicht mal Ihren Namen, Ruth. Ich kenne eine Menge Ruths. Sie könnten sonstwer sein, verdammt noch mal. Ruth Sowieso, Ruth Dingsda, Ruth Werweiß. Und außerdem, die Sache mit dem Lymphknoten habe ich mir gerade ausgedacht, weil ich dachte, Sie wären eine ganz andere Ruth.« Und damit legte er auf.

Sie stellte Käfigfallen für die Eichhörnchen auf – die Eichhörnchen, die an den Hyazinthenzwiebeln knabberten und ihren glatten Oberflächen Laufmaschen verpassten, als wären es Seidenstrümpfe, die Eichhörnchen, die jeden einzelnen Krokus restlos verschlangen. Von der hinteren Veranda sah sie zu, wie die gefangenen Eichhörnchen eine Stunde lang in dem Käfig herumtobten, sich gegen die Gitterstangen warfen und den Kopf so lange daran rieben, bis er kahle Stellen hatte, dann taten sie ihr schließlich doch Leid, und sie fuhr sie zu einem abgelegenen Steinbruch hinaus und ließ sie frei. Terence hatte den Ort empfohlen: »wunderschön abgeschlossen, ein Nagerparadies, ein Eichenhügel oberhalb eines rauschenden Bächleins«. Wie poetisch. Wahrscheinlich hatte er da mal eine Nummer geschoben. Von wegen Nagerparadies! In Wirklichkeit war das Ganze eine deprimierende kleine Schotterrinne, durch die ein bräunliches Rinnsal verlief, und auf der Böschung hielt ein winziger Trupp Zwergeichen die Stellung. An so einem Ort würde wahrscheinlich die Eichhörnchenmafia ihre ausgeknipsten Eichhörnchenverräter abladen.

Sie hob die Käfigklappe und sah die Tiere auf den Hang zuhuschen. Wussten die eigentlich, was sie taten? Würden sie sich ihren Freunden anschließen, oder würden sie alle, bis zum allerletzten, den Weg zu den hohlen Wänden ihres Hauses zurückfinden, um ihre Zelte dort neu aufzuschlagen?

Die Fledermäuse – Fledermäuse! – kamen in der darauf folgenden Woche, während eines lauten, düsteren Nachmittagsgewitters, wie in einem Horrorfilm. Sie flogen im Treppenhaus hin und her, dann hängten sie sich kopfüber an die Deckenleiste im Esszimmer, von wo aus sie diskret ihrer Verdauung nachgingen und glänzende schwarze Guanoklumpen an die Wände klebten.

Ruth rief ihren Mann im Büro an, erreichte aber nur seine Mailbox, so dass sie es als Nächstes bei Carla versuchte. Die rauschte umgehend mit einem Tennisschläger, einem Schmetterlingsnetz und einem großen Besen an, sämtlich mit Schleifchen an den Griffen. »Das sind meine Geschenke zu eurem Einzug!« sagte sie.

»Da fliegen sie wieder! Pass auf! Die fliegen!«

»Die Wichser werd ich mir mal vorknöpfen«, sagte Carla.

Ruth schaute aus ihrer fötalen Position am Boden zu ihr auf. »Was habe ich nur getan, um so eine wunderbare Freundin wie dich zu verdienen?«

Carla hielt inne. Ihr Gesicht war voller Zuneigung, ihre Wangen rosa gefleckt. »Findest du?« Eine Fledermaus attackierte im Sturzflug ihre Haare. Die Altweibergeschichte – dass sich Fledermäuse in deinen Haaren verfangen – kam Ruth plausibler vor als die Neuweibergeschichte – dass Fledermäuse, die sich in deinen Haaren verfangen, bloß eine Altweibergeschichte sind. Fledermäuse besaßen Neugier und Hochmut. Kleine Sozialwissenschaftler. Sie kamen in die Nähe von Haaren – zum Zweck der Forschung, Statistik und Befragung. Und wenn A in die Nähe von B kam – Motte und Licht, Frau und Haus, Frau und Grab, kranke Frau und frisches, weit offenes, dem aufgeschlagenen Bett ähnliches Grab –, dann konnte es hineinfallen und sich verfangen.

»Du musst deine Dachrinne mit Stahlwolle verstopfen«, sagte Carla.

»Hey. Aber wirklich«, sagte Ruth.

Sie begruben die erschlagenen Fledermäuse im seitlichen Garten, in Tabbouleh-Dosen: Tabbouleh zu Tabbouleh.

Ruth, die an die Krähen dachte, ging jetzt mit Carla zum Schießstand. Die Gänse, meinte Carla, seien kein so großes Problem. Die konnte man einschüchtern, indem man einfach die Eier in ihren Nestern ein bisschen durchschüttelte. Carla war praktisch. Sie hatte ein Herz wie eine Axt. Sie schleppte ein Kanu an und paddelte mit Ruth in die Teichkolben, auf der Suche nach den Gänsenestern. Dort nahm sie jedes einzelne Ei und schüttelte es wie wild. »Wenn du einfach das Ei nimmst und wegschmeißt«, erläuterte sie, »legt die verdammte Gans bloß ein neues. So aber hast du das Gänseküken umgebracht, und die Gans merkt es nicht. Sie sitzt da und brütet bis zum Winter auf dem Eierpunsch herum, und dann zieht sie mit gebrochenem Herzen von dannen und kehrt nie zurück. Den Krähen musst du einfach das Hirn wegpusten.«

Am Schießstand bezahlten sie einem Mann mit einer grünen Geldkiste aus Metall zwanzig Dollar für eine Stunde Schießen. Sie holten sich mehrere Dosen Cola light aus einem Automaten gleich bei den Toiletten und stellten sie zu ihren Füßen ab, direkt hinter ihnen, als wären sie ihnen auf den Fersen. Beide hatten Pistolen aus einem Waffenantiquitätenladen, Ruths aus dem Ersten, Carlas aus dem Zweiten Weltkrieg. »Mit einem Gewehr kann jeder Vögel abknallen«, hatte Carla gesagt. »Wir sind unverwechselbar.«

»Eigentlich hatte ich nie große Ambitionen in dieser Richtung«, antwortete Ruth.

Sie waren allein am Schießstand und stellten sich fünfzig Meter entfernt von drei braunen Strohsäcken mit draufgemalten roten Kreisen auf. Sie feuerten auf die Kreise – Eins! Zwei! Drei! –, dann drehten sie sich um, gingen in die Hocke, legten die Pistolen ab und nahmen einen Schluck Cola. Der Lärm war verblüffend, riss durch die umliegenden Felder, hallte von den niedrigen Hügeln wider und vom Himmel herab, höhnisch und rachsüchtig. »Mein Gott!« rief Ruth aus. Ihre Pistole fühlte sich hart und unzielbar an. »Ich glaube, ich mache das nicht richtig«, sagte sie. Sie hatte erwartet, eine Pistole sei leicht und natürlich – eine nahtlose Verlängerung ihres wütenden Raubtier-Ichs. Stattdessen fühlte sie sich schwer und riesig und dermaßen unnatürlich laut an, dass sie nie im Leben mehr so ein Ding abfeuern wollte.

Aber sie tat es. Nur zwei Mal sah sie, dass sich ihr Strohsack aufbäumte. Meistens schoss sie offenbar zu hoch, in die Bäume hinter den Zielen, vielleicht traf sie ein Eichhörnchen – vielleicht war es dasselbe Eichhörnchen, das sie in ihrem Ein-Herz-für-Tiere-Käfig gefangen, nunmehr freigelassen und mit ihrer

Ein-Herz-für-Häuser-Pistole totgeschossen hatte. »Das ist alles zu viel«, sagte Ruth. »Ich mache das doch unmöglich richtig. Es ist viel zu kompliziert und gemein.«

»Du hast wohl die verfluchten Krähen vergessen«, sagte Carla. »Vergiss sie nicht.«

»Stimmt«, sagte Ruth und griff wieder nach ihrer Pistole. »Krähen.« Dann ließ sie sie sinken. »Aber schieße ich nicht aus nächster Nähe auf sie, nachdem ich sie mit Netzen gefangen habe?«

»Vielleicht«, sagte Carla. »Vielleicht auch nicht.«

Als Nitchka ihn schließlich verließ, schaute sie sich erst ihre Lieblingssendung im Fernsehen an, dann schaltete sie das Gerät ab, nahm ihren CD-Spieler und den mittlerweile ausgestöpselten Videorecorder und hielt in dramatischer Pose in der Diele inne. »Weißt du was, du hast doch überhaupt keine Ahnung, worum es bei der Erfahrung des Menschseins geht«, sagte sie.

»Diese Nummer schon wieder«, sagte er. »Willst du damit auf Tour gehen?« Sie setzte ihre Sachen draußen ab, damit sie die Tür zuknallen und ihn verlassen konnte – verlassen, wie er sich ausmalte, wegen eines neuen, gut aussehenden Mannes, den sie bei der Arbeit kennen gelernt hatte. Laufpass für Loser. Das war dic Überschrift seines Lebens. Im Himmel würde er seine Scheiß-Band so nennen, ihr zum Trotz.

In dieser Woche trank er eine Menge, und am Freitag rief ihn McCarthy, sein Chef, an und schmiss ihn raus. »Glauben Sie, so könnten wir eine Gartenfirma führen?«

»Wenn Ihnen jemand eine Knarre an den Kopf hielte«, sagte Noel, »welches Lied würden Sie singen?«

»Sie brauchen Hilfe«, sagte McCarthy. »Mehr hab ich dazu nicht zu sagen.« Dann kam das Besetztzeichen.

Noel lebte vom Arbeitslosengeld, holte es sich immer kurz vor Ende der Bürozeiten ab. Er schlief jetzt tagsüber und blieb nachts lange wach. Bald stand sein Leben auf dem Kopf. Um Mitternacht machte er lange Spaziergänge, fühlte sich schlaflos und verhöhnt von dem dunklen Schnarchen des Viertels. Wut kreiste in seinem Inneren und baute sich auf, wie ein Saxophonsolo. Er ging auf Streifzüge in andere Gegenden der Stadt. Bürgersteige tauchten auf und verschwanden wieder. Der Mond schien auf eine, dann auf die andere Seite. Einmal nahm er Isolierband und eine Skimaske mit. Ein andermal Isolierband, eine Skimaske und ein Gewehr, das ihm einer seiner Stiefväter gegeben hatte, als er zwanzig war. Wenn man ein Fenster vorsichtig von außen verklebte, konnte man es mit einem Glasschneider lautlos aufbrechen: Das Glas klebte dann an dem Band und ließ sich sanft nach außen ziehen.

»Ich tue Ihnen nichts«, sagte er. Er schaltete im Schlafzimmer das Licht an. Zuerst verklebte er der Frau den Mund, dann dem Mann. Er zwang sie dazu, aufzustehen und sich neben die Kommode zu stellen. »Ich werde Ihren Fernseher nehmen«, sagte Noel. »Und ich werde Ihren Videorecorder nehmen. Aber vorher möchte ich, dass Sie mir ein Lied vorsingen. Ich liebe Musik, und ich möchte, dass Sie mir jeder exakt ein Lied vorsingen, egal welches. Auswendig. Sie zuerst«, er deutete auf den Mann und hielt ihm das Gewehr an den Kopf. »Ein Lied.« Er zog ihm das Isolierband vorsichtig vom Mund.

»Egal welches?« wiederholte der Mann. Er versuchte, in die Augenlöcher von Noels Skimaske zu schauen, aber Noel wandte sich abrupt ab und starrte das olivgraue Glas des Fernsehers an.

»Genau«, sagte Noel. »Egal welches.«

»Okay.« Der Mann fing an. »Wie wunderschön das Himmelszelt, das wogend Gold der Felder ...« Seine Stimme war tief und sicher. »... die Majestät der Bergeswelt ...« Noel drehte sich um und musterte den Mann sorgfältig. Er schien alles auswendig zu können. Wie hatte er das alles auswendig gelernt? »Wollen Sie *alle* Verse hören?« unterbrach der Mann, etwas zu stolz, fand Noel, für jemanden, auf den mit einer Waffe gezielt wurde.

»Nee, das reicht«, sagte Noel kurz angebunden. »Jetzt Sie«, wandte er sich der Frau zu und zog ihr das Isolierband vom Mund ab. Ihre Oberlippe war feucht und rosa, aufgeschürft von dem Klebeband. Er schaute auf das Band und entdeckte das stachlige Aufblitzen kleiner Schnurrbarthaare. Sie fing sofort an zu singen, ängstlich. »Du bist der Glücksstern mein. Wo du bist, will ich sein. Zwei schöne Augen, die –«

»Was ist das denn für ein Lied?«

Nervös ignorierte sie ihn und sang weiter: »… prahlen, strahlen, und ich war ganz weg.« Sie schunkelte ein wenig, bewegte die Hände auf und ab. Sie räusperte sich und modulierte aufwärts, ein leichtes, zwitscherndes Trällern, obwohl ihr Gesicht vor Angst ganz verzerrt war, wie erhitztes Wachs. »Du bist mein Talisman. In deinen Armen dann …« Hier flatterten ihre Hände zum Herzen hoch.

»Gut, das genügt. Ich nehme jetzt Ihren Videorecorder.«

»Es war sowieso schon fast zu Ende«, sagte die Frau.

Im nächsten Haus, das er sich vornahm, kriegte er ein Weihnachtslied, außerdem »La vie en rose«. Im dritten Haus, in der folgenden Woche, gab es ein Kinderlied, eine halbe Schulhymne und »Memory« aus *Cats*. Er fing an, sich die Titel und Texte aufzuschreiben. Zu Hause, wenn er seinen Notizblock durchsah, wurde ihm klar, dass er eine ganz neue Art von Liederbuch schuf. Aber die Seele dieser Lieder entging ihm. Wenn er am nächsten Tag den Text anschaute, einen guten, fast neuen Videorecorder zu Füßen, konnte er sich nie die Melodie in Erinnerung rufen. Und ohne Melodie wirkte der Text dumm und halb verrückt.

Um dem Chaos im Haus vollständig aus dem Weg zu gehen, gewöhnte sich Ruth an, Nachmittagsvorstellungen im Kino zu besuchen. Gerade herausgekommene Filme, seit längerem laufende Filme – ganz egal. Kinofilme waren wie die ideale Immobilie: Man trat ein und schaute sich um, und fast immer kaufte man. Besonders berührte sie ein Film, der von einer wunderschönen Witwe handelte; die verliebte sich in einen Außerirdischen, der menschliche Gestalt angenommen hatte – nämlich die Gestalt des lang verstorbenen Ehemanns! Irgendwann musste der Mann aber in seine eigentliche Heimat zurückkehren, und ein riesiges, atemberaubendes Raumschiff landete in einem nahe gelegenen Feld und holte ihn ab. Ruth erschien das alles so traurig und wahr, genau wie im Leben: Jemand nimmt die Gestalt der großen Liebe deines Lebens an, nur um sich später als Außerirdischer zu entpuppen, der in ein Raumschiff und zurück zu seinem Planeten muss. Bei Terence war das genauso gewesen. Terence war schon längst wieder in seinem Raumschiff und zurück auf seinem Planeten. Obwohl man im wahren Leben natürlich selten das eigentliche Raumschiff zu sehen bekam. Meistens gab es nur viel Alkohol, Gemurmel und die eine oder andere Ohnmacht im Familienwohnzimmer.

Manchmal fuhr sie auf dem Rückweg aus dem Kino an ihrem alten Haus vorbei. Sie hatten es an ein unauffälliges junges Paar verkauft, und jetzt, wenn sie langsam daran vorbeifuhr und es wie eine Perverse bespähte, wünschte sie es sich zurück. Es war ein gutes Haus. Dieses Paar da, die hatten es gar nicht verdient: sieh nur, wie dumm die waren – hatten alle Forsythienbüsche herausgerissen, als wäre es Unkraut.

Vielleicht war es ja Unkraut. Sie wusste überhaupt nicht mehr, was gutes Leben war und was schlechtes, was wünschenswerte Materie war und was Antimaterie, was das Wesen einer Sache war und was ihr Tod: Eines äffte das andere nach, und sie hasste es, sich die Mühe der Unterscheidung machen zu müssen.

Welcher war noch mal der falsche Spierstrauch und welcher der echte?

Das war ihr Haus. Wäre das blöde Bananenbrot nicht gewesen, dann wäre es das immer noch.

Womöglich konnte sie verhaftet werden, wenn sie so langsam in ihrem Auto vorbeischlich. Sie wusste es nicht. Aber jedes Mal, wenn sie vorbeifuhr, schien das Haus sie zu sehen und zu rufen, Ach, du bist es! Hallo, hallo! Du bist wieder da! Deshalb versuchte sie, es nicht allzu oft zu tun. Sie gab etwas Gas, winkte flatterig und fuhr davon.

Zu Hause schaffte sie es nicht, die Krähen mit Netzen zu fangen, obwohl ihr alter Lebensraum, das frühere Maisfeld, in dem nun das Wohnviertel lag, sie weiterhin anzog wie das Land ihrer Ahnen oder ein gutes Leben, an das man bei einem Glas Gin zurückdenkt. Sie schwebten über den Gärten, plagten die Katzen und fraßen die einen Tag alten Singvögel noch feucht aus ihren Nestern. Wie sollte sie solche Teufel einfangen? Das konnte sie nicht. Sie spannte Netze zwischen den Ästen der Bäume, um sie zu erwischen, aber irgendein Wind verdrehte die Netze immer oder riss sie herunter, oder altes Zeitungspapier wurde vorbeigeweht und blieb drin hängen, was die Netze mit Witze- oder Werbeseiten zupflasterte. Aus dem Gemüsegarten, der jetzt zum Blumenbeet umgemodelt wurde, drang der kräftig zwiebelige Geruch vom Schnittlauch, den die Unkrautbarriere noch nicht erdrückt hatte. Genauso der Rhabarber, egal, wie sehr sie daran herumjätete, er barst hartnäckig immer wieder durch, allerdings war jedes neue Bündel Stiele blasser und spilleriger als das vorherige.

Sie fühlte sich insgesamt immer unwohler. Ihr Körper, ohnehin nie ein Tempel, war kein Heim mehr, bald nicht mal mehr ein Haus, dann nur noch eine Telefonzelle und dann ein Papierdrachen. Keine Spur von Geborgenheit. Sie fühlte sich überhaupt nicht mehr behaust darin. Wenn sie einen Spaziergang machte oder draußen war, um die Netze in die Eichen zu werfen, marschierten andere Bewohner des Viertels schroff an ihr vorüber. Die Gesunden konnten sich, wenn sie wohlauf waren, nicht daran erinnern, jemals in anderer Verfassung gewesen zu sein, konnten es sich nicht einmal vorstellen. Sie steckten energisch in ihren Körpern drin. Mitgefühl war unerreichbar, selbst die bloße Vorstellung davon. Während die Kranken an nichts anderes denken konnten als an das Gesundsein. Ihr Herz und jeder zweite Gedanke in ihnen richtete sich an jenen gesunden Menschen, den sie ein bisschen hassten und der sie so gern sein wollten. Aber die Kranken waren krank. Sie hatten keine Verantwortung. Sie hatten ihren Platz an der Spitze der Hackordnung verloren. Wer wohlauf war, schmiss die Show; und deshalb war die Welt ein so barbarischer Ort. Von ihrer Veranda konnte sie aus dem Zoo die Ankündigungen über Lautsprecher hören. Es wurde geöffnet; es wurde geschlossen; jemand sollte bitte sein Auto umparken. Außerdem konnte sie den Elefanten mit seiner traurigen Bluestrompete hören und den indischen Tiger, der sein gebrochenes Herz herausbrüllte: das Unglück der Tiere, überall. Der Zoo war ein furchtbarer Ort, und ein furchtbarer Ort, um in der Nähe zu wohnen: das hin und her hetzende Ozelot, der grün verpilzte Eisbär, das verblödete, hungrige Zebra, das den Zaun anfraß, die dorthin geschleppten Kinder, die die Tiere mit Pappbechern reizten und mit ihrem eigenen, sauberen Platz in der Welt, der Geier, der hinter seiner finsteren Grimasse schluchzte.

Ruth blieb immer öfter im Haus und trank Tee. Sie spürte Beklemmungen, Schmerz und Schwindelgefühle, aber war das so neu? Es schien, als könnte ihr Körper, so geheimnisvoll und weit weg von ihr, nur Krankheit hervorbringen. Obwohl er natürlich früher einmal Mitzy hervorgebracht hatte. Wie hatte er das geschafft? Mitzy war das einzige Gute, das ihr Körper je hatte heranwachsen lassen. Die war wirklich Gold wert, diese Mitzy, ein Prachtproppen. Wie hatte ihr Körper das geschafft? Wie schafft ein Körper das überhaupt? Leben bewohnt Leben. Vögel bewohnen Bäume. Knochen sprießen aus Knochen. Blut sammelt und produziert neues Blut.

Eine Wunderwerkstatt.

An einem bestimmten Nachmittag, der zu kühl für den Frühling war, als Ruth drinnen saß und dermaßen heißen Tee trank, dass er ihr die Zunge häutete, hörte sie etwas. Oben auf dem Dachboden liefen die altbekannten Schritte hin und her, das ignorierte sie inzwischen. Aber jetzt klopfte es an der Tür – laut, rhythmisch, dringend. Draußen erklangen Stimmen.

»Ja?« rief Ruth, ging zum Eingang und machte auf.

Vor ihr stand ein Mädchen, vielleicht vierzehn oder fünfzehn

Jahre alt. »Wir haben gehört, hier wäre eine Party«, sagte sie. Sie hatte pechschwarzes Haar und einen silbernen Ring in der Oberlippe. Ihre Augen schauten mild und verloren drein. »Ich und Arianna, wir haben unten auf der State Street gehört, dass hier eine Party wäre, genau hier in diesem Haus.«

»Nein«, sagte Ruth. »Wirklich nicht.« Damit schloss sie fest die Tür.

Aber als sie aus dem Fenster schaute, entdeckte sie weitere Teenager, die sich vor dem Haus versammelten. Sie kamen auf ihren Rasen wie Fruchtfliegen auf Obst. Ein paar saßen auf den Verandastufen. Ein paar röhrten auf Mopeds heran. Ein paar hüpften aus Kombis, in denen noch mehr Jugendliche saßen. Eine Wagenladung Kids ergoss sich aus dem Auto, sie marschierten die Eingangsstufen hoch, rissen, ohne zu klingeln, die Tür auf und traten ein.

Ruth stellte ihren Tee ins Bücherregal und ging auf die Haustür zu. »Ich muss doch sehr bitten!« sagte sie und musterte die Jugendlichen in der Diele.

Die Kids hielten inne und starrten sie an. »Kann ich euch behilflich sein?« erkundigte sich Ruth.

»Wir besuchen jemanden, der hier wohnt.«

»*Ich* wohne hier.«

»Wir sind zu einer Party eingeladen, und zwar von einem *Jungen*, der hier wohnt.«

»Hier wohnt kein Junge. Und es gibt keine Party.«

»Hier wohnt kein Junge?«

»Nein, ganz bestimmt nicht.«

Plötzlich erklang eine Stimme hinter Ruth. Eine Stimme, die mehr nach Besitzer klang, tiefer im Haus verankert war als Ruths. »Aber sicher doch«, sagte die Stimme.

Ruth drehte sich um und sah mitten in ihrem Wohnzimmer einen fünfzehnjährigen Jungen stehen, ganz in Schwarz, den Kopf fleckig rasiert, Ohren, Nase, Lippen und Augenbrauen mit Gold- und Kupferringen gepierct. Der Rand seiner linken Ohrmuschel hielt drei Bronzeclips.

»Wer bist du?« fragte Ruth. Ihr Herz flappte und flatterte, wie etwas, das von einem Auto angefahren worden war.

»Ich heiße Tod.«

»Tod?«

»Man nennt mich Ed.«

»Ed?«

»Ich wohne hier.«

»Nein. Nein, das tust du nicht! Was soll das heißen, du wohnst hier?«

»Ich wohne seit längerem auf Ihrem Dachboden.«

»Ach ja?« Ruth spürte, wie ihr hinter den Nasenflügeln der Schweiß ausbrach. »Du bist unser Geist? Du bist da oben hin und her gelaufen?«

»Ja, genau«, sagte einer der Jungen an der Tür.

»Aber das verstehe ich nicht.« Ruth streckte die Hand aus und zog ein Kleenex aus der Schachtel auf dem Flurtischchen, um sich das Gesicht abzuwischen.

»Ich bin vor Monaten von zu Hause weggelaufen. Der frühere Besitzer dieses Hauses, ein Freund von mir, hat mir einen Schlüssel gegeben. Und so habe ich ab und zu auf Ihrem Dachboden geschlafen. So schlecht ist es da oben gar nicht.«

»Was hast du? Du hast hier gewohnt, bist hier ein- und ausgegangen? Wissen deine Eltern nicht, wo du bist?« fragte Ruth.

»Schauen Sie, es tut mir Leid wegen der Party«, sagte Tod. »Es sollte nicht so außer Kontrolle geraten. Ich hatte bloß ein paar Leute eingeladen. Ich dachte, Sie wären nicht da. Es sollte eine kleine Party werden. Es sollte keine große Party werden.«

»Nein«, sagte Ruth. »Du verstehst mich offenbar nicht. Große Party, kleine Party – hier soll überhaupt keine Party stattfinden. Du sollst nicht mal hier im Haus sein, geschweige denn, andere einladen.«

»Aber ich hatte einen Schlüssel. Ich dachte, was weiß ich. Ich dachte, es wäre okay.«

»Gib mir den Schlüssel. Sofort. Gib mir den Schlüssel.«

Er reichte ihr den Schlüssel mit einer Grimasse. »Ich weiß

nicht, ob Ihnen das viel bringt. Schauen Sie mal.« Ruth drehte sich um, und viele Kids an der Tür hielten ihre eigenen glänzenden Messingschlüssel hoch. »Ich habe Nachschlüssel machen lassen«, sagte Tod.

Ruth fing an zu kreischen. »Raus hier! Auf der Stelle raus hier! Alle miteinander! Ich werde dieses Schloss auswechseln lassen, und wenn du jemals wieder den Fuß in dieses Viertel setzt, hast du die Polizei auf dem Hals, und zwar so schnell, dass du nicht weißt, wie dir geschieht.«

»Aber wo sollen wir denn trinken, Mann«, meuterte einer der abziehenden Jungs.

»Geht doch in den verdammten Park!«

»Der Park ist voller Cops«, jammerte ein Mädchen.

»Dann geht an die Bahnlinie, so wie wir das gemacht haben, meine Güte«, schrie sie. »Aber geht raus hier, und zwar sofort, verdammt noch mal.« Sie war schockiert, wie viel bürgerliche Galle und Entrüstung in ihrer Stimme mitschwang. Schließlich war sie früher mal Hippie gewesen. Damals hatte sie massenhaft LSD genommen und an einer Ecke in Chicago von einer roten Dralondecke aus gegen das Übel des Privateigentums gepredigt.

Das Leben: immer eine absurde kleine Geschichte.

»Tschuldigung«, sagte Tod. Er berührte ihren Arm, schwang sich einen Stoffsack über die Schulter und ging mit den anderen auf die Haustür zu.

»Mach, dass du hier rauskommst«, sagte sie. »Ed.«

Die Gänse, die Krähen, die Eichhörnchen, die Waschbären, die Fledermäuse, die Ameisen, die Kids: Inzwischen ging Ruth, so oft sie nur konnte, mit Carla zum Schießstand. Da stand sie mit gespreizten Beinen, hielt die Pistole mit beiden Händen und feuerte. Sie konzentrierte sich, versuchte, kleine Stückchen Kraft in sich zu sammeln, Krümel, um einen Laib zu formen. Sie musste im Leben mit viel zu viel fertig werden. Hatte Gott sie vielleicht verwechselt? Such dir jemand anders, schrie sie Gott lautlos an. Ich weiß Bescheid, von wegen Hiobs Botschaft;

von Diplomaten hab ich die Nase voll. Außerdem bin ich nie deine aufrichtige, getreue Dienerin gewesen. Und dann drückte sie ab. Wenn man Gott einen blöden Witz erzählte und er nicht reagierte, lag das daran, dass der Witz zu blöd war – oder noch nicht blöd genug? Sie kniff die Augen zusammen. Meistens versuchte sie einfach zu blinzeln, aber dann schloss ihr die Furcht die Augen ganz. Sie schoss erneut. Warum tat sie das nicht mit mehr Begeisterung, so wie Carla? Ruth holte tief Luft, bevor sie feuerte, bemerkte die Amazonenasymmetrie ihres Atems, doch tief drinnen wusste sie, dass sie eine Maus war. Eine waffentragende Maus, aber trotzdem eine Maus.

»Vielleicht sollte ich mal eine Affäre haben«, sagte Carla, die gerade das juteverpackte Stroh traf. »Und ich hab mir überlegt: vielleicht solltest du das auch.«

Jetzt schoss auch Ruth ihre Pistole ab, deren Geräuschsturm ihre Ohren erfüllte. Eine Affäre? Die Vorstellung, ihre Kleider auszuziehen, vor jemandem, der kein medizinischer Spezialist war, erschien ihr einfach lächerlich. Sinnlos und beängstigend. Warum sollte irgendjemand so etwas tun? »Affären sind was für junge Leute«, sagte Ruth. »Das ist wie Drogen nehmen oder von Felsklippen springen. Warum würdest du von einer Klippe springen?«

»Oh«, sagte Carla. »Dann kennst du offenbar ein paar Klippen noch nicht, die ich kenne.«

Ruth seufzte. Ja, wenn sie einen Mann in der Stadt gekannt hätte, der freundlich und anziehend war, dann hätte sie vielleicht – was? Was hätte sie tun können? Sie fühlte sich alles andere als sexy. Sie fühlte sich beschäftigt, managerhaft, durstig, verrückt. Wenn sie einen Mann in der Stadt gekannt hätte, wäre sie – wäre sie für ihn auf Diät gegangen! Aber nicht die Jenny-Craig-Diät. Sie hatte von einer Frau gehört, die bei der Jenny-Craig-Diät gestorben war. Wenn sie schon eine Diät machen musste, die nach einer erfundenen Frau hieß, dann die nach Betty Crocker, deren Kopf auf jeder Packung neben einem dicken roten Löffel prangte, da konnte sie ihr eigenes Gesicht gleich dazulöffeln. Ja, wenn sie einen Mann in der Stadt gekannt hätte, wäre sie vielleicht bereit gewesen, der Erregung darüber die Wurzel ihres Gehirns zu überlassen, zum Wiederauffüllen mit Energie. Aber nur die Wurzel; Finger weg von den Blütenblättern. Ihre Blütenblätter brauchte sie alle selbst.

Aber sie kannte keinen Mann in der Stadt. Warum kannte sie eigentlich keinen?

Mitte Juni suchte er sich ein ehemaliges Farmhaus aus, das mitten in einer neuen Siedlung lag. Es wurde eindeutig renoviert – der Garten war voller Leitern und Planen –, und dieser nachlässige Anblick ließ es nach einem leichten Ziel aussehen. Musikliebhaber! dachte er. Die stehen auf Renovierung! Außerdem gab es in einem alten Haus immer irgendein Fenster nach hinten raus, das sich zu einer trapezoiden Form verzogen hatte, geschmirgelt und wieder geschmirgelt, und wie ein Deckel von dem Fensterrahmen abheben ließ. Als er für die Gartenfirma gearbeitet hatte, war er in vielen Häusern wie diesem gewesen. Vielleicht war er sogar auch hier gewesen, vor einem Monat oder so – er wusste es nicht mehr genau. Nachts sah alles anders aus, und heute Nacht schien der Mond nicht so hell wie letztes Mal, er war schon weniger als voll, wie das Gesicht unter einem tiefgezogenen, schrägen Hut, wie ein Kopf, der von der Stirn an skalpiert worden ist.

Noel betrachtete das Paar. Sie hatten angefangen, »Chattanooga Choo-Choo« zu singen. In letzter Zeit hatte Noel Duette verlangt, um Zeit zu sparen, die Sänger zu inspirieren und sich zu amüsieren. »Warten Sie mal«, unterbrach er. »Das will ich aufschreiben. Ich habe vor kurzem angefangen, diese Sachen aufzuschreiben.« Und wie ein Narr ließ er sie da stehen, um sich aus dem Nebenzimmer einen Stift und ein Stück Papier zu holen.

»Sie haben eine weiche Stimme«, sagte die Frau, als er zurückkam. Sie stand vor der Schlafzimmerkommode. Er strich ein zerknülltes Stück Papier vor seiner Brust glatt. »Eine weiche Sprechstimme. Bestimmt singen Sie auch gut.«

»Nee, nee, ich habe eine furchtbare Stimme«, sagte er. Er tastete in seiner Hemdtasche nach einem Stift. »Ich musste immer still sein, wenn die anderen Kinder gesungen haben. Die Musiklehrerin in der Grundschule sagte immer, ich soll einfach nur die Lippen bewegen. ›In Dusche Jubel o-ho-ho‹, sagte sie immer. ›Einfach die Laute formen.‹«

»Nein, nein. Ihre Stimme ist weich. Das Timbre ist weich. Das kann ich hören.« Sie machte einen kleinen Schritt zur Seite. Der Mann, der Ehemann, blieb, wo er war. Er trug ein großes rotes Sweatshirt und nichts drunter. Sein Penis baumelte unter dem Sweatshirtsaum wie eine lange, schmucke Süßkartoffel. *Ach, die Ehe.* Die Frau rammte die Hände in die Taschen ihres Morgenmantels und machte noch einen kleinen Schritt. »Sie ist weich, aber sie hat Gewicht.«

Noel glaubte irgendwelche Leute zu hören, die draußen händeklatschend nach ihrem Hund riefen. »Bravo«, sagte der Hundebesitzer, so klang es jedenfalls. »Bravo.«

»Oh, danke sehr«, sagte Noel mit gesenktem Blick.

»Bestimmt hat Ihre Mutter Ihnen das auch gesagt«, fügte die Frau hinzu, aber er beschloss, darauf nicht zu antworten. Er wandte sich ab, um den Text zu »Chattanooga Choo-Choo« aufzuschreiben, und als sich der Anfang der Melodie in seinen Kopf schlängelte – *Pardon me, boys* –, explodierte etwas in dem Zimmer. Plötzlich glaubte er das sehnsuchtsvolle Herz der Zivilisation in sich zu spüren, endlich zu spüren, o Nitchka, was es mit der menschlichen Erfahrung auf diesem Planeten auf sich hatte: ihr harter, heißer Kern, schnelle Rücksichtslosigkeit in ihrer Kraft; er spürte, wie sie ihn packte, eine Überraschung, die sich wie ein Nagel ins Hirn bohrte. Dunkles Violett überschwemmte ihn, dann Licht. Alles wurde still. Musik, das begriff er jetzt, führte einen stetig in die Stille. Man folgte dem Faden eines Liedes in eine plötzliche Art von Schlaf hinein. Das weiße Papier bäumte sich in einem blendenden Blitz auf, heiß und scharf. Die Kommodenecke traf seine Wange, riss sie auf, und wie es schien, stand er nicht mehr aufrecht. Seine Schuhe rutschten über den Teppich. Seine Hände griffen nach oben, dann nach unten und wieder nach oben, an den Schubladenknöpfen entlang, flogen in die Luft und rücklings zu Boden. Seine Stirn beengte seine Sicht, verschlang sie, schmiegte sich dann feucht an seinen Ärmel.

Hitze entströmte seinem Kopf wie einem Stein.

Draußen fuhr leise ein Polizeiwagen vor, mit ausgeschaltetem Licht. In der Ferne waren Gänse auf dem Teich zu hören.

Es gab kein Echo nach der Explosion. Es war gar nicht wie auf dem Schießstand. Es hatte nur Klick gemacht, ein vibrierendes Schnalzen war von ihr auf die Maske zugeflogen, dann ein Brüllen im Raum, dann Stille, nichts wurde zurückgeworfen.

Terence schnappte nach Luft. »Guter Gott«, sagte er. »Das hast du dir wohl immer gewünscht: einen toten Mann in deinem Schlafzimmer.«

»Was soll das heißen? Wie kannst du so etwas Herzloses sagen?« Hätte in ihrer Stimme nicht ein leichtes Beben mitschwingen sollen? Stattdessen klang sie flach und trocken. »Vergiss den Anstand, Terence. Konzentrier dich auf deine Rollentauglichkeit. Könntest du wenigstens im Film einen anständigen Menschen spielen?«

»Musstest du eine so gute Schützin sein?« fragte Terence. Er fing an, auf- und abzugehen.

»Ich habe geübt«, sagte sie. Irgendetwas Immunologisches stieg kurz in ihr hoch, wie Wein. Einen Augenblick lang fühlte sie sich wiederhergestellt und sicher – sicherer als seit Jahren. Wie konnte es einer wagen, einfach in ihr Schlafzimmer zu kommen! Wie viel sollte sie sich noch bieten lassen? Doch dann verließ sie das Gefühl wieder, gemeinerweise, und sie spürte, wie zuvor, nur ihr Verlassensein und ihre Krankheit. Sie wandte sich ab von Terence und brach in Tränen aus. »O Gott, lass mich sterben«, sagte sie schließlich. »Ich bin so furchtbar müde.« Obwohl sie kaum etwas sehen konnte, kniete sie neben dem maskierten Mann nieder und presste seine langen, seltsamen Hände an ihre kleinen. Sie waren noch nicht kalt – nicht kälter als ihre eigenen. Sie dachte, gleich müsste sie spüren, wie sie mit ihm dahinging, gemeinsam aufstieg, durchscheinend wie zwei Quallen, durch die Luft davonschwebend, in einen Nachthimmel voller Gesang und Erlösung hinaus, bis sie ein helles, helles Raumschiff erreichten – ein brennendes Gebiss in der Dunkelheit – und, aufgesogen von dem größeren Licht, an Bord genommen wurden, heimwärts. »Was um alles in der Welt war das?« hörte sie sie beide über ihre Leben sagen, als wären die nur noch komisch, lärmig und weit weg, was sie ja tatsächlich waren.

»Was haben wir denn hier?« hörte sie jetzt.

»Guck doch selber nach, würd ich sagen«, antwortete jemand anders.

Sie berührte die schwarze Strickmaske des Mannes. Sie war grau beflust, wie der fleckige Schweizerkäse ihrer Vorahnungen, aber sie saß schief, nicht richtig um die Augen – das weiche Truthahnweiß der Haut über einem Wangenknochen, wo ein Auge hätte sein sollen –, und sie war durchnässt, Wasser und Rotbraun. Sie hätte die Maske abrollen können, um sein Gesicht zu sehen, zu sehen, wer das war, aber sie traute sich nicht. Sie versuchte den Stoff geradezuziehen, die Augen zu finden, dann zog sie ihn straff herunter und wandte sich ab, die Hände am Morgenmantel abwischend. Ohne hinzusehen, tätschelte sie den Arm des toten Mannes. Dann drehte sie sich um und verließ das Zimmer. Ging die Treppe hinunter und rannte aus dem Haus.

Ihr Weinen kam jetzt unterdrückt und ausgetrocknet, und ihr hing das Haar in den Mund. Ihre Brust schmerzte, jeder Knochen pulsierte scharf. Sie war krank. Sie wusste es. Als sie barfuß über den Rasen lief, merkte sie, wie es in ihrem Bauch durcheinander ging – ihre Eingeweide waren nicht länger fein säuberlich zusammengerollt wie ein Waldhorn, sondern nachlässig aufeinander gehäuft wie eine Schachtel Staubsaugerteile. Der Krebs mit all seiner Demontage war wieder im Anmarsch.

Sie fühlte sein Gift, seinen Tentakelgriff, umklammernd, wie eine Puppe eine Hand empfindet.

»Mitzy, mein Baby«, sagte sie im Dunkeln. »Baby, komm nach Haus.«

Obwohl sie am liebsten schon vor langem gestorben wäre, geflohen, um alles hinter sich zu haben, ließ sich der Körper – meine Güte, ließ sich der Körper! – Zeit. Er hatte seine eigenen Wünsche und Wehmütigkeiten. Man konnte nicht einfach säuberlich zu Licht werden und aus dem Fenster schlüpfen. So konnte man nicht gehen. Im Innern des eigenen dahingehenden, aber hartnäckigen Fleisches gab es nur ein langes, sentimentales, kleinteiliges Lebewohl. *Sir? Ein Handtuch. Haben Sie ein Handtuch?* Der Körper, vielfach trauerbeladen, folgte der Seele, humpelte hinter ihr drein. Der Körper war ein süßer, dämlicher Hund, der lahm aufs Tor zutrottete, während man langsam wegzufahren versuchte, die lange Einfahrt hinunter. *Nimm mich, nimm mich mit*, bellte der Hund. *Geh nicht, geh nicht*, sagte er, rannte am Zaun entlang, fast Schritt haltend, aber nicht ganz, sein Spiegelbild ein schrumpfender Talisman in den Wagenspiegeln, während man an den Schneebällen und der Kieferngruppe vorbeirollte, über die Grundstücksgrenze hinaus, am letzten Streifen Land vorbei, geradeaus auf der alles verschluckenden Straße, schwindend, schwindend. Bis es endlich so weit war: Man war verschwunden.

Es gibt nur solche Leute hier: Kanonisches Plappern aus der Kinderonkelogie

Ein Anfang, ein Ende: Es scheint weder das eine noch das andere zu geben. Das Ganze ist wie eine Wolke, die einfach landet und drinnen voller Regen ist. Anfang: Die Mutter findet einen Blutklumpen in der Babywindel. Was steckt dahinter? Wer hat das hier reingetan? Der Klumpen ist groß und hell, mit einer durchbrochenen, khakifarbenen Ader darin. Am Wochenende hat der Kleine lustlos und glasig dreingeschaut, tönern und mürrisch. Aber heute sieht er prima aus – was ist das also für ein Ding, verblüffend vor dem Hintergrund der weißen Windel, wie ein winziges Mäuseherz, in Schnee gepackt? Vielleicht gehört es zu jemand anders. Vielleicht ist es etwas Menstruales, das zu der Mutter oder der Babysitterin gehört, das das Baby in einem Mülleimer gefunden und aus seinen eigenen, beschränkten Babygründen hier verstaut hat. (Babys: Einfach verrückt! Nichts zu machen.) Im Geist nimmt die Mutter das Ding von seinem Körper weg und hängt es jemand anders an. Da. Ist das nicht viel sinnvoller?

Aber sie ruft doch die Kinderklinik an. »Blut in der Windel«, sagt sie, und mit besorgter und verblüffter Stimme sagt die Frau am anderen Ende: »Kommen Sie gleich her.«

Welch angenehmer Sofortservice! Sagen Sie einfach »Blut«. Sagen Sie einfach »Windel«. Und was Sie dann kriegen!

Im Untersuchungszimmer befinden sich Kinderarzt, Krankenschwester, Assistenzarzt – sie alle wirken weniger besorgt und verblüfft als einfach nur verblüfft. Zuerst lässt sich die Mutter albernerweise dadurch beruhigen. Aber bald, abgesehen vom Spähen und »Hmmmm«-Sagen, ziehen der Kinderarzt, die Krankenschwester und der Assistenzarzt den Mund nach innen, bläulich und fest – wie eine Winde, die die Mittagssonne spürt. Sie verschränken ihre Arme vor den weiß bekleideten Oberkörpern, nehmen sie wieder auseinander und kritzeln irgendetwas hin. Sie ordnen einen Ultraschall an. Blase und Nieren. »Hier ist die Karte. Gehen Sie nach unten; dann links.«

In der Röntgenabteilung steht das Baby ängstlich auf dem Tisch, nackt an die Mutter gepresst, die es an ihren Beinen und ihrer Taille ruhig hält, während der kalte Ultraschallkopf des Radiologen über den Rücken des Babys fährt. Das Baby wimmert, schaut zur Mutter auf. *Komm schnell weg hier*, betteln seine Augen. *Nimm mich hoch!* Der Radiologe verharrt, hält einen der vielen ozeanisch grauen Wirbel an und klickt mehrfach, ein einzelner Ausschnitt aus der langen, höhlenartigen Wetterkarte, die das Innenleben des Babys sein soll.

»Finden Sie was?« fragt die Mutter. Letztes Jahr wurde ihrem Onkel Larry eine Niere herausgenommen, wegen etwas, das sich am Ende als gutartig herausstellte. Diese Bildermaschinen! Die sind wie Hunde oder wie Metalldetektoren: Sie finden alles, aber sie wissen nicht, was sie gefunden haben. Das ist der Augenblick der Chirurgen. Sie sind die Hundebesitzer. »Gib das her«, sagen sie zu dem Hund. »Was zum Teufel ist das denn?«

»Der Chirurg wird mit Ihnen sprechen«, sagt der Radiologe.

»Finden Sie was?«

»Der Chirurg wird mit Ihnen sprechen«, sagt der Radiologe erneut. »Da scheint etwas zu sein, aber darüber wird der Chirurg mit Ihnen sprechen.«

»Mein Onkel hatte einmal was an seiner Niere«, sagt die Mutter. »Deshalb haben sie die Niere herausgenommen, und dann stellte sich heraus, dass das Etwas gutartig war.«.

Der Radiologe lächelt ein breites, ominöses Lächeln. »So ist das immer«, sagt er. »Man weiß erst ganz genau, was es ist, wenn es im Eimer liegt.«

»Im Eimer«, wiederholt die Mutter.

Das Grinsen des Radiologen wird noch breiter, beängstigend – ist das überhaupt möglich? »So reden die Ärzte«, sagt er.

»Sehr ansprechend«, sagt die Mutter. »Eine sehr ansprechende Redeweise.« Wirbel aus Galle und Blut, Eitersenf und Gerinnung in einem Kübel, die Farben einer afrikanischen Flagge oder irgendeiner überbordenden Salatbar: *im Eimer* – sie kann es sich lebhaft vorstellen.

»Der Chirurg wird bald mit Ihnen sprechen«, sagt er wieder. Er verwuschelt die Löckchen des Babys. »Süßer Kleiner«, sagt er.

»Schaun wir mal«, sagt der Chirurg in einem seiner Untersuchungsräume. Er ist hereingekommen, hinausgegangen, dann wieder hereingekommen. Seine Züge sind knackig und stirnrunzelnd, scharfe Knochen, dazu Tennisshorts-Bräune. Er schlägt seine Beine in blauer Baumwolle über. Er trägt Clogs.

Die Mutter weiß, dass ihr Gesicht ein großer bleicher Kloß der Sorge ist. Sie trägt immer noch ihren langen, dunklen Parka und hält den Kleinen, der ihr die Kapuze über den Kopf gezogen hat, weil er glaubt, das wäre lustig. An bestimmten windigen Morgenden würde sie zwar gerne finden, sie könnte in diesem Aufzug irgendwie romantisch aussehen, die Frau des französischen Leutnants in der Prärie, aber wenn sie alle beisammen hat, weiß sie, das stimmt nicht. Nie. Sie weiß, dass sie lächerlich aussieht – wie so ein Tier, das aus Partyballons zusammengedreht worden ist. Sie setzt die Kapuze ab und schlüpft mit einem Arm aus dem Ärmel. Der Kleine will aufstehen und mit dem Lichtschalter spielen. Er zappelt, fummelt und zeigt.

»Auf Lichtschalter steht er zurzeit«, erklärt die Mutter.

»Kein Problem«, sagt der Chirurg und nickt in Richtung Lichtschalter. »Lassen Sie ihn ruhig damit spielen.« Die Mutter stellt sich daneben, und das Baby beginnt, das Licht ein- und auszuschalten, aus und ein.

»Die Diagnose im vorliegenden Fall lautet Wilms-Tumor«, sagt der Chirurg, plötzlich in Dunkel getaucht. Er sagt »Tumor«, als wäre es das Normalste auf der Welt.

»Wilms?« wiederholt die Mutter. Jäh brennt das Zimmer lichterloh im Licht und wird mit einem Wischer wieder dunkel. Zwischen den drei Anwesenden herrscht plötzlich Stille, als wäre es mitten in der Nacht. »Heißt der nach Wilm oder nach Wilms?« fragt die Mutter endlich. Sie ist Schriftstellerin und Lehrerin. Orthografie kann wichtig sein – vielleicht sogar in einem solchen Augenblick, obwohl sie einen solchen Augenblick noch nie erlebt hat, also könnte es sein, dass sie sich wie ein Banause aufführt und es nicht merkt.

Das Licht geht an: Die Welt ist geflutet und entblößt.

»Wilms«, sagt der Chirurg. »Glaube ich.« Das Licht geht wieder aus, aber der Chirurg spricht im Dunkeln weiter. »Ein bösartiger Tumor an der linken Niere.«

Halt, Moment. Warten Sie mal. Das Baby ist nur ein Baby, gefüttert mit organischer Apfelsoße und Sojamilch – ein kleiner Prinz! –, und der Kleine hat während der Ultraschalluntersuchung so nah bei ihr gestanden. Wie kann er so etwas Fürchterliches haben? Das muss *ihre* Niere gewesen sein. Eine Fünfziger-Jahre-Niere. Eine DDT-Niere. Die Mutter räuspert sich. »Ist es möglich, dass Sie auf dem Bildschirm meine Niere gesehen haben? Ich meine, ich habe noch nie von einem Baby mit einem Tumor gehört, und wissen Sie, ich habe ja sehr nahe drangestanden.« Sie würde das Blut am liebsten zu ihrem machen, und den Tumor auch; dann wäre das alles ein tückischer, absurder Fehler.

»Nein, das ist nicht möglich«, sagt der Chirurg. Das Licht geht wieder an.

»Nein?« sagt die Mutter. Warten Sie ab, bis es *im Eimer* liegt, denkt sie. Seien Sie nicht so sicher. *Müssen wir abwarten, bis es im Eimer liegt, um zu erfahren, dass ein Fehler gemacht wurde?*

»Wir werden mit einer Radikalnephrektomie beginnen«, sagt der Chirurg und ist im selben Moment wieder in Dunkelheit getaucht. Seine Stimme kommt von nirgendwo und überall zugleich. »Und danach setzen wir mit Chemotherapie an. Diese Tumoren reagieren normalerweise sehr gut auf eine Chemo.«

»Ich habe noch nie davon gehört, dass ein Baby eine Chemo kriegt«, sagt die Mutter. *Baby* und *Chemo*, denkt sie: Diese Wörter sollten nicht mal im selben Satz auftauchen, geschweige denn im selben Leben. In ihrem anderen Leben, dem Leben bis zum heutigen Tag, hat sie stets an alternative Medizin geglaubt. Chemotherapie? Undenkbar. Jetzt plötzlich kommt ihr die alternative Medizin vor wie die durchgeknallte, altjüngferliche Tante vom Lieben Großen Onkel der Konventionellen Behandlungsmethoden. Wie schnell das alte Mädchen ohnmächtig wird und wegsackt, und man steht einfach so da. Chemo? Na klar: Chemo! Was, aber um Gottes willen: Chemo. Auf jeden Fall! Chemo!

Das Baby schaltet das Licht wieder an, die Wände tauchen wieder auf, große Lichtkeile, kariert mit kleinen, gerahmten Wasserfarben des Sees in der Gegend. Die Mutter hat angefangen zu weinen: Ihr ganzes Leben hat sie hierher geführt, zu diesem Augenblick. Danach gibt es kein Leben mehr. Es gibt etwas anderes, etwas Taumelndes und Unlebbares, etwas Mechanisches für Roboter, aber nicht Leben. Leben ist genommen und zerbrochen worden, ruck, zuck, wie ein Stock. Das Zimmer wird wieder dunkel, und die Mutter kann hemmungsloser weinen. Wie kann der Körper eines Babys so schnell geraubt werden? Wie viel kann ein himmelsgesandtes, argloses Kind erdulden? Warum ist ihm dieses unvorstellbare Schicksal nicht erspart geblieben?

Vielleicht, denkt sie, wird sie hier bestraft: zu früh zu viele Babysitter. (»Komm zu Mami! Komm zu Mami-Babysitter!« hat sie oft gesagt. Aber das war doch nur ein Witz!) Ihr Leben hat vielleicht allzu offen Schminke und Perücke extremster Verkleidung aufgewiesen. Ihre unmütterlichen Gedanken sind alle festgehalten worden: die panische Hoffnung, sein Mittagsschläfchen möge länger dauern, als es dauerte; ihr gelegentlicher Wunsch, den Kleinen leidenschaftlich auf den Mund zu küssen (mit dem eigenen Baby anbändeln!); ihre ständigen Klagen über das typische Vokabular der Mutterschaft und wie es den Sprecher herabwürdigte (»Haben wir hier Pipi oder A-A gemacht? Oh, da haben wir ja ein richtig großes A-A gemacht!«). Darüber hinaus hat sie in drei Fällen die leeren Fläschchen Babynahrung als Blumenvasen benutzt. Zweimal hat sie die Ohren des Babys vor lauter Ohrenschmalz ganz matschig werden lassen. Letzten Monat hat sie an einigen Nachmittagen, als es Zeit für die Zwischenmahlzeit war, eine Schüssel Cheerios für den Kleinen auf den Boden gestellt, als wäre er ein Hund. Sie hat ihn mit dem Handstaubsauger spielen lassen. Und ein einziges Mal, bevor er auf die Welt kam, hat sie gesagt: »Gesund? Ich will nur, dass das Kind reich wird.« Ein Witz, meine Güte! Nachdem er geboren war, hatte sie verkündet, ihr Leben habe sich in eine tägliche Abfolge geisttötender Hausarbeiten verwandelt, immer dieselben, wieder und wieder, in einen Roman von Mrs. Camus. Auch ein Witz! Diese Witze werden dich noch umbringen! Sie hatte zu oft und mit zu viel Vergnügen die Geschichte erzählt, wie das Baby seinen Babystuhl mit »Hi!« begrüßte, den Wellen auf dem See zuwinkte, »suppa-suppa-suppa« mit einer Art russischem Akzent rief, auf seine Augen zeigte und »Aue« sagte. Das ganze unsinnige Babygerede: War das nicht zum Totlachen? »Kanonisches Plappern« nannten die Sprachexperten das. Er erzählte ganze Geschichten darin nach – komplett erfunden, das merkte sie. Er schmückte aus; er haschte Effekte; er übertrieb. Was für eine Nummer! Freunden gegenüber erzählte sie von seinen Essgewohnheiten (Möhren ja, Thunfisch nein). Sie erwähnte, zu oft, sein Kichern, da konnte man sich schier wegschmeißen. Musste sie so langweilig sein? Hatte sie gar nichts für die anderen übrig, für die intellektuellen Ansprüche und Manierlichkeiten der menschlichen Gesellschaft? Wollte sie nicht mal versuchen, etwas interessanter zu sein? Es war ein Verbrechen gegen den menschlichen Geist, es nicht mal zu versuchen.

Und nun wird ihr das Baby aus all diesen Gründen – Mangel an mütterlicher Dankbarkeit, mütterlichem Urteil, mütterlicher Verhältnismäßigkeit – weggenommen.

Das Zimmer steht wieder in fluoreszierenden Flammen. Die Mutter wühlt in ihrer Parkatasche herum und bringt ein Kleenex zum Vorschein. Es ist alt und dünn, wie eine welke Blüte, die einmal ihr Ballkleid geziert hat; sie tupft sich damit Augen und Nase ab.

»Das Baby wird nicht so sehr darunter leiden wie Sie«, sagt der Chirurg.

Und wer könnte ihm widersprechen? Nicht das Baby, das mit seiner slawischen Mickymaus-Stimme nur sagen kann *Mama, Papa, Keese, Aue, Baba, raußen, pucki-pucki, suppa-suppa, Eddy-Eddy* und *Auto.* (Wer ist Eddy? Keine Ahnung.) Das wird nicht ausreichen, um sein tödliches Leiden auszudrücken. Wer kann schon sagen, was Babys mit ihrer Qual, ihrem Schock anfangen? Die Babys jedenfalls nicht. (Babygerede: zum Totlachen, oder?) Sie stecken das alles irgendwohin, wo es keiner wirklich sehen kann. Sie sind wie eine andere Rasse, eine andere Spezies: Sie scheinen Schmerz nicht so zu empfinden wie wir. Genau, das ist es: Ihr Nervensystem ist noch nicht so ausgeprägt, und *sie erleben Schmerz einfach nicht so wie wir.* Eine Melodie, die man vor sich hinsummen kann, solange der Krieg dauert. »Sie werden es schaffen«, sagt der Chirurg.

»Wie?« fragt die Mutter. »Wie schafft man das?«

»Sie gucken nicht nach rechts und nicht nach links und legen einfach los«, sagt der Chirurg. Er greift zu seiner Akte. Er ist ein geschickter Handwerker. Das heikle Gefühlszeug liegt ihm nicht besonders. Die Babys. Die Babys! Was kann man Eltern Tröstliches zu den Babys sagen? »Ich geh mal den diensthabenden Onkologen anrufen, damit er Bescheid weiß«, sagt er und verlässt das Zimmer.

»Komm her, Bärchen«, sagt die Mutter zu dem Kleinen, der

zu einem Kaugummipapierchen am Boden gekrabbelt ist. »Wir müssen dir deine Jacke wieder anziehen.« Sie hebt ihn hoch, und er reckt sich wieder nach dem Lichtschalter. Licht, Dunkel. Kuckuck: Wo ist das Baby? Wo ist das Baby hin?

Zu Hause hinterlässt sie eine Nachricht – »Dringend! Ruf mich an!« – auf dem Anrufbeantworter ihres Mannes. Dann bringt sie das Baby für seinen Mittagsschlaf nach oben und wiegt es. Der Kleine winkt beim Abschied seinen kleinen Teddybären zu, dann schaut er zum Fenster und sagt: »Tschüss, draußen.« In letzter Zeit hat er sich angewöhnt, allem Möglichen zum Abschied zuzuwinken, und jetzt scheint es, als spüre er ein bevorstehendes Fortgehen, und es bricht ihr das Herz, ihn zu hören. *Tschü-üss!* Sie singt ihm leise und eintönig etwas vor, wie eine kleine Spieluhr, denn so mag er es. Er ist dösig, durmelig, drömelt langsam weg. Im letzten Jahr ist er so viel gewachsen, dass er kaum noch auf ihren Schoß passt; seine Glieder baumeln herunter wie bei einer Pietà. Sein Kopf rollt ein wenig in ihrer Armbeuge. Sie merkt, wie er rückwärts in den Schlaf sinkt, mit rundem, offenem Mund wie eine wunderschöne Mohnblüte. Alle Wiegenlieder der Welt, alle Melodien durchwoben von mütterlicher Melancholie verwandeln sich jetzt für sie – verlassen, wie es eine Mutter von arbeitenden Männern und mittagsschlafenden Babys sein kann – in Lieder von tiefem, tiefem Leid. Die Mutter sitzt da, niedergeschlagen, nickend, und spürt ihre Liebe voll und ganz als Sorge und gebrochenes Herz. Eine schnelle, unwiederbringliche Alchemie: Nicht ein sorgloser Fetzen ist übrig für das Glücklichsein. »Wenn du von uns gehst«, klagt sie leise in seinen seifigen Nacken, die Ranunkelknospe seines Ohrs, »dann gehen wir mit dir. Wir sind nichts ohne dich. Ohne dich sind wir ein Haufen Steine. Schotter und Staub. Ohne dich sind wir zwei Klötze mit nichts mehr in unserem Herzen. Wo immer es dich hinträgt, wir folgen dir. Wir werden dort sein. Hab keine Angst. Wir kommen mit. Und damit basta.«

»Schreib mit«, sagt der Ehemann, der mitten am Nachmittag direkt von der Arbeit nach Hause gekommen ist, nachdem er die Nachricht gehört hat, und er sagt all die Worte laut – *Chirurgie, Metastase, Dialyse, Transplantation* –, bevor er tränenüberströmt auf einem Sessel zusammenbricht. »Schreib mit. Wir werden das Geld brauchen.«

»Großer Gott«, schreit die Mutter. Alles in ihr beginnt plötzlich, sich zusammenzukauern, zu schrumpfen, die Knochen werden dünner. Vielleicht ist das soldatische Disziplin, aber sie riecht nach Tod und Niederlage. Fühlt sich an wie ein Herzanfall, ein Ausfall von Willenskraft und Mut, ein Stromausfall: ein Totalausfall. Ihr Gesicht im Spiegel ist kalt und aufgedunsen vom Schock, die Augen rot und klein. Sie hat schon angefangen, im Haus eine Sonnenbrille zu tragen, wie eine Promi-Witwe. Woher soll ihre eigene Kraft kommen? Aus irgendeiner Philosophie? Aus einer frigiden kleinen Philosophie? Sie ist weder tapfer noch realistisch und hat Probleme mit Grundsatzansichten, etwa mit derjenigen, die besagt, dass sich die Ereignisse nur in eine Richtung bewegen und nicht hochspringen, Kehrtwenden vollziehen und sich zurücknehmen.

Der Ehemann fängt allzu viele Sätze mit »Was wenn« an. Er versucht, alles wieder zusammenzusetzen, wie nach einem Zugunglück. Er versucht, den Zug in die Stadt zu kriegen.

»Wir werden einfach alle Schritte machen, eine Etappe nach der anderen. Wir werden tun, was wir tun müssen. Wir werden jagen; wir werden finden; wir werden zahlen, was wir zahlen müssen. Was, wenn wir nicht zahlen können?«

»Klingt wie Einkaufen.«

»Ich kann es nicht fassen, dass unserem kleinen Jungen das passiert«, sagt er und fängt wieder an zu schluchzen. »Warum nicht einem von uns? Es ist so unfair. Erst letzte Woche hat mein Arzt mich für kerngesund erklärt: die Prostata eines Dreiundzwanzigjährigen, das Herz eines Zehnjährigen, das Hirn eines Insekts – oder was immer er gesagt hat. Ist das alles ein Alptraum.«

Was soll man sagen, welche Worte finden? Du drehst dich nur ein kleines bisschen um, und da steht er: der Tod deines Kindes. Teils symbolisch, teils teuflisch lauert er die ganze Zeit in deinem toten Winkel, und wenn du Pech hast, kommt er über dich. Dann ist er plötzlich wie ein grimmiges kleines Land, das dich entführt hat; du wirst streng in deinem Inneren festgehalten wie in einem Kellerraum – deine Grenzen sind seine besten Grenzen. Gibt es Fenster? Manchmal gibt es doch Fenster, oder?

Die Mutter ist keine Einkäuferin. Sie hasst es, einkaufen zu gehen, kann es auch nicht besonders gut, obwohl sie nichts gegen einen anständigen Schlussverkauf hat. Sie kann nicht sinnvoll durch die Abteilungen Wut, Leugnen, Kummer und Annahme schlendern. Sie geht direkt zur Kasse durch und fängt an zu feilschen. Wie viel? ruft sie gen Himmel, irgendeiner Ersatzkonstruktion von Heiligkeit zu, die sie verzweifelt, wenn auch nicht unkreativ in ihrem Geist zusammengebastelt und angebetet hat; sie als Zweiflerin, die bislang nie eine Beterin gewesen ist, muss jetzt ernten, was sie nicht gesät hat; sie muss einen kompletten Altar der Verehrung und des Flehens aufbauen, von Null an. Sie versucht es mit edlen Abstraktionen, nichts allzu Anthropomorphes, bloß irgendein Höheres Ethos, und wenn diese spezielle Hoheit dem Geschäftsführer aus dem Kaufhaus beim Vivil-Lutschen ähnlich sieht, so sei es. Amen. Sag mir einfach, was du willst, bittet die Mutter. Und wie willst du es? Mehr wohltätige Gaben? Eine Milliarde, ab jetzt gerechnet. Wohltätige Gedanken? Schwieriger, aber natürlich! Natürlich! Ich werde kochen, Liebling; ich werde die Miete bezahlen. Sag's mir einfach. *Wie bitte?* Ja, wenn nicht an dich, an wen soll ich mich denn sonst wenden? Hallo? Wer ist hier bitte mein Ansprechpartner? Gibt es noch wen darüber? Einen Vorgesetzten? Warten? Ich kann warten. Ich habe den ganzen Tag Zeit. Ich habe den lausigen langen Tag Zeit.

Jetzt liegt der Ehemann seufzend neben ihr im Bett. »Der

arme kleine Junge könnte all das hier überleben und dann mit sechzehn bei einem Autounfall draufgehen«, sagt er.

Die feilschende Gattin erwägt das. »Dann nehmen wir den Autounfall«, sagt sie.

»Was?«

»*Geh aufs Ganze!* Sechzehn ist ein ganzes Leben! Wir nehmen den Autounfall. Wir nehmen den Autounfall, vor dem die reizende Assistentin des Showmasters gerade steht.«

Jetzt taucht der Geschäftsführer des Kaufhauses wieder auf. »Wenn man die Überraschungen aus dem Leben nimmt, nimmt man das Leben aus dem Leben«, sagt er.

Das Telefon klingelt. Der Ehemann steht auf und geht.

»Solche Überraschungen will ich aber nicht«, sagt die Mutter. »Hier! Nehmen *Sie* doch diese Überraschungen!«

»Wenn man die Geschichte von vornherein kennt, wird man zur Maschine«, fährt der Geschäftsführer fort. »Was den Menschen menschlich macht, ist doch gerade, dass er die Zukunft nicht kennt. Deshalb tut er die verhängnisvollen und amüsanten Dinge, die er tut: Wer weiß schon, was daraus wird? Darin liegt die einzige Hoffnung auf Erlösung, Entdeckung und – seien wir ehrlich! – Spaß, Spaß, Spaß! Es mag Dinge geben, mit denen man davonkommt. Nicht bloß geklaute Hotelhandtücher. Es mag große verbotene Liebe geben, dauerhafte Freude, glaubenserschütternde Unfälle mit Landwirtschaftsmaschinen. Aber Nicht-Wissen ist die Voraussetzung dafür, zu erkennen, welche Geschichten deine Lebensanstrengungen dir bringen. Im Geheimnis liegt das Geheimnis.«

Die Mutter ist zwar schüchtern, aber inzwischen rebellisch geworden. »Wird dieser gequirlte Pseudo-Quark an der Handelsschule gelehrt? Wir hätten gerne weniger Überraschungen, weniger Anstrengungen und Geheimnisse, danke sehr. Grundschule; können wir einfach Grundschule kriegen?« Das kommt ihr jetzt wie das glücklichste, schönste, musikalischste Wort vor, das sie je gehört hat: Grundschule. Allein der Zungenschlag. Allein der Gedanke.

Der Geschäftsführer fährt fort, probiert Dinge aus. »Ich meine, das ganze Konzept einer ›Geschichte‹, Ursache und Wirkung, die ganze Vorstellung, dass die Leute eine Ahnung davon hätten, wie die Welt funktioniert, ist doch bloß ein Stück lachhafter metaphysischer Kolonialismus, der den wilden Weiten der Zeit aufgezwungen wurde.«

Gibt es eine Waffe im Haus? Die Mutter fängt an, Schubladen zu durchsuchen.

Der Ehemann kommt zurück ins Zimmer und betrachtet sie. »Ha! Die große Zerstörung, das große Rätsel des Lebens!« kommentiert er das Gebaren der Kaufhausleitung. Er hat gerade ein Konferenzgespräch mit der Versicherung und dem Krankenhaus geführt. Am Freitag wird operiert. »Das ist bloß, was sich irgendein dreckiger Kapitalist unter Philosophie vorstellt.«

»Vielleicht ist es nur ein Ereignis in einer Geschichte, und du kannst es nicht politisieren«, sagt die Mutter. Jetzt sind nur noch die beiden anwesend.

»Auf welcher Seite stehst du eigentlich?«

»Ich stehe auf der Seite des Babys.«

»Schreibst du auch mit?«

»Nein.«

»Nein?«

»Nein. Ich kann nicht. Das doch nicht! Ich schreibe fiktionale Texte. Das hier ist keine Fiktion.«

»Dann schreib doch ein Sachbuch. Mach etwas Journalistisches draus. Für zwei Dollar pro Wort.«

»Dann muss es wahr sein und voller Informationen. Ich habe das nie gelernt. So viel Talent habe ich nicht. Außerdem vertrete ich ein persönliches Prinzip, das hier sehr gut passt: Künstler sollten die Kunst nicht aufgeben. Kehre deiner lebhaften Fantasie niemals den Rücken. Selbst die Memoiren-Schiene ärgert mich.«

»Na, dann erfinde das Ganze und tu so, als wär's echt.«

»So hoch bin ich nicht versichert.«

»Du machst mich rasend.«

»Schatzmäuschen, so gut bin ich nicht. Ich *kann das nicht.* Ich kann – was kann ich denn? Ich kann einen beinahe komischen Telefondialog schreiben. Knappe Beschreibungen des Wetters. Einen pointenreichen Ausflug mit dem Familienhaustier. So was kann ich manchmal. Liebes, ich schreibe nur das, was ich kann. Ich schreibe über *die behutsame Ironie des Tagtraums.* Ich schreibe über den *Sumpf der Vorstellungen, auf den das Intimleben gebaut ist.* Aber das hier? Unser Baby mit Krebs? Tut mir leid. Ich hätte schon vor zwei Haltestellen aussteigen sollen. Das ist Ironie, wie sie geschmackloser und liebloser nicht sein könnte. Das ist ein Hieronymus Bosch aus Tatsachen und Zahlen und Blut und Kurven. Das ist ein Alptraum aus erzählerischem Spülwasser. Das kann man nicht entwerfen. Da kann man nicht mal mitschreiben, um einen Entwurf vorzubereiten –«

»Wir werden das Geld brauchen.«

»Ganz zu schweigen von den moralischen Vorbehalten, an einer derartigen Situation zu verdienen –«

»Und was, wenn die andere Niere versagt? Was, wenn er eine Transplantation braucht? Was ist dann mit den moralischen Vorbehalten? Was machen wir dann, einen Plätzchenbasar vorm Haus?«

»Wir können das Haus verkaufen. Ich kann es sowieso nicht ausstehen. Es macht mich verrückt.«

»Und dann wohnen wir – wo noch gleich?«

»Im Kinderparadies bei McDonald's. Das soll nicht schlecht sein. Das ist ja wohl das Mindeste, was McDonald's tun kann.«

»Du hast einen ausgeprägten Sinn für Gerechtigkeit.«

»Ich versuche es. Was soll ich sagen?« Sie hält inne. »Passiert das alles wirklich gerade? Ich denke die ganze Zeit, dass es bestimmt bald vorbei sein wird – die Lebenserwartung einer Wolke soll bei nur zwölf Stunden liegen –, und dann wird mir klar, dass etwas geschehen ist, das niemals vorbei sein wird.«

Der Ehemann begräbt sein Gesicht in den Händen: »Unser armes Baby. Wie ist das nur passiert?« Er starrt auf das Bücherregal, das als Nachttisch dient. »Glaubst du etwa, irgendeins von all diesen Babybüchern nutzt uns auch nur im Geringsten?« Er greift nach der Leach, dem Spock, dem *Was zu erwarten ist.* »Wo steht hier im Text oder im Register irgendetwas von ›Chemotherapie‹ oder ›Hickman-Katheter‹ oder ›Nierensarkom‹? Wo steht ›Karzinogenese‹? Weißt du, wovon all diese Bücher besessen sind? *Wie man einen Scheiß-Löffel hält.*« Er schleudert sie eins nach dem anderen vom Nachttisch an die gegenüberliegende Wand.

»Hey«, sagt die Mutter, versucht, ihn zu beruhigen. »Hey, hey, hey.« Aber im Vergleich mit diesem Sturmgebrüll klingen ihre Worte, als wäre sie eine Background-Sängerin – eine von den Supremes, von den Ikettes, eine Doo-wop-ditty. Bücher und nochmals Bücher fliegen durch die Gegend.

Mitschreiben.

Schwachherzig, schreibt man das zusammen oder nicht? Studentenprosa hat ihre Orthografie ruiniert.

Zusammen natürlich. Als zwei Worte – schwach, herzig – wäre es die Beschreibung einer Dragqueen.

Mitschreiben. Letzten Endes leidet man allein. Aber anfangs leidet man zusammen mit einer Menge anderer Leute. Wenn dein Kind Krebs hat, wirst du blitzschnell auf einen anderen Planeten gebeamt: einen Planeten voller kahlköpfiger kleiner Jungen. Pediatrische Onkologie. Onkelogie für Kinder. Man wäscht seine Hände dreißig Sekunden lang mit antibakterieller Seife, bevor man durch die Schwingtüren eintreten darf. Man zieht Papierpantoffeln über seine Schuhe. Man spricht leise. Ein ganzer Ort ist entworfen und ausgestattet worden, nur für diesen Alptraum. Hier wird er sich ereignen. Wir haben ein Zimmer für Sie vorbereitet. Wir haben Feldbetten. Wir haben Kühlschränke. »Die Kinder sind fast ausschließlich Jungen«, sagt eine der Krankenschwestern. »Keiner weiß warum. Es ist darüber berichtet worden, aber vielen Menschen draußen ist es immer noch nicht bewusst.« Die kleinen Jungen kommen allesamt aus Orten mit süß klingenden Namen – Janesville und Appleton –, kleinen Städten aus dem Herzland mit riesigen Landaufschüttungen, landwirtschaftlichen Abflüssen, Papierfabriken, Joe McCarthys Grab (das allein schon ein hochtoxischer Ort sein muss, denkt die Mutter. Man sollte mal die Erde dort untersuchen).

All die kahlköpfigen kleinen Jungen sehen aus wie Brüder. Sie rollen ihre Infusionsständer über den einzigen Korridor der Kinder-Onkelogie. Einige der lebhafteren reiten, wenn sie gerade mal einen guten Tag haben, auf den unteren Stangen des Ständers, während ihre üppigen, fröhlichen Mütter sie durch die Säle wirbeln. *Huiiii!*

Die Mutter fühlt sich aber nicht üppig und fröhlich. Im Geist sieht sie sich irgendwo draußen auf einer Feuerleiter sitzen, ätzend, giftzüngig, klapperdürr, kettenrauchend. Unter ihr liegen die sanft geschwungenen Hügel des Mittleren Westens, die so gern – was denn? Was wären sie denn gern? Die so gern Long Island wären. Ein voller Erfolg! Ein Einkaufszentrum hinter dem anderen. Schmutziggelbes Wasser, verseuchte Kartoffeln. Die Mutter nimmt einen tiefen Zug, bläst Rauchwolken über die entstellten Maisfelder. Wenn ein Baby Krebs bekommt, erscheint es einem saudumm, jemals das Rauchen aufgegeben zu haben. Wenn ein Baby Krebs bekommt, denkt man: Wem wollen wir hier was vormachen? Stecken wir uns alle eine an. Wenn ein Baby Krebs bekommt, denkt man: Wer ist denn auf *diese* Idee gekommen? Welche Hemmungslosigkeit des Himmels hat *das* bloß zugelassen? Bitte einen Drink, dann kann ich mich weigern zu prosten.

Die Mutter weiß nicht, wie man eine dieser anderen Mütter wird, mit den blonden Haaren und Jogginghosen und Turnschuhen und der fest entschlossenen Freundlichkeit. Sie kann sich nicht vorstellen, dem auch nur nahe zu kommen. Sie fühlt sich nicht im Entferntesten so. Sie kennt zum Beispiel viel zu viele Leute im Greenwich Village. Sie bestellt Austern und Tiramisù aus dem Katalog eines Ladens in SoHo. Sie ist eng mit vier praktizierenden Homosexuellen befreundet. Ihr Ehemann fordert sie auf mitzuschreiben.

Wo kriegen diese Frauen ihre Jogginghosen her? Das wird sie herausfinden.

Vielleicht wird sie bei der Kostümierung anfangen und sich von dort aus weiter vorarbeiten.

Sie wird ihr Leben nach den Gemeinplätzen richten. Immer einen Tag nach dem anderen. Sieh die Dinge doch mal positiv. *Mach einen Spaziergang!* Sie wünschte, es gäbe interessantere Dinge, die nützlich und wahr sind, aber jetzt sieht es so aus, als wären nur die langweiligen Dinge nützlich und wahr. *Ein Tag nach dem anderen.* Und: *Immerhin haben wir noch unsere Gesundheit.* Wie gewöhnlich. Wie offensichtlich. Ein Tag nach dem anderen. Und dafür braucht man ein Gehirn?

Während der Chirurg schmalgliedrig, edel und lakonisch ist – sie haben richtig geraten, beim Tennis spielt er gern im Doppel –, hat der Onkologe etwas vom irren, überkoffeinierten Wissenschaftler an sich. Er spricht schnell. Er kann eine Menge Studien und Zahlen zitieren. Er hat die mathematische Seite im Griff. Gut! Irgendeiner muss die mathematische Seite im Griff haben! »Es ist ein flinker, aber schwächlicher Tumor«, erklärt er. »Typisch für ihn ist eine Metastasenbildung in der Lunge.« Er rattert einige Zahlen, Zeitrahmen, Risikostatistiken herunter. Flink, aber schwächlich: Die Mutter versucht sich diese Kombination von Eigenschaften vorzustellen, denkt und denkt und kommt nur auf Claudia Osk aus der vierten Klasse, die immer rot wurde und fast losheulte, wenn sie im Unterricht aufgerufen wurde, aber im Sport beim 400-Meter-Sprint von der Feuertür zum Zaun jeden stehen ließ. Jetzt sieht die Mutter diesen Tumor nur noch als Claudia Osk. Sie werden Claudia Osk schon kriegen, der wird es noch Leid tun. Jawoll! Claudia Osk muss sterben. Obwohl das nie erwähnt worden ist, scheint unzweifelhaft, dass Claudia Osk schon vor langem hätte sterben sollen. Wer war die überhaupt? Dermaßen eingebildet: ließ keinen beim Wettrennen überholen. Na dann, hey, hey, hey: Pass bloß auf, Claudia!

Der Ehemann stupst sie an. »Hörst du zu?«

»Die Chancen, dass das auch nur mit einer Niere passiert, stehen eins zu fünfzehntausend. Wenn man all die anderen Faktoren einbezieht, stehen die Chancen bei der zweiten Niere etwa eins zu acht.«

»Eins zu acht«, sagt der Ehemann. »Nicht schlecht. Solange es nicht eins zu fünfzehntausend ist.«

Die Mutter mustert die Bäume und Fische am Deckenrand der Rettet-die-Erde-Tapete. Rettet die Erde. Ja! Aber die Fenster in diesem Gebäude lassen sich nicht öffnen, und Dieselqualm sickert in die Klimaanlage, neben der, draußen, ein Liefer-LKW parkt. Die Luft ist ekelhaft und abgestanden.

»Wirklich«, sagt der Onkologe gerade, »von allen Krebsarten, die er hätte bekommen können, ist diese hier wahrscheinlich die beste.«

»Der Hauptgewinn«, sagt die Mutter.

»*Die beste* klingt kaum nach dem passenden Wort, ich weiß. Schauen Sie, Sie beide müssen sich bestimmt etwas ausruhen. Warten wir mal ab, wie die Operation und die Histologie verlaufen. Dann fangen wir in der darauf folgenden Woche mit der Chemo an. Eine kleine, leichte Chemo: Vincristin und –«

»Vincristin?« unterbricht die Mutter. »Wein Christi?«

»Die Namen sind seltsam, ich weiß. Das andere Mittel, das wir einsetzen, heißt Actinomycin-D. Manchmal auch Dactinomycin genannt. Da wird das D einfach nach vorn gesetzt.«

»Da wird das D einfach nach vorn gesetzt«, wiederholt sie.

»Genau!« sagt der Onkologe. »Ich weiß auch nicht warum – das machen die einfach!«

»Christus hat ja seinen Wein nicht überlebt«, stellt der Ehemann fest.

»Aber natürlich hat er das«, sagt der Onkologe und nickt dem Baby zu, das gerade einen Schrank voller Krankenhaus-

Bettwäsche und Verbandsstoff gefunden hat und das ganze Zeug rausreißt, auf den Boden wirft. »Wir sehen uns dann morgen, nach der Operation.« Und damit geht der Onkologe hinaus.

»Vielmehr, Christus *war* doch sein Wein«, murmelt der Ehemann. Alles, was er über das Neue Testament weiß, hat er von der CD mit der Filmmusik zu *Godspell.* »Sein Blut war der Wein. Erstklassige Getränk-Idee.«

»Eine kleine, leichte Chemo. Hat dir das nicht gefallen?« sagt die Mutter. »*Eine kleine* Dactinomycin. Ich möchte gern mal sehen, wie Mozart das für einen dicken Haufen Geld vertont.«

»Komm her, mein Schatz«, sagt der Ehemann zu dem Baby, das inzwischen beide Schuhe ausgezogen hat.

»Es ist schlimm genug, wenn sie die Medizin als ›inexakte Wissenschaft‹ bezeichnen«, sagt die Mutter. »Aber wenn sie dazu übergehen, sie als ›Kunst‹ zu bezeichnen, werde ich äußerst nervös.«

»Genau. Wenn wir Kunst wollen, lieber Onkel Doktor, dann gehen wir ins Museum.« Der Ehemann hebt das Baby hoch. »Du bist Künstlerin«, sagt er zu der Mutter, einen Hauch anklagend. »Wahrscheinlich glauben die, du fändest Kreativität beruhigend.«

Die Mutter seufzt. »Ich finde sie unvermeidlich. Komm, wir gehen was essen.« Also fahren sie mit dem Fahrstuhl in die Cafeteria, wo es einen Babystuhl gibt, und dort essen sie alle, ohne es zu merken, eine Menge Äpfel inklusive Preisschildchen.

Da seine Operation erst morgen stattfindet, gefällt dem Kleinen das Krankenhaus. Ihm gefallen die langen Korridore, die er entlangrennen kann. Ihm gefällt alles auf Rädern. Die Blumenkarren im Foyer! (»Bitte halten Sie Ihren Jungen von den Blumen fern«, sagt der Verkäufer. »Wir kaufen die komplette Auslage«, faucht die Mutter und fügt hinzu: »Echte Kinder in einem Kinderkrankenhaus – das ist ja wohl die Höhe, oder?«) Der Kleine mag die anderen kleinen Jungen. Überall etwas zu entdecken!

Leute zu sehen! Zimmer zu betreten! Da ist die Intensivstation. Da ist die Unfallstation. Der Kleine lächelt und winkt. Ein kleiner Krebs-Star! Bandagierte Bürger lächeln und winken zurück. In der Kinder-Onkelogie gibt es die kahlköpfigen kleinen Jungen zum Spielen. Joey, Eric, Tim, Mort und Tod (*Mort! Tod!* Was für Namen!). Da ist der vierjährige Ned, der sich an einem kleinen, schlaffen Gummiball festhält, mit so einem spannenden, verdrehten Schlauch dran. Das Baby möchte damit spielen. »Der gehört mir. Lass ihn in Ruhe«, sagt Ned. »Sagen Sie dem Baby, es soll den Ball in Ruhe lassen.«

»Baby, du musst teilen lernen«, sagt die Mutter von einem etwas entfernten Stuhl.

Plötzlich kommt von weiter hinten, wo die Tiny-Tim-Lounge liegt, Neds Mutter angestürmt, üppig und blond und jogginghost. »Hör damit auf! Lass das!« schreit sie, rast auf das Baby und Ned zu und schubst das Baby zur Seite. »Fass das nicht an!« schnauzt sie das Baby an, das nur ein Baby ist und in Tränen ausbricht, weil es noch nie so angeschrien worden ist.

Neds Mom stiert alle an. »Das hier entzieht Neddys Leber Flüssigkeit!« Sie klopft auf das Gummiding und fängt ein bisschen an zu weinen.

»O Gott«, sagt die Mutter. Sie tröstet das Baby, das auch weint. Sie und Ned, die einzigen Anwesenden mit trockenen Augen, betrachten einander. »Es tut mir furchtbar Leid«, sagt sie zu Ned und dann zu seiner Mutter. »Ich bin so dumm. Ich dachte, sie zanken sich um ein Spielzeug.«

»Es sieht wirklich wie ein Spielzeug aus«, stimmt Ned zu. Er lächelt. Er ist ein Engel. All die kleinen Jungen sind Engel. Vollkommene, süße, kahlköpfige kleine Engel, und jetzt will Gott sie wieder zurückhaben, ganz für sich allein. Wer sind sie schon, diese gewöhnlichen sterblichen Frauen, angesichts eines so machtvollen, überwältigenden und undurchdringlichen Etwas namens Gottes Willen? Sie sind die Mütter, das sind sie. Du kriegst ihn nicht! schreien sie jeden Tag. Dreckiger alter Lüstling! *Raus hier! Finger weg!*

»Es tut mir so Leid«, sagt die Mutter wieder. »Das wusste ich nicht.«

Neds Mutter lächelt schwach. »Natürlich wussten Sie das nicht«, sagt sie und geht zurück in die Tiny-Tim-Lounge.

Die Tiny-Tim-Lounge ist ein kleiner Aufenthaltsbereich am Ende des Onkelogie-Korridors. Da stehen zwei kleine Sofas, ein Tisch, ein Schaukelstuhl, ein Fernseher und ein Videorecorder. Es gibt diverse Videos, darunter *Speed*, *Der Wüstenplanet* und *Star Wars*. An einer der Wände hängt eine goldene Tafel mit dem Namen des Sängers Tiny Tim darauf: Sein Sohn wurde einmal in diesem Krankenhaus behandelt, und deshalb hat er vor fünf Jahren Geld für diese Lounge gespendet. Sie ist eng und klein, und man kann sich des Verdachts nicht erwehren, dass sie größer ausgefallen wäre, wenn Tiny Tims Sohn überlebt hätte. Stattdessen ist er hier gestorben, in diesem Krankenhaus, und jetzt gibt es diesen winzigen Raum, der zum Teil für Dank steht, zum Teil für Großzügigkeit, zum Teil für *Ihr-könnt-mich-mal*.

Während sie die Videos durchsieht, fragt sich die Mutter, welcher Science-Fiction-Film wohl so sciencefictionhaft wie Krebs ist – ein Tumor mit seinen differenzierten Muskel- und Knochenzellen, ein Klumpen aus wildgewordenem Nichts mit seinem irren, ehrgeizigen Willen, etwas zu sein: etwas in dir, an deiner Stelle, ein anderer Organismus, aber konstruiert wie ein Ungeheuer, mit Sabotage und Chaos, dämonisch. Zum Beispiel Leukämie, ein Tumor, der teuflischerweise flüssige Form annimmt, damit er leichter inkognito durch das Blut schwimmen kann. George Lucas, verfilmen Sie das mal!

Während sie mit den anderen Eltern in der Tiny-Tim-Lounge sitzt – es ist der Abend vor der Operation, und sie hat das Baby in seinem hohen Stahlbettchen zwei Zimmer weiter schlafen gelegt –, hört die Mutter zum ersten Mal die ganzen Geschichten: Leukämie im Kindergarten, Sarkome im Kinderbaseballteam, Neuroblastome, die im Sommerlager entdeckt wurden. »Eric ist in die Third Base reingerutscht, und dann ist die

Schramme nicht mehr abgeheilt.« Die Eltern tätscheln einander den Unterarm und sprechen von anderen Kinderkrankenhäusern, als wären es Ferienorte. »Ach, Sie waren letzten Winter im St. Jude's? Wir auch. Wie fanden Sie es denn? Wir waren begeistert vom Personal.« Arbeitsplätze sind aufgegeben worden, Ehen zerstückelt, Bankkonten verwüstet; die Eltern haben anscheinend das Unerträgliche ertragen. Sie reden nicht von der *Möglichkeit*, dass die Chemo Komata mit sich bringt, sondern von deren *Anzahl*. »Er war letzten Juli zum ersten Mal im Koma«, sagt Neds Mutter. »Wir haben ganz schön Angst gekriegt, aber wir haben es durchgestanden.«

Durchstehen, damit sind die Leute hier beschäftigt. In ihrem Leben liegt eine Art von Tapferkeit, die gar keine Tapferkeit ist. Sie ist automatisch, unbeirrbar, eine Mischung aus Mensch und Maschine, eine verzehrende und unhinterfragbare Verpflichtung trifft auf eine Krankheit, Zug um Zug, in einem riesigen Patt-Schachspiel – eine endlose Runde von, tja, es sieht wie Schattenboxen aus, nur, wer von beiden ist der Schatten, die Liebe oder der Tod? »Alle bewundern uns für unseren Mut«, sagt ein Mann. »Die haben doch keine Ahnung.«

Ich könnte abhauen, denkt die Mutter. Ich könnte einfach einen Bus nehmen und wegfahren, auf Nimmerwiedersehen. Meinen Namen ändern. Wie im Zeugenschutzprogramm.

»Mut braucht Auswahlmöglichkeiten«, fügt der Mann hinzu.

Vielleicht würde es dem Baby dann besser gehen.

»Es gibt Auswahlmöglichkeiten«, sagt eine Frau mit einem dicken Haarband aus Wildleder. »Man könnte aufgeben. Man könnte zerbrechen.«

»Nein, das kann man nicht. Das tut keiner. Hab ich nie gesehen«, sagt der Mann. »Na ja, jedenfalls nicht *richtig* zerbrechen.« Dann wird es still in der Lounge. Über den Videorecorder hat jemand das Orakel aus einem Glückskeks geklebt. »Optimismus«, steht da, »ist das, was einem Teekessel ermöglicht zu singen, obwohl er bis zum Hals in kochendem Wasser steht.« Darunter hat jemand anders einen Ausschnitt aus dem Horoskop für den Sommer geklebt. »Regeln für den Krebs!« steht da. Wer klebt so was auf? Der zwölfjährige Bruder von irgendwem. Einer der Väter – Joeys Vater – steht auf und reißt beide Zettel ab, knüllt sie in seiner Faust zusammen.

Geraschel von Zeitschriftenseiten.

Die Mutter räuspert sich. »Tiny Tim hat die Bar vergessen«, sagt sie.

Ned, der immer noch auf ist, kommt aus seinem Zimmer und über den Korridor, dessen Licht um neun gedämpft wird. Er stellt sich neben ihren Stuhl und sagt: »Woher kommen Sie? Was ist mit Ihrem Baby los?«

In dem winzigen Zimmer, das ihnen zugewiesen worden ist, schläft sie anfallsweise, in Jogginghosen, springt immer wieder auf, um nach dem Baby zu schauen. Dafür sind die Jogginghosen gedacht: zum Aufspringen. Falls es brennt. Falls egalwas ist. Wenn der Unterschied zwischen Tag und Nacht sich allmählich auflöst und es gar keinen Unterschied mehr gibt, warum soll man dann so tun als ob? Auf dem Feldbett neben ihr liegt der Ehemann, der eine Schlaftablette genommen hat, laut schnarchend, seine Arme in einer Art Origami um seinen Kopf gefaltet. Wie hätten sie in ihrem Haus bleiben sollen, wo der leere Babystuhl und das leere Kinderbett stehen? Ab und zu wacht das Baby auf und schreit, dann fährt sie hoch und geht zu ihm, streichelt ihm über den Rücken, zieht sein Laken zurecht. Die Uhr auf der Metallkommode zeigt fünf nach drei. Dann zwanzig vor fünf. Und dann ist es wirklich Morgen, der Anfang dieses Tages. Nierenentfernungstag. Wird sie froh sein, wenn alles überstanden ist, oder gerade noch am Leben oder beides? Jeder Tag dieser Woche ist riesig, leer und unbekannt herangekommen, wie ein Raumschiff, und ganz besonders dieser schimmert in hellem Grau.

»Er muss das hier anziehen«, sagt John, einer der Krankenpfleger, frisch und früh, und reicht der Mutter ein dünnes, grünliches Kleidungsstück, auf das Rosen und Teddybären gedruckt sind. Eine Welle der Übelkeit überschwemmt sie; dieses Kittelchen, denkt sie, wird bald bespritzt sein mit – mit was?

Das Baby ist wach, aber dösig. Sie streift den Schlafanzug hoch. »Vergiss nicht, *Bubele*«, flüstert sie, während sie ihn aus- und wieder anzieht. »Wir sind bei dir, in jedem Augenblick, bei jedem Schritt. Wenn du glaubst, du schläfst und schwebst weit weg von allen, dann ist Mommy immer noch bei dir.« Falls sie nicht mit dem Bus geflohen ist. »Mommy wird sich um dich kümmern. Und Daddy auch.« Sie hofft, das Baby spürt ihre Angst und Unsicherheit nicht, die sie vor ihm verbergen muss wie ein Hinken. Der Kleine ist hungrig, weil er nichts essen durfte, und dieser neue Ort macht ihm gar keinen Spaß mehr, sondern missfällt ihm mit all seinen Entbehrungen. O mein Kleiner, denkt sie. Und das Zimmer fängt an, ein bisschen zu schwimmen. Der Ehemann kommt herein, um sie abzulösen. »Ruh dich doch aus«, sagt er zu ihr. »Ich geh mal fünf Minuten mit ihm herum.«

Sie geht hinaus, weiß aber nicht wohin. Auf dem Korridor spricht sie eine Art Sozialarbeiterin an, eine Kundenberaterin, die ihnen ein Video über die Anästhesie gegeben hat: wie das Elternteil das Kind in den OP begleitet und wie das Betäubungsmittel sanft und behutsam gegeben wird.

»Haben Sie das Video angeschaut?«

»Ja«, sagt die Mutter.

»Hat es Ihnen nicht geholfen?«

»Ich weiß nicht«, sagt die Mutter.

»Haben Sie irgendwelche Fragen?« fragt die Videofrau. »Haben Sie irgendwelche Fragen?«, dieses jemanden zu fragen, der gerade erst an diesem furchterregenden, außerweltlichen Ort gelandet ist, erscheint der Mutter wie eine absurde und verblüffende kleine Höflichkeit. Gerade das Spezifische jeder Frage würde die überwältigende Fremdheit von allem um sie herum Lügen strafen.

»Im Augenblick nicht«, sagt die Mutter. »Im Augenblick muss ich, glaube ich, nur mal auf die Toilette.«

Als sie in das Zimmer des Babys zurückkehrt, sind alle dort: der Chirurg, der Anästhesist, alle Schwestern und Pfleger, die Sozialarbeiterin. In ihren blauen Mützen und OP-Kitteln sehen sie aus wie ein Büschel Vergissmeinnicht, und wer könnte sie auch vergessen? Das Baby in seinem kleinen Teddybär-Kittel wirkt fröstelig und verschreckt. Der Kleine streckt eine Hand aus, und die Mutter nimmt ihn aus den Armen des Ehemanns, reibt ihm den Rücken, um ihn zu wärmen.

»Tja, jetzt wird's Zeit!« sagt der Chirurg mit verkniffenem Lächeln.

»Wollen wir?« sagt der Anästhesist.

Was nun folgt, ist ein Verschwimmen von Gehorsam und hellem Licht. Sie nehmen einen Fahrstuhl nach unten in einen großen Betonraum, den Vorraum, den grünen Raum, die Hinterbühne des OP-Saals. An den Wänden entlang befinden sich lange Regale voller blauer OP-Anzüge. »Kinder haben oft Angst vor der Farbe Blau«, sagt eine der Schwestern. Aber natürlich. Natürlich! »Also, wer von Ihnen beiden möchte während der Anästhesie mit in den OP-Saal kommen?«

»Ich«, sagt die Mutter.

»Bist du sicher?« fragt der Ehemann.

»Und wie.« Sie küsst das Baby aufs Haar. »Mr. Lockenkopf« nennen ihn hier alle Leute, das klingt frech und nett zugleich. Frauen bewundern seine langen Wimpern und rufen aus: »Immer die Jungen! Immer die Jungen!«

Zwei OP-Schwestern ziehen der Mutter einen blauen Kittel und eine blaue Papiermütze über. Das Baby findet das lustig und zieht immer an der Mütze. »Hier entlang«, sagt eine andere Schwester, und die Mutter folgt. »Legen Sie das Baby einfach auf den Tisch.«

Im Video hält die Mutter das Baby, und irgendwelche Dämpfe werden ihm sanft unter der Nase hin und her gewedelt, bis es einschläft. Jetzt, außer Sicht der Kamera oder der Sozialarbeiterin, hat es der Anästhesist eilig und will nicht zu viel Gas in den Raum strömen lassen. Das Berufsrisiko seines gewählten

Metiers ist Nervenschädigung durch eingeatmetes Gas, und allmählich macht er sich deshalb Sorgen. Bestimmt jammert er seiner Frau jeden Abend was vor. Jetzt stellt er das Gas an und stülpt dem Baby schnell das Mundstück aus Plastik über Wangen und Lippen.

Das Baby ist verblüfft. Die Mutter ist verblüfft. Das Baby fängt an zu schreien und wird ganz rot unter dem Kunststoff, aber man kann es nicht hören. Das Baby schlägt um sich. »Sagen Sie ihm bitte, dass alles in Ordnung ist«, sagt die Schwester zur Mutter.

In Ordnung? »Alles in Ordnung«, wiederholt die Mutter und hält seine Hand, aber sie weiß, dass er merkt, es ist nicht in Ordnung, weil er nicht nur sieht, dass sie immer noch diese blöde Papiermütze aufhat, sondern auch, dass ihre Worte mechanisch und verschluckt herauskommen, dass sie sich auf die Lippen beißt, damit sie nicht zittern. In Panik versucht er sich aufzusetzen. Er kann nicht atmen; seine Arme fahren hoch. *Tschü-üs, draußen.* Und dann, ziemlich schnell, schließen sich seine Augen; er entkrampft sich und fällt nicht *in* den Schlaf, sondern daneben, es ist ein seltsamer, kidnappender Schlaf, und der Terror des Babys liegt jetzt irgendwo tief innen verborgen.

»Wie ist es gelaufen?« erkundigt sich die Sozialarbeiterin, die in dem äußeren Betonraum wartet. Die Mutter ist hysterisch. Eine Schwester hat sie hinausgebracht.

»Es war überhaupt nicht wie in dem Film!« heult sie. »Es war überhaupt nicht wie in dem Film!«

»Dem Film? Sie meinen das Video?« fragt die Sozialarbeiterin.

»Es war überhaupt nicht so! Es war brutal und unverzeihlich.«

»Oh, das ist aber schlimm«, sagt die Frau, deren Rolle jetzt nicht mehr aus Fehlinformation, sondern aus hausmeisterlicher Kontrolle besteht, und sie berührt die Mutter am Arm. Die schüttelt sie ab und geht den Ehemann suchen.

Sie entdeckt ihn in dem großen, maulbeerfarbenen Aufenthaltsraum der Chirurgie, wo man ihn hingebracht hat und wo es heißen Gratiskakao aus kleinen Styroporbechern gibt. Rote Zellophangirlanden schmücken die Türen. Sie hat vollkommen vergessen, dass Weihnachten so nah ist, wie es schon ist. Ein Pianist in der Ecke spielt »Süßer die Glocken nie klingen«, und es klingt nicht nur unfestlich, es klingt furchteinflößend, wie die Filmmusik zu *Der Exorzist.*

An der gegenüberliegenden Wand hängt eine Riesenuhr, eine Möglichkeit, die Qual des Babys zu ermessen: fünfundvierzig Minuten für das Implantieren des Hickman-Katheters; zweieinhalb Stunden für die Nephrektomie. Und danach drei Monate Chemotherapie. Die Zeitschrift auf ihrem Schoß bleibt aufgeschlagen bei einer rubinrot getönten Werbeseite liegen.

»Schreibst ja immer noch nicht mit«, sagt der Ehemann.

»Nö.«

»Weißt du, eigentlich ist das doch genau die Art Thema, über die du *immer* geschrieben hast.«

»Du bist mir vielleicht 'ne Nummer, weißt du das? Das hier ist Leben. Das ist nicht eine ›Art Thema‹.«

»Aber es ist genau die Art Thema, um die sich Fiktion dreht: das unlebbare Leben, der seltsame Raum, der an das Haus drangeklebt ist, der zusätzliche Mond, der die Erde ohne Wissen der Wissenschaft umkreist.«

»Das sind meine Worte.«

»Und ich zitiere sie.«

Sie schaut auf die Armbanduhr und denkt an ihr Baby. »Wie lang ist es schon?«

»Noch nicht lang. Zu lang. Vielleicht läuft das am Ende auf dasselbe hinaus.«

»Was glaubst du, was passiert in diesem Augenblick mit ihm?«

Infektion? Abrutschende Messer? »Ich weiß nicht. Aber weißt du was? Ich kann hier nicht sitzen bleiben. Ich muss ein bisschen herumlaufen.« Der Ehemann steht auf, läuft in dem

Aufenthaltsraum herum, dann kommt er zurück und setzt sich wieder.

Die Synapsen zwischen den Minuten sind unüberbrückbar. Eine Stunde ist so zäh wie Nougat. Die Mutter fühlt sich ausgelaugt; sie fühlt sich wie eine Kette aneinander gedrahteter Blechbüchsen oder wie etwas, woran eine Ziege schnüffeln und herumkauen würde, oder wie etwas, das ab und zu von einem kleinen Stromstoß belebt wird.

Sie hört ihre Namen über Lautsprecher. »Ja? Ja?« Sie springt auf. Die Worte sind ihr entströmt, das Ausatmen eines Vogels. Die Klaviermusik ist beendet. Der Pianist ist weg. Sie und der Ehemann gehen auf den Informationsschalter zu, wo ein Mann zu ihnen hochsieht und lächelt. Vor ihm liegt eine fotokopierte Liste mit Patientennamen. »Da ist unser kleiner Junge, da«, sagt die Mutter, als sie den Namen des Babys auf der Liste entdeckt, und zeigt darauf. »Gibt es etwas Neues? Ist alles in Ordnung?«

»Ja«, sagt der Mann. »Ihrem Sohn geht es gut. Sie sind gerade mit dem Katheter fertig geworden und machen jetzt mit der Niere weiter.«

»Aber es dauert schon zwei Stunden! O Gott, ist etwas schiefgegangen? Was ist passiert? Was ist schiefgegangen?«

»Ist etwas schiefgegangen?« Der Ehemann zupft an seinem Kragen.

»Eigentlich nicht. Es hat einfach länger gedauert als erwartet. Mir ist gesagt worden, alles sei in Ordnung. Das wollten die Ärzte Sie wissen lassen.«

»Danke sehr«, sagt der Ehemann. Sie drehen sich um und gehen zu ihrem Platz zurück.

»Das halte ich nicht durch.« Die Mutter seufzt und lässt sich in einen Kunstledersessel sinken, der in etwa die Form eines Baseballhandschuhs hat. »Aber bevor ich draufgehe, nehme ich das halbe Krankenhaus mit.«

»Möchtest du einen Kaffee?« fragt der Ehemann.

»Ich weiß nicht«, sagt die Mutter. »Nein, wohl nicht. Nein. Du?«

»Ach nein, ich wohl auch nicht«, sagt er.

»Möchtest du ein Stück Orange?«

»Ach, vielleicht, wenn du eine isst.« Sie holt eine Orange aus ihrer Handtasche und sitzt da, pellt die schwierige Schale herunter, das Fruchtfleisch platzt unter ihren Fingern, der Saft tropft an ihren Händen herab, brennt an den Niednägeln. Sie und der Ehemann kauen und schlucken, spucken die Kerne diskret in ein Kleenex und lesen Fotokopien über die neuesten Errungenschaften der medizinischen Forschung, die sie von dem Assistenzarzt erbeten haben. Sie lesen und unterstreichen und seufzen und schließen die Augen, und nach einiger Zeit ist die Operation vorbei. Eine Schwester von der Kinderonkelogie kommt herunter, um es ihnen zu sagen.

»Ihr kleiner Junge ist zurzeit im Aufwachraum. Es geht ihm gut. Sie können ihn in etwa fünfzehn Minuten sehen.«

Wie lässt sich das beschreiben? Wie lässt sich irgendetwas von all dem beschreiben? Die Reise und die Geschichte der Reise sind immer zwei verschiedene Dinge. Die Erzählerin ist diejenige, die zu Hause geblieben ist, aber im Nachhinein ihren Mund auf den Mund des Reisenden presst, damit der Mund arbeitet, damit er spricht, spricht, spricht. Man kann nicht an einen Ort reisen und davon sprechen; man kann nicht gleichzeitig sehen und sagen, wirklich nicht. Man kann hinfahren und nach der Rückkehr eine Menge Handbewegungen und Armfuchteln veranstalten. Der Mund selbst, der in Lichtgeschwindigkeit arbeitet, auf Anweisung der Augen, ist zwangsläufig mit Schweigen geschlagen; so schnell so viel zu berichten, da hängt er weit offen und stumm wie eine demolierte Glocke. All das unsagbare Leben! Da tritt die Erzählerin auf den Plan. Die Erzählerin tritt auf mit ihren Küssen, ihrer Mimikry und ihren Aufräumaktionen. Die Erzählerin tritt auf und verwandelt die eifrige Zerstörungsarbeit des Mundes in ein langsames, falsches Lied.

Es ist entsetzlich und wunderbar, ihn zu sehen. Er liegt in seinem Zimmer im Kinderbettchen, voller Schläuche, ausgestreckt wie ein kleiner gekreuzigter Junge, seine Arme zu zwei drohend gereckten Zeigefingern versteift, wehe, du reißt die Schläuche heraus. Da ist der Blasenkatheter, der Nasen-Magen-Schlauch und der Hickman, der unter der Haut in seine Halsschlagader eingestöpselt ist und vorn aus der Brust wieder hervorkommt, bedeckt mit einer langen Plastikkappe. Über seinen Unterleib ist ein großer Verband geklebt. Er ist schlapp, hängt am Morphiumtropf, schafft es aber doch, sie anzuschauen, als sie sich, quer durch den Vinyldschungel manövrierend, vorbeugt und ihn in den Arm nimmt, und da fängt er an zu weinen, aber lautlos, ohne Bewegung, ohne Geräusch. Sie hat noch nie ein Baby ohne Bewegung und ohne Geräusch weinen sehen. So weint ein alter Mensch: stumm, jenseits jeglicher Meinung, zerschmettert. Bei jemand so Winzigem ist das erschreckend und unnatürlich. Sie möchte am liebsten das Baby nehmen und davonrennen – weg hier, weg hier. Sie möchte am liebsten eine Knarre rausholen: *Gereckte Zeigefinger, wie? So wie ich das sehe, ist diese ganze Nummer hier ein gereckter Mittelfinger.* Fassen Sie ihn ja nicht an! möchte sie am liebsten die Chirurgen und die Nadelschwestern anschreien. Nicht mehr! Nie mehr! Schluss! Sie würde in das Kinderbettchen reinkrabbeln und sich zu ihm legen, wenn sie könnte. Doch stattdessen muss sie sich wegen der ganzen komplizierten Verdrahtung hinüberbeugen, um zu schmusen, ihm etwas vorzusingen, Lieder von Gefahr und Flucht: »Wir müssen hier raus, und wenn es das Letzte ist, was ich je tu. Wir müssen hier raus … Wir haben was Bess'res verdient, ich und du.«

O-Ton 1967. Damals war sie elf und beeindruckbar.

Das Baby schaut sie an, flehend, die Arme kapitulierend ausgestreckt. Wohin? Wohin können wir gehen? Nimm mich mit! Nimm mich mit!

An jenem Abend, dem postoperativen Abend, liegen, schweben Mutter und Ehemann gemeinsam auf dem Feldbett. Eine fluoreszierende Lampe neben dem Kinderbettchen brennt im Dunkeln. Das Baby atmet gleichmäßig, aber flach in seinem Betäubungsschlaf. Das Morphium gibt ihm anscheinend in seinen ersten einsickernden Dosierungen das Gefühl, rückwärts zu fallen – hat die Mutter jedenfalls gehört –, und deshalb schreckt das Baby immer wieder auf, versucht sich zu fangen, als würde es von einem Baum heruntergeworfen. »Ist das in Ordnung? Sollte man da nicht etwas unternehmen?« Die Krankenschwestern kommen stündlich herein, immer eine andere – die Nachtschichten wirken seltsam kurz und häufig. Wenn das Baby sich rührt oder klagt, geben die Schwestern ihm mehr Morphium durch den Hickman-Katheter, dann gehen sie wieder, kümmern sich um andere Patienten. Die Mutter steht auf, um bei dem schwachen Licht nach ihm zu sehen. Die Absaugsonde aus durchsichtigem Plastik, die aus seinem Mund kommt, gibt ein Gurgeln von sich. Bräunliche Klumpen haben sich in dem Schlauch angesammelt. Was ist los? Die Mutter klingelt nach der Schwester. Heißt sie Renée oder Sarah oder Darcy? Vergessen.

»Was, was ist los?« fragt der Ehemann, erwachend.

»Irgendetwas stimmt nicht«, sagt die Mutter. »Das sieht aus wie Blut in seiner Magensonde.«

»Was?« Der Ehemann springt aus dem Bett. Auch er trägt Jogginghosen.

Die Schwester – Valerie – stößt die schwere Tür zum Zimmer auf und kommt leise herein. »Alles in Ordnung?«

»Hier stimmt irgendetwas nicht. Dieser Schlauch saugt Blut aus seinem Magen. Es sieht aus, als hätte der Schlauch vielleicht seinen Magen angestochen, und er hätte innere Blutungen. Schauen Sie mal!«

Valerie ist eine Heilige, aber ihre Stimme ist die der üblichen Krankenhausheiligen: von pharmazeutischer, in den Wahnsinn treibender Ruhe. Sie besagt, alles hier ist normal. Tod ist normal. Schmerz ist normal. Nichts ist anomal. Also kein Grund zur Aufregung, ja? »Na dann schauen wir doch mal.« Sie hält den Plastikschlauch hoch und versucht hineinzuschauen. »Hmmmm«, meint sie. »Ich hole mal den diensthabenden Arzt.«

Da dies ein Krankenhaus mit Forschung und Lehre ist, liegen um diese Zeit alle regulären Ärzte zu Hause in ihren Betten und schlafen. Heute Nacht, wie anscheinend jedes Wochenende, ist der diensthabende Arzt ein Medizinstudent. Er sieht aus wie fünfzehn. Von der Autorität, mit der er sich schmücken will, ist weit und breit nichts zu sehen, sie befindet sich nicht mal im selben Gebäude wie er. Er schüttelt allen die Hand, dann streicht er sich übers Kinn, eine Geste, die er sich bestimmt in irgendeinem Café-Theater abgeguckt hat, wo ihn seine Eltern mal mit hingenommen haben. Als wüchse da wirklich ein Bart auf diesem Kinn! Als wäre Bartwuchs auf diesem Kinn überhaupt möglich! *Unsere kleine Stadt! Kiss Me Kate! Barfuß im Park!* Er versucht, überzeugend zu sein, wenn nicht gar beeindruckend.

»Wir haben ein Problem«, flüstert die Mutter dem Ehemann zu. Sie ist junge Leute, die nach guten Noten strampeln, so was von leid. »Da haben wir Dr. *Kiss Me Kate.*«

Der Ehemann schaut sie leer an, eine Mischung aus Staunen und Scheidung.

Der Medizinstudent hält den Schlauch in den Händen. »Ich sehe da wirklich nichts«, sagt er.

Durchgefallen! »Ach nein?« Die Mutter drängt sich dazwischen, hält den durchsichtigen Schlauch mit beiden Händen. »Das da«, sagt sie. »Genau hier und hier.« Erst letztes Semester hat sie zu einem ihrer eigenen Studenten gesagt: »Wenn Sie nicht begreifen, warum dieser Aufsatz besser ist als der da, dann möchte ich Sie bitten, einfach nach draußen auf den Korridor zu gehen und dort stehen zu bleiben, bis Sie es begriffen haben.« Ist es wichtig, die Stimme nicht zu erheben? Das Baby schläft weiter. Es steht unter Drogen und träumt, weit weg.

»Hmmmm«, meint der Medizinstudent. »Vielleicht ist da eine kleine Reizung im Magen.«

»Eine kleine Reizung?« Die Mutter wird wild. »Das ist Blut. Geronnen, geklumpt. Dieses dämliche Ding saugt ihm direkt das Leben aus!« Das Leben! Sie fängt an zu weinen.

Sie schalten die Absaugpumpe aus und geben Antacida gegen

Magensäure, durch den Schlauch. Dann stellen sie die Pumpe wieder an. Diesmal mit niedrigem Druck.

»Wie war sie vorher eingestellt?« fragt der Ehemann.

»Hoch«, sagt Valerie. »Anordnung des Arztes, aber ich weiß nicht warum. Ich weiß oft nicht, warum diese Ärzte tun, was sie gerade tun.«

»Vielleicht sind sie ... gar nicht so überschlau?« schlägt die Mutter vor. Sie fühlt sich erleichtert und wütend zugleich: Gebet und Zank hängen in der Luft. Dabei ist sie eigentlich dankbar. Oder nicht? Sie glaubt schon. Und doch, und doch: Was man alles tun muss, um ein Kind zu schützen – im Krankenhaus, das nichts anderes ist als eine Steigerung des grausamen Hindernisrennens namens Leben.

Der Chirurg kommt Sonntagmorgen auf Visite. Er tritt ein und nickt dem Baby zu, das wach ist, aber wegen des Morphiums glasig dreinschaut, mit Augen wie zwei dunkle, sichtlose Trauben. »Der Junge sieht gut aus«, verkündet der Chirurg. Er lugt unter den Verband. »Die Nähte sehen gut aus«, sagt er. Der Unterleib des Babys ist von links nach rechts mit Nähten überzogen wie ein Baseball. »Und die andere Niere hat gestern, als wir sie von Angesicht zu Angesicht betrachten konnten, prima ausgesehen. Wir werden mal versuchen, ihn wieder ein bisschen vom Morphium runterzukriegen, und sehen, wie es ihm am Montag geht.« Er räuspert sich. »Und jetzt«, sagt er und schaut sich im Zimmer um, zu den Schwestern und Medizinstudenten, »würde ich gern mit der Mutter sprechen, allein.«

Das Herz der Mutter macht einen Satz. »Mit mir?«

»Ja«, sagt er, winkt und dreht sich weg.

Sie steht auf und tritt mit ihm in den leeren Korridor, schließt die Tür hinter sich. Worum kann es da gehen? Sie hört das Baby in seinem Bettchen ein bisschen jammern. Ihr Kopf füllt sich mit Schmerz und Panik. Ihre Stimme kommt als heiseres Wispern heraus. »Gibt es etwas –«

»Es gibt etwas ganz Bestimmtes, das ich von Ihnen brauche«, sagt der Chirurg, dreht sich um und steht ganz ernst da.

»Ja?« Ihr Herz hämmert. Sie fühlt sich nicht widerstandsfähig genug für noch mehr schlechte Nachrichten.

»Ich möchte Sie um einen Gefallen bitten.«

»Jederzeit«, sagt sie und gibt sich größte Mühe, die Kraft und den Mut für diese Situation zusammenzunehmen, worum immer es gehen mag; ihre Kehle hat sich zusammengeschnürt, zusammengeballt wie eine Faust.

Der Chirurg holt aus seinem weißen Kittel ein dünnes Taschenbuch und streckt es ihr hin. »Signieren Sie mir mein Exemplar Ihres Romans?«

Die Mutter schaut hin und erkennt tatsächlich ein Exemplar des Buchs, das sie geschrieben hat, über Mädchen im Teenageralter.

Sie schaut wieder hoch. Ein breites, munteres Grinsen zieht über sein Gesicht. »Hab's letzten Sommer gelesen«, sagt er, »und einzelne Passagen gehen mir immer noch nicht aus dem Kopf! Haben sich diese Mädchen vielleicht in was reingeritten!«

Von all den surrealen Augenblicken der letzten paar Tage ist dies wohl der surrealste, findet sie.

»Okay«, sagt sie, und der Chirurg reicht ihr fröhlich einen Füller.

»Schreiben Sie einfach ›Für Dr. –‹. Ach, ich brauche Ihnen doch nicht zu sagen, was Sie schreiben sollen.«

Die Mutter setzt sich auf eine Bank und schüttelt Tinte in die Feder. Ein Seufzer der Erleichterung überrollt sie, entrauscht ihr. Oh, wie wunderbar ist so ein Seufzer der Erleichterung, wie die schönsten Augenblicke der Liebe; hat überhaupt irgendjemand schon mal das Loblied des Erleichterungsseufzers gesungen? Sie schlägt das Buch auf der Titelseite auf. Sie holt tief Luft. Was liest der überhaupt Bücher über Mädchen im Teenageralter? Und warum hat er nicht die gebundene Ausgabe gekauft? Sie schreibt irgendwas Dankbares und Wahres hinein und reicht es ihm zurück.

»Wird er wieder gesund?«

»Der Junge? Der Junge schafft es«, sagt er, dann klopft er ihr steif auf die Schulter. »Passen Sie auf sich auf. Es ist Samstag. Trinken Sie einen Schluck Wein.«

Das Wochenende über sitzen Mutter und Ehemann, während das Baby schläft, in der Tiny-Tim-Lounge. Der Ehemann ist unruhig und läuft immer wieder in die Cafeteria und sonstwohin, erledigt alles Mögliche für jedermann. Wenn er weg ist, beglücken die anderen Eltern die Mutter mit weiteren Legenden. Krebskranke Kinder und Chemo-Geschichten: Amputationen, Blutvergiftung, Zähne, die zerbröseln wie Schiefer, Lernschwierigkeiten und andere Behinderungen durch die Chemo, die das junge, knospende Gehirn brät. Doch nie fehlt die seltsam optimistische Coda – Schlüsse, hölzern und verschlungen wie Zierschnitzereien, knackig und leer wie Salat, engmaschig wie Netz – ach, Worte. »Nach dem ganzen Theater mit dem Nachhilfelehrer geht es ihm jetzt besser, und der Mann vom Cousin meiner Frau hat ihm auch neue Schneidezähne eingesetzt, der hat in zweieinhalb Jahren Zahnmedizin studiert, kaum zu glauben. Wir hoffen das Beste. Wir nehmen die Dinge, wie sie kommen. Das Leben ist schwer.«

»Das Leben ist ein großes Problem«, stimmt die Mutter zu. Ein Teil von ihr begrüßt und ermutigt all die Legenden. In den wenigen, langen Tagen, seit dieser Alptraum begonnen hat, ist ein Teil von ihr süchtig nach Katastrophen- und Kriegsgeschichten geworden. Sie will nur noch von dem Kummer und den Notfällen der anderen hören. Das sind die einzigen Situationen, die ihrer eigenen das Wasser reichen können; alles andere prallt von ihrem glänzenden Schild aus Groll und Teilnahmslosigkeit ab. Nichts anderes kann ihr Gehirn überhaupt bei sich behalten. Kein Zweifel, daraus besteht die Welt der Philister, oder soll man sagen: Daraus rekrutiert sie sich? Die Eltern kuscheln sich den ganzen Tag in der Tiny-Tim-Lounge dicht aneinander – da braucht man nicht *Oprah* zu gucken. Oprah bleibt weit dahinter zurück. Meilenweit. Sie plaudern zur Sache, dann schweigen sie und schauen *Der Wüstenplanet* oder *Star Wars*, wo es helle, funkelnde Roboter gibt, die die Mutter inzwischen gar nicht mehr als Roboter sieht, sondern als Menschen, denen furchtbare Dinge zugestoßen sind.

Einige ihrer Freunde kommen zu Besuch, mit Steiftieren und milden Grüßen à la »Sieht gut aus« an die Adresse des dösenden Babys, obwohl das Zimmer seine Steiftier-Quote bereits deutlich übererfüllt hat. Die Mutter arrangiert ein weiteres Mal einen Teller Mint-Milano-Kekse und aus der Cafeteria Becher mit Kaffee für die Gäste. All ihre durchgeknallten Freunde schauen vorbei – die zwei, die ständig auf Prozac sind, die eine, die von dem schlüpfrigen Wort *kommen* in dem Wort *vollkommen* besessen ist, die andere, die sich neulich hat grüne Strähnen ins Haar machen lassen. »Deine Freunde bringen das Wörtchen *de* in *fin de siècle*«, sagt der Ehemann. Mitangehört oder mitgeschnitten müssen sich ihre ehelichen Gespräche anhören, als würden ständig Witze gerissen, obwohl das selten der Fall ist.

Sie liebt ihre Freunde, vor allem dafür, dass sie tatsächlich vorbeikommen, denn es gibt Zeiten, da sind alle verstritten und reden wochenlang nicht miteinander. Ist das Freundschaft? Für hier und jetzt muss es reichen und tut es auch, das kann sie beschwören. Zum einen drängen sie sich nie mit spirituellen Vorträgen über den Tod auf, dass er ein Teil des Lebens mit seiner natürlichen Ebbe und Flut sei und dass wir alle das akzeptieren müssten, oder andere Äußerungen dieser Preisklasse, die ein tiefes Bedürfnis, ein paar Augen auszukratzen, in ihr wecken. Als wahre Freunde nehmen sie keine hartgesottene oder elegante Pose ein, die sie locker aus irgendeiner übergeordneten Perspektive herauschoreografiert haben. Sie kommen ohne Umschweife herein und murmeln »O Gott!« und schütteln den Kopf. Außerdem sind sie die einzigen Menschen, die nicht nur über ihre dummen Witze lachen, sondern selbst welche machen. *Was kommt dabei heraus, wenn man Tiny Tim mit einem Kampfhund kreuzt?* Die Krankheit eines Kindes strapaziert den Geist. Sie können sanft und verzweifelt miteinander lachen – undenkbar bei den Leuten, die eher Freunde ihres Mannes sind und deren kummervolle Blicke irgendwie immer tiefer werden, während sie voller Mitgefühl nicken, Mitgefühl mit großem M. Wie distanzierend und entfremdend es doch ist, wenn jeder sein Mitgefühl ausdrücken muss! Wenn einer lacht, denkt sie: Okay! Hurra! Ein Kumpel. Ob in der Katastrophe oder im Showbusiness.

Krankenschwestern kommen und gehen; ihre zwitschernden Stimmen sind zugleich aufschreckend und begütigend. Einige der anderen Eltern von der Kinderonkelogie stecken ihre Köpfe herein, um zu erfahren, wie es dem Baby geht, und Ermutigungen von sich zu geben.

Grünsträhne kratzt sich am Kopf. »Alle sind so liebenswürdig. Gibt es hier keinen, der ohne diesen ganzen luftigen, drehbuchhaften Optimismus auskommt – oder gibt es nur solche Leute hier?«

»Hier heißt das Motto: Die moderne Mittlere Medizin trifft auf die moderne Mittlere Familie«, sagt der Ehemann. »Im modernen Mittleren Westen.«

Irgendwer hat Lo-Mein zum Mitnehmen mitgebracht, und sie alle essen in der Halle bei den Fahrstühlen.

Eltern dürfen gratis das Angehörigentelefon benutzen.

»Ihr braucht ein zweites Kind«, sagt ein anderer Freund am Telefon, der nicht in der Stadt wohnt. »Eins als Erben und eins zum Sterben. So haben wir das gemacht. Wir haben ein zweites Kind gekriegt, um sicherzugehen, dass wir uns nicht umbringen, falls wir unser erstes verlieren.«

»Ehrlich?«

»Ganz im Ernst.«

»Ein regelrechter Suizid? Warum sich nicht in eine lebenslange Betäubung hineinsaufen und es dabei belassen?«

»Nichts da. Ich wusste sogar, wie ich es machen würde. Eine

Zeit lang, bevor wir unser Zweites bekommen haben, war alles genau geplant.«

»Was hast du geplant?«

»Ich kann jetzt nicht in die Einzelheiten gehen, weil – Hallo Schatz! – gerade die Kinder reingekommen sind. Aber ich kann dir das Schlüsselwort buchstabieren: S-T-R-I-C-K.«

Sonntag Abend geht sie in die Tiny-Tim-Lounge und lässt sich in das Sofa neben Frank, Joeys Vater, fallen. Er ist ein kleiner, stämmiger Mann mit dem energielosen, abgeschmirgelten Blick hinter den Augen, den alle Eltern hier irgendwann bekommen. Er hat sich den Kopf kahlrasiert, aus Solidarität zu seinem Sohn. Sein kleiner Junge kämpft seit fünf Jahren gegen den Krebs. Der sitzt jetzt in der Leber, und auf dem Korridor kursiert das Gerücht, dass Joey nur noch drei Wochen zu leben hat. Sie weiß, dass Joeys Mutter Heather Frank vor Jahren verlassen hat, als der Krebs in seinem zweiten Jahr war, dass sie wieder geheiratet und eine neue Tochter namens Brittany hat. Manchmal sieht die Mutter Heather hier, mit ihrem neuen Leben – dem süßen kleinen Mädchen und dem neuen, jungen Ehemann mit dem vollen Haar, der sich niemals so manisch und erschöpfend auf Joeys Krankheit fixieren wird wie Frank, ihr erster Mann. Heather kommt, um Joey zu besuchen, um Hallo zu sagen und jetzt Lebwohl, aber sie ist nicht Joeys Hauptperson. Das ist Frank.

Frank kennt zahllose Geschichten – über die Ärzte, das Essen, die Krankenschwestern, Joey. Joey, teilnahmslos durch seine Medikamente, kommt manchmal im Bademantel aus seinem Zimmer, um fernzusehen. Er hat Gelbsucht und eine Glatze, und obwohl er neun ist, sieht er nicht älter als sechs aus. Frank hat die letzten viereinhalb Jahre darauf verwandt, Joeys Leben zu retten. Als der Krebs diagnostiziert wurde, haben die Ärzte Joey eine 20-prozentige Chance gegeben, das nächste halbe Jahr zu überleben. Jetzt sind fast fünf Jahre vergangen, und Joey ist immer noch da. Alles dank Frank, der ziemlich früh von seinem Posten als Vizepräsident einer Finanzberatungsfirma zurückgetreten ist, um sich voll und ganz seinem Sohn zu widmen. Er ist stolz auf alles, was er aufgegeben und geleistet hat, aber er ist müde. Ein Teil von ihm glaubt inzwischen wirklich, dass sich die Dinge einem Abschluss zuneigen, dass bald das Ende naht. Er sagt es ohne Tränen. Er hat keine Tränen mehr.

»Sie haben wahrscheinlich mehr durchgemacht als irgendjemand sonst auf diesem Korridor«, sagt die Mutter.

»Ich könnte Ihnen Geschichten erzählen«, sagt er. Zwischen ihnen hängt ein säuerlicher Geruch, und ihr wird bewusst, dass seit Tagen keiner von ihnen geduscht hat.

»Erzählen Sie mir eine. Erzählen Sie mir die schlimmste.« Sie weiß, dass er seine Exfrau hasst, und deren neuen Mann erst recht.

»Die schlimmste? Jede ist die schlimmste. Da haben Sie eine: Eines Morgens bin ich mit meinem Freund frühstücken gegangen – das war das einzige Mal, dass ich Joey je allein gelassen habe; zwei Stunden, länger nicht –, und als ich zurückkam, war seine Magensonde voll Blut. Sie hatten den Druck der Absaugpumpe zu hoch eingestellt, und sie saugte Joey die Eingeweide aus dem Leib.«

»O Gott. Das ist uns gerade passiert«, sagt die Mutter.

»Ehrlich?«

»Freitag Abend.«

»Sie machen Witze. Die haben das wieder passieren lassen? Dabei habe ich ihnen dermaßen heimgeleuchtet deswegen!«

»Wir haben wohl nicht besonders viel Glück. Kriegen unsere schlimmste Geschichte gleich am zweiten Abend.«

»Es ist aber keine schlechte Klinik.«

»Nein?«

»Ach iwo. Ich hab viel schlimmere gesehen. Ich war mit Joey überall.«

»Er wirkt sehr stark.« In Wahrheit wirkt Joey inzwischen wie ein Zombie und jagt ihr Angst ein.

»Joey ist ein Genie, verdammt noch mal. Ein biologisches Genie. Vergessen Sie nicht, ein halbes Jahr haben die ihm gegeben.«

Die Mutter nickt.

»Ein halbes Jahr ist nicht sehr lang«, sagt Frank. »Ein halbes Jahr ist gar nichts. Er war viereinhalb.«

All die Worte sind wie Schläge. Diesem Mann gegenüber ertrinkt sie förmlich in Zuneigung und Trauer. Sie schaut weg, aus dem Fenster hinaus, vorbei an dem Krankenhausparkplatz, hoch zu dem schwarzen, marmorierten Himmel und der elektrischen Wimper namens Mond. »Und jetzt ist er neun«, sagt sie. »Sie sind sein Held.«

»Und er ist meiner«, sagt Frank, obwohl ihn die Erschöpfung in seiner Stimme zu überwältigen droht. »Und zwar für immer. Entschuldigen Sie«, sagt er. »Ich muss nach ihm sehen. Seine Atmung war nicht besonders. Entschuldigen Sie.«

»Gute und schlechte Nachrichten«, sagt der Onkologe am Montag. Er hat angeklopft, ist ins Zimmer gekommen und steht da. Ihre Feldbetten sind ungemacht. Ein Mülleimer quillt über vor Kaffeebechern. »Wir haben den Bericht aus der Pathologie. Die schlechte Nachricht ist, dass die entfernte Niere bestimmte Läsionen aufwies, die man als ›Herde‹ bezeichnen könnte und die ein erhöhtes Risiko für den Befall der anderen Niere bedeuten. Die gute Nachricht ist, dass der Tumor Stadium I war, mit regulärer Zellstruktur und unter fünfhundert Gramm, was Sie für die Teilnahme an einem landesweiten Experiment qualifiziert, bei dem Ihr Sohn keine Chemotherapie bekommt, sondern lediglich mit Ultraschall überwacht wird. Das bedeutet kein erhöhtes Risiko, da der Patient ja unter genauer Beobachtung steht, aber hier haben Sie für alle Fälle etwas Lektüre dazu. Wenn Sie sich dafür entscheiden, müssen Sie eine Reihe Formulare unterschreiben. Lesen Sie sich das durch, dann sprechen wir uns wieder. Sie müssen innerhalb von vier Tagen entscheiden.«

Läsionen? Herde? Sie denkt an trocken gebackene Kügelchen, die durch die Gegend fliegen wie Smarties. Sie hört nur den Teil, wo es um »keine Chemo« ging. Ein neuerlicher Seufzer der Erleichterung steigt in ihr auf und quillt hervor. In einem Leben, wo es nur Erträgliches und Unerträgliches gibt, stellt ein Seufzer der Erleichterung die pure Ekstase dar.

»Keine Chemo?« fragt der Ehemann. »Raten Sie uns dazu?«

Der Onkologe zuckt die Achseln. Was für lässige Gesten diese Ärzte sich erlauben dürfen! »Ich kenne Chemo. Ich mag Chemo«, sagt der Onkologe. »Aber das müssen Sie entscheiden. Es hängt davon ab, wie Sie sich dazu fühlen.«

Der Ehemann beugt sich vor. »Aber glauben Sie nicht, jetzt, wo wir bei diesem Ding die Oberhand haben, sollten wir weitermachen? Sollten wir den Tumor nicht mit der Chemo zertreten, zerschlagen, zerschmettern?«

Die Mutter schlägt ihn, wütend und fest. »Schatz, du fantasierst wohl!« Sie flüstert, aber es kommt heraus wie ein Zischen. »Das ist unser großes Glück!« Dann fügt sie sanft hinzu: »Wir wollen nicht, dass das Baby eine Chemo bekommt.«

Der Ehemann fragt den Onkologen: »Was meinen *Sie?*«

»Kann sein«, sagt er und zuckt die Achseln. »Kann sein, dass das Ihr großes Glück ist. Aber das wissen Sie erst in fünf Jahren mit Sicherheit.«

Der Ehemann wendet sich wieder der Mutter zu. »Okay«, sagt er. »Okay.«

Das Baby wird zunehmend glücklicher und kräftiger. Der Kleine fängt an, sich zu bewegen, sich aufzusetzen, zu essen. Am Mittwochmorgen dürfen sie nach Hause, und zwar ohne Chemo. Der Onkologe schaut etwas nervös drein. »Macht Sie das nervös?« fragt die Mutter.

»Natürlich macht es mich nervös.« Aber er zuckt die Achseln und sieht gar nicht mehr so nervös aus. »Wir sehen uns in sechs Wochen zum Ultraschall«, sagt er, winkt und geht dann hinaus, wobei er auf seine großen schwarzen Schuhe schaut.

Das Baby lächelt, watschelt sogar ein bisschen herum, die Sonne bricht durch die Wolken, ein Engelschor wird immer lauter. Krankenschwestern treffen ein. Der Hickman-Katheter wird aus Hals und Brust des Babys genommen; antibiotische Salbe wird verrieben. Die Mutter packt die Sachen zusammen. Das Baby saugt an einer Flasche mit Saft und weint nicht.

»Keine Chemo?« sagt eine der Schwestern. »Nicht mal eine *kleine* Chemo?«

»Wir machen es jetzt nach dem Motto ›Aufpassen und abwarten‹«, sagt die Mutter.

Die anderen Eltern sehen neidisch und besorgt aus. Sie haben noch kein Kind gesehen, das hier mit Haaren und intakten weißen Blutkörperchen rausgekommen ist.

»Werden Sie es schaffen?« fragt Neds Mutter.

»Die Sorge wird uns umbringen«, sagt der Ehemann.

»Aber wenn wir uns nur sorgen müssen«, tadelt die Mutter, »und wäre es hundert Jahre lang jeden Tag, dann ist es immer noch leicht. Das ist gar nichts. Ich nehme alle Sorgen der Welt auf mich, Hauptsache, die eigentliche Gefahr bleibt uns vom Leib.«

»Sie haben Recht«, sagt Neds Mutter. »Im Vergleich mit allem anderen, im Vergleich zu den tatsächlichen Ereignissen ist die Sorge gar nichts.«

Der Ehemann schüttelt den Kopf. »Ich bin so ein Dilettant«, stöhnt er.

»Sie machen das beide bewundernswert«, sagt die andere Mutter. »Ihr Baby kann von Glück sagen, und ich wünsche Ihnen das Allerbeste.«

Der Ehemann schüttelt ihr herzlich die Hand. »Vielen Dank«, sagt er. »Sie waren wundervoll.«

Eine andere Mutter, Erics Mutter, kommt zu ihnen. »Das alles ist sehr schwer«, sagt sie, den Kopf schiefgelegt. »Aber es gibt auf dem Weg auch eine Menge Schönes.«

Eine Menge Schönes? Wer hat Anspruch auf so was? Ein Kind ist krank. Da hat keiner Anspruch auf eine Menge Schönes!

»Vielen Dank«, sagt der Ehemann.

Joeys Vater Frank kommt zu ihnen und umarmt sie beide.

»Es ist eine Reise«, sagt er. Er streichelt dem Baby übers Kinn. »Viel Glück, kleiner Mann.«

»Ja, haben Sie ganz herzlichen Dank«, sagt die Mutter. »Wir hoffen, dass mit Joey alles gut geht.« Sie weiß, dass Joey eine schwere, eine furchtbare Nacht hinter sich hat.

Frank zuckt die Achseln und tritt einen Schritt zurück. »Muss los«, sagt er. »Auf Wiedersehen!«

»Tschüss«, sagt sie, dann ist er weg. Sie beißt sich auf die Innenseite der Lippe, etwas trübselig, dann bückt sie sich, um die Windeltasche zu nehmen, die jetzt voller kleiner Tiere ist; Heliumballons sind an dem Reißverschluss festgebunden. Als sie die Tasche über die Schulter hängt, hat die Mutter das Gefühl, als hätte sie gerade einen Preis gewonnen. Alle Eltern sind inzwischen auf dem Korridor in die entgegengesetzte Richtung verschwunden. Der Ehemann tritt zu ihr. Mit einem Arm nimmt er ihr das Baby ab; mit dem anderen streichelt er ihr den Rücken. Er merkt, dass sie kurz vorm Heulen ist.

»Sind das nicht nette Leute? Fühlst du dich nicht besser, wenn du hörst, wie schlimm ihr Leben ist?« fragt er.

Warum tut er das, immer muss er einen Klub bilden; warum beruhigt ihn sogar diese Gesellschaft der Leidenden? Wenn es um Tod und Sterben geht, sollte vielleicht einer in dieser Familie ein bisschen snobistischer sein.

»All diese netten Leute mit ihren tapferen Geschichten«, fährt er fort, während sie auf die Fahrstühle zugehen, dem Pflegepersonal zum Abschied zuwinken, sogar das Baby winkt scheu. *Tschü-üss! Tschü-üss!* »Tröstet es dich nicht zu wissen, dass wir alle im selben Boot sitzen, dass wir gemeinsam in dieser Sache stecken?«

Wer um Himmels willen möchte denn in diesem Boot sein, fragt sich die Mutter. Dieses Boot ist ein Alptraum von einem Boot. Wo fährt es denn hin? Bitte sehr, in einen silber-weißen Raum, wo du, kurz bevor deine Seh- und Hörkraft und die Fähigkeit, zu berühren oder berührt zu werden, völlig dahin sind, zusehen musst, wie das eigene Kind stirbt.

Strick! Bringt mir den Strick.

»Komm, gehen wir unseren eigenen Weg«, sagt die Mutter, »und setzen uns nicht in dieses Boot.«

Frau über Bord! Sie nimmt dem Ehemann das Baby ab, umschließt die Wange des Kleinen mit der Hand, küsst ihn auf die Stirn und dann ganz schnell auf die Blüte seines Mundes. Sein Herz – sie kann es hören – trommelt vor lauter Leben. »So lang ich lebe«, sagt die Mutter, als sie den Fahrstuhlknopf drückt – nach oben oder nach unten, letzten Endes muss jeder so fortgehen –, »will ich keinen dieser Menschen jemals wiedersehen.«

So, ich habe mitgeschrieben.

Und wo ist jetzt das Geld?

Wahnsinnsmutter

Obwohl sie ihr ganzes Leben welche um sich gehabt hatte, war sie etwa fünfunddreißig, als sie nervös wurde, immer wenn sie Babys halten sollte – gleich zu Anfang, ein Schwall Lampenfieber, der aus dem Bauch hochschwappte. »Adrienne, magst du mal das Baby halten? Wenn es dir nichts ausmacht?« Immer diese Worte, von einer Frau ihres Alters, die sie freundlich und inständig ansah – ehemals eine Freundin, sie verlor ihre Freundinnen an Geplapper und Inständigkeit –, und dann zwang sich Adrienne, tief Luft zu holen. Ein Baby zu halten war nicht mehr natürlich – sie war nicht mehr natürlich –, sondern eine Prüfung ihrer Weiblichkeit und irdischen Fähigkeiten. Sie wurde beobachtet. Man guckte hin, um zu sehen, wie sie es machen würde. Sie hatte eine puritanische Dekade erreicht, einen demographischen Zeitpunkt – was auch immer –, wo das größte anzunehmende Kompliment lautete: »Du würdest eine Wahnsinnsmutter abgeben«. Der Wolfspfiff der Neunziger.

Und als sie beim Labor-Day-Picknick der Spearsons war und Sally Spearson ihr das Baby reichte, blubberte Adrienne es an, als wäre es ein Haustier, schüttelte es sanft, machte Schnalzgeräusche mit der Zunge und gurrte liebevoll: »Hallo Mausebär, hallo mein kleiner Mausebär«, streckte den Arm aus, um eine Fliege zu verscheuchen, und verlor, während alles nach altem Gras duftete und das Barbecue fettig knisterte, das Gleichgewicht, da die Picknickbank, deren Holzdübel in ihren Gelenken verrotteten, wackelte und sie umzuwerfen drohte – die Bank, die wackelige Picknickbank, warf sie um! Und nachdem sie rückwärts gefallen war und sich das Rückgrat verrenkt hatte – in der verlangsamten Schnelligkeit dieser kippenden Welt sah sie die lehmigen Wolken, einige erstarrte Gesichter, einen einzelnen Stern wie die Nase eines Jets –, nachdem der Kopf des Babys auf die steinerne Begrenzungsmauer des frisch terrassierten Spearson-Gartens geschlagen war und tödliche Gehirnblutungen erlitten hatte, ging Adrienne heim, nach allen Krankenhaus- und Polizeiberichten, und verließ ihre Dachwohnung sieben Monate lang nicht, und es wurde befürchtet, zutiefst befürchtet – von Martin Porter, dem Mann, mit dem sie ausgegangen war, und von fast allen, Sally Spearson eingeschlossen, die sie tränenerstickt anrief, um ihr zu vergeben –, dass Adrienne nie wieder herauskommen würde.

Martin Porter brachte ihr normalerweise, wenn er zu Besuch kam, einen Pfefferkäse oder ein Schälchen Casbah-Couscous mit; er war inzwischen ihr einziger Freund. Er war geschieden und arbeitete als Wirtschaftswissenschaftler, obwohl er mehr nach einem schottischen Holzfäller aussah – ergrauendes Haar, rotmelierter Bart, Lieblingsflanellhemd in Grün und Gold. »Wir könnten heiraten«, schlug er vor. So könnte Adrienne ihn nach Norditalien begleiten, in eine Villa in den Alpen, die für Wissenschaftler und akademische Konferenzen eingerichtet worden war. Sie könnte eine Gattin sein. Gattinnen und Gatten bekamen nämlich Ateliers zum Arbeiten. Manche Ateliers waren mit Klavier ausgestattet, andere mit Schreibtischen oder Töpferscheiben. »Du kannst machen, was du willst.« Er stand kurz vorm Abschluss der zweiten Fassung einer Arbeit über die Auswirkungen des Imperialismus der Ersten Welt auf die monetären Systeme der Dritten Welt. »Du könntest malen. Oder auch nicht. Du könntest auch nicht malen.«

Sie musterte ihn scharf, hungrig, und wandte sich ab. Sie fühlte sich immer noch tolpatschig und groß, ein fleischiger Killer im Käfig, der das Abmagerungsessen im Gefängnis brauchte. »Du liebst mich, oder«, sagte sie. Sie hatte die letzten sieben Monate größtenteils damit verbracht, in einem Trikot vor sich hin zu dämmern, während sie sich von einem elektrischen Ventilator anpusten ließ, ihr linkes Ohr kriegte den Wind ab, fing ihn im Kopf ein wie eine Muschel die traurige See. »Oder hast du nur Mitleid mit mir?« Sie schlug nach einem kleinen Schwarm Kriebelmücken, der sich plötzlich aus einer stehen gelassenen Coladose erhoben hatte.

»Ich habe kein Mitleid mit dir.«

»Ach nein?«

»Ich habe Mitgefühl. In mir ist ein Gefühl der Liebe gewachsen. Wir sind zwei Erwachsene. Man wächst in die Dinge hinein.« Er war ein praktischer Mann. Er bezeichnete die jährliche Cocktailparty seiner Fakultät oft als »bezahltes Herumstehen«.

»Ich glaube nicht, dass wir heiraten können, Martin.«

»Natürlich können wir heiraten.« Er knöpfte seine Manschetten auf, als wollte er die Ärmel hochkrempeln.

»Du begreifst das nicht«, sagte sie. »Ein normales Leben ist mir nicht mehr möglich. Ich habe alle normalen Wege verlassen und lebe jetzt im Busch. Ich bin eine Buschmannfrau. Ich habe das Gefühl, für mich gibt es keine normalen Dinge mehr. Wie Heiraten zum Beispiel. Dazu braucht man die normale Brautwerbung, den normalen Heiratsantrag.« Mehr fiel ihr nicht ein. Wasser brannte in ihren Augen. Sie wedelte wegwerfend mit der Hand, die durch ihr Blickfeld zog wie etwas Mörderisches, Riesiges.

»Normale Brautwerbung, normaler Heiratsantrag«, sagte Martin. Er zog sein Hemd aus, seine Hosen und Schuhe. Er legte sich in Socken und Unterwäsche aufs Bett und drückte seinen Körper der Länge nach an sie. »Ich werde dich heiraten, ob es dir passt oder nicht.« Er nahm ihr Gesicht in die Hände und betrachtete sehnsüchtig ihren Mund. »Ich werde dich heiraten, bis du das Kotzen kriegst.«

In Malpensa holte sie ein Fahrer ab, der wenig Englisch sprach, aber ein Schild hochhielt, auf dem VILLA HIRSCHBORN stand, und als Adrienne und Martin auf ihn zugingen, nickte er und sagte: »Hallo, *buon giorno*. Signor Porter?« Die Fahrt bis zur Villa dauerte zwei Stunden, bergauf, bergab, über Land und durch mehrere kleine Dörfer, aber erst als der Fahrer den steil ansteigenden Hügel hochfuhr, den er »La Madre Vertiginosa« nannte, und die Eisentore der Villa sich irgendwie automatisch öffneten und wieder hinter ihnen schlossen, erst als sie über die gewundene Auffahrt kamen, an den spektakulären Gärten und dem sonnigen Weinberg und den Terrassen der stuckverzierten Außengebäude vorbei, wurde Adrienne klar, welch große Ehre diese Einladung für Martin darstellte. Er hatte dieses *Ding* bekommen und durfte einen Monat hier leben.

»Fühlt sich das an wie eine Hochzeitsreise?« fragte sie ihn.

»Eine was? Oh, eine Hochzeitsreise. Ja.« Er wandte sich ab und tätschelte ihr gleichgültig den Schenkel.

Er war im Jet-lag. Das war der Grund. Sie strich ihren Rock glatt, der zerknittert und klamm war. »Ja, ich sehe es vor mir, wie wir beide gemeinsam alt werden«, sagte sie und drückte seine Hand. »In den nächsten paar Wochen, genauer gesagt.« Falls sie jemals wieder heiraten sollte, würde sie es richtig machen: mit der ungeschickten Zeremonie, den peinlichen Verwandten, den lästigen, ökologisch unkorrekten Geschenken. Sie und Martin waren einfach ins Rathaus gegangen und hatten Familie und Freunde gebeten, anstelle von Geschenken Geld an Greenpeace zu spenden. Doch jetzt, als sie vor den quetschnasigen Steinlöwen am Eingang zur Villa mit den perfekten Vergissmeinnichtrabatten und Eibenhecken und der schimmernden Glastür ausrollten, schnappte Adrienne nach Luft. Wale, dachte sie schnell. *Wale* haben mein Kristallglas gekriegt.

Das »Principessa«-Zimmer oben, wohin ein anmutiger, zweisprachiger Butler namens Carlo sie geleitete, war elegant und riesig – mit Klavier, einem großen Bett, Kommoden mit schablonengemalten Obstgirlanden. Zwei Mal täglich komme das Zimmermädchen, sagte Carlo. Es gab süße Waffeln, Handtücher, Mineralwasser und Pfefferminzbonbons. Abendessen um acht, Frühstück bis neun. Als Carlo sich verbeugte und verschwand, kickte Martin seine Schuhe von den Füßen und versank in einem alten Gobelinsessel. »Ich habe gehört, die ›falschen‹ Gemälde aus dem 15. Jahrhundert, die hier hängen, seien nur aus Steuergründen falsch«, flüsterte er. »Wenn du verstehst, was ich meine.«

»Ehrlich«, sagte Adrienne. Sie fühlte sich wie einer der Arbeiter, die den Winterpalast erstürmten. Ihre eigene Stimme kam ihr seltsam dröhnend vor. »Weißt du, dass Mussolini in dieser Gegend gefangen wurde? Denk mal drüber nach.«

Martin schaute verblüfft drein. »Was willst du damit sagen?«

»Dass er in dieser Gegend war. Dass sie ihn gefangen haben. Ich weiß nicht. Ich habe das Buch darüber gelesen. Lass mich in Ruhe.« Sie ließ sich aufs Bett fallen. Martin veränderte sich schon. Er war besser gewesen, als sie nur miteinander ausgingen, mit seinem Pfefferkäse. Sie ließ ihr Gesicht tief ins Kissen sacken, mit offenhängendem Mund, als wäre sie ein Hund, und dann schlief sie bis sechs Uhr, träumte, sie hätte ein Baby auf dem Arm, aber dann verwandelte es sich in einen Stapel Teller, mit denen sie jonglieren musste, und sie warf sie in die Luft.

Ein lautes Geräusch weckte sie – ein herunterfallender Koffer. Zum Abendessen musste man sich umziehen, und Martin riss seine Sachen aus dem Gepäck, ächzte sich in Jackett und Krawatte hinein. Adrienne stand auf, duschte und zog eine Strumpfhose an, die sich, da das letzte Mal Monate her war, widerspenstig um ihre Beine hakelte wie Kaugummifäden unter einer Schuhsohle.

»Du gehst, als hättest du einen Bänderriss«, sagte Martin, als er die Zimmertür hinter ihnen abschloss.

Adrienne zerrte an den Knien der Strumpfhose, kriegte sie aber nicht richtig gerade. »Sag, dass dir mein Rock gefällt, Martin, sonst muss ich wieder reingehen und komme nie wieder raus.«

»Dein Rock gefällt mir. Er ist toll. Du bist toll. Ich bin toll«, sagte er, wie eine Konjugation. Er nahm ihren Arm, und sie humpelten sich die gewendelte Treppe hinunter – war sie geschwungen? Ja! Sie war geschwungen! – ins Esszimmer, wo sie Carlo zu ihren Plätzen am Tisch brachte. Die Sitzordnung bei Tisch würde sich jeden Abend ändern, sagte Carlo mit abgehacktem italienischem Akzent, »um die gegenseitige Bestäubung durch Gedanken zu fördern«.

»Wie bitte?« sagte Adrienne.

Ungefähr fünfunddreißig Menschen saßen da, allesamt im mittleren Alter, mit dem eigentümlichen gemischten Gesichtsausdruck des Akademikers, teils blasiert, teils amüsiert. Als »Kreuzung zwischen Anbändeln und Blechschaden« hatte Martin das einmal beschrieben. Adrienne saß am ihm gegenüberliegenden Ende des Saals, zwischen einem Historiker, der über einen Mönch namens Joachim von Fiore arbeitete, und einem Musikwissenschaftler, der sein Leben der Suche nach dem »redlichen Andante« verschrieben hatte. Alle saßen auf reich verzierten Holzstühlen, in deren Lehnen wasserspeierartige Köpfe geschnitzt waren, die hinter beiden Schultern der Sitzenden hervorlugten wie eine Warnung.

»Von Fiore«, sagte Adrienne hilflos und entzog ihrem Carpaccio ihre Aufmerksamkeit, um sie dem Mönchsmann zuzuwenden. »Heißt das nicht ›von der Blume‹?« Sie hatte vor kurzem gelernt, dass »Desaster« eigentlich »schlechter Stern« bedeutete, und sie suchte nach einer Gelegenheit, um diesen Brosamen bei der Konversation zu präsentieren und zu veredeln.

Der Mönchsmann sah sie an. »Gehören Sie zu den Gattinnen und Gatten?«

»Ja«, sagte sie. Schaute zu Boden, dann wieder auf. »Mein Mann übrigens auch.«

»Sie sind keine Drehbuchschreiberin, oder?«

»Nein«, sagte sie. »Ich bin Malerin. Genauer gesagt, mache ich eher Lithografien. Noch genauer gesagt, eigentlich – im Augenblick bin ich in einer Übergangsphase.«

Er nickte und lud sich wieder etwas auf die Gabel. »Ich habe immer Angst, dass sie eines Tages *Drehbuchschreiber* hier reinlassen.«

Es gab Rucolasalat und als Hauptgang Ossobuco. Jetzt wandte sie sich dem Musikwissenschaftler zu. »Also finden sie sie meistens unredlich? Die Andantes?« Schnell blickte sie über die anderen Köpfe hinweg, um ein verlogenes, mädchenhaftes Winken an Martin abzuschicken.

»Das kommt vom Gebrauch der verminderten Septime«, brummte der Musikwissenschaftler. »So betrügerisch und überladen.«

»Wenn das Essen nicht so gut wäre, würde ich auf der Stelle abreisen«, sagte sie zu Martin. Sie lagen im Bett, in ihrer teppichausgelegten Eisbahn von Zimmer. Sie wusste, es konnte Wochen dauern, bis sie hier miteinander schlafen würden. *»›So betrügerisch und überladen‹«*, sagte sie mit hoher, nasaler Stimme. Eine solche Stimme hatte Martin erst einmal gehört, in einer Fachbereichssitzung, geleitet von einem verbitterten vorübergehenden Vorsitzenden, der abwesende Kollegen nachäffte. »Kann man das Wort *überladen* überhaupt so benutzen?«

»Sobald du dich in deinem Atelier eingerichtet hast, wird es dir besser gehen«, sagte Martin, allmählich wegdämmernd. Er tastete unter der Decke nach ihrer Hand, um sich daran festzuklammern.

»Ich will eine Scheidung«, flüsterte Adrienne.

»Du kriegst aber keine«, sagte er, holte ihre Hand hoch und legte sie wie ein Medaillon auf seine Brust, eine Halskette des Schlafs, und dann fing er leise an zu schnarchen, ein ganz, ganz leiser Heizkörper.

Sie bekamen Lunchpakete und die Empfehlung »Frohes Schaffen!« mit auf den Weg. Martins Atelier war ein moderner Glaswürfel mitten in einem der Gärten. Adrienne hatte eine muffige Steinhütte zwanzig Minuten höher am Berg bekommen, tiefer im Wald, erreichbar über einen Pfad, auf dem sich kleine herumzischende Eidechsen sonnten. Sie öffnete mit dem Schlüssel, den sie bekommen hatte, ging hinein und aß als erstes das komplette Lunchpaket auf – schnell und zwanghaft, obwohl es erst halb zehn vormittags war. Zwei Äpfel, etwas Käse und ein Marmeladensandwich. »Ein Geleebrot«, sagte sie laut, hielt das Sandwich hoch und musterte es im Sonnenlicht.

Sie legte ihren Skizzenblock auf den Arbeitstisch und begann einen Morgen, der aus dem Tottreten von Spinnen und dem Zeichnen ihrer zerquetschten, tragischen Leichen bestand. Die Spinnen waren sternförmig, haarig und krabbelten wie Krabben. Gefallene Sterne. Schlechte Sterne. Der Versuch eines Erdtieres, den Himmel zu besiedeln. Oft musste sie zwei Mal drauftreten – sie waren groß und liefen schnell. Ein Mal drauftreten brachte sie normalerweise nur dazu, schneller zu laufen.

Was sie da vollführte, war das Tun des lieblosen Universums, killgeil und fies wie ein Bulle. Ihr persönliches Reservoir an Gnade für die Lebenden brauchte sie für die Essensgespräche in der Villa. Sie hatte kein Mitgefühl zu bieten, nur einen Bleistift und einen Schuh.

»Art trouvé?« sagte Martin, als er sich nach dem Duschen abtrocknete. Sie zogen sich gerade für den abendlichen Cocktail um.

»Spinne trouvée«, sagte sie. »Ein delikates Gericht der Eingeborenen.« Martin stieß ein heulendes Gelächter aus, das sie erschreckte. Sie betrachtete ihn, dann ihre Schuhe. Er brauchte sie. Morgen würde sie in die Stadt fahren und ein Paar sexy italienische Sandalen besorgen müssen, die ihre Zehenansätze zeigten. Sie würde ihn zum Tanzen ausführen müssen. Sie würden einander festhalten und zurück zur Liebe führen müssen, sonst würden sie hier verrückt werden. Sie würden höhnisch und verschlagen und brutal werden. Einer von ihnen würde einen Fuß ausstrecken, und der andere würde darüber fallen. So die Nummer.

Beim Abendessen saß sie neben einem Mediävisten, der gerade sein sechstes Buch über die *Canterbury Tales* beendet hatte.

»Das sechste«, wiederholte Adrienne.

»Das Thema gibt eine Menge her«, verwahrte er sich.

»Ganz bestimmt«, sagte sie.

»Ich lese tief«, fügte er hinzu. »Ich lese intensiv.«

»Wie schön für Sie.«

Er musterte sie verkniffen. »*Sie* finden wahrscheinlich, ich sollte ein Buch über Cat Stevens schreiben.« Sie nickte neutral. »Aha«, sagte er.

Zum Dessert trug Carlo eine Torte aus weißer Schokolade auf, und sie beschloss, einen Großteil der Dessert-und-Kaffee-Zeit darüber zu reden. Solche Desserts werden geboren, nicht gemacht, würde sie sagen. Sie übte bereits, probte auch für andere Gänge. »Ganz ehrlich«, sagte sie zu dem schwedischen Physiker auf ihrer Linken, »bis heute war mein Gefühl zu weißer Schokolade: Warum? Was soll das bringen? Da könnte man doch genauso gut einen Klumpen *Wachs* fressen.« Sie hatte den Ellbogen auf den Tisch gestützt, die Hand am Gesicht, und lugte nervös an dem Physiker vorbei, um Martin am anderen Ende des langen Tisches anzulächeln. Sie winkte und bewegte ihre Finger wie Spinnenbeine.

»Ja, sicher«, sagte der Physiker stirnrunzelnd. »Sie müssen … äh, sind Sie eine der *Gattinnen*?«

Morgens traf sie sich jetzt mit einigen der anderen Gattinnen im Musikraum – sie planten schon, sich kleine Tank-Tops bedrucken zu lassen – zur Gymnastik. So kam sie darum herum, schon beim Frühstück Wörter wie *heideggerisch* und *ideologisch* zu hören; sie fand es immer zu früh am Tag für solche Wörter. Die Frauen schoben die Damastsofas zur Seite und machten sich Platz auf dem Teppich, wo sie gemeinsam kleine Hüft- und Oberschenkelübungen machen konnten, angeführt von der Gattin des schwedischen Physikers. Rauf, runter, rauf, runter.

»Das entspannt wohl«, sagte die weißhaarige Frau neben ihr.

»Bourbon entspannt«, sagte Adrienne. »Das hier modelliert.«

»Bourbon modelliert«, sagte eine Rothaarige aus Brasilien.

»Sie müssen mal zu dieser Frau unten im Dorf gehen«, flüsterte die Weißhaarige. Sie trug ein Spalding-Sportwaren-T-Shirt.

»Welche Frau?«

»Ja, welche Frau?« fragte die Blonde.

Die Weißhaarige hielt inne und gab beiden eine Karte aus ihrer Shortstasche. »Eine amerikanische Masseurin. Ein paar von uns gehen jetzt zu ihr. Sie nimmt Lire oder Dollar, egal. Man muss ein paar Tage im Voraus anrufen.«

Adrienne steckte die Karte in ihren Hosenbund. »Danke«, sagte sie und machte sich wieder daran, ihr Bein auf und ab zu bewegen wie eine Mautschranke.

Zum Abendessen gab es *tacchino alla scala.* »Wie man das wohl macht?« sagte Adrienne laut.

»Meine Teure«, sagte der französische Historiker links, »niemals fragen. Nur wundern.« Im Weiteren äußerte er sich abfällig über subalterierten Intellektualismus, schlummernde Tropen, genealogische Zufälle.

»Ja«, sagte Adrienne, »Gerichte wie diese sind von einer gewissen omnihistorischen Realität. Scheint mir jedenfalls.« Sie wandte sich schleunigst ab.

Zu ihrer Rechten saß eine Kulturanthropologin, die gerade aus China zurück war, wo sie über den Infantizid geforscht hatte.

»Ja«, sagte Adrienne. »Der Infantizid.«

»Die stehen an der Schwelle zu etwas Entsetzlichem. Es geht um die ganze Zukunft, auch um unsere Zukunft, und den Menschen dort wird etwas Furchtbares zustoßen. Das spürt man.«

»Wie grässlich«, sagte Adrienne. Die mechanische Tätigkeit des Essens, Messer und Gabel, rauf und runter, überforderte sie. Sie ließ ihr Besteck auf dem Teller liegen, aneinander gelehnt.

»Eine Frau muss eine Genehmigung beantragen, um ein Baby zu bekommen. Es gibt nur Bestechung und Rationierung. Wir sind zum Wandern in die Berge gefahren und haben keinen einzigen Vogel gesehen, kein einziges Tier. Über die Jahre ist alles aufgegessen worden.«

Adrienne spürte, wie ein leichtes Gewicht auf der Innenseite ihres Arms verschwand und wiederkehrte, verschwand und wiederkehrte, ein Ding mit einer Geschichte oder eine Geschichte aller Dinge. »Woher stammen Sie eigentlich?« fragte Adrienne. Sie konnte den Akzent nicht einordnen.

»Aus München«, sagte die Frau. »Dem Land des Oktoberfests.« Sie aß mit einer gewissen Verzweiflung, wandte sich dann wieder Adrienne zu, um ein kleines, förmliches Lächeln an sie zu richten. »Ich bin damit großgeworden, all den Erwachsenen in grünem Filz beim Kotzen auf der Straße zuzuschauen.«

Adrienne erwiderte das Lächeln. So würde sie jetzt etwas über die Welt erfahren, aus einzelnen Sätzen beim Essen; aus dem Destillat anderer Menschen gegenüber ihrem eigenen, unbestimmten Schmerz, der stumpf in sich selbst verharrte. Daraus würde Wissen für sie bestehen – eine leicht veränderte Haltung, um besser zu hören, ein Leerwerden ihres Arms, die Erfahrungen anderer Menschen, die durch die kahlen Räume ihres Gehirns liefen, auf der Suche nach einem Sitzplatz.

»Ich?« sagte sie viel zu oft. »Ich bin nur eine verkrachte Studentin vom Sue Bennet College.« Dann nickten die Leute höflich und fragten: »Wo liegt das?«

Am nächsten Morgen saß sie in ihrem Zimmer neben dem Telefon und starrte vor sich hin. Martin war in sein Atelier gegangen; sein Buch kam fantastisch voran, sagte er, wodurch sich Adrienne mies und verlassen fühlte – unglücklich und wenig unterstützend –, nicht mal eine richtige Gattin war sie. Wer war sie eigentlich? Das Gegenteil von einer Mutter. Das Gegenteil von einer Gattin.

Sie war die Spinnenfrau.

Sie hob den Hörer ab, holte sich eine Leitung nach draußen und wählte die Nummer der Masseurin auf der Karte.

»Pronto!« sagte die Stimme am anderen Ende.

»Ja, hallo, *per favore, parla inglese?*«

»Klar«, sagte die Stimme. »Ich komme aus Minnesota.«

»Ach echt«, sagte Adrienne. Sie legte sich zurück und suchte an der Decke nach einem Gespräch. »Ich hatte mal ein Rundschreiben über Spukhäuser abonniert, das in Minnesota erschien«, sagte sie.

»Ja«, sagte die Stimmme etwas ungeduldig. »Minnesota wimmelt nur so von Spukhäuser-Rundschreiben.«

»Ich habe mal in einem Spukhaus gewohnt«, sagte Adrienne. »Auf der Uni. Ich und fünf Mitbewohner.«

Die Masseurin räusperte sich vertraulich. »Ja. Ich bin einmal gerufen worden, um Dämonen aus einem Spukhaus zu vertreiben. Aber wie kann ich Ihnen heute behilflich sein?«

»Wirklich wahr?«

»Wahr? Ach so, das Spukhaus, ja. Als ich hinkam, musste eigentlich nur saubergemacht werden. Also habe ich saubergemacht. Das Geschirr gespült und staubgewischt.«

»Tja«, sagte Adrienne. »So ein Spukhaus war unseres auch.«

Ein merkwürdiges Schweigen folgte, während dessen Adrienne, die etwas Angespanntes und Feuchtes im Raum spürte, an dem Lunchpaket auf dem Bett herumzufingern begann, nervös die Sandwiches aufriss, mit dem Gefühl, wenn sie sich jetzt umdrehen würde, den Hörer zwischen Schulter und Kinn geklemmt, müsste das Kind dort hinter ihr sein, inzwischen etwas älter, ein Kleinkind, das schon laufen konnte, auf gespenstische Weise von ihren eigenen toten Eltern zu ihr gebracht, eine durch Täuschung und Traum verzerrte Weihnachtsszene.

»Wie kann ich Ihnen heute behilflich sein?« fragte die Masseurin erneut, bestimmt.

Behilflich? Adrienne fragte sich das, abstrakt, und erinnerte sich daran, dass es in bestimmten Ländern anstelle einer Zahnfee – Gib mir deinen Milchzahn, dann mache ich dich reich – so etwas wie Zahnspinnen gab. Dass Zahnspinnen Babys stahlen, sie vertauschten, einen Wechselbalg dafür brachten, ein Kind, das verwechselt worden war.

»Ich würde gern einen Termin für Donnerstag machen«, sagte sie. »Falls es möglich ist. Bitte.«

Zum Abendessen gab es *vongole in umido*, und das gummiartige, in Wein gedünstete Muschelfleisch löste sofort Kommentare über die Anatomie von Mollusken versus Schalentieren aus. Adrienne seufzte und kaute. Beim Cocktail hatte es eine lange Diskussion über Peptide und Tests mit Kaninchen gegeben.

»Also Hummer, wissen Sie«, sagte der Mann neben ihr, »haben etwas, das man Hemipenis nennt.« Er war Meeresbiologe, Epidemiologe oder Anthropologe. Sie hatte vergessen was.

»Hemipenis.« Adrienne suchte etwas panisch den Raum mit den Augen ab.

»Ja.« Er grinste. »Kein Ausdruck, den man besonders gern in einem intimen Augenblick hören möchte.«

»Gewiss nicht«, sagte Adrienne und lächelte zurück. Dann machte sie eine Pause. »Gehören Sie zu den Gatten?«

Jemand auf seiner rechten Seite packte seinen Arm, und nun wandte er sich dorthin, um zu sagen, ja, natürlich kenne er Professor Sowieso … und ob sie nicht letztes Jahr in Brüssel bei der Hermeneutik-Konferenz einen Vortrag gehalten habe?

Zeit für *castagne al porto* und Kaffee. Die Frau links neben Adrienne wandte sich ihr dann doch zu und stellte ihr Tässchen mit einem scharfen Klacken auf den Unterteller.

»Der Küchenchef hat AIDS, wissen Sie«, sagte die Frau.

Adrienne erstarrte ein wenig auf ihrem Stuhl. »Nein, das wusste ich nicht.« Wer war diese Frau?

»Wie fühlen Sie sich dabei?«

»Wie bitte?«

»Wie fühlen Sie sich dabei?« Sie artikulierte langsam, wie eine Grundschullehrerin.

»Ich bin nicht ganz sicher«, sagte Adrienne und beäugte stirnrunzelnd ihre Kastanien. »Auf jeden Fall haben wir ein Problem, falls wir ihn verlieren.«

Die Frau lächelte. »Sehr interessant.« Sie griff unter dem Tisch nach ihrer Handtasche und sagte: »Übrigens hat der Küchenchef keineswegs AIDS – nicht dass ich wüsste. Ich sammle lediglich, zu Forschungszwecken, Reaktionen der Leute auf AIDS, Homosexualität und Ansteckung im Allgemeinen. Ich bin Soziologin. Das gehört zu meinem Forschungsgebiet. Ich bin heute Nachmittag angekommen. Ich heiße Marie-Claire.«

Adrienne wandte sich wieder dem Hemipenis-Mann zu. »Finden Sie die Leute hier böse?«

Er lächelte sie väterlich an. »Natürlich«, sagte er. Darauf folgte ein langes Schweigen mit einigem Gekaue darin. »Aber der Ort ist doch wirklich so hübsch wie eine Postkarte.«

»Tja«, sagte Adrienne, »solche Postkarten verschicke ich nie. Egal wo ich bin, ich schicke immer die mit den kleinen Katzenwitzen drauf.«

Er legte seine Hand kurz auf ihre Schulter. »Wir werden schon ein paar Katzenwitze für Sie auftreiben.« Er ließ seinen Blick gedankenverloren durch den Saal schweifen und schaute dann auf seine Armbanduhr.

Sie war die Bindung in einer Notsituation eingegangen, wie ein verwaistes Vogelküken. Aber vielleicht würde sie ja tröstlich werden, diese Ehe. Wie ein schönes warmes Bad. Ein schönes warmes Bad in einer Badewanne, die gerade von einem Dach fliegt.

Nachts schienen Martin und sie fast wie Ehemann und Ehefrau zu sein, aneinander geschmiegt in einer achtlosen Art von Liebe – ein kalter, ruhiger Himmel, in dem ein Wort oder eine Berührung explodieren konnte wie ein Mond und dann unerinnert verschwand. Sie bewegte ihre Arme, um ihn zu umschließen, und er fühlte sich so groß an, riesig, wie er ihre Arme ausfüllte.

Die weißhaarige Frau, die ihr die Karte der Masseurin gegeben hatte, hieß Kate Spalding und war verheiratet mit dem Mönchsmann. Nach dem Frühstück lud sie Adrienne zum Joggen ein. Sie trafen sich bei den Löwen, Kate trug wieder ein Spalding-T-Shirt, und dann liefen sie los über den Kies, Richtung Gärten. »Es ist doch hübsch wie eine Postkarte hier, oder?« sagte Kate.

Auf der anderen Seeseite schienen die Berge den unten hingeschmiegten, kleinteiligen Terrakotta-Dörfern vorzustehen. Es war Mai, und die Alpen verloren ihre Schneehütchen, wie Krankenschwestern, die ihr Haar öffneten. Die Luft wärmte sich auf. Alles Mögliche konnte passieren.

Adrienne seufzte. »Glauben Sie, die Leute haben Sex hier?«

Kate grinste. »Sie meinen beiläufigen Sex? Unter den Gästen?«

Adrienne war verärgert. »*Beiläufigen* Sex? Nein, ich meine keinen *beiläufigen* Sex. Ich rede von schwierigem, unverhofft auch tiefem Normalverbraucher-Sex. Ich rede von Sex in der Ehe.«

Kate lachte scharf und fast bellend, was Adrienne aus irgendeinem Grund beleidigend fand.

Sie zerrte an ihren Socken. »Ich halte nichts von *beiläufigem* Sex.« Sie hielt inne. »Ich halte was von beiläufigen Ehen.«

»Gucken Sie mich nicht an«, sagte Kate. »Ich habe meinen Mann geheiratet, weil ich bis über beide Ohren in ihn verliebt war.«

»Tja«, sagte Adrienne, »ich habe meinen Mann geheiratet, weil ich dachte, das wäre ein prima Weg, um Männer kennen zu lernen.«

Kate lächelte, jetzt ernst gemeint. Ihre weißen Haare wirkten großmütterlich, aber ihr Gesicht war jugendlich und gebräunt, ihre Zähne glänzten üppig und feucht, die cremigen Schneidezähne gebogen wie Cashewnüsse.

»Die Single-Nummer habe ich ausprobiert, aber es hat einfach nicht funktioniert«, fügte Adrienne hinzu, während sie auf der Stelle lief.

Kate trat zu ihr und massierte ihr den Hals. Ihre Haut war runzlig und papiern. »Sie sind noch nicht bei Ilke aus Minnesota gewesen, oder?«

Adrienne setzte gespielte Verstörung auf. »Wirke ich so verspannt, so verloren, so …« Hier ließ sie ihre Arme spastisch auseinander fliegen. »Ich gehe morgen hin.«

Er war ein hübsches Kind, fanden Sie nicht? Im Bett hielt Martin sie in den Armen, bis er sich wegrollte, ihre Hand umklammerte und einschlief. Das immerhin: ein Ehemann, der neben seiner Ehefrau schlief, ein netter Ehemann, der nah bei ihr schlief. Das bedeutete ihr etwas. Sie konnte sich vorstellen, wie die Ehe über die Jahre an Kraft gewann mit ihrer gesellschaftlich gutgeheißenen, animalischen Bequemlichkeit und ihrem Nachtleben, das ein Traumtanz über die Liebe war. Sie lag wach und dachte daran zurück, als ihr Vater am Ende so senil und krank geworden war, dass ihre Mutter nicht mehr im selben Bett schlafen konnte – die Bescherung und der Gestank immer – und ihn mit seinen stinkenden Windeln ins Gästezimmer nebenan umquartieren musste. Ihre Mutter hatte geweint, als dieser Abschied von ihrem Mann gekommen war. Ihn am Ende so zu verlieren, ihn zu verbannen und aus dem Weg zu räumen wie einen Toten und nie mehr mit ihm zu schlafen: Da hatte sie geweint wie ein Baby.

Seinen tatsächlichen Tod nahm sie weniger schwer. Bei der Beerdigung war sie grimmig und trocken und lud alle auf einen stillen, eleganten Tee ein. Und noch bevor zwei Jahre um waren, wurde auch bei ihr Krebs diagnostiziert, und ihr Sinn für Humor kehrte ein wenig zurück. »Der stille Killer«, sagte sie immer mit einem Augenzwinkern. »Der *stille Killer*.« Es machte sie richtig an, das zu wiederholen, obgleich niemand wusste, was er darauf sagen sollte, und am Ende klammerte sie sich immer an den Rocksäumen der Krankenschwestern fest und fragte: »Warum besucht mich keiner?« Keiner wohnte nah genug, erklärte Adrienne. So nah wohnte keiner bei keinem.

Adrienne legte ihren Löffel hin. »Ist das nicht eine *interessante* Suppe?« sagte sie, zu niemandem im Besonderen. *»Zup-pa marita-ta!«* Ehesuppe. Vielleicht war sie ein bisschen wie die Ehe selbst, beschloss sie: eine gute Idee, die wie alle Ideen ein etwas unbeholfenes Dasein auf Erden führte.

»Sie sind hoffentlich keine Dichterin«, sagte der englische

Geologe neben ihr. »Letzten Monat hatten wir eine Dichterin hier, da mussten wir anderen ein bisschen viel herummanövrieren.«

»Ach wirklich.« Nach der Suppe gab es Risotto mit Tintenfischtinte.

»Ja. Sie nannte Insekten immer ›Gottes Druckfehler‹, und dann hielt sie uns eines Abends nach dem Essen fest, um aus ihren Gedichten zu lesen, die hauptsächlich aus der ständig wiederholten Zeile ›die haarigen Kiwi seiner Eier‹ bestanden.«

»Haarige Kiwi«, wiederholte Adrienne und suchte nach einem redlichen Andante in dem Satz. Auch sie hatte einmal ein Gedicht geschrieben. Es hatte »Abendliches Müllrausbringen im Nebel« geheißen und von einem langen, traurigen Spaziergang gehandelt, den sie mal an einem Abend vor dem Müllabfuhrtag gemacht hatte.

Der Geologe verzog bei dem Risotto ein wenig das Gesicht und wartete, ob Adrienne noch etwas sagen würde, aber sie beobachtete gerade Martin am anderen Ende des Tisches. Er saß neben der Soziologin, die am Vorabend neben ihr gesessen hatte, und während Adrienne zuschaute, warf Martin einen angeekelten Blick von der Soziologin auf seinen Teller und wieder zurück. »Der *Koch?*« sagte er laut, ließ dann seine Gabel fallen und schob seinen Stuhl vom Tisch zurück.

Die Soziologin runzelte die Stirn. »Durchgefallen«, sagte sie.

»Ich gehe morgen zu einer Masseurin.« Martin lag rücklings auf dem Bett, und Adrienne hockte breitbeinig auf seinen Hüften, was eine ihrer Lieblingspositionen für eine Unterhaltung darstellte. Eine der Mandy-Patinkin-Kassetten, die sie mitgebracht hatte, lief auf dem Recorder.

»Die Masseurin. Ja, ich habe von ihr gehört.«

»Ach ja?«

»Klar, gestern beim Abendessen haben welche von ihr erzählt.«

»Wer?« Schon fühlte sie sich besitzergreifend und allein.

»Ach, irgendwer von denen«, sagte Martin, lächelte und wedelte wegwerfend mit der Hand.

»Von denen«, sagte Adrienne kalt. »Du meinst eine der Gattinnen, oder? Warum sind hier nur Gattinnen? Warum haben die weiblichen Gelehrten keine Gatten?«

»Ein paar haben schon welche, glaube ich. Bloß sind keine mitgekommen.«

»Wo sind die?«

»Könntest du mal woandershin?« sagte er verärgert. »Du sitzt auf meinen Weichteilen.«

»Klar«, sagte sie und kletterte runter.

Am nächsten Morgen machte sie sich auf den Weg, an den konisch geschnittenen Koniferen vorbei den terrassierten Hügel hinab – den Ländereien eines Palastes so ähnlich, des Palastes einer launischen Prinzessin namens Sophia oder Giovanna –, zehn Minuten bergab über die gewundene Auffahrt bis an das abgeschlossene Tor zum Dorf. In der Nacht hatte es geregnet, und goldene und malvenfarbene Schnecken dekorierten die Steinstufen, manchmal genau in der Mitte, was Adrienne ab und zu eine schnelle Knöcheldrehung abverlangte. Ein Tanzschritt, dachte sie. Modern, mit gebeugtem Knie. Sehr Martha-Graham-mäßig. *Greifen Sie uns nicht an. Wir greifen Sie an.* Oben vor der letzten Treppe zum Tor drückte sie auf den Summer, der das Tor elektronisch öffnete, dann raste sie hinunter, um rechtzeitig rauszukommen. SIE HABEN DREISSIG SEKUNDEN, stand auf dem Schild. *Trenta secondi uscire. Presto!* Man brauchte einen Schlüssel, um auf dem Rückweg aus dem Dorf wieder hineinzukommen, und sie umklammerte ihn wie einen Talisman.

Sie musste der Via San Carlo zum Corso Magenta folgen, vorbei an einer Eisdiele und einer Bäckerei mit Kränzen aus geflochtenem Brot und vogelartig geschnittenen Muffins im Schaufenster. Sie drückte sich an die Hauswand, um Autos vorbeizulassen. Sie schaute auf ihre Karte. Die Masseurin befand sich oberhalb einer *farmacia*, hatte sie sich erklären lassen, und jetzt sah sie es auch, ein kleines Schild, auf dem stand *Massaggio della vita*. Sie drückte die äußere Tür auf und ging hoch.

Oben, hinter einem offenen Durchgang, betrat sie einen Raum voller Bücher: Bücher über Vegetarismus, Bücher über das Heilen, Bücher über Saft. Ein Kakadu, weiß und mit einem roten Fleck wie eine Hindugattin, hockte auf einem Bilderrahmen. Das Bild zeigte den Comer oder den Garda-See, aber wenn man blinzelte, konnte man auch einen Schädel darin erkennen, mit einem Riss durch die Mitte wie ein Riff.

»Adrienne«, sagte eine lächelnde Frau in einem lila Bauernkleid. Sie hatte viel in Form gespraytes Haar und ein breites, glückliches Gesicht mit zahlreichen Rosa-Schattierungen. Sie trat vor und schüttelte Adrienne die Hand. »Ich heiße Ilke.«

»Ja«, sagte Adrienne.

Der Kakadu flog plötzlich von seinem Sitz herab auf Ilkes Schulter. Er pickte an ihrer üppigen Frisur herum und starrte Adrienne anklagend an.

Ilkes Augen huschten flink zwischen Adriennes hin und her, ein schnelles Lesen wie ein Radarabtasten. Dann schaute sie auf ihre Armbanduhr. »Sie können jetzt in das hintere Zimmer gehen, ich bin gleich bei Ihnen. Sie können Ihre Kleidung ablegen, außerdem Ihren Schmuck – Armbanduhren, Ringe. Wenn Sie wollen, können Sie Ihre Unterwäsche anbehalten. Wie es Ihnen lieber ist.«

»Was tun denn die anderen meistens?« Adrienne schluckte sichtlich schwer.

Ilke lächelte. »Die einen machen's so, die anderen anders.«

»Na schön«, sagte Adrienne und umklammerte ihre Handtasche. Sie starrte den Kakadu an. »Ich will bloß nichts vermasseln.«

Vorsichtig betrat sie das hintere Zimmer, wie Ilke ihr gesagt hatte, und schob sich an dem schweren Vorhang vorbei. Drinnen befand sich ein großer Alkoven – fensterlos und dunkel, mit einem kleinen bläulichen Licht in der Ecke. In der Mitte stand ein Tisch, darauf lag ein Flanelllaken mit frischer Bügelfalte. In den Fuß des Tisches waren Lautsprecher eingebaut, aus denen etwas gespenstische Chormusik drang, wortlose Oohs und Aahs in Moll, die mit einem perkussiven, flötenden Singsang unterlegt waren; für Adrienne hörte sich das an wie »Komm zu Christus, komm zu Christus«, aber wahrscheinlich hieß es bloß »Kommst du, kriegst du's«. Oben hing ein Mobile aus weißen Sternen, Mondsicheln und Tauben. An den blauen Wänden gab es außerdem Wolken und Schneeflocken. Das war ein Kinderzimmer, ein Babyzimmer, alles versuchte krampfhaft harmlos und süß zu wirken.

Adrienne legte ihre Kleidung ab, ihre Ohrringe, ihre Armbanduhr, ihre Ringe. Sie hatte sich schon an den Ring gewöhnt, den sie von Martin bekommen hatte, und so machte es sie traurig und übermütig zugleich, ihn abzunehmen, wie ein kurzer Blick auf die Landschaft des Ehebruchs. Ihr anderer Ring war ein Rauchquarz, gekauft auf Anraten eines Handlesers in Milwaukee – eines Mannes, der angezogen war wie ein Sportlehrer und seinen Klapptisch in einem deutschen Restaurant aufgestellt hatte –, sie sollte den Ring an ihrem rechten Zeigefinger tragen, um Macht zu erlangen.

»Welche Art von Macht?« hatte sie gefragt.

»Die echte Sorte«, war seine Antwort. »Was Sie hier haben«, sagte er und wedelte um ihre linke Hand herum, an der sie einen dünnen Silberring mit Türkisstein trug, »ist Pipifax.«

»Das gefällt mir, ein Handleser, der einem Stylingtips gibt«, sagte sie später im Auto zu Martin, auf dem Heimweg. Das war noch vor dem Unfall auf dem Spearson-Picknick gewesen, und damals sahen die Dinge nicht unmöglich aus; sie hatte sich gewünscht, dass Martin sich in sie verliebte. »Ein Typ, der aussieht wie ein Football-Trainer, aber Schmuck für dich aussucht.«

»Ein Typ, der dir erzählt, dass du sensibel bist und bald von einem Mann mit Brille Geld bekommen wirst. Wie kommt der bloß auf so ein Zeug?«

»Ach, du findest mich nicht sensibel?«

»Ich meine doch das mit der Brille und dem Geld«, sagte er.

»Und diese finstere Nummer, dass sie dich für einen hoffnungslosen Fall halten, aber du wirst es schon schaffen und erleben, wie die Welt eine radikale physikalische Veränderung durchmacht.«

»Das war wirklich finster«, stimmte sie zu. Dann folgte langes Schweigen, während sie draußen über die nächtlich beleuchteten Highway-Bahnen schauten und die Glühwürmchen auf die Windschutzscheibe prallten, phosphoreszierend und golden, als flöge das Auto zwischen lauter Sternen hindurch. »Für jemanden wie dich muss es schon schwer sein«, sagte sie, »mit jemandem wie mir auszugehen.«

»Warum sagst du das?« hatte er gefragt.

Sie erklomm den Tisch, ihrer Verzierung und der Macht dieser Verzierung ledig, und schlüpfte zwischen die Flanelllaken. Einen Moment lang fühlte sie sich stumpf und verängstigt, nackt in einem fremden Zimmer, nackter noch als beim Arzt, wo man immerhin seinen Schmuck anbehielt wie eine Odaliske. Aber es fühlte sich neu an, das zu tun, den Körper dorthin zu bringen, den Körper mit seinem hündischen Gehorsam, seiner hündischen Gefallsucht. Sie lag wartend da, beobachtete die Mobile-Monde, die sich langsam drehten, halbe Umdrehungen, während aus den Lautsprechern unter dem Tisch ein neuer Klang kam, eine elektronische Synthesizerversion von Brahms' Wiegenlied. Ein Kleinkind. Sie sollte wieder ein Kleinkind werden. Vielleicht würde ja der Spearson-Junge aus ihr werden. Er war ein wunderschönes Baby gewesen.

Ilke kam leise herein und tauchte so plötzlich hinter Adrienne auf, dass sie erschrak.

»Rutschen Sie rückwärts auf mich zu«, flüsterte Ilke. *Rutschen Sie rückwärts auf mich zu*, und Adrienne schob sich zurück, bis sie spürte, dass ihr Hinterkopf Ilkes Bauch streifte. Der Kakadu zischte herein und hockte sich auf einen Stuhl in der Nähe.

»Sind Sie etwas angespannt?« sagte Ilke. Sie drückte mit beiden Daumen mittig auf Adriennes Stirn. Ilkes Hände waren stark, klein, knochig. Ledrige Klauen. Je härter sie drückte, desto besser fühlte es sich an, Adriennes schwierige Gedanken entknoteten sich und schwebten empor, in Ilkes Daumen hinein.

»Atmen Sie tief«, sagte Ilke. »Sie können nicht tief atmen, ohne dass es Sie entspannt.«

Adrienne schob ihren Bauch raus und rein.

»Sie kommen aus der Villa Hirschborn, nicht wahr?« Ilkes Stimme war ein wissendes Lächeln.

»Hmhm.«

»Hab ich mir gedacht«, sagte Ilke. »Die Leute von dort sind sehr verspannt. Steif wie Bretter.« Ilkes Hände bewegten sich abwärts, weg von Adriennes Stirn, über ihre Augenbrauen zu ihren Wangen, die sie mehrfach in kleinen Kreisen kniff, als wollte sie die kleineren Blutgefäße platzen lassen. Sie packte Adriennes Kopf und zog daran. Es gab ein dumpfes Knacken. Dann fuhr sie unter weiterem Pressen mit den Knöcheln an Adriennes Hals entlang. »Wissen Sie warum?«

Adrienne grunzte.

»Weil sie alle überausgebildet sind und sich nicht mehr mit ihren eigenen Müttern unterhalten können. Das macht sie langsam verrückt. Sie haben buchstäblich ihre Muttersprache verloren. Deshalb kommen sie zu mir. Ich bin ihre Mutter, und sie müssen gar nichts sagen.«

»Natürlich *bezahlen* sie Sie.«

»Natürlich.«

Adrienne fiel plötzlich in einen langen Fall hinein – des Vergnügens, der Hingabe, des glasigstarrenden Sterbens, wie ein Stück Hitze, freigelassen in einem Raum. Ilke rieb über Adriennes Ohrläppchen, knöchelte ihr über die Kopfhaut wie eine Friseurin, zog an ihrem Hals, ihren Fingern und Armen, als wären das irgendwo verhakte Gegenstände. Adrienne würde ein Baby werden, zu all den anderen Babys gehen, in den Himmel, wo sie lebten.

Ilke begann, Adriennes Arme mit Sandelholzöl zu massieren, pressend, polierend, bügelnd, mit einem kurzen Blick, als wäre sie eine der Degas'schen Wäscherinnen. Adrienne schloss ihre

Augen wieder und lauschte der Musik, die von synthetischen Wiegenliedern zu den kontrapunktischen Klängen einer Flöte und eines Gewitters übergegangen war. Mit diesen Händen auf ihrem Körper fühlte sie sich, als wäre ihr ein wenig vergeben worden, und sie dachte jetzt an Vergebung im Allgemeinen, wie viel davon doch im Leben nötig war: um allen zu vergeben, sich selbst, den Menschen, die man liebte, und dann zu warten, bis sie einem vergaben. Wo sollte all diese Vergebung herkommen? Wo gab es dieses große, unerschöpfliche Reservoir?

»Wo sind Sie?« flüsterte Ilke. »Sie sind irgendwo ganz weit weg.«

Adrienne war nicht sicher. Wo war sie? In ihrem eigenen Kopf, wie ein Traum; im Gebläse ihrer Lungen. Was war sie? Vielleicht ein Kind. Vielleicht eine Leiche. Vielleicht ein Farn im Wald im Gewitter; ein singender Vogel. Die Laken wurden zurückgeschlagen. Die Hände waren jetzt überall auf ihr. Vielleicht war sie unter dem Tisch bei der Musik oder in einer schimmligen Ecke ihrer eigenen Hüfte. Sie spürte, wie Ilke ihre Brust mit Öl einrieb, zwischen den Brüsten, seitlich über den Rippen und kreisend auf dem Unterleib. »Irgendetwas hakt hier«, sagte Ilke. »Irgendetwas funktioniert nicht.« Dann zog sie die Laken wieder hoch. »Ist Ihnen kalt?«, und obwohl Adrienne nicht antwortete, holte Ilke eine weitere Decke, die rätselhafterweise erwärmt war, und breitete sie über Adrienne. »So«, sagte Ilke. Sie hob die Decke an, so dass nur Adriennes Füße entblößt waren. Sie rieb Öl auf ihre Fußsohlen, die Zehen; etwas quoll aus Adrienne heraus, wie eine Olive. Ihr war, als müsste sie gleich weinen. Sie fühlte sich wie das Baby Jesus. Wie der erwachsene Jesus. *Die Armen haben wir allezeit bei uns.* Der tote Jesus. Kommst du, Christus?

An ihrem Schreibtisch in dem vorderen Raum wollte Ilke Geld. Fünfunddreißigtausend Lire. »Ich kann es auch für dreißigtausend machen, wenn Sie beschließen, regelmäßig zu kommen. Möchten Sie gern regelmäßig kommen?« fragte Ilke.

Adrienne fingerte mit ihrem Portemonnaie herum. Sie setzte sich in den Korbschaukelstuhl beim Schreibtisch. »Ja«, sagte sie. »Natürlich.«

Ilke hatte eine Lesebrille aufgesetzt und schlug jetzt ihren Terminkalender auf, um die nächsten Wochen im Überblick zu haben. Sie blätterte eine Seite um, dann wieder zurück. Sie musterte Adrienne über ihre Brille hinweg. »Wie oft möchten Sie denn kommen?«

»Jeden Tag«, sagte Adrienne.

»Jeden Tag?«

Ilkes Aufschrei beunruhigte Adrienne. »Jeden *zweiten* Tag?« piepste sie hoffnungsvoll. Vielleicht hatte die Massage sie verhext, ruiniert. Vielleicht hatte sie sich verliebt.

Ilke schaute wieder in ihren Kalender und zuckte die Achseln. »Jeden zweiten Tag«, wiederholte sie langsam, um das Gespräch aufrechtzuerhalten, während sie ihren Arbeitsplan durchsah. »Wie wäre es mit zwei Uhr?«

»Montag, Mittwoch und Freitag?«

»Vielleicht können wir auch gelegentlich einen Samstag einschieben.«

»Okay. Gut.« Adrienne legte das Geld auf den Tisch und stand auf. Ilke brachte sie zur Tür und streckte förmlich die Hand aus. Ihr Gesicht war von den vorherigen Rosatönen zu einem seltsamen, glänzenden Orange übergegangen.

»Danke«, sagte Adrienne. Sie schüttelte Ilkes Hand, doch dann beugte sie sich vor und küsste sie auf die Wange; sie würde das Geschäftliche aus dieser Angelegenheit herausküssen. »Auf Wiedersehen«, sagte sie. Munter schritt sie die Treppen hinunter; noch war sie nicht ganz in ihren Körper zurückgekehrt. Sie musste langsam gehen. Ein bisschen fühlte sie sich, als wäre sie gerade bei Gott gewesen, aber auch ein bisschen, als wäre sie gerade bei einem Callboy gewesen. Draußen ging sie vorsichtig zur Villa zurück, setzte sich aber erst einmal in die Eisdiele, um eine kleine Portion Haselnuss-Eis zu essen. Es schmeckte weich, etwas geröstet, butterig, wie ein wunderbarer Likör, und sie dachte, wie sehr es sich doch von Amerika unterschied, wo das meiste Eis heutzutage aussah, als hätte ein Baby es mit seinen Cookies attackiert.

»Tja, Martin, war schön, dich kennen gelernt zu haben«, sagte Adrienne lächelnd. Sie streckte eine Hand aus, um ihm seine zu schütteln, und klopfte ihm mit der anderen auf die Schulter. »Du bist ein guter Kumpel gewesen. Hoffentlich nimmst du es mir nicht übel.«

»Du bist gerade von deiner Massage zurück«, sagte er ein bisschen benommen. »Wie war es?«

»Du würdest sagen: ›Entspannend‹. Und ich würde sagen … Tja, ich würde gar nichts sagen.«

Martin führte sie zum Bett. »Küss mich und erzähl«, sagte er.

»Ich küss dich und fertig«, sagte sie, küssend.

»Abgemacht«, sagte er. Doch dann brach sie ab und ging ins Bad, um fürs Abendessen zu duschen.

Zum Abendessen gab es *zuppa alla paesana* und dann *salsiccia alla griglia con spinaci*. Zum ersten Mal, seit sie angekommen waren, wurde sie in Martins Nähe gesetzt, der links von ihr über Eck saß. Neben ihm war ein anderer Wirtschaftswissenschaftler platziert, mit dem er hitzig über ein Buch zum Thema Arbeitsteilung und Wirtschaftspolitik debattierte. »Aber Wilkander hat diese Theorie bei Boyer geklaut!« Martin ließ seinen Löffel heftig in die *zuppa* platschen, bevor ein Kellner kam und den Teller abräumte.

»Sagen wir einfach«, sagte der andere Mann ruhig, »dass es eine Art Hommage war.«

»Wenn das eine ›Hommage‹ ist«, Martin fuhrwerkte mit seiner Gabel herum, »dann würde ich gern eine kleine ›Hommage‹ mit der Chase Manhattan Bank veranstalten.«

»Ich glaube, da hatte jemand den Eindruck, es gäbe ausreichend Spielraum, um weitergehende Erläuterungen zu rechtfertigen.«

»Genau. Und der eigene Zwillingsbruder ist nichts anderes als eine Textinterpretation.«

»Warum nicht?« Der andere Wirtschaftsexperte lächelte. Er war ruhig, vermutlich schwor er auf Angebotswirtschaft.

Armer Martin, dachte Adrienne. Armer keynesianischer Martin, armer marxistischer Martin, schwitzend und rot. *»Links von Lenin?«* hatte sie ihn neulich einem Agrarwissenschaftler gegenüber ausrufen hören. »Links von *Lenin?* Sie meinen wohl links von den Lennon Sisters!« Armer, gottloser, in Ohio zum Atheisten aufgezogener Martin. »Zu Weihnachten«, hatte er ihr einmal erzählt, »sind wir immer zu dem Laden mit dem Lernspielzeug gegangen und haben die Bunsenbrenner angebetet.«

Sie musste bloß die richtige Bluse finden, das richtige Parfüm und ihn auf der Chaiselongue mit einer nackten Schulter und einem gegurrten »Hallo, Mister Mann« begrüßen. Ihn nach unten zum See mitnehmen, wo die Sfondrata-Kapelle stand, und dort verführen. Jemanden engagieren. Sie wandte sich dem Gelehrten neben ihr zu, der erst am Morgen eingetroffen war.

»Hatten Sie einen guten Flug?« fragte sie. Sie schämte sich inzwischen nicht mehr, beim Abendessen Smalltalk zu machen.

»Ich bin mit der KLM gekommen, die redeten immer von *vlucht.* Und eine Flucht war es auch – vor meinem Fachbereich, meinen Rechnungen, meinem dahinsiechenden Auto. An einen Ort, wo man sich um mich kümmern würde.«

»Dann sind Sie hier wohl richtig«, sagte sie. »Ihr Auto wird allerdings nicht repariert werden. Das kommt nicht mal auf die Tagesordnung, habe ich festgestellt.«

»Ich bin mit einem Guggenheim hier«, sagte er.

»Wie hübsch!« Sie dachte nicht an ein Stipendium, sondern an das Museum in New York, an die Ohrringe, die sie dort im Andenkenladen gekauft, aber nie getragen hatte, weil sie immer zerbrochen aussahen, obwohl sie eigentlich genau so aussehen sollten.

»Aber ich habe versäumt, bei der Stiftung genug Geld zu beantragen. Mir war nicht klar, wie viel man da beantragen kann.

Ich habe nicht beantragt, was alle anderen beantragt haben, und so habe ich wesentlich weniger bekommen.«

Adrienne zeigte Mitgefühl. »Statt einem richtigen Guggenheim haben Sie also nur ein kleines Guggenheim bekommen.«

»Ja«, sagte er.

»Ein Guggenheimchen«, sagte sie.

Er lächelte etwas beunruhigt. »Genau.«

»Und jetzt müssen Sie auch in einem Guggenheimchen wohnen.«

Er hörte auf, seine Wurst mit der Gabel auf dem Teller herumzuschieben. »Ja. Ich hatte schon gehört, dass es hier geistreich zugehen würde.«

Sie versuchte, ihre Lippen zu schürzen, wie er es tat.

»Tut mir leid«, sagte er. »Sollte ein Scherz sein.«

»Jet-lag«, sagte sie.

»Ja.«

»Jetty-laggy.« Sie lächelte ihn an. »Babysprache. Die lieben wir hier.« Sie hielt inne. »Letzte Woche waren wir natürlich nicht so. Sie sind ein bisschen spät gekommen.«

Er war ein wunderschönes Baby. Im Dunkeln hörte sie es wummern, wie ein Tam-Tam, und in der Höhe darüber eine Piccoloflöte. Sie konnte nicht hinschauen, denn wenn sie hinsah, war sie schockiert, die Hände einer anderen Frau überall auf ihr. Sie behielt einfach die Augen geschlossen und konzentrierte sich auf die Hingabe, auf ihre erholsame Invalidität. Manchmal konzentrierte sie sich darauf, dort zu sein, wo Ilkes Hände waren – an ihren Füßen, an ihrem verlängerten Rücken.

»Ihre Eltern leben nicht mehr, oder?« sagte Ilke im Dunkeln.

»Nein.«

»Sind sie jung gestorben?«

»Mittel. Sie sind mittel gestorben. Ich war ein nachträglich gewünschter Wechseljahrebalg.«

»Möchten Sie wissen, was ich in Ihnen fühle?«

»Na gut.«

»Ich spüre eine große und tiefe Freundlichkeit. Aber ich spüre auch, dass Sie entehrt worden sind.«

»Entehrt?« Wie japanisch. Adrienne mochte, wie das klang.

»Ja. Sie haben eine tiefsitzende Angst in sich. Genau hier.« Ilkes Hand fuhr direkt unter Adriennes Brustkorb.

Adrienne atmete tief, ein und aus. »Ich habe ein Baby umgebracht«, flüsterte sie.

»Ja, wir alle haben ein Baby umgebracht – in uns allen steckt ein Baby. Deshalb kommen die Menschen zu mir, um sich wieder mit ihm zu vereinen.«

»Nein, ich habe ein echtes umgebracht.«

Ilke war sehr still, dann sagte sie: »Sie können sich jetzt in die Seitenlage begeben. Legen Sie dieses Kissen unter Ihren Kopf und dieses hier zwischen Ihre Knie.« Adrienne rollte sich unbeholfen auf die Seite. Schließlich sagte Ilke: »Dieses Land, sein Papst, seine Kirche, sie machen aus den Frauen Mörderinnen. Das dürfen Sie nicht zulassen. Rutschen Sie rückwärts auf mich zu. Genau so.«

Gar nicht genau so, dachte Adrienne in diesem vorübergehenden Auflösungszustand, in dem sie Tod und Geburt sah, Anfang und Ende, in demselben stillen Schwarz, demselben »Und wenn sie doch gestorben sind«: Jedes Leben lief in der Welt wie ein Film in einem Kino. Erst Dunkel, dann Licht, dann wieder Dunkel. Aber alles war verruckelt, so dass es irgendwo immer Licht gab.

Gar nicht genau so. Gar nicht genau so, dachte sie. Trotzdem vielen Dank.

Als sie an diesem Nachmittag aufbrach, auf der Suche nach Zucker in einem der Geschäfte, kam sie langsam voran, geblendet von der schrägstehenden Nachmittagssonne, aber auch, weil sie glaubte, sie sähe Martin in der engen Straße auf sich zukommen, der sich ihr näherte wie der polternde Holzfäller, dem er manchmal ähnelte. Ihr blinzelnder Blick traf sich aber nicht mit seinem, und plötzlich bog er nach links in eine kleine *calle* ab. Als sie die Ecke erreicht hatte, war er völlig verschwunden. Wie merkwürdig, dachte sie. Sie hatte eine Nähe verspürt, zu etwas, zu ihm, dann plötzlich nicht mehr. Sie ging bergauf, zurück zur Villa und weiter, klopfte an die Tür seines Studios, aber er war nicht da.

»Du riechst gut«, begrüßte sie Martin. Es war etwas später, und sie war gerade ins Zimmer zurückgekehrt, wo sie ihn vorfand. »Hast du gerade ein Bad genommen?«

»Vor kurzem«, sagte er.

Sie schmiegte sich an ihn, neckend. »Keine Dusche? Ein Bad? Hast du duftendes Badesalz reingetan?«

»Ich habe ein sehr männliches Bad genommen«, sagte Martin.

Sie schnüffelte erneut an ihm. »Was für einen Duft hast du denn genommen?«

»Einen männlichen«, sagte er. »Stein. Ich habe ein nach Stein duftendes Bad genommen.«

»War es ein Schaumbad?« Sie legte ihren Kopf schief.

Er lächelte. »Ja, aber, äh, ich habe meinen eigenen Schaum gemacht.«

»Ach ja?« Sie kniff ihn in den Bizeps.

»Ja. Ich habe mit der Faust aufs Wasser gehämmert.«

Sie ging zum Kassettenrecorder und legte eine Kassette ein. Als sie Martin ansah, schaute er plötzlich unfroh drein. »Diese Musik stört dich, oder?«

Martin wand sich. »Es ist bloß – warum kann der nicht mal einen Song zu Ende singen?«

Sie dachte darüber nach. »Weil er Mr. Medley ist?«

»Was anderes hast du nicht mitgebracht?«

»Nein.«

Sie ging zurück, setzte sich schweigend neben Martin und roch seinen Duft, als wäre er seltsam.

Zum Abendessen gab es *vitello alla salvia*, extrafeine Erbsen und eine Pasta mit Kaviar. »Alles schon als junge Knospe gepflückt.«

Adrienne seufzte. »Früher Frost.« Ein dicker älterer Mann, der zu spät kam, zog seinen Stuhl vom Tisch weg, auf ihren Fuß, und setzte sich drauf. Sie schrie.

»O je, das tut mir aber Leid«, sagte der Mann und hievte sich hoch, so gut er konnte.

»Schon okay«, sagte Adrienne. »Es wird schon okay sein.«

Aber am nächsten Morgen bei der Gymnastik musterte Adrienne bei den Beinhebungen ihren Fuß genauer. Der große Zeh war geschwollen und blau, der Nagel hatte sich gelockert und war in einem komischen, aus den Angeln gehobenen Winkel verrutscht. »Sie werden Ihren Zehennagel verlieren«, sagte Kate.

»Na toll«, sagte Adrienne.

»Das ist mir auch mal passiert, während meiner ersten Ehe. Mein Mann hat ein Lexikon auf meinen Fuß fallen lassen. Eins dieser unbewussten Dinge. Wut in Gestalt eines sehr großen Buches.«

»Sie waren früher verheiratet?«

»O ja.« Sie seufzte. »Ich hatte eine dieser Probe-Ehen, wissen Sie, nach dem Motto, Sie als Feministin bringen einen Kerl auf Vordermann, und dann kommt eine *andere* Feministin daher und *kriegt* den Kerl.«

»Ich weiß nicht.« Adrienne runzelte die Stirn. »Irgendwie finde ich, wenn die Worte *Feministin* und *kriegt den Kerl* im selben Satz vorkommen, stimmt was nicht.«

»Tja, also –«

»Hat es Sie sehr getroffen?«

»Na sicher. Aber andererseits habe ich alles gemacht. Ich hatte auf getrennten Finanzen bestanden, um selbstständig klarzukommen. Ich habe gearbeitet. Ich habe mich um das Kind gekümmert. Ich habe das Haus abbezahlt; ich habe gekocht; ich habe geputzt. Irgendwann habe ich gebrüllt: ›Das soll Feminismus sein? Tausend Dank, Gloria und Betty!‹«

»Aber jetzt sind Sie mit jemand anders zusammen.«

»Fertig ausgebildet. Selbstreinigend. Batterien inklusive.«

»Eine Andere hat ihn auf Vordermann gebracht, und Sie haben ihn sich unter den Nagel gerissen.«

Kate lächelte. »Klar. Ich bin doch nicht blöd.«

»Was passierte mit dem Zeh?«

»Der Nagel ist abgegangen. Und der neue, der nachwuchs, war wellig und dunkel und hat die Kinder erschreckt.«

»Oh«, sagte Adrienne.

»Warum sollte irgendjemand sechs Bücher über Chaucer veröffentlichen?« Adrienne sah Martin beim Anziehen zu. Außerdem rauchte sie eine Zigarette. Eine der Merkwürdigkeiten der Villa war, dass alle Raucher das Rauchen aufgegeben, alle Nichtraucher aber damit angefangen hatten. Man kam mit seinem alternativen Ich in Berührung. Plötzlich wurden zuhauf Zigaretten angeboten, stangenweise tauchten sie draußen vor den Türen der Leute auf.

»Du musst bedenken, wie das akademische Veröffentlichungswesen funktioniert«, sagte Martin. »Kein Mensch liest diese Bücher. Aber jeder ist bereit, die Bücher des anderen zu veröffentlichen. Es ist ein großer Zirkelwichs. Ein riesiges Wirtschaftsabkommen. Recht besehen, verletzt es vermutlich die Antitrustgesetze.«

»Ein Zirkelwichs?« sagte sie unsicher. Ihr wurde schwindlig von der Zigarette.

»Ja«, sagte Martin und band sich die Krawatte neu.

»Aber sechs Bücher über Chaucer? Warum nicht, sagen wir, ein Buch über Cat Stevens?«

»Mich musst du nicht angucken«, sagte er. »Ich gehöre zum Zirkel.«

Sie seufzte. »Dann singe ich dir eben etwas vor. Stimmungsmusik.« Sie erfand eine romantische, asiatisch angehauchte Melodie und tanzte mit ihrer Zigarette durchs Zimmer, schwebend, flattergliedrig. »Das ist mein hoffnungsvoller Hopi-Tanz«, sagte sie. »Verrry hopiful.«

Dann war es Zeit fürs Abendessen.

Inzwischen schien sich der Kakadu an Adrienne gewöhnt zu haben, wenn sie kam, pfiff er zwei Mal und flog dann in das hintere Zimmer, hockte sich schnell auf den Bilderrahmen und wartete mit ihr auf Ilke. Adrienne schloss die Augen und atmete tief, das Flanelllaken unter ihren Armen hochgezogen und eng anliegend wie ein Sarong.

Ilkes Gesicht erschien über ihr im Dunkeln, als wäre sie eine Mutter, die nach ihr schaute, ins Kinderbettchen lugte. »Wie geht es Ihnen heute?«

Adrienne schlug die Augen auf und las, was in schwarzen Lettern auf Ilkes T-Shirt stand: DENK ANS BETEN. STEINE STREICHELN.

Denk ans Beten. »Gut«, sagte Adrienne. »Mir geht's gut.« *Steine streicheln.*

Ilke strich mit den Fingern durch Adriennes Haar und summte leise.

»Was ist das heute für eine Musik?« fragte Adrienne. Wie Martin war sie inzwischen die Mandy-Patinkin-Kassetten auch leid, all diese ungehemmte Überschwänglichkeit.

»Grillen und Elch«, raunte Ilke.

»Grillen und Elch.«

»Grillen und Elch und ein bisschen Harfe.«

Ilke bewegte sich jetzt um den Tisch herum, zog an Adriennes Gliedern und presste tief in ihre Sehnen hinein. »Ich mache heute eine choreografierte Massage«, sagte Ilke. »Deshalb trage ich dieses Kleid.«

Adrienne war das Kleid nicht aufgefallen. Stattdessen spürte sie, bei dem – abgesehen von den beleuchteten Wolken an der Seitenwand – gedämpften Licht, wie sie in den Tümpeln des Todes versank, die ihr tief in den Knochen saßen, in den dunklen Brunnen der Einsamkeit, des Scheiterns, der Schuld. »Sie können sich jetzt umdrehen«, hörte sie Ilke sagen. Sie wollte es tun, musste aber mit den Flanelllaken kämpfen und verstrickte sich darin, bis Ilke ihr half, als wäre sie eine Krankenschwester und Adrienne eine alte, kranke Frau – eine Schlaganfallpatientin, das war sie. Aus ihr war eine Schlaganfallpatientin geworden. Dann, ihr Gesicht auf den handtuchumhüllten Wangenstützen an der Tischkante ruhend (»in der Wiege«, wie Ilke das nannte), fing Adrienne leise an zu weinen. Die tiefe Berührung ihres Körpers hatte sie zu einer Mischung aus animalischer Trauer, Schuhleder und Tränenwasser eingeschmolzen. Sie begriff jetzt, warum es Menschen gab, die in diesen verdunkelten Niemandssphären leben wollten, diesem Zerfließen durch Schlaf oder Suff oder das hier. Es wirkte wahrhaftiger und der Seele näher als der geschäftige, komplizierte Blitz des normalen Lebens. Ilkes Arme beugten sich zu ihr, ihre Brüste streiften Adriennes Kopf, der sich nur noch durch ein paar Fasern und Strähnen mit ihrem restlichen Körper verbunden fühlte. Der Körper schien plötzlich zu einem Gehirntumor geworden zu sein, einem bloßen Übermittlungsmedium, einem Waggon: das Go-Cart des Geistes, nunmehr auseinandergenommen, in Einzelteilen auf dem Tisch. »Sie haben da einen Knoten in Ihrem Kapuzenmuskel«, sagte Ilke, während sie Adriennes Schulter knetete. »Ich fühle den Bauch des Knotens genau hier«, fügte sie hinzu, presste intensiv, bis die Schulter wehtat, und lockerte dann wieder. »Lassen Sie los«, sagte sie. »Lassen Sie alles los, restlos.«

»Und wenn ich dann sterbe?« sagte Adrienne. Etwas in der Musik schwoll an, und sie bekam Ilkes Antwort nicht ganz mit, es klang ein bisschen wie »Aller Wandel hat was«. Vielleicht war es auch »Alles andere als das«. Ilke zog an Adriennes Zehen, melkte sogar den verletzten mit seinem losen Nagel und der nässenden Unterhaut, und dann ließ sie Adrienne dort im Dunkeln, in der Musik liegen, obgleich Adrienne das Gefühl hatte, sie selbst wäre diejenige, die fortginge, wie ein Sterbender, wie ein abfahrender Zug. Sie fühlte, wie die Wut sich von ihrem Rücken löste und ziellos in ihr herumschwebte, die Wut, die nicht wusste, gegen was oder wen sie sich richten sollte, aber nichtsdestotrotz weiter wütete.

Sie erwachte, als Ilke sie sanft schaukelte. »Adrienne, stehen Sie auf. Gleich kommt der nächste.«

»Ich muss eingeschlafen sein«, sagte Adrienne. »Tut mir Leid.«

Sie stand langsam auf, zog sich an und ging in den vorderen Raum; der Kakadu flog gemeinsam mit ihr hinaus, streifte sie am Kopf.

»Mir ist, als wäre ich gerade im Tiefflug angegriffen worden«, sagte sie und fasste sich an die Haare.

Ilke runzelte die Stirn.

»Ihr Vogel. Ich meine, von Ihrem Vogel. Da *drin*« – sie zeigte auf den Massageraum –, »*das* war toll.« Sie griff in ihr Portemonnaie, um zu bezahlen. Ilke hatte den Korbstuhl auf die andere Seite des Zimmers gestellt, so dass es keinen Platz zum Hinsetzen oder Verweilen gab. »Wollen Sie Lire oder Dollar?« fragte sie und war etwas verdutzt, als Ilke ziemlich bestimmt sagte: »Lire wären mir lieber.«

Ilke war von ihr gelangweilt. Das war es. Adrienne hatte ein geradezu religiöses Erlebnis hinter sich, aber Ilke – Ilke war nur höflich. Adrienne hielt ihr das Geld hin, Ilke zupfte es ihr aus der Hand, öffnete die Außentür und beugte sich für einen hastigen Rausschmeißerkuss vor – links, rechts –, dann schloss sie die Tür hinter ihr.

Adrienne war benebelt, mit nudelweichen Beinen, die Augen nicht an das Licht gewöhnt. Draußen, vor der *farmacia*, würde sie gleich von einem Auto angefahren werden, wenn sie nicht aufpasste. Wie konnte Ilke die Leute einfach so auf die befahrene Straße schicken, derart aufgelöst und benommen? Adriennes Körper fühlte sich teigig an, schlammig. Das war wohl gut. Zersetzung. Sie machte langsame, vorsichtige Schritte, ihre Martha-Graham-Schritte, über den schmalen Bürgersteig zwischen Straße und Geschäften. Und als sie um die Ecke bog, in den steilen Weg zurück zur Villa Hirschborn, war plötzlich Martin da, ihr Mann kam um eine Ecke und auf sie zu.

»Hi!« sagte sie, plötzlich hocherfreut, ihn einfach so in der Stadt zu treffen, nicht an dem Ort, den sie inzwischen nur noch »das Truppenlager« nannte. »Gehst du in die *farmacia*?« fragte sie.

»Äh, ja«, sagte Martin und beugte sich vor, um ihre Wange zu küssen.

»Soll ich mitkommen?«

Er schaute etwas leer, als wäre er lieber allein. Vielleicht wollte er Kondome kaufen.

»Ach, egal«, sagte sie fröhlich. »Wir sehen uns später, im Truppenlager, vorm Abendessen.«

»Prima«, sagte er, nahm ihre Hand, machte dann zwei Schritte und ließ die Hand wieder los, mitten in der Luft.

Sie ging davon, auf einen kleinen Park zu, den Giardino Leonardo, an der Vaporetto-Station vorbei. Neben einem besonders üppigen Rhododendron saß eine kleine, dunkle Frau mit einem leuchtend türkisfarbenen Halstuch. Sie hatte einen Tisch mit einem Schild aufgestellt: HANDLESEN: TAROT UND GESICHT. Adrienne setzte sich ihr gegenüber auf den leeren Stuhl. »Americano«, sagte sie.

»Ich lese aus dem Gesicht, der Hand oder den Karten«, sagte die Frau mit dem blauen Schal.

Adrienne betrachtete ihre eigenen Hände. Aus dem Gesicht wollte sie sich nicht lesen lassen. So lebte sie ja schon. In der Villa passierte es die ganze Zeit, dass ihr die Leute aus dem Gesicht lesen wollten – das Denken mit steinernen Blicken erstarren ließen, mit boshaft verdunkelten Bemerkungen, so dass man nicht aus *deren* Gesichtern lesen konnte, während sie die ganze Zeit damit beschäftigt waren, es bei ihr zu versuchen. Das alles gab ihr ein unheimliches Gefühl, als wäre sie ein einsamer Kopf auf irgendeinem Poster.

»Karten sind am besten«, sagte die Frau. »Zehntausend Lire.«

»Okay«, sagte Adrienne. Sie betrachtete immer noch die verflochtenen Linien in ihren offenen Händen, das ausgetrocknete Flussbett des Lebens, das da vor ihr lag. »Karten.«

Die Frau griff sich die Karten und legte die Hälfte davon aus, in alle Richtungen, wie in einer Art Hakenkreuz. Dann, ohne einen Blick darauf zu werfen, beugte sie sich anmaßend vor und sagte: »Sie sind sexuell unbefriedigt. Habe ich Recht?«

»Sagen das die Karten?«

»Allgemein gesprochen, ja. Sie müssen den ganzen Stapel nehmen und deuten.«

»Was sagt diese Karte hier?« fragte Adrienne und zeigte auf eine mit nackten Leichen, die aus Särgen sprangen.

»Eine einzelne Karte sagt gar nichts. Es geht vielmehr um das Gesamtgefühl der Karten.« Eilig legte sie die restlichen Karten des Stapels auf die anderen Karten drauf. »Sie suchen nach Führung, einer Art Führung, denn der Mann, mit dem Sie zusammen sind, macht Sie nicht glücklich. Habe ich Recht?«

»Vielleicht«, sagte Adrienne. Sie griff schon nach ihrem Portemonnaie, um die zehntausend Lire zu bezahlen, damit sie endlich weg konnte.

»Ich habe Recht«, sagte die Frau, nahm das Geld und reichte Adrienne eine kleine, verschmierte Visitenkarte. »Kommen Sie morgen vorbei. Kommen Sie in meinen Laden. Ich habe ein Pulver.«

Adrienne schlenderte zurück, aus dem Park hinaus, an einer Gruppe Touristen vorbei, die gerade aus einem Bus kletterte, zurück zur Villa Hirschborn – durchs Tor, das sie mit ihrem Schlüssel öffnete, und die lange Steintreppe hoch, bis zum Gipfel des kleinen Vorgebirges. Anstatt zurück in die Villa selbst zu gehen, strebte sie durch den Wald auf ihr Atelier zu, zu den toten Spinnenbüscheln, für die sie in ihrer Trauer eine Gedenkfeier abgehalten hatte. Sie beschloss, einen anderen Weg zu nehmen, nicht denjenigen direkt zum Atelier, sondern einen, der noch weiter bergan führte, steiler, zu einer offenen Wiese in der Höhe, an deren Rand sich eine kleine römische Ruine befand – eine Ecke des ursprünglich auf dem Berg thronenden Kastells stand noch da. Doch mitten auf der Wiese überkam sie etwas – ein balsamweicher Wind oder die Hitze von dem Marsch bergauf, und sie zog sich nackt aus, legte sich ins Gras und stierte in den dämmrigen Himmel. Zu beiden Seiten ragten die Speichen der Äste kreuz und quer nach oben wie ein Fingerfadenspiel. Direkt über ihr musterte sie den silbernen Punkt eines Jets, den metallischen Kopf seines weißen Düsenstrahls, wie die Spitze eines Thermometers. In dieser Nadelspitze saßen hundert Leute, dachte Adrienne. Oder war es vielleicht nur eine Nadelspitze? Wann war etwas wirklich klein, und wann war es eine Frage der Entfernung? Die Äste der Bäume schienen nach innen vorzudringen und sich mal rechts, mal links herum zu drehen wie etwas Mechanisches, und während sie langsam wegdämmerte, sah sie das wunderhübsche Spearson-Baby, das einen Clownshut trug und gurrte; sie sah Martin, der wie ein Wilder in einem Swimmingpool schwamm; sie sah die verstreuten Perlen ihrer eigenen Fruchtbarkeit, all die Eier in ihr, auseinander spritzen wie eine Schachtel Tapioca, die von einer Klippe fliegt. Es kam ihr vor, als hätte sie alles, was sie im Leben jemals wissen musste, auch irgendwann einmal gewusst, nur nicht zum selben Zeitpunkt, auf einmal in einer bestimmten Minute. Die Wissensfetzen waren überall verstreut, und sie musste weiter und das Eine vergessen, um zu einem Anderen zu gelangen. Ein Schatten fiel über sie, in ihrem Innern, und sie konnte spüren, wie sie sich an den Ort in ihren Knochen zurückzog, wo der Tod war; man grüßte ihn wie einen Bekannten im selben Zimmer; man sagte hallo und war dann bereit für das, was als Nächstes kam, egal, was es war – vielleicht ein Führer, der Führer, der einem gesandt wurde, der Führer, der einen nach draußen und wieder in sein Leben zurückführte.

Irgendjemand schüttelte sie sanft. Sie blinzelte sich wach und sah das blasse, ätherische Gesicht einer merkwürdigen alten Frau, die auf sie hinunterlugte, als wäre Adrienne irgendetwas Komisches am Boden einer Teetasse. Die Frau war ganz in Weiß gekleidet – weiße Shorts, weiße Strickjacke, weißes Tuch um den Kopf. Die Führerin.

»Sind Sie ... die *Führerin*?« wisperte Adrienne.

»Ja, meine Liebe«, sagte die Frau mit einer vage englischen Stimme, die nach der Guten Fee aus dem *Zauberer von Oz* klang.

»Ach wirklich?« fragte Adrienne.

»Ja«, sagte die Frau. »Ich bin mit meiner Gruppe hergekommen, um das alte Kastell zu besichtigen, aber ich war etwas besorgt, dass Sie vielleicht nicht so glücklich wären, wenn wir hier alle vorbeitappen, während Sie, äh – alles in Ordnung mit Ihnen?«

Adrienne war jetzt wacher und setzte sich auf. Am Ende der Wiese entdeckte sie die Gruppe Touristen, der sie vorher unten in der Stadt beim Aussteigen aus dem Bus begegnet war.

»Ja, danke sehr«, murmelte Adrienne. Sie legte sich wieder hin, um darüber nachzudenken, verbarg sich zwischen den Graswänden wie ein Kind, das die Tatsachen auszutricksen versucht. »O Gott«, sagte sie schließlich und tastete zu ihrer Linken nach ihren Kleidern, die sie in Panik auf ihren Bauch zerrte. Sie holte tief Luft, dann zog sie sich an, so flach am Boden, wie sie nur konnte, kaum zu sehen, eine Schlange, die wieder in ihre Haut zurückkehrt, ein Reptil, das es sich anders überlegt hat. Dann stand sie auf, zog den Reißverschluss ihrer Hose hoch, schloss die Gürtelschnalle fest und winkte. Dann ging sie tapfer mit durchgedrückten Schultern an dem Bus und den Touristen vorbei, die zwar versuchten, sie nicht anzustarren, es aber doch taten.

Inzwischen imitierte jeder in der Villa insgeheim alle andern. »Martin, du solltest ankündigen, wen du da nachmachst, bevor du es tust«, sagte Adrienne beim Umziehen zum Abendessen. »Ich weiß es nämlich nicht.«

»Edelsteak-Yuppies!« Martin röhrte gen Himmel. »Legenden in ihrer Selbstwahrnehmung! Gerüchte vor ihrem eigenen Gericht!«

»Dich. Du machst dich selber nach.« Sie strich seinen Kragen glatt und versuchte, gattinnenhaft zu sein.

Zum Abendessen gab es *cioppino* und *insalata mista* und *pesce con pignoli*, ein Stück Fisch so dünn wie ein Blatt. Aus dem ganzen Speisesaal schwebten Dialogfetzen zu ihr – rhetorischer Stacheldraht, indigniert und geheimnisvoll. »Als Ästhetiker können Sie doch nicht am Sublimen interessiert sein!« Oder: »Was, das ist ja das Undiffizilste, was ich je gehört habe!« Oder: »Gute Güte, erzählen Sie ihm mal vom Bauernaufstand, seien Sie so freundlich!« Aber niemand sprach direkt mit ihr. Sie hatte kein Thema, keins, das sie mochte, außer vielleicht Filme und Filmstars. Martin war an einem anderen Tisch weit weg, drehte ihr den Rücken zu und lauschte dem Mönchsmann. In solchen Situationen, dachte sie, wäre es wahrscheinlich ganz gut, eine kleine Handpuppe dabei zu haben.

Sie wedelte mit den Fingern im Schoß.

Schließlich drehte sich einer der Leute in ihrer Nähe um und stellte sich vor. Sein Gesicht sah vor lauter Backenbart aus wie ein Mohnbrötchen, und er schien nach unten zu schauen und seinen Mund bei der Arbeit zu beobachten. Als sie ihn fragte, wie es ihm bis jetzt hier gefalle, beglückte er sie mit einer ziemlich knappen Geschichte des Ottomanenreiches. Sie nickte und lächelte, und am Ende rieb er sich seinen dunklen Bart, betrachtete sie mitleidig und sagte: »Wir sind keine gute Werbung für dieses Leben. Oder?«

»Es sind tatsächlich eine Menge Oberdödel hier«, stimmte sie zu. Er schaute etwas verletzt drein, deshalb fügte sie hinzu: »Aber das mag ich an einem Ort. Ehrlich.«

Als sie nach dem Essen noch einen Abendspaziergang mit Martin machte, versuchte sie, ein Gespräch über Prominente und Filmstars in Gang zu bringen. »Ich muss immer an Prinzessin Carolines Mann denken, dass der umgekommen ist«, sagte sie.

Martin schwieg.

»Die arme Familie«, sagte Adrienne. »Da hat es so viele Tragödien gegeben.«

Martin starrte sie an. »Ja«, sagte er launig. »Diese arme Familie und ihr Fluch. Ich denke immer: Was kann ich nur tun, um ihnen zu helfen? Was kann ich tun? Und ich denke und denke und denke so viel darüber nach, dass ich ganz hilflos werde. Ich hebe die Hände, und am Ende tue ich gar nichts. Ich bin hilflos!« Er fing an, schneller zu gehen, ihr voraus, hinunter ins Dorf. Adrienne musste rennen, um Schritt zu halten. Sie kam sich vor wie eine Verrückte. Die Ehe, dachte sie, ist aber wirklich eine Institution.

Bei dem Hauptplatz, unter einer Laterne, hatte die Frau wieder ihren Tisch aufgestellt, unter demselben Schild HANDLESEN: TAROT UND GESICHT. Als sie Adrienne sah, rief sie: »Sagen Sie mir Ihr Geburtsdatum, Signora, und das Ihres Mannes, dann mache ich Ihnen ein Horoskop, um festzustellen, ob Sie zueinander passen! Oder –« Sie hielt inne, um Martin skeptisch zu mustern, der gerade vorbeihetzte. »Oder ich kann es Ihnen auch gleich sagen.«

»Bist du schon mal bei dieser Frau gewesen?« fragte Martin und wurde langsamer. Adrienne packte seinen Arm und führte ihn weg.

»Ich brauchte Kulissenwechsel.«

Jetzt blieb er stehen. »Na«, meinte er mitfühlend, ruhiger nach dem Auslauf, »wer könnte es dir verdenken.« Adrienne nahm seine Hand und fühlte eine dankbare, eheliche Liebe – allein in Italien, nachts, im Mai. Gab es irgendeine Liebe, die nicht im Grunde eine dankbare war? Das Mondlicht glitzerte auf dem See wie elektrische Fische, wie ein Schwarm Eis.

»Was tun Sie da?« fragte Adrienne Ilke am nächsten Nachmittag. Das Licht war besonders gedämpft, aber ein Scheinwerfer war auf ein Bild von Ilkes Mutter gerichtet, das einen Monat lang, wegen Muttertag, auf einem Beistelltisch stand. Die Mutter sah gespenstisch aus, wie ein Opfer. Und wenn Ilke in Wahrheit eine Hexe war? Wenn sie Flüssigkeiten und Haare und Nägel sammelte, um sie dem Gedenken ihrer Mutter darzubringen?

»Ich richte Ihre Aura auf«, sagte sie. »Die ist heute sehr finster, heruntergebrannt bis auf einen schattigen Rand.« Sie manipulierte an Adriennes Zehen herum, und diese hatte plötzlich eine Horrorfilmvision von Ilke mit Gläsern voll gesammeltem Zehensaft für Satan, der, wie sich herausstellen würde, identisch mit Ilkes Mutter war. Vielleicht würde sich Ilke gleich unvermittelt über sie beugen und in die Schulter beißen, um ihr Blut zu trinken. Wie sollte sie diese Gedanken unter Kontrolle bekommen? Sie spürte, dass sich ihre Aura aufrichtete wie das Fell einer kreischenden Katze. Sie stellte sich, zum ersten Mal, vor, nie wieder hierher zu kommen. *Auf Wiedersehen. Leben Sie wohl.* Eine kurze Affäre, ein kleines Nichts; ein Verandaplausch auf einer Party.

Zum Glück gab es anderes, was Adrienne auf Trab hielt.

Sie hatte angefangen, die Spinnen mit Sprayfarben zu bemalen, und die Ergebnisse waren interessant. Sie sah sich schon einem Kunsthändler zu Hause erläutern, dass das Werk das Spinnennetz der Einsamkeit darstellte – eine Vibration am äußeren Rand setzt sich nach innen fort (empirisch, ohrenbetäubend), und die Spinne eilt von der Mitte herbei, um den Gongschläger und den Gong zu verzehren. Zong. Sie sah schon den Kunsthändler vor sich, der ihre Telefonnummer auf einen besonders fliegenden Zettel notierte.

Und dann gab es gelegentliche Gesangseinlagen nach dem Abendessen, wo sich Wissenschaftler und Gattinnen um den Flügel versammelten, in diversen Stadien der Trunkenheit und Vergesslichkeit. »Okay, vielleicht hast du es so gelernt, Harold, aber es *geht* anders.«

Außerdem gab es das Spargelfest, zu dem, auf Carlos Vorschlag hin, sie und Kate Spalding gingen, Kate in einem ihrer T-Shirts – *schon gut, jetzt langt's mit den T-Shirts, Kate.* Sie nahmen ein Tragflächenboot über den See und erklommen eine steile Straße zu einem Kirchplatz. Sie war lang und ermüdend, und Adrienne taufte sie den »Todesmarsch des Spargels«.

»Vielleicht gibt es gar kein Fest hier«, erwog sie keuchend, aber Kate ging weiter, vor ihr her.

»Wenn's wehtut, fängt der Spaß an«, sagte Kate, die Sport zu sehr mochte.

Adrienne seufzte. Bis letztes Jahr hatte sie immer geglaubt, es hieße »Wenn's wehtut, fängt der Spatz an«. Jetzt kam aus den Bäumen das ratschende Zwitschern von einem solchen, wetteifernd mit den Stundenschlägen zweier Kirchen, denen später der einzelne, schiefe Glockenton der halben Stunde folgte. Als sie und Kate endlich das Spargelfest erreicht hatten, entpuppte es sich nur als eine kleine Zeremonie, ein paar Leute boten Unsummen für Spargelbündchen, die als *»bello, bello«* beschrieben wurden, und die Einnahmen gingen an die Kirche des Ortes.

»Früher habe ich Spargel angebaut«, sagte Kate auf dem Rückweg bergab. Diesmal nahmen sie einen anderen Weg, und der See mit seinen ockerfarbenen Dörfern breitete sich friedlich und abgelegen vor ihnen aus. Am Wegesrand wuchsen wilde Blumen in einer Pastellpalette, bunt wie eine Kollektion Seifen.

»Ich habe das nie geschafft«, sagte Adrienne. Als Kind war ihr Lieblingsgericht »Spargel mit Soß Sandalese« gewesen. »Aber einmal eine Möhre, immerhin. Die war so klein, dass ich sie in ein Sammelalbum eingeklebt habe.«

»Gehen Sie noch zu Ilke?«

»Diese Woche auf jeden Fall. Und Sie?«

»Sie ist komplett ausgebucht. Ich habe keinen Termin mehr gekriegt. Alle Wissenschaftler gehen regelmäßig hin, wissen Sie.«

»Ach ja?«

»O ja«, sagte Kate wissend. »Die sind so verspannt wie Keile.« Schon roch Adrienne wieder die Auspuffgase der Fiats und Fähren und Lieferwagen, das Spargelfest lag weit hinter ihnen.

»Verspannt wie Keile?«

Zurück in der Villa wartete Adrienne auf Martin, und als er hereinkam und nach Sandelholz roch, sagte ihr der kleine Tod in jedem ihrer Knochen eindeutig: Er ging zur Masseurin.

Sie schnüffelte an dem süßen Bogen seines Nackens und wich zurück. »Ich möchte gern wissen, seit wann du dich massieren lässt. Und lüg mich nicht an«, sagte sie langsam, ihre Stimme stachelhart. Angst ließ sein Gesicht schrumpeln: Sein Mund sackte nach innen, seine Augen wurden zwei furchtsame Knöpfe.

»Wie kommst du darauf, dass ich –«, setzte er an. »Na ja, nur ein oder zwei Mal.«

Sie sprang weg von ihm und fing an, wütend durch das Zimmer zu stürmen und tippte gereizt an die Möbel, ohne einen Blick für ihn. »Wie konntest du nur?« fragte sie. »Du wusstest genau, was es mir bedeutet hat, dort hinzugehen! Wie konntest du mir das verschweigen?« Sie nahm ein Buch, das auf dem Toilettentisch lag – *Systeme industrieller Beziehungen* –, und knallte es wieder hin. »Wie konntest du dich nur in diese Erfahrung reindrängeln? Wie konntest du so hinterhältig und untreu sein?«

»Es tut mir furchtbar Leid«, sagte er.

»Tja, mir auch«, sagte Adrienne. »Und wenn wir nach Hause kommen, lasse ich mich scheiden.« Sie sah es schon vor sich, die leere Wohnung, die schlechten *melanzane parmigiana*, all die Halloweens, bei denen sie die Tür öffnen und die kleinen Kinder mit allzu viel Begeisterung für ihre Kostüme verschrecken würde, eine angetüterte Geschiedene. »Ich fühle mich so verdammt *entehrt!*« Nichts in ihrer Umgebung schien standzuhalten; nichts hielt stand.

Martin schwieg, und sie schwieg, und dann fing er an zu sprechen, inständig, da war wieder dieses Inständige, das am Rande ihres Lebens herumpolterte wie ein Lastwagen. »Wir sind beide so einsam hier«, sagte er. »Dabei habe ich nur auf dich gewartet. Sonst habe ich nichts getan in den letzten acht Monaten. Versucht, alles Störende abzuhalten, dir deine Zeit gelassen, darauf geachtet, dass du etwas isst, den verdammten Spearsons eine neue Picknickbank gekauft, dich an einen Ort gebracht, wo alles Mögliche passieren konnte, wo du mich vielleicht sogar verlassen hättest, aber zumindest endlich ins Leben zurückgekehrt wärst –«

»Das hast du gemacht?«

»Was gemacht?«

»Du hast den Spearsons eine neue *Picknickbank* gekauft?«

»Ja, habe ich.«

Sie dachte darüber nach. »Und, fanden sie das nicht unfreundlich?«

»Oh … Ich glaube, ja, wahrscheinlich fand sie es unfreundlich.«

Und je länger Adrienne darüber nachdachte, über die armen trauernden Spearsons, über Martin und seine vielen Versuche, ihr zu zeigen, dass er auf ihrer Seite stand, egal, was das bedeutete, darüber, dass sein immerwährendes Richtigmachenwollen das Hoffnungsvollste und das Peinlichste an ihm war, desto törichter fühlte sie sich, aller Gründe beraubt. Ihre Wut flatterte unbeholfen davon wie eine Ente. Sie fühlte sich wie damals, als ihre kalten, harten Eltern endlich krank und alt geworden waren, steif und schlaff, geschützt durch ihre Gebrechen, so wie ein Baby durch seine Niedlichkeit geschützt ist oder sein sollte, und sie stand da mit ihrer Wut – ihrer übrig gebliebenen Mädchenwut, unpassend und unversehrt. Sie hatte ihre Eltern zum Abschied umarmt, zwei weiche, entleerte Säcke, und gedacht, *Wo seid ihr hin?*

Die Zeit, dachte Adrienne. Was für ein Verrat.

Martin hatte plötzlich angefangen zu weinen. Er saß auf der Bettkante und rollte sich zusammen, sein weiches pelziges Gesicht in den großen harten Händen, sein Kopf in das leuchtende Karo seines Hemdes gesackt.

Ihr war schwindlig, sie wandte sich ab, zum Fenster. Dunst war hereingeweht, und Himmel und See hatten im Abendlicht ein ganz besonderes Blau, wie von Monet. »Ich habe dich noch nie weinen sehen«, sagte sie.

»Tja, ich weine aber«, sagte er. »Sogar über die Sport-Seite, wenn die Spiele allzu nahe rücken. Schau mich an, Adrienne. Du schaust mich nie wirklich an.«

Aber sie konnte nur immer weiter aus dem Fenster starren, mit den Fingern Läden und Rahmen berühren. Sie fühlte sich weit weg, als wäre sie zu Hause und spazierte zur Abendessenszeit durch ihr Viertel: wenn sich die Katzen wie Babys anhörten und die Babys wie Vögel, wenn die Väter von der Arbeit nach

Hause gekommen waren, die Kinder auf ihren Armen die Sprache verlallten und die Luft ihre erblühenden Kehlen zu einem Park des Singens formte. Durch die Fenster drangen Kochgerüche.

»Wir sind jetzt zusammen«, sagte Martin gerade. »Und das bedeutet auf die eine oder andere Weise, dass wir versuchen müssen, ein Leben miteinander aufzubauen.«

Draußen über dem Kirchturm der Sfondrata-Kapelle, wo der Dunst aufgerissen war, glaubte sie einen einzelnen Stern zu sehen, wie die ferne Nase eines Jets; da waren Menschen in den lehmigen Wolken. Sie drehte sich um, und einen Augenblick lang schienen sie alle in Martins Augen zu sein, all die erlösenden Toten schienen in seinem Gesicht zu wohnen, der Engel des toten Babys leuchtete wie ein Flammenwesen, und sie ging zu ihm, um ihn zu schützen und zu umhüllen, griff nach dem besten Trick des Herzens, *oh, du Wahnsinnsherz.* »Bitte vergib mir«, sagte sie.

Und er flüsterte: »Natürlich. Nur das, nichts anderes. Natürlich.«